Weitere Titel der Autorin:

Kalter Grund
Blaues Gift
Engelsgrube
Grablichter
Tödliche Mitgift
Ostseeblut
Düsterbruch

Titel in der Regel auch als E-Book erhältlich

Über die Autorin:

Eva Almstädt, 1965 in Hamburg geboren und dort auch aufgewachsen, absolvierte eine Ausbildung in den Fernsehproduktionsanstalten der Studio Hamburg GmbH und studierte Innenarchitektur in Hannover. Seit 2001 ist sie freie Autorin.
Eva Almstädt lebt mit ihrem Mann und zwei Kindern in Schleswig-Holstein.

Eva Almstädt

Ostseefluch

Kriminalroman

BASTEI LÜBBE TASCHENBUCH
Band 16 629

1.+2. Auflage: März 2012
3.+4. Auflage: April 2012
5. Auflage: Mai 2012

Dieser Titel ist auch als E-Book erschienen

Bastei Lübbe Taschenbuch in der Bastei Lübbe GmbH & Co. KG

Originalausgabe

Dieses Werk wurde vermittelt durch die
Michael Meller Literary Agency, München

Copyright © 2012 by Bastei Lübbe GmbH & Co. KG, Köln
Textredaktion: Dorothee Cabras
Titelillustration: © istockphoto/crossroadscreative
Umschlaggestaltung: Gisela Kullowatz
Satz: SatzKonzept, Düsseldorf
Gesetzt aus der Baskerville
Druck und Verarbeitung: GGP Media GmbH, Pößneck
Printed in Germany
ISBN 978-3-404-16629-9

Sie finden uns im Internet unter
www.luebbe.de
Bitte beachten Sie auch: www.lesejury.de

Der Preis dieses Bandes versteht sich einschließlich
der gesetzlichen Mehrwertsteuer.

Prolog

Fehmarnscher Abendkurier, August 1985

*Nachbarin macht grausigen Fund:
Vier Tote in Haus auf Fehmarn*

Sie wollte nur kurz nach dem Rechten sehen, denn die sieben und neun Jahre alten Töchter der Familie B. waren seit Tagen nicht in der Schule gewesen. Doch die Nachbarin machte eine grausige Entdeckung: Insgesamt vier Tote befanden sich im Haus der Familie B. auf Fehmarn. Die Eltern und zwei Kinder dürften ermordet worden sein, darauf deuten erste Hinweise.

Als auf ihr Klingeln an der Haustür niemand reagierte, sah die Nachbarin durch das Küchenfenster auf der Rückseite des Hauses. Sie entdeckte den Familienvater Karl-Heinz B., 52, am Boden liegend und alarmierte umgehend Polizei und Notarzt. Der Arzt konnte jedoch nur noch den Tod des Mannes feststellen. Karl-Heinz B., nach Polizeiangaben Seemann bei der Handelsmarine und gerade auf Landurlaub, starb durch einen Kopfschuss.

Bei der Durchsuchung des Hauses fand die Polizei im Keller die Leichen der Ehefrau Anita B., 43, sowie die der beiden Töchter. Während die Frau durch mehrere Messerstiche in den Brustbereich getötet wurde, sind die Mädchen nach ersten Erkenntnissen erstickt worden. Den fünfjährigen Sohn der Familie, der sich in einer Kammer unter der Treppe versteckt hatte, entdeckte die Polizei erst Stunden später. Er ist körperlich unversehrt, doch ob er Angaben zum Tathergang machen kann, ist bislang unklar. Er befindet sich in der Obhut des Jugendamtes. Polizei und Staatsanwaltschaft haben die Ermittlungen aufgenommen.

1. Kapitel

Sollte er sie jetzt etwa suchen? Auf sein Rufen hatte Milena nicht geantwortet, dabei war sie ganz bestimmt zu Hause. Drinnen oder irgendwo im Garten. Entweder konnte sie ihn nicht hören, oder sie wollte es nicht.

Patrick Grieger hielt die zweite Möglichkeit für die wahrscheinlichere. Milena schmollte, weil sie sich heute Morgen wieder mal gestritten hatten und er danach einfach abgehauen war. Sie konnte aber auch stur sein. Er hatte ihr schließlich geholfen, als sie nicht mehr weiterwusste, nun war sie an der Reihe, sich ein klein wenig erkenntlich zu zeigen. Was war daran so schwer? An der Loyalität ihrem Vater gegenüber konnte es nicht liegen, dass sie sich weigerte, ihm, Patrick, diesen Gefallen zu tun. Milena hasste ihre Eltern. Der blöde Streit am Morgen war jedenfalls nicht seine Schuld gewesen. Und überhaupt, die seit Tagen andauernde Hitze machte doch alle verrückt. Auf einer Insel in der Ostsee sollte auch im Hochsommer hin und wieder mal eine frische Brise wehen. Wind, wenigstens ein Lüftchen!

Patrick ließ den Blick noch einmal über den Vorgarten streifen. Die blau gefärbten Tücher seiner Vermieterin, Kunstobjekte – jedenfalls keine Wäsche, da das Zeug seit April unangetastet geblieben war – hingen reglos zwischen den Bäumen. Das Laub der Kastanien sah trocken aus, vereinzelt hatten die Blätter schon eine braungoldene Färbung angenommen. Und das viel zu hohe Gras schien sowieso kurz vor der Selbstentzündung zu stehen. Die Hitze war unerträglich.

Er wich zurück ins Haus und wischte sich den Schweiß aus dem Gesicht. Drinnen war es längst nicht mehr so kühl wie zu

Anfang der Hitzeperiode, aber draußen war es schier unerträglich. Milena konnte sich doch nicht zur Mittagszeit freiwillig im Garten aufhalten! Na ja, ganz sicher war Patrick sich bei ihr nicht. Sie hatte kurz nach ihrem Einzug ins Haus im hinteren Teil des Grundstücks einen Gemüsegarten angelegt. Im Mai, als es regnerisch und kühl gewesen war, hatte sie mit Energie und Hingabe Grassoden aus dem Boden gehackt und gehebelt, die darunterliegende, dunkelbraune Erde umgegraben und geharkt und dann Fäden gespannt, an denen entlang sie kleine Pflanzen gesetzt oder Saatgut ausgebracht hatte. Erst war er über Milenas Hingabe an das Projekt erfreut gewesen, dann hatte er ihren Eifer etwas seltsam gefunden, und als es so heiß und trocken geworden war, hatte er sie wegen ihrer Wasserverschwendung vor den anderen Mitbewohnern in Schutz nehmen müssen.

Die ersten von Milena selbst gezogenen Möhren waren nicht länger gewesen als sein kleiner Finger – und nur halb so dick. Und viel mehr kam auch nicht dabei herum. Insgeheim hatte er den anderen Bewohnern recht geben müssen: Milenas Gemüsegarten war Energie-, Zeit- und Wasserverschwendung.

Vorgestern, nachdem Milena zwei Tage lang vergessen hatte, ihr Beet zu gießen, war sie ob der vertrockneten Salatköpfchen in Tränen ausgebrochen. So viel zum Projekt Gemüseaufzucht. Sie würde doch jetzt nicht wieder von vorn...?

Im Haus war sie jedenfalls nicht. Patrick hatte schon in jedes Zimmer gesehen. Sogar in das dunkle Kabuff unter der Treppe hatte er geschaut. Es war der einzige Ort im Haus, wo ihn ein kalter Luftzug gestreift hatte. Eine abgestandene, modrige Kühle. Ungesund und auf eine Art und Weise befremdlich, über die er nicht weiter nachdenken wollte. Wieso sollte es ausgerechnet dort, in dem staubigen Gelass unter der Treppe, kälter sein als anderswo? Das musste er sich eingebildet haben, weil er die alten Geschichten kannte.

Patrick Grieger mochte das Haus nicht. Im Dorf wurde es wegen seiner Lage in einer Senke und einer lange zurückliegenden Tragödie, die sich hier zugetragen haben sollte, »Mordkuhlen« genannt. Nicht, dass er an Geister oder verfluchte Orte oder solchen Zauber glaubte. Er war Naturwissenschaftler. Für ihn war diese Wohngemeinschaft ein billiges Dach über dem Kopf, mehr nicht.

Beim Betreten der Küche zog Patrick angewidert die Oberlippe hoch. Im Spülstein stapelte sich schmutziges Geschirr, und die Sprossenzucht auf der Fensterbank verbreitete zusammen mit den Essensresten im Biomüll einen muffigen Geruch. Er öffnete die Küchentür, die in den hinteren Teil des Gartens führte, um zu lüften. Die Hitze traf ihn wie ein Schlag mit einer Bratpfanne. Auf der Südseite des Hauses war es noch wärmer, als er erwartet hatte. Er blinzelte und trat hinaus. Die Sonne stand fast senkrecht am Himmel. Sollte er noch mal nach Milena rufen? Das zum Haus gehörende Grundstück war riesig, vielleicht hatte sie ihn nur nicht gehört. Milena musste irgendwo in der Nähe sein. Sie kam ja gar nicht weg von hier. Ihr Fahrrad war kaputt, und ein Auto besaß sie nicht. Dass sie sich zu Fuß auf den Weg gemacht hatte, konnte er sich auch nicht vorstellen. Wo hätte sie auch hingehen sollen? Zu ihren Eltern, die im selben Dorf wohnten, gewiss nicht.

Hinter den Büschen weiter hinten bewegte sich was. Eine Sturmmöwe flatterte auf, dann noch eine. Ihre Schreie klangen heiser, fast vorwurfsvoll. Patrick folgte dem platt getrampelten Pfad in den hinteren Teil des Gartens. Über dem angrenzenden Feld flirrte die Luft vor Hitze. Es raschelte hinter dem Gebüsch. Patrick vernahm weitere Möwenschreie. Sicher, das Grundstück lag in direkter Ostseenähe, aber was passierte dahinten? Fütterte Milena etwa die Vögel? Oder hatte sie etwas Essbares liegen gelassen? Unsinn. Sie interessierte sich nicht für Tiere, sie hatte sogar Angst vor ihnen. Das eine Mal, als er sie mit ins NABU Wasservogelreservat Wallnau genommen hatte, um Vögel zu beobachten, hatte sie am Vögeln mehr Interesse gezeigt als an Vögeln. Er lächelte über das Wortspiel und umrundete das Gebüsch, hinter dem sich der kleine Gemüsegarten befand.

Da sah er sie. Milena lag mit dem Gesicht nach unten in der trockenen Erde ihres quadratischen Beetes. Sie ist nur bewusstlos, dachte Patrick, das kommt von dieser verdammten Hitze – ein Kreislaufkollaps. Aber dann würden die Vögel doch nicht... Und da waren auch Fliegen. Patrick wollte zu ihr laufen, doch er konnte sich nicht bewegen. Eine Silbermöwe landete neben dem reglosen Körper seiner Freundin. Dann pickte sie an Milenas Kopf herum. Er musste unbewusst irgendeinen Laut ausgestoßen haben, jedenfalls wich die Möwe widerstrebend zurück und flog dann auf. Erst da erkannte Patrick, was das Tier angelockt hatte: Milenas Hinterkopf war ... verletzt. Durch ihr feucht glänzendes Haar sah er Blut, Knochensplitter und etwas Graues, an dem eine flaumige, weiße Feder klebte. Ein paar Sekunden lang stand Patrick wie erstarrt da und versuchte, die Bilder, die er sah, zu einem logischen Ganzen zusammenzufügen. Dann wurde ihm schlecht.

Der Fundort der Leiche lag einen guten Kilometer von dem Dorf Weschendorf auf Fehmarn entfernt. Pia Korittki, Kriminalkommissarin bei der Bezirkskriminalkommission in Lübeck, war im Anschluss an einen Termin in Neustadt zu diesem Einsatz gerufen worden. Sie lenkte ihren Privatwagen über die holprige Piste und fluchte leise, als die Stoßdämpfer des alten Citroën knirschten. Die Dächer des Ortes Weschendorf verschwanden schon wieder hinter Knicks und Bäumen, aber das Gebäude, das Pia suchte, war noch nicht in Sicht. Der- oder diejenige, die das Haus in die Landschaft gesetzt hat, muss ein großer Naturfreund und ein noch größerer Menschenfeind gewesen sein, dachte sie, als sie schon wieder unsanft aufsetzte.

Der mit Schlaglöchern übersäte Feldweg endete an einem windschiefen Gatter. Keine Hausnummer, aber ein rostiges Schild am Zaun, das vor dem bissigen Schäferhund warnte. Es waren erst zwei Streifenwagen, ein Leichenwagen und auch nur wenige andere Autos zu sehen. Pia erkannte Horst-Egon Gablers blauen Audi. Er war der Leiter des K1 und ihr Vorgesetzter, also befand sie sich an der richtigen Adresse.

Sie wusste noch nicht viel: Einer der Bewohner, ein Mann namens Patrick Grieger, hatte gegen Mittag die Polizei verständigt, weil er im Garten des Hauses die Tote gefunden hatte. Es handelte sich seinen Angaben zufolge um eine seiner Mitbewohnerinnen. Milena Ingwers war ihr Name. Als sich die Besatzung eines Streifenwagens aus dem nahen Burg auf Fehmarn davon überzeugt hatte, dass sie es tatsächlich mit einem Tötungsdelikt und nicht etwa den Folgen eines Sonnenstichs zu tun hatten, war auch das Kommissariat 1 der Bezirkskriminalinspektion Lübeck informiert worden.

Pia Korittki sprach einen uniformierten Kollegen an, der am Gatter den Zugang kontrollierte, und wies sich aus. Dann umrundete sie das Haus, um zum Fundort der Leiche zu kommen. Das Gebäude hatte seine Glanzzeit augenscheinlich schon vor dem Ersten Weltkrieg hinter sich gehabt. Von der Fassade bröckelte in tellergroßen Stücken der Putz und zeigte bedenkliche Risse. Die Fenster waren zum Teil blind, bei anderen waren die Scheiben gesprungen, eines im Obergeschoss hatte man notdürftig mit einer Platte Sperrholz repariert. Den Vorgarten zierten rätselhafte Objekte, von Skulpturen aus rostigen Eisenstangen über Arrangements aus eingefärbten Bettüchern bis hin zu Stapeln von Altreifen. Kleine Tafeln mit Sinnsprüchen oder kurzen Gedichten hingen aufgereiht am Zaun.

Die Tote befand sich im hinteren Teil des Gartens, hatte ihr der Kollege gesagt.

Pia war früh dran, sodass sie den Kollegen von der Schutzpolizei noch beim Absperren helfen musste. Da außer einem wild wuchernden Holunderbusch keine Möglichkeiten zum Befestigen des Absperrbandes vorhanden waren, mühte sie sich ab, ein paar Metallstäbe in die hart gebackene Erde zu treiben. Bei dieser Aktion konnte sie das Opfer recht gut sehen. Die Frau lag mit dem Gesicht nach unten in einem Beet. Sie war offenbar recht jung. Glatte, helle Haut, noch etwas Babyspeck an Oberarmen und Schenkeln, schwarz gefärbtes, schulterlanges Haar, das am Ansatz, dort, wo es nicht blutverkrustet war, hell schimmerte. Die Todesursache war dem ersten Augenschein nach die massive Kopfverletzung, die Pia selbst auf mehrere Meter Entfernung noch gut erkennen konnte. Es sah so aus, als hätte ein scharfkantiger Gegenstand dieses Loch im Schädel der Frau verursacht. Pias Blick wanderte weiter: keine sichtbaren Abwehrverletzungen an den Armen. Die Hände sahen weich und kindlich aus; die Fingernägel waren bis aufs Fleisch abgekaut und teilweise von splitterndem, schwarzem Nagellack bedeckt. Die Frau trug ein Rippentop aus grauer Baumwolle, dessen Träger ihr über die Schultern gerutscht waren, darunter einen schwarzen BH. Auf ihrem rechten Schulterblatt prangte ein Tattoo, das eine Art geflügelten Drachen darstellte. Die zu knappen Shorts abgeschnittenen Jeans verdeckten kaum den Schritt der Toten. So, wie sie mit gespreizten Beinen dalag, war für jedermann sichtbar, dass sie nur einen schwarzen String darunter trug. Einen kurzen Moment dachte Pia, dass es dem Opfer sicher zuwider wäre, so schutzlos den Blicken von Fremden ausgesetzt zu sein. Der Tod hatte sie überrascht und vollkommen hilflos zurückgelassen.

Pia riss sich zusammen. Sie hatte hier ihren Job zu erledigen. Das einzig Sinnvolle, das sie für die junge Frau noch tun konnte, war, sich auf ihre Arbeit zu konzentrieren.

»Kein schöner Anblick«, sagte Michael Gerlach, als Pia das restliche Absperrband zurück zum Einsatzwagen brachte. Ihr Kollege musste gerade erst angekommen sein, denn sein Hemd war noch blütenrein, und sein halblanges Haar sah aus wie frisch geföhnt.

»Das ist es doch nie.« Pia wischte sich mit dem Unterarm den Schweiß von der Stirn.

»Was hältst du von der Umgebung?«

Der verwahrloste Garten ging übergangslos in eine Art Wildnis über. Pia zuckte mit den Schultern. »Nicht Fisch und nicht Fleisch. Schwer zu sagen, ob die Frau in ihrem privaten Umfeld oder im öffentlichen Raum getötet worden ist. Immer vorausgesetzt, dass der Fundort der Leiche überhaupt der Tatort ist.«

»Streng betrachtet, ist es ein Privatgrundstück«, sagte Gerlach und zog ein Papiertaschentuch hervor. Auch er schwitzte also. Das war irgendwie beruhigend.

»Nur dass Hans und Franz hier entlanglatschen und die holde Maid im Garten haben werkeln sehen können«, meinte Pia. »Also nicht ganz so privat.«

»Du glaubst, sie hat bei der Hitze im Garten gearbeitet?« Er guckte ungläubig.

»Sie hat zumindest Gartenclogs an den Füßen. Außerdem liegen neben der Leiche eine Harke und eine kleine Schaufel.« Pia kniff die Augen gegen das flirrende Licht zusammen. Die Sonne entzog der Landschaft jegliche Farbe. »Der Feldweg da drüben führt direkt am Grundstück entlang. Von dort konnte man die Frau im Gemüsebeet bestimmt gut sehen.«

»Aber wer zum Teufel sollte bei diesem Wetter hier spazieren gehen?«

»Stand vorn an der Abzweigung nicht was von ›Weg zum Strand‹?«, fragte Pia. »Ich kann das Meer schon fast riechen.«

»Ich meine, ich rieche hier was anderes.« Gerlach verzog das

Gesicht. »Wenn sie die Leiche nicht bald wegbringen, läuft sie uns von allein davon.«

Pia nickte, wusste aber gleichzeitig, dass das ein frommer Wunsch war. Zunächst musste die Tote aus allen Blickwinkeln fotografiert und die Spuren rundherum gesichert werden. Es würde noch etwas dauern, bis man sie in dem bereitstehenden Leichenwagen wegbringen konnte. Und Pia wollte sich nicht ausmalen, wie heiß es in dem schwarz-silbernen Wagen des Bestattungsinstituts war, der schon eine Weile im gleißenden Sonnenlicht stand.

Rund um den Fundort wuchs jetzt die Anzahl der Nummerierungs-Schildchen, mit denen die Kriminaltechniker die Spuren zwischen den welken Salatköpfen markierten. Über die Köpfe der Kollegen von der Kriminaltechnik hinweg, die in ihren weißen Overalls schwitzten, fiel Pias Blick auf einen Mann, der mit in die Hüfte gestützten Händen am Einsatzwagen hinter der Absperrung stand. Ein Unbekannter, der in ein Gespräch mit Horst-Egon Gabler vertieft war. War das schon der neue Kollege, der ihnen angekündigt worden war? Sie hatte den Namen Manfred Rist nicht sofort zuordnen können, aber nun, da sie den Mann dort stehen sah, traf die Erinnerung sie wie ein Hieb in den Magen. Verdammter Mist! Ausgerechnet der! Rist hatte zwar etwas zugelegt, doch die Art, wie er den Kopf schief legte und sich dann im Nacken kratzte, während er mit Horst-Egon Gabler sprach, beseitigte jeden Zweifel. Bei ihrer letzten Begegnung hatte er langes Haar gehabt, das zu einem schmierigen Zopf zusammengebunden gewesen war. Nun trug er es millimeterkurz geschnitten. Im hellen Sonnenschein sah es mittlerweile mehr grau als braun aus.

Ihr Zusammentreffen lag – Pia rechnete nach – inzwischen vier Jahre zurück. Die Begegnung war nicht gerade eine ihrer Sternstunden bei der Polizei gewesen. Aber für Manfred Rist war die Sache noch weitaus unangenehmer ausgegangen. Bei der Erinnerung an das, was sie ihm angetan hatte, spürte Pia, dass ihr Gesicht zu glühen begann. Und das lag nicht an der unbarmherzig auf sie niederbrennenden Nachmittagssonne.

Eigentlich sollte ich froh sein, dass Rist zu uns gestoßen ist, meldete sich ihr schlechtes Gewissen. Das Kommissariat 1 der Bezirkskriminalinspektion litt unter chronischer Unterbesetzung, woran Pia, die seit der Geburt ihres Sohnes nur noch Teilzeit arbeitete, nicht ganz unschuldig war.

»Na, hast du ihn erkannt?«, fragte Gerlach, der sie anscheinend beobachtet hatte.

»Mit Mühe. Es ist lange her. Er erinnert sich bestimmt nicht mehr an mich«, sagte Pia ohne Überzeugung. Über ihre erste Begegnung mit Rist hatte sich das ganze Polizeihochhaus amüsiert.

Gerlach rang sich trotz der unablässig rinnenden Schweißperlen auf seiner Stirn ein Grinsen ab. »Nur wenn er unter fortgeschrittener Demenz leidet.«

Pia zog eine Grimasse.

»Aber er ist ja freiwillig zu uns ins Kommissariat gekommen«, sagte er feixend. »Entweder hat er dir verziehen, oder ...«

»Oder was?« Sie zog eine Augenbraue hoch.

»Er will noch eine Rechnung begleichen.«

»Eigentlich kann sich Rist nicht beklagen. Statt langweiligem Vorstellungskaffee bekommt er bei uns als Erstes eine Leiche serviert.« Sie strich sich eine Haarsträhne aus dem Gesicht.

»Und was für eine heiße!«, bemerkte Gerlach taktlos. »Jedes Kommissariat pflegt halt seine eigenen Rituale.«

»Willst du damit sagen, wir halten uns gar nicht erst mit langen Vorreden auf?« Pia biss sich auf die Lippe. Das hatte sie bei ihrer ersten Begegnung mit Rist jedenfalls nicht getan. Es kam ihr mit einem Mal so vor, als wäre es erst gestern gewesen, dass sie ihn in Broders' Büro angetroffen hatte. Die Frage war, wie gut Rists Schmerzgedächtnis war.

2. Kapitel

Ein uniformierter Kollege geleitete Pia und Gerlach zum Hintereingang des Hauses, der geradewegs in die Küche führte. Der Mann, der die Tote gefunden hatte, saß mit gesenktem Kopf am Tisch.

»Sind Sie Herr Grieger?«, fragte Pia.

Er nickte matt.

Pia stellte sich und Gerlach vor.

»Patrick, du musst jetzt nicht mit denen sprechen, wenn du nicht willst«, sagte eine Frau, die im Hintergrund stand. Pias Augen brauchten einen Moment, um sich an die Dunkelheit im Haus zu gewöhnen. Die Frau war mittelgroß und üppig gebaut. Schwere Brüste und ein runder Bauch zeichneten sich unter einem Kleid mit Batikmuster ab. Ihr hennarotes Haar war aufgesteckt, doch wie alle hier war sie verschwitzt, und ein paar Strähnen klebten ihr auf der Stirn und im Nacken. Die Füße der Frau steckten in flachen Ledersandalen, um ihren Hals baumelten zahllose Ketten.

»Und wer sind Sie?«, fragte Gerlach.

»Irma Seibel. Ich wohne hier, wenn's Ihnen nichts ausmacht.«

»Wir werden Sie später auch noch befragen«, sagte Pia. »Aber als Erstes müssen wir mit Herrn Grieger reden. Hier in der Küche, wenn möglich.«

Die Frau stellte den Kessel, den sie in der Hand gehalten hatte, langsam auf dem altmodischen Gasherd ab und musterte die Polizisten.

»Wenn Sie jetzt bitte solange draußen warten würden«, forderte Michael Gerlach sie mit sanfter Stimme auf.

Irma Seibel starrte die Polizisten immer noch an. Pia sah förmlich, wie sie im Geiste verschiedene Proteste formulierte und wieder verwarf.

»Es ist schon okay, Irma«, murmelte Patrick.

»Na gut. Ich muss sowieso los – Zoe abholen«, sagte sie und verließ den Raum.

Patrick Grieger war achtundzwanzig Jahre alt und wohnte seit März in dem Haus in der Nähe von Weschendorf. Er gab vor laufendem Aufnahmegerät an, in Kiel im siebten Semester Biologie zu studieren. »Ich bin nicht mehr jeden Tag an der Uni«, sagte er. »Deshalb hab ich meine teure Bude in Kiel auch aufgegeben. Hier muss ich nicht so viel Miete zahlen. Stattdessen packe ich beim Renovieren mit an. Na ja, immer, wenn ich Zeit dazu habe.«

»Wem gehört das Haus?«

»Keine Ahnung, so einer Frau von der Insel hier. Irma ist die offizielle Mieterin, und ich bin ihr Untermieter. Sie ist in Ordnung.«

»Und wer wohnt sonst noch hier?«

»Arne Klaasen. Irmas Freund oder Lebensabschnittspartner. Oder Stecher. Wie Sie wollen.« Er sah Pia provozierend an.

»Das sind all Ihre Mitbewohner?«, fragte sie kühl.

»Nein. Milena hat auch hier gewohnt.« Er schluckte. »Sie ist die ... Frau im Garten ...« Patrick deutete mit dem Kopf vage in Richtung Fenster.

»Wie hieß Milena mit Nachnamen?«

»Milena ... keine Ahnung. Ingwers oder so.«

»Und wie war Ihr Verhältnis zu Milena Ingwers?«

»Ich konnte sie ganz gut leiden«, antwortete er undeutlich.

»War sie Ihre Freundin?«, fragte Gerlach.

Patrick Grieger brauste auf. »Typisch, immer allem und jedem gleich ein Etikett aufdrücken! Einordnen, abheften und rein in die Schublade, was?«

»Bei Frau Seibel und Herrn Klaasen hatten Sie kein Problem damit, die Dinge beim Namen zu nennen«, sagte Pia ruhig.

»Okay. Milena war so was wie meine Freundin. Aber ich hab sie nicht angerührt. Ich meine ... ich hab ihr das nicht angetan!« Er starrte Pia mit aggressiv vorgerecktem Kinn an.

Patrick Grieger hatte ein schmales Gesicht mit ausgeprägter Nase. Seine Haare und Augen waren dunkel, sein Blick stechend. Er war attraktiv, wenn auch auf eine Weise, die Frauen über dreißig dazu verleiten konnte, ihm erst mal eine anständige Mahlzeit vorzusetzen und ihm begütigend zu versichern, alles werde gut ... Irgendwann.

»Erzählen Sie uns bitte, was heute passiert ist. Von Anfang an.«

Er blies die Luft aus und starrte einen Moment aus dem Fenster. Pia beobachtete, dass seine schmale Hand, die auf der abgewetzten Tischplatte lag, zitterte. Sie sah weiß und gepflegt aus, die Fingernägel waren unversehrt und sauber. Sie fragte sich, wie ausgeprägt sein »Mitanpacken« bei den Renovierungsarbeiten wohl war.

Patrick Grieger schilderte in abgehackten Sätzen, wie er morgens gegen neun Uhr aufgewacht war. »Wegen dieser Affenhitze. Mein Zimmer liegt unter dem Dach.« Es war ganz ruhig gewesen. Irma Seibel und Arne Klaasen hatten das Haus schon verlassen. Irma betrieb einen Secondhandladen in Burg, in dem sie Kinderkleidung verkaufte, gab er Auskunft. Sie fuhr für gewöhnlich um acht Uhr los, weil sie ihre Tochter Zoe vor der Öffnung des Geschäfts noch im Kindergarten abgeben musste.

»Ihre Tochter?«, hakte Gerlach nach.

»Zoe ist fünf«, erklärte Patrick. »Wie gesagt, sie ist Irmas Tochter, aber Arne ist nicht der Vater. Arne war auch irgendwohin gefahren.« Er berichtete weiter, dass Arne Klaasen mal hier, mal dort auf irgendwelchen Baustellen arbeitete. Hauptsächlich war er jedoch mit Reparaturen an dem Haus beschäftigt, in dem sie wohnten. Milena hatte gerade Tee getrunken, als er, Patrick, in die Küche gekommen war. Er sei morgens nicht so gesprächig, sagte er. Sie hatten kaum miteinander geredet. Und er wusste nicht, welche Pläne Milena für den Tag gehabt hatte.

»War sie berufstätig?«, fragte Pia.

»Milena?« Er klang erstaunt.

»Wie alt war sie?«

»Achtzehn. Das ist doch kein Alter zum Sterben«, begehrte er auf, fiel aber sofort wieder in sich zusammen.

»Oder ging sie noch zur Schule? Hat sie studiert?«

»Milena hat eigentlich gar nichts gemacht«, bemerkte er verwundert, als würde ihm der Mangel an Beschäftigung gerade erst bewusst.

»Wie hat sie ihren Lebensunterhalt bestritten?«

Er zuckte mit den Schultern. »War ja nicht teuer – das Leben hier.«

Pia seufzte leise. Sie musterte Patrick Grieger von der Seite. Er wirkte ziemlich nervös, das konnten auch seine zusammengesunkene Haltung und die patzigen Antworten nicht überspielen.

»Um wie viel Uhr haben Sie das Haus verlassen?«

»Nach neun. So Viertel nach, kann auch zwanzig nach gewesen sein.«

»Wo sind Sie gewesen?«

»Rumgefahren. Ich wollte zum Wasservogelschutzgebiet Wallnau.«

»Was haben Sie dort getan? Aufzeichnungen gemacht oder vielleicht fotografiert?«

»Nein. Als ich dort war, hab ich gemerkt, dass ich meine Ausrüstung vergessen hatte. Außerdem war es zu heiß zum Arbeiten. Ich bin weiter zum Strand gefahren und hab gebadet. Und bin dann nur so rumgewandert.«

Na, wenn das nicht mal ein Alibi ist!, dachte Pia. »Hat Sie vielleicht irgendjemand gesehen?«

Er zuckte mit den Schultern. »Wäre besser, oder? Als ich gegen zwei Uhr mittags zurückkam, war Milena nicht im Haus. Sie hat kein Auto, und ihr Fahrrad stand wie fast immer platt im Vorgarten. Sie konnte also nicht weggefahren sein. Das war seltsam.«

»Was taten Sie dann?«

»Ich hab nach ihr gerufen und sie überall im Haus gesucht. Ich konnte mir nicht vorstellen, dass sie in der Mittagshitze draußen ist. Je mehr Zeit vergangen ist, desto mehr hab ich mich gefragt, wo sie nur steckt. Ich dachte mir, dass ich doch mal im Garten nachsehe, und da ... fielen mir die Vögel auf.«

»Was für Vögel?«

»Möwen. Mehrere Sturmmöwen und eine Silbermöwe, um genau zu sein. Largus argentatus. Ihr Geschrei kam aus dem Gemüsegarten. Ich bin hin, um nachzusehen. Da habe ich Milena dann gefunden ...« Er fuhr sich mit der Hand über das Gesicht und starrte eine Weile schweigend vor sich hin. »Eigentlich wusste ich gleich, dass sie tot sein muss, als ich sie so daliegen sah. Möwen sind Allesfresser, sie fressen sowohl lebende Nahrung als auch Aas. Sie sind dabei nicht wählerisch, echte Überlebenskünstler. Man nennt sie auch ›Ratten der Lüfte‹, wussten Sie das?« Er sah Pia verwirrt an. Offenbar hatte er den Faden verloren.

»Und was haben Sie dann unternommen?«

»Ich stand erst wie versteinert da. Irgendwann hab ich Milena dann doch angefasst, wollte sie umdrehen, aber ich konnte es nicht. Es war grauenhaft. Ihr Kopf, die offene Wunde ... Sie war schon tot, oder? Bestimmt war sie schon tot! Ich hätte ihr nicht mehr helfen können, oder?«

»Der Arzt schätzt, dass sie mindestens zwei Stunden tot war, bevor er hier eintraf.«

Patrick senkte den Blick. Pia fielen seine erstaunlich langen, dichten Wimpern auf.

»Haben Sie sonst noch etwas dort angefasst?«, fragte sie.

»Nein. Ich glaube nicht ... Ich bin zurück ins Haus gelaufen und hab die Polizei angerufen. Nicht mal den Notarzt – gleich die Polizei. Die haben aber trotzdem noch einen Rettungswagen hergeschickt. Vollkommen umsonst.«

»Ist Ihnen irgendetwas aufgefallen, das Sie uns bei dieser ersten Befragung noch sagen möchten?«, hakte Gerlach nach.

Patrick Grieger sah ihn irritiert an. »Ich hätte es mir denken können! Das heute war natürlich noch nicht alles.«

»Wir stehen noch ganz am Anfang unserer Ermittlungen. Wer hatte Ihrer Meinung nach ein Motiv, Milena Ingwers zu ermorden? Hatte sie Feinde?«, fragte Pia.

»Braucht es immer einen Grund? Es gibt doch genug Perverse auf der Welt.«

»Konkret fällt Ihnen niemand ein?«

Er schüttelte den Kopf.

»Können Sie uns sagen, wen wir benachrichtigen müssen? Was ist mit ihren Eltern?«

»Sie unterschätzen die Fehmaraner Buschtrommeln.«

Pia reichte die Adresse von Milenas Eltern, die Patrick Grieger ihnen widerstrebend notiert hatte, an Horst-Egon Gabler weiter, der diese Ermittlungen leitete. Je eher die Eltern des Opfers informiert wurden, desto besser. Das Haus mit dem Fundort der Leiche lag zwar abseits vom eigentlichen Ort, aber jedes Fahrzeug, das jetzt hier war, hatte Weschendorf passieren müssen. Und wenn nicht schon die Polizeifahrzeuge und der Rettungswagen im Dorf Aufmerksamkeit erregt hatten, dann mit Sicherheit der Leichenwagen. Es wunderte Pia, dass noch keine Schaulustigen aufgetaucht waren. Aber was wusste sie schon? Sie saß seit einer halben Stunde in dieser Küche, deren einziges Fenster in den Garten hinter dem Haus hinausging. Auf dem mit Unkraut überwucherten Vorplatz hätte inzwischen die Bühne für »Fehmarn Open Air« aufgebaut worden sein können, ohne dass sie etwas davon mitbekommen hätte.

Irma Seibel war die Nächste, die befragt werden sollte. Sie hatte inzwischen ihre Tochter abgeholt und bei Freunden untergebracht, solange die Polizei in ihrem Haus alles auf den Kopf stellte, wie sie in vorwurfsvollem Ton erklärte.

Pia schluckte jeglichen Kommentar dazu herunter. Ein Schock wirkte sich auf unterschiedlichste Art und Weise auf die Menschen aus. Irma Seibel schien eher der aufbrausende Typ zu sein, der seine Gefühle in Aktionen verarbeitet. Sie hatte einen Korb mit Wollsocken mit in die Küche gebracht, stellte ihn auf dem Küchentisch ab und setzte sich. »Muss das sein?«, fragte sie, als Pia das Aufnahmegerät wieder einschaltete.

»Es ist für uns einfacher. Wenn es Sie stört, dass wir das Gespräch aufzeichnen, können wir Sie auch in Lübeck befragen, wo dann jemand mitschreibt.«

»Schon gut, schon gut!« Sie nahm eine bunte Wollsocke aus dem Korb und steckte ein Holzei hinein, dessen himmelblaue Farbe durch das Loch in der Ferse hervorlugte. Nach der ersten Verwunderung kam Pia das gar nicht so ungelegen. Sollte die Frau doch ihre Hände beschäftigen, wenn es ihr half, sich auf die Befragung zu konzentrieren. Socken zu stopfen war zumindest origineller, als zu rauchen oder mit einem Kugelschreiber zu spielen.

Pia sprach die Angaben zu Datum, Uhrzeit und anwesenden Personen auf Band und ließ sich die Personalien der Frau nennen. Irma Seibel war vierundvierzig Jahre alt. Sie gab an, seit 2008 in dem Haus zu wohnen. Vorher hatte sie in einer Wohnung in Heiligenhafen gelebt. Sie sei nur die Mieterin, erklärte sie. Besitzerin des Anwesens sei eine Frau namens Maren Rosinski aus Weschendorf. »Die Rosinski wollte das Haus eigentlich verkaufen, aber sie ist es nicht losgeworden. Das ging über Jahre so. Ich hab es mir bei Inselaufenthalten immer wieder angeschaut und gesehen, wie es mehr und mehr verfiel. Irgendwann hab ich dann die Besitzerin darauf angesprochen. Die Einheimischen würden das Haus nicht mögen, hat sie mir erklärt. Deswegen kaufe es keiner. So ein Quatsch! Es war 'ne Ruine, als wir hier eingezogen sind. Aber deshalb war die Miete für mich bezahlbar. Zoe soll in und mit der Natur aufwachsen«, erklärte sie.

»Wer ist 2008 alles hier eingezogen?«, fragte Gerlach.

»Ich und meine Tochter. Dann noch der Arne, Arne Klaasen. Ohne ihn wäre es nicht möglich gewesen. Er ist ein guter Handwerker, wissen Sie. Und ein Typ namens Bart. Er hieß eigentlich Bartholomäus.«

»Mit Vor- oder mit Nachnamen?«

»Keine Ahnung. Ich hab keinen Untermietvertrag mit ihm abgeschlossen. Er ist hier untergekrochen und hat Arne bei den gröbsten Arbeiten geholfen. Als er anfing zu nerven, hab ich ihn rausgeworfen. Und es waren immer mal wieder Leute hier, für Wochen oder auch mal für ein paar Monate. So wie der Patrick, den ihr ja schon in die Mangel genommen habt.«

Irma griff zum Stopfgarn und leckte das Fadenende an, bevor sie es durch das Nadelöhr bugsierte. Sie zog die zerlöcherte Socke über dem Holzei stramm und begann, sie zu stopfen.

»Und wie war das mit Milena Ingwers?«, fragte Pia.

»Was soll mit ihr gewesen sein?« Irma Seibels Stimme klang gepresst.

»Nun ja. Immerhin liegt sie jetzt tot im Gemüsegarten. Jemand hat ihr den Schädel eingeschlagen«, sagte Gerlach.

»Für euch ist das hier doch nur ein Job, nicht wahr?«, erwiderte sie bitter. »Was interessiert euch das Mädchen?«

»Fangen wir von vorne an: Wann und wie kam Milena Ingwers zu Ihnen? Warum hat sie hier gelebt?«, fragte Pia, ohne sich von dem Vorwurf aus der Ruhe bringen zu lassen.

Irma Seibel legte die Socke auf den Tisch und drückte ihre Fingerkuppen gegen die Schläfen. »Mein Kopf! Diese verdammte Schwüle bringt mich um.« Sie blinzelte angestrengt. »Milena kam im Mai zu uns. Um den Zehnten herum. Sie brauchte einen Ort, um sich zu sammeln. Sie brauchte Schutz.« Irmas Blick wanderte in Richtung Garten.

Pia wusste nicht, ob man es von Irma Seibels Platz aus sah, aber sie selbst konnte durch das Fenster beobachten, wie der Leichnam der jungen Frau gerade in einem Zinksarg zum Leichenwagen getragen wurde. Der Boden unter den Füßen der Männer war so trocken, dass die ganze Aktion in eine leichte Staubwolke gehüllt war. Das Schutzzelt der Kriminaltechnik leuchtete weiß vor dem Hintergrund der dunklen Baumkronen. »Wovor brauchte Milena Schutz?«, fragte Pia eindringlich.

»Vor den Forderungen und Repressalien der Gesellschaft im Allgemeinen. Vor ihren Eltern im Besonderen.«

»Was ist mit ihren Eltern?«

»Spießige, hinterhältige Schleimer, alle beide. Er ist eine Art Gärtnerei-Tycoon von Ostholstein. Macht Geld mit seinen langweiligen Wohlstands-Pflanzen. Buchsbaum für den Vorgarten, Weihnachtssterne im Advent ...«

»Und die Mutter?«

»Milena hat sie beinahe noch mehr gehasst als ihren Vater. So richtig ›Kinder, Küche, Kirche‹, die Frau. Nur dass die Kirche an erster Stelle kam und das einzige Kind darüber vergessen wurde.«

»Können Sie die Konflikte zwischen Eltern und Tochter konkretisieren?«, fragte Gerlach.

»Milena sollte in eine Form gepresst werden: Schulabschluss, dann eine Ausbildung, irgendwas mit Pflanzen, klar, ganz wie der Vater es sich wünschte. Es war der Horror für sie. Sie hat den

Druck und die Schikanen irgendwann nicht mehr ausgehalten und diese sogenannte Lehre abgebrochen. Daraufhin haben ihre Eltern sie nicht mehr unterstützt. Bevor sie hier ankam, war Milena quasi obdachlos. Zum Glück hat der Patrick sie gefunden und mit hergebracht. Sie kannte das Haus hier aus der Zeit, als sie noch bei ihren Eltern in Weschendorf gewohnt hat. Es war für sie fast so, wie nach Hause zu kommen. Ich konnte nicht anders, ich musste ihr Unterschlupf gewähren. Oder hätte ich ihr etwa meine Hilfe verweigern sollen?«

»Wissen Sie, wie alt sie war?«

»Achtzehn.«

»Auch schon, als sie hier ankam?«

Irma Seibel presste die Lippen zusammen.

»Das wäre dann wohl eher ein Fall für das Jugendamt gewesen«, sagte Gerlach.

Irma Seibel griff wieder zu ihrer Handarbeit und stach die Nadel in das Gewebe. »Genau das wollte ich ihr ersparen. Drei Wochen später war sie ja volljährig.«

»Wo ist ihr anderer Mitbewohner, Arne Klaasen?«, fragte Pia. Sie wollte das Thema Minderjährigkeit erst mal außen vor lassen.

»Der Arne arbeitet«, antwortete Irma Seibel knapp. Sie fädelte die Nadel durch die vorbereiteten, parallel verlaufenden Fäden. Oben, unten, oben, unten.

»Und wo genau?«

Die Nadel verharrte über dem Stopfei. Irma Seibel sah Gerlach herausfordernd an. »Ich weiß es nicht.«

»Wie können wir ihn erreichen?«

»Gar nicht. Er ist auf einer Baustelle. Irgendwo auf der Insel, nehme ich an. Er hat den Pritschenwagen mitgenommen.«

»Wann kommt er ungefähr zurück?«

Sie zog nur eine ihrer dichten Augenbrauen hoch.

»Dann erwarten wir ihn morgen früh um neun im Kommissariat in Lübeck«, sagte Pia und legte ihre Karte auf den Tisch. »Er sollte vorher aber noch mal anrufen und sich den Termin bestätigen lassen.«

»Ich bin nicht Ihr Büttel«, entgegnete Irma Seibel.

»Aber Sie sind daran interessiert, dass der Mord an Milena Ingwers aufgeklärt wird, oder?«

Irma Seibel starrte sie wütend an. Dann nickte sie.

Pia erhob sich. Auf dem Weg zur Tür drehte sie sich in Columbo-Manier noch einmal um. »Bevor wir es vergessen: Wo waren Sie heute Vormittag, Frau Seibel?«

»In meinem Laden in Burg. Ich habe ein eigenes Geschäft, um das ich mich kümmern muss.«

»Und wann waren Sie wieder hier?«

»Patrick hat mich angerufen, nachdem er die Polizei informiert hatte. Er war total aufgelöst. Da hab ich den Laden abgeschlossen und bin sofort hergefahren.«

»Dann ist ja alles geklärt. Wenn Sie in Ihrem Geschäft waren, lässt sich das sicher nachprüfen«, sagte Gerlach.

»Kaum. Es war nicht viel los heute.« Sie starrte aus dem Fenster, die Augenbrauen zusammengezogen, die Lippen nur noch ein schmaler Strich. Dann fragte sie: »Was soll eigentlich das Zelt da in meinem Garten? Wollt ihr hier etwa übernachten?«

»Es ist zum Schutz aufgestellt worden, damit keine Spuren vernichtet werden, falls das Wetter umschlägt.«

»Spuren ... Meint ihr, da ist irgendwas zu sehen, so trocken wie der Boden ist?«

»Es geht nicht nur um Fußspuren.«

Sie schien einen kurzen Moment darüber nachzudenken. Dann sagte sie: »Meinetwegen könnt ihr das Zelt hierlassen, wenn ihr fertig seid. Ich brauch noch was, um Zoes Sandkiste zu beschatten.«

3. Kapitel

In Weschendorf stand Hauptkommissar Heinz Broders vor dem Haus, dessen Adresse Patrick Grieger als die von Milena Ingwers' Eltern angegeben hatte. Es handelte sich um einen Bungalow aus den Achtzigern: parkähnliches Grundstück, ein Extra-Häuschen für die Doppelgarage, schneeweißer Kies auf der Zufahrt. Broders kam nicht umhin, die kunstvoll gestutzten Buchsbäume zu bewundern. Spindeln, Kegel und ein ... ja, ein zum Sprung ansetzender Gepard waren zu erkennen. Broders fand es befriedigend, wenn die Natur sich ihm so gebändigt präsentierte. Als hätte der Mensch alles im Griff. Nun, in diesem Garten schien das so zu sein. Chaos und Willkür waren Broders verhasst.

Er konzentrierte sich wieder auf sein Vorhaben. Wohnten hier tatsächlich die Eltern des Opfers? Ein Irrtum wäre fatal. Weder draußen am Tor noch neben der soliden Eingangstür war ein Namensschild angebracht. Stattdessen fühlte Broders das Objektiv einer Kamera auf sich gerichtet.

»Bist du dir sicher, dass die Ingwers hier wohnen?«, vergewisserte er sich halblaut bei seinem Begleiter.

Der junge Kollege von der Schutzpolizei in Burg nickte, das jugendlich glatte Gesicht in erzwungener Ausdruckslosigkeit erstarrt. Im Auto auf der kurzen Fahrt hierher hatte er Broders erzählt, dass er die Familie Ingwers zumindest vom Sehen kannte. Rudolf Ingwers sei ein bekannter Unternehmer, ihm gehöre eine große Gärtnerei. Außerdem sei sein jüngster Bruder mit Milena Ingwers zusammen konfirmiert worden.

Broders hörte die Anspannung in seiner Stimme. Sie erinnerte ihn an seine Anfangszeit bei der Polizei: der Horror davor, Angehörigen eine Todesnachricht überbringen zu müssen. Noch schlimmer war es, wenn man die Leute kannte. Aber der Kollege war der Ansicht gewesen, dass auf jeden Fall ein Insulaner dabei sein sollte, nicht nur die Polizei vom Festland. »Vom Festland« – Fehmarn war eine Insel, das vergaß man schnell, wenn man über die Brücke hierhergefahren war.

Die Tür öffnete sich, und ein Mann Anfang fünfzig musterte sie. Bei ihrem Anblick verriet sein Gesicht erst Erstaunen, dann eine böse Vorahnung.

Das wird hier heute nicht leicht werden, dachte Heinz Broders. »Sind Sie Rudolf Ingwers?«

Der Mann nickte und sah beunruhigt von einem zum anderen. Er war mittelgroß, stämmig gebaut und hatte braune Augen – und er färbte sein Haar.

Broders war sich sicher, dass das dunkle Braun nicht echt sein konnte. Es hatte die Farbe von Bitterschokolade, neunzig Prozent Kakao, von der er Herzrasen bekam. Broders stellte sich und seinen Kollegen vor und bat darum, einen Moment eintreten zu dürfen.

»Ist etwas mit Milena?«, fragte Ingwers sofort. Sein Blick wanderte zu Broders' Begleiter, der merklich zuckte.

»Ist Ihre Frau auch zu Hause?«

»Judith?«

Hatte er mehrere? »Ihre Ehefrau. Ist sie hier?«, wiederholte Broders.

»Äh, sie ist im Moment nicht zu sprechen. Sie sollten zuerst mit mir reden.« Er führte sie ins Haus. In der großzügigen Diele verharrte er an einem runden Tisch, offenbar unsicher, ob er den Beamten einen Platz anbieten sollte oder nicht.

»Wir haben vorhin die Leiche einer jungen Frau auf Mordkuhlen aufgefunden«, sagte Broders' Kollege entschlossen. Es war das erste Mal, dass Heinz Broders diesen Namen hörte:

Mordkuhlen. Das war seltsam ... geradezu grotesk. »Es tut mir leid, aber es handelt sich bei der Toten aller Wahrscheinlichkeit nach um Ihre Tochter Milena«, fuhr der junge Beamte fort. Ohne Umschweife, geradeheraus, so hatte man es ihnen auf der Polizeischule beigebracht.

»Nein.« Ingwers starrte die Polizisten an. Seine Hand umkrampfte die Lehne eines Stuhls, den er eben hatte hervorziehen wollen. »Sind Sie sicher? Ich meine, kennen Sie meine Tochter überhaupt?«

»Ein Mitbewohner auf Mordkuhlen hat sie identifiziert.«

»Was ist mit ihr passiert? Sagen Sie schon.«

Rudolf Ingwers schien der Typ zu sein, der gern den Ton angab. Selbst jetzt, da er offensichtlich unter Schock stand, versuchte er, die Gesprächsführung an sich zu ziehen.

»Setzen Sie sich doch erst einmal. Wir werden alle Ihre Fragen dazu beantworten«, sagte Broders beschwichtigend.

Immerhin, Ingwers ließ sich auf einen der Stühle sinken. Auf seiner Oberlippe standen Schweißperlen, sein gebräuntes Gesicht war blass geworden.

Broders und der Kollege nahmen ebenfalls Platz.

»Milena kann nicht tot sein!« Ingwers hob die Faust und ließ sie krachend auf den polierten Kirschholztisch niedersausen. Er schüttelte leicht den Kopf, als wäre er über seine eigene Reaktion erstaunt. Dann sagte er mühsam beherrscht: »Sie ist doch fast noch ein Kind! Sie hat ihr Leben noch vor sich! Was ... was ist mit ihr passiert? War es ein Unfall?«

»Wir müssen davon ausgehen, dass sie ermordet worden ist. Wahrscheinlich wurde sie erschlagen.«

»Was? Wo?«

»Im Garten des Hauses. Ein Mitbewohner hat sie gefunden.«

»War er es? Hat *er* ihr das angetan?« Rudolf Ingwers' Stimme wurde heiser.

»Wir wissen noch nicht, wer es getan hat.«

Ingwers stand auf und ging ein paar Schritte auf und ab. Er rang mit den Händen und drehte sich dann abrupt wieder zu Broders um. »Und wann ist das passiert?«

»Gefunden wurde sie heute Mittag gegen vierzehn Uhr.«

»Ich war heute Vormittag bei einem Kunden auf dem Festland. Wenn ich gewusst hätte, dass meine Tochter in Gefahr ist...« Er brach ab. In seinen Augen spiegelte sich das unfassbare Grauen.

Trotz des Schocks: ein eilig präsentiertes Alibi, dachte Broders und neigte leicht den Kopf.

»Habe ich dir nicht immer gesagt, dass Milena in Gefahr ist?«, hörte Broders da eine Frau sagen. Sie stand so plötzlich im Türrahmen, als hätte sie sich gerade erst materialisiert. Ihre altmodische Kleidung, ihr strähniges mausbraunes Haar und die sehr blasse Haut erweckten den Eindruck, es mit einer Art Geist zu tun zu haben. Die Augen der Frau waren starr auf Rudolf Ingwers gerichtet.

Heinz Broders räusperte sich. »Frau Ingwers?«

Doch sie antwortete nicht. »Was ist mit Milena? Was wollen diese Leute hier?«, fragte sie ihren Ehemann, als wären Broders und sein Kollege gar nicht anwesend.

»Milena ist tot, Judith.« Ingwers klang sanft, aber auch seltsam gereizt.

»Nein, das ist nicht wahr. Niemals...« Judith Ingwers' Pupillen wurden riesengroß, sie verdrehte die Augen, und dann rutschte sie wie in Zeitlupe am Türrahmen herunter.

»Da sehen Sie mal, was Sie angerichtet haben!«, herrschte Ingwers ihn an, als Broders zu der bewusstlosen Frau lief, um ihr zu helfen.

Es war inzwischen Abend geworden. Pia hielt vor einem Mietshaus in der Glockengießerstraße. Fiona, Felix' Tagesmutter, wohnte hier in einer Wohnung im Erdgeschoss. Das Küchenfenster, das zur Straße rausging, war mit bunten Bildchen beklebt, die Motive von einem Bauernhof darstellen sollten. Das Mobile aus Tonkarton-Pinguinen hinter der blank geputzten Scheibe bildete einen seltsamen Kontrast zu den geschätzten fünfunddreißig Grad im Schatten, die heute in Lübeck gemessen worden waren. Doch zu Fionas Wohnung gehörte ein kleiner, schattiger Hinterhofgarten, in dem wahrscheinlich sogar über Mittag noch einigermaßen annehmbare Temperaturen geherrscht hatten.

Pia öffnete die Wagentür. T-Shirt und Jeans klebten ihr nach der kurzen Fahrt in ihrem nicht klimatisierten Privatwagen am Körper. Sie vermutete, dass ihr Gesicht stark gerötet war. Sie hatte sich beim Herumstehen im Gemüsegarten ordentlich die Haut verbrannt. Felix war am Morgen von ihr sorgfältig mit einer Sonnenmilch mit Lichtschutzfaktor fünfzig eingecremt worden, doch um sich selbst zu schützen, war keine Zeit mehr gewesen. Im Polizeijargon ein klarer Fall von »vernachlässigter Eigensicherung«. Pia klingelte und stieß nach dem Summen die Haustür auf.

Fiona stand im dunklen Hausflur an der Wohnungstür und erwartete sie. An eines ihrer nackten Beine klammerte sich, wie fast immer, ein Kind. Nicht Felix – darüber war er inzwischen hinaus.

»Hi, Fiona. Tut mir leid, dass ich wieder erst auf den letzten Drücker komme.«

»Wenn ich pünktlich Feierabend machen wollte, hätte ich nicht das Kind einer Polizistin angenommen«, sagte Fiona und ließ Pia eintreten. »War's ein schlimmer Tag?«

»Seh ich so aus?« Pia warf einen schnellen Blick in den Garderobenspiegel. Es war noch schlimmer.

Fiona deutete in Richtung Garten. »Felix wird dich wohl trotzdem noch erkennen. Er hat schon nach dir gefragt.«

Ihr kleiner Sohn saß auf dem Rand der Sandkiste und leckte gerade ganz versunken ein Förmchen aus. Als er sie sah, stand er auf, schwankte ein wenig, um sein Gleichgewicht zu finden, und kam, das Förmchen fest umklammert, mit wackeligen Schritten auf sie zu. Das Laufen wurde täglich besser. Kaum war sie einen Tag nicht da, hatte er wieder etwas Neues gelernt. Er streckte ihr das Förmchen entgegen, doch als sie vor ihm in die Hocke ging, um ihn in den Arm zu nehmen, fing er an zu weinen. Pia drückte ihn an sich und fühlte, wie sich seine kleinen, sandigen Finger in ihren Nacken gruben.

»Hey, Felix. Jetzt bin ich ja wieder da«, flüsterte sie.

»Es war den ganzen Tag in Ordnung«, sagte Fiona. »Er hat eigentlich gar nicht geweint. Nur einmal, als er sich beim Hinfallen ein wenig wehgetan hat. Aber wenn er dich sieht, ist es vorbei.«

»Er hat sich wehgetan?«

Es war nur eine Schramme am Knie, die Fiona sorgfältig mit Desinfektionssalbe und einem Pflaster verarztet hatte. Fiona war die perfekte Mutter. Sie kochte nur Gemüsegerichte mit Zutaten aus dem Biomarkt, und hätte es das zu kaufen gegeben, wären auch die Sandförmchen in ihrem Haushalt aus ökologisch unbedenklichem und unbehandeltem Holz gewesen. Felix hier zu wissen, während sie arbeitete, war für Pia ein gutes Gefühl. Aber es war irgendwie auch frustrierend, wenn sie ihre eigenen mütterlichen Fähigkeiten mit denen Fionas verglich.

»Wir sehen uns übermorgen«, sagte Fiona beim Abschied. »Vergiss bitte nicht, Felix nächstes Mal ein langärmeliges T-Shirt mitzugeben. Pauline ist dann auch da, und wir wollen vielleicht mal wieder zum Spielplatz gehen.« Wenn die Sonne schien, bestand Fiona auf Sonnencreme, einem breitkrempigen Hut, langen Ärmeln und langen Hosen.

»Er bekommt alles mit, was er braucht«, versicherte Pia und machte einen geistigen Vermerk: *dringend waschen!* Morgen fand sie hoffentlich die Zeit dazu. Es war ihr freier Tag. Ihr Tag mit Felix.

Fiona erzählte ihr noch, dass sie am nächsten Tag einen Zahnarzttermin wahrnehmen und einkaufen gehen wollte. Pia nickte. Also würde Fiona dann nicht einspringen können, falls sie selbst wider Erwarten doch arbeiten musste. Zu Beginn einer neuen Ermittlung wusste man nie so genau, was kam.

Pia trug Felix, der zappelte, weil er lieber über die Straße laufen wollte, zum Auto. Unfassbar, wie so ein kleiner Mensch das Leben eines anderen komplett umkrempeln konnte.

Im Haus der Ingwers war wieder Ruhe eingekehrt. Die beiden Polizisten hatten sich vor einer guten Stunde auf den Weg gemacht. Der Hausarzt war eben gegangen. Das Beruhigungsmittel, das er Judith injiziert hatte, wirkte prächtig. Rudolf Ingwers hatte an sich halten müssen, den Arzt nicht aufzufordern, seiner Frau doch bitte eine ordentliche Dröhnung zu verpassen. Aber Dr. Mellert hatte ihn auch so verstanden. Ingwers wusste nicht, wie er mit seinen Gefühlen klarkommen sollte, mit dem Entsetzen, der Trauer und der Wut. Wut auf das Schicksal, das ihm seine Tochter genommen hatte. Er spürte das Verlangen, um sich zu schlagen oder wenigstens mit Worten zu verletzen, um sich irgendwie Luft zu machen – da konnte er sich nicht auch noch um Judith kümmern.

»Wie soll sie das nur ertragen? Den Tod ihres eigenen Kindes...«, hatte Rudolf nur flüstern müssen, und Mellert hatte nach einer weiteren Ampulle gegriffen. Er hätte besser Viehdoktor werden sollen, war von jeher Rudolfs Meinung über den Arzt gewesen. Mellerts »Rosskuren« waren berüchtigt. Dafür fuhr er aber bei Nacht und Nebel noch zu den entlegensten Höfen der Insel hinaus, um Patienten zu helfen, die sich selbst nicht zu ihm bewegen konnten. Karl Mellert gehörte zu der aussterbenden Spezies der praktischen Ärzte, die noch bereitwillig Hausbesuche machte.

Judith lag mit offenem Mund auf dem Bett und schnarchte. Es machte Rudolf schon aggressiv, sie nur anzusehen. Hinter den geschlossenen Lidern warteten ihre runden, wässrigen Augen, mit denen sie ihn in letzter Zeit immer so missbilligend ansah. Und das würde jetzt schlimmer werden, viel schlimmer. Aber das Unglück, das über die Familie gekommen war, war doch nicht seine Schuld! Nur, dass Judith das wohl anders sehen würde. Die Frage, wie sie mit Milenas ungebührlichem Verhalten umgehen sollten, hatte zuletzt mehr und mehr zwischen ihnen gestanden.

In der Diele zog er sein Mobiltelefon aus der Tasche, starrte einen Moment darauf und steckte es wieder ein. Er würde sich sowieso noch gute Begründungen für das eine oder andere Telefonat ausdenken müssen. Die Polizei stand noch ganz am Anfang ihrer Ermittlungen. Immer eins nach dem anderen, dachte er. Die Kontrolle behalten. Ein erster Schritt war, dass er seine Tochter noch einmal sehen wollte, so schmerzhaft das auch sein würde. Er musste sich Gewissheit verschaffen. Und er sollte sich irgendwie von ihr verabschieden, sonst würde ihn ihr vorwurfsvoller Blick noch bis in seine Träume verfolgen.

»Hier«, sagte Irma und stellte die bauchige Teekanne auf den Tisch. Sie schenkte ihrem Mitbewohner großzügig ein.

Der Geruch gammeliger Kräuter stieg Patrick in die Nase. Er schob den Becher angewidert von sich. »Ich trink dieses Gebräu nicht, Irma. Wie das schon riecht.«

»Das ist Tee mit Johanniskraut, Baldrian und ein paar Himbeerblättern. Beruhigend und stimmungsaufhellend.«

»Stimmungsaufhellend – du hast sie ja nicht mehr alle.«

»Nun reiß dich mal zusammen!«, herrschte sie ihn an.

Patrick zuckte. Er wusste nicht, wieso, aber Irma hatte etwas an sich, das ihm Respekt einflößte.

»Glaubst du, mir gefällt, dass Milena tot ist?«, fragte sie ihn. »Dass in meinem Garten ein Mord passiert ist?«

»Du denkst doch immer nur an das Haus, Irma. Weißt du, was es ist? Eine Todesfalle! Wenn Milena nicht hergekommen wäre, würde sie noch leben.«

»Was hat ihr Tod denn mit dem Haus zu tun?« Irma kniff die Augen zusammen. »Du glaubst doch nicht etwa den Quatsch, den die Leute erzählen?«

»Was? Ach, das! Natürlich nicht.«

»Und was wolltest du mir dann sagen?«

»Nichts.« Herrgott, konnte sie ihn nicht in Ruhe lassen? Wie hatte er anfangs nur das Leben und die Leute hier, allen voran Irma, entspannt finden können? Weil sie auf Förmlichkeiten verzichteten und die Dinge beim Namen nannten? Inzwischen hasste er ihren Hang, alles auszudiskutieren. Worte, leere Worte, die zu nichts führten! Und wenn sie sich ihre Gefühle auch noch mit der Gitarre in der Hand singend anvertrauten, dann war für Patrick alles zu spät. Bedauerlicherweise wusste er nicht, wo er sonst hingehen sollte. So billig würde er sonst nirgends wohnen können. Und allein der Aufwand, der nötig war, sich eine neue Bleibe zu suchen ...

In seinem Zimmer unter dem Dach lagen noch Milenas Klamotten verteilt. Und ihr Geruch hing in seinem Bettzeug. Die Polizei war oben gewesen und hatte Gott weiß was angestellt. Wie sollte er heute Nacht da schlafen? Doch ohne Kohle blieb ihm nichts weiter übrig, als hierzubleiben, in der Küche zu hocken und zu warten. Irgendwann würde wenigstens Arne nach Hause kommen.

»Ich habe eigentlich gehofft, dass du dich uns mit der Zeit ein wenig öffnen würdest, Patrick.« Irma trat seitlich ans Fenster und schob das eingefärbte Betttuch, das abends als Vorhang diente, ein Stück zur Seite. Wozu war das Ding gut? Wer sollte hier hereinschauen? Und um was zu sehen? Aber in der Beziehung – und nicht nur in der – war Irma eigen. Sie zog jeden Abend alles zu, als lauerte draußen der Feind in den Büschen. Patrick hatte sie deswegen mal spießig genannt und dann eineinhalb Stunden darüber diskutieren müssen, bis Arne dem fruchtlosen Gerede ein Ende bereitet hatte.

Wo blieb er nur? Hatte er es noch nicht gehört?

Arne Klaasen gehörte zu der seltener werdenden Spezies der Handy-Verweigerer, genau wie Irma. Er hatte zwar ein Telefon dabei, aber er schaltete es nur an, wenn er selbst telefonieren wollte. Angeblich wegen der schädlichen Strahlung, die von seiner Hosentasche aus auf seine edelsten Körperteile einwirkte, wahrscheinlich aber eher aus purer Opposition. Im Haus gab es nur ein einziges altmodisches Telefon, an dem – oh, Wunder der Technik – ein Anrufbeantworter hing.

Patrick stand auf und sah ebenfalls aus dem Fenster. Es dämmerte schon. Am Horizont färbte sich der Himmel dunstig grau bis lila. Der Wind hatte aufgefrischt. Er zerrte an den Zweigen der Birken. Das rot-weiße Absperrband, das mit Metallspießen rund um den Gemüsegarten gespannt worden war, flatterte. Der LT der Spurensicherung stand immer noch auf dem Feldweg, doch in der Umgebung des weißen Zeltes waren keine Männer in Overalls mehr zu sehen.

»Wann die wohl endlich fertig sind?«, fragte Patrick.

»Wenn sie den Mörder haben«, meinte Irma und trat ein Stück zurück.

Die Tür zum Flur schwang auf. Patrick fuhr herum. Erst sah es so aus, als wäre es nur ein Luftzug gewesen. Dann erkannte er Zoes kleine Gestalt. Sie tapste barfuß in die Küche, den Kopf mit dem glatten roten Haar über die Stoffpuppe gebeugt, die sie an die Brust gepresst trug. Die mit dem filzigen schwarzen

Schopf und dem gestreiften Oberteil, die sie ständig mit sich herumschleppte.

»Zoe, warum schläfst du nicht?«, fragte Irma sofort.

Das Kind blinzelte. »Ernie hat Angst.«

»Zoe, eine Puppe kann keine Angst haben«, sagte ihre Mutter mit mühsam verhohlener Ungeduld. Von morgens bis abends um Punkt sieben war Irma, was ihre Tochter anging, die Geduld in Person. Manchmal klang es ein wenig aufgesetzt, aber sie hatte sich im Griff. Doch zu der von ihr für Zoe festgesetzten Schlafenszeit schien ihre Beherrschung dann restlos erschöpft zu sein. Wenn die Kleine nicht schlafen wollte, gab es entweder Zoff, oder aber Arne erbarmte sich und las Zoe vor, bis sie eingeschlafen war. Wenn er dann wieder runterkam, saß Irma, vor Wut schnaubend, im Wohnzimmer und beklagte sich, dass er ihre Erziehung unterwandere. Manchmal blieb er da lieber gleich oben.

»Komm, ich bring dich und Ernie jetzt wieder ins Bett«, sagte Irma mit gepresster Stimme. Patrick sah zu, wie sie ihre Tochter hochhob und zur Treppe trug. »Es gibt überhaupt keinen Grund, Angst zu haben«, hörte er sie beteuern. Sie hätte auch in der Dunkelheit pfeifen können. Die Stufen knarrten unter ihrem Gewicht. Irma war so eine Heuchlerin! Es schüttelte ihn.

Hatte Milena Angst gehabt? Er konnte sich nicht mehr genau an alles erinnern, was vorgefallen war. Genau genommen setzte sich der Morgen für ihn nur noch aus bruchstückhaften Szenen zusammen. Als er Milena verlassen hatte, war sie wütend auf ihn gewesen. So viel wusste er immerhin noch.

Er hörte Irmas schwere Schritte auf den Dielen über sich. Der Wind heulte im Kamin, und ein Fensterflügel im Obergeschoss klapperte. Kam jetzt das ersehnte Gewitter, das dieser Scheißhitze endlich ein Ende bereitete?

Patrick schaute noch mal aus dem Fenster. Das Licht sah

jetzt fast unwirklich aus: gelblich und fahl. Er beobachtete, wie eine Bö unter das Zelt fuhr, das die Polizeibeamten vorhin über Milenas totem Körper aufgestellt hatten. Sie selbst war inzwischen längst weggebracht worden. Nur das verdammte Ding stand noch da. Die weiße Plane blähte sich, es gab einen Ruck, und sie schlug zur Seite weg. Patrick Grieger lächelte. Er lächelte, bis etwas mit einem leisen »Tock« gegen die Hintertür flog.

4. Kapitel

Pia saß an diesem Abend mit ihrer Freundin Susanne Herbold zusammen. Die beiden hatten sich zu einem Feierabendbier in Susannes Hinterhofgarten getroffen. Die Luft war schwül. Durch die Straßen wehte ein warmer Wind, doch zwischen den Häusern stand die Luft still wie in einem Terrarium. Pia hob die kalte Flasche, einen Moment unentschlossen, ob sie sich die kühle Flüssigkeit in den Mund oder doch lieber in den Ausschnitt kippen sollte.

»Du hast dich ganz schön verbrannt heute«, stellte Susanne mit dem kritischen Blick der Ärztin fest. »Soll ich dir eine Salbe dafür geben?«

Pia legte den Handrücken an ihre Stirn. Die Haut fühlte sich immer noch heiß an. »Ich dachte, Quark hilft.«

»Hast du denn Quark im Kühlschrank?«

Sie schüttelte den Kopf. »Mein Kühlschrank ist so gut wie leer. Ich bin vorhin erst von Fehmarn zurückgekommen. Da wollte ich nicht noch mit einem hungrigen Kind durch den Supermarkt laufen.«

»Es gibt Geschäfte, die auch liefern, weißt du.«

Pia winkte ab. »Morgen hab ich ja frei.«

»Ich denke, du arbeitest an einem neuen Fall?«

»Ja. Aber ab und zu geschieht auch mal ein Wunder. Wir haben im Kommissariat Verstärkung bekommen. Einer von denen war heute schon da. Und es soll noch jemand kommen. Eine Frau.«

»Wird ja auch Zeit«, meinte Susanne nur.

Pia nickte und trank noch einen Schluck. Das Babyfon auf

dem Tisch knarzte, als Felix im Schlaf einen Laut von sich gab. Pia lauschte, entspannte sich dann jedoch wieder.

»Ich möchte dich nicht gern als Mieterin verlieren, Pia. Aber wenn du was Neues in Aussicht hast, würde ich es gern rechtzeitig wissen.« Susanne Herbold war nicht nur eine Freundin, sondern auch Pias Vermieterin. Sie wohnte im Erdgeschoss des Altstadthauses im Gängeviertel. Im ersten Stock lebte seit ein paar Jahren Andrej Sergjewitsch Marojoff mit seiner Katze, Pia hatte die Wohnung unter dem Dach gemietet. Sie liebte ihr Krähennest mit Blick über die Dächer Lübecks, aber mit Felix zusammen wurde es langsam zu eng.

»Hast du schon einen Interessenten für meine Wohnung?«

Susanne fuhr mit dem Zeigefinger an ihrem Glas entlang und fing einen Tropfen auf, bevor er die Tischplatte erreichte. »Nur eine Anfrage.«

Klar, Wohnungen in der Altstadt, noch dazu in der Nähe der Obertrave, waren beliebt. »Wenn ich was Neues hab, erfährst du es als Erste«, versprach Pia. Nicht, dass sie glaubte, so schnell fündig zu werden. Sie hatte sich im Frühjahr einige Wohnungen angesehen, aber es war nichts dabei gewesen, das sie ernsthaft in Betracht gezogen hatte. »Ich bin am Wochenende übrigens auf einer Party eingeladen.« Sie lächelte ironisch. »Bei Tom und Marlene ...«

»Deinem Bruder?«

»Hm-m. Er will etwas Wichtiges mit mir besprechen. Keine Ahnung, warum das ausgerechnet auf seiner Feier passieren soll.«

»Und ich dachte schon, du wolltest dich mal amüsieren, Pia.«

Sie zog eine Augenbraue hoch. Das war eines ihrer Dauerthemen in letzter Zeit: Susanne, die seit ein paar Monaten wieder eine feste Beziehung hatte, setzte Pia zu, mehr unter Menschen zu gehen. Als wäre ihr Liebesglück erst perfekt, wenn auch ihre Freundin wieder in festen Händen war. Doch Pia stand nicht der Sinn nach unverbindlichen Affären. Und für eine feste Beziehung, so meinte sie, hatte sie gerade weder den Nerv noch die Zeit. Das Brummen ihres Mobiltelefons rettete sie vor einer Diskussion.

Susanne nickte hoffnungsvoll. »Nur zu.«

Pia hatte die Nummer schon erkannt. Es war Gabler, ihr Chef, der sie ohne lange Vorrede fragte, ob sie am nächsten Tag bei der Obduktion von Milena Ingwers dabei sein könne.

»Für wie viel Uhr ist die angesetzt?«, fragte Pia. Nicht, dass es einen großen Unterschied gemacht hätte.

»Elf Uhr. Ich würde ja einen Kollegen hinschicken. Aber es geht nicht.«

Klar, das passierte ausgerechnet dann, wenn Fiona keine Zeit hatte und tausend Dinge erledigt werden mussten. »Ich werde da sein«, sagte Pia mit einem unterdrückten Seufzer. Sie wusste, Gabler würde sie nicht fragen, wenn er eine Alternative gehabt hätte. Sie war schon länger nicht mehr in der Rechtsmedizin gewesen. Hinterher würde sie dann gleich noch an der Besprechung teilnehmen können. Wenn Sie schon umorganisieren musste, konnte sie es auch gleich richtig tun. Als sie aufgelegt hatte, fiel Pia ein, dass sie sich nicht danach erkundigt hatte, wer außer ihr noch bei der Obduktion dabei sein würde.

»Du musst arbeiten«, stellte Susanne lakonisch fest.

»Ja, aber nicht mehr heute.« Gott sei Dank.

»Hast du denn morgen jemanden für Felix?«

»Noch nicht.« Okay, mal sehen. Fiona war also beim Zahnarzt... Pia ging im Geiste die Namen ihrer potenziellen Babysitter durch, die auch mitten in der Woche tagsüber einspringen konnten. Die Liste war überschaubar.

»Na, dann Prost.«

In der Ferne erklang Donnergrollen.

Es donnerte, aber es regnete nicht. Und wieder klopfte etwas an die Hintertür. Patrick Grieger stand auf und öffnete sie, konnte aber niemanden sehen. Der Garten hinter dem Haus war bis auf die wenigen Quadratmeter, die für den Gemüsegarten abgeteilt worden waren, eine Wildnis.

»Hallo?«, rief Patrick in die Dämmerung. Dann wurde sein Blick von den Blitzen angezogen, die in großer Entfernung über dem Meer zuckten. Schiefergraue Wolken, aber kein Regen. Ein trockenes Gewitter – gar nicht gut. Er wollte gerade die Tür wieder schließen, als etwas aus der Dunkelheit auf ihn zusprang. Reflexartig versuchte er, die Tür zuzuziehen, doch eine Hand schob sich zwischen Türblatt und Rahmen.

Arne Klaasen drückte sich in die Küche. »Verdammt, Patrick, warum lässt du mich nicht rein?«

»Kannst du nicht zur Vordertür reinkommen wie ein normaler Mensch? Mann, hast du mir einen Schreck eingejagt! Dich so anzuschleichen!«

»Hast du mich nicht gehört?«

»Seltsame Art anzuklopfen.« Patrick stand mit dem Rücken zum Tisch und musterte seinen Mitbewohner. Wo kam er jetzt erst her? Und wie sah er überhaupt aus? Arne Klaasen war ein Hüne. Annähernd zwei Meter groß, mit breiten Schultern und knochigen Armen und Beinen. Sein langes braunes Haar, das er normalerweise mit einem Schnürsenkel zu einem Zopf zusammengebunden trug, hing ihm wirr auf die Schultern. Er trug wie gewöhnlich Arbeitshosen und ein kariertes Hemd, und dass die Klamotten nach einem Arbeitstag auf dem Bau nicht sauber und heil waren, war ebenfalls normal. Doch heute sah Irmas Lebensgefährte so aus, als campierte er seit Tagen im Garten – ohne Zelt. An dem rauen Stoff seines Hemdes hafteten kleine Zweige und trockene Grashalme. Hatte er sich etwa eben im Gebüsch versteckt? Seine Hände waren mit blutigen

Kratzern übersät. Und wie Arne ihn unter seinen buschigen Augenbrauen hervor anstarrte! Hätte Patrick es nicht besser gewusst, er hätte beim Anblick seines Mitbewohners glatt die Polizei gerufen.

Apropos Polizei. »Weißt du schon, was passiert ist?«, fragte er mit gepresster Stimme.

»Sehe ich aus, als wäre ich von gestern?«, fuhr Arne ihn an. »Irma!«, rief er. »Weib, wo steckst du?«

Es polterte auf der Treppe, und kurz darauf betrat sie die Küche. Beim Anblick ihres Lebensgefährten zog Irma die Stirn in Falten. »Arne! Hier war die Hölle los.«

»Ich kann es einfach nicht glauben. Das Mädchen tot ... ausgerechnet im Kruuthof.«

Patrick zuckte, wie immer, wenn Arnes Dialekt erkennen ließ, dass er als Einziger von ihnen drei hier auf Fehmarn geboren war.

»Wo zum Teufel bist du bloß gewesen?«, fragte Irma mit vibrierender Stimme und zeigte zum ersten Mal an diesem Tag, dass auch ihr Milenas Tod an die Nieren gegangen war.

»Na, wo wohl? Auf'm Bau, während das Mädchen ... das Mädchen ...« Patrick wurde Zeuge, wie der Hüne die zwei Köpfe kleinere Frau in die Arme schloss und unkontrolliert zuckte. Er würde doch nicht ... Arne weinen zu sehen war das Letzte, was er jetzt brauchte. Patrick wollte sich gerade an den beiden vorbei in Richtung Tür verdrücken, als Irma sich von ihrem Freund losmachte.

»Du bleibst, wo du bist, Patrick. Wir müssen reden«, befahl sie.

Patrick fühlte sich nicht mehr in der Lage, ihr etwas entgegenzusetzen. Und sie hatte recht: Sie mussten reden.

»Wer will einen?« Irma schwenkte mit grimmigem Lächeln eine Flasche Aquavit. Die beiden Männer nickten. »Warum kommst du erst jetzt, Arne, wenn du längst weißt, was passiert

43

ist?«, fragte Irma in schneidendem Tonfall. Sie verteilte Gläser und schenkte ein.

»Und von wem weißt du es?«, mischte sich Patrick ein. Sie alle vermieden das Wort »Tod«, als könnten sie ihn damit noch eine Weile in Schach halten ...

Arne kippte seinen Schnaps hinunter. »Ich war heute bei Degensen auf der Baustelle und hab den Keller verputzt. Am späten Nachmittag wollte ich mir in Puttgarden noch 'ne Currywurst holen.« Er vermied es, Irma anzusehen, die ihm jeden Morgen Brote schmierte, um ihn nicht der Versuchung durch »teuflisches Fastfood« auszusetzen. »Und wie ich da stehe, kommt der Paulsen auf mich zu und erzählt es mir. Er ist ein Freund vom Schorse. Und der wusste es von seiner Schwiegertochter, weil der Cousin von der nämlich bei den Bullen ist.«

Scheiß Inselklatsch!, dachte Patrick. Dann war der Cousin bestimmt auch im Garten gewesen und hatte Milena angegafft.

»Und da bist du nicht sofort nach Hause gekommen?«, entgegnete Irma eisig.

»Ich ... ich wollte nicht ...«, stammelte Arne und schielte zur Schnapsflasche.

»Die Polizei will natürlich auch mit dir reden.« Irma warf Patrick einen Seitenblick zu. »Du sollst morgen nach Lübeck fahren und eine Aussage machen, Arne.«

»Ich weiß nichts über diese Sache ... oder über Milena. Ich war doch überhaupt nicht hier!«

Patrick dachte unbehaglich an den einen oder anderen Tag, an dem Arne wohl keine Lust mehr gehabt hatte zu arbeiten und unvermutet im Haus aufgetaucht war. Das letzte Mal hatten Milena und er gerade eine kleine Nummer in der Hängematte unter den Apfelbäumen geschoben. Als hätte Arne es darauf abgesehen, sie zu erwischen ... Irma hatte nie etwas davon mitbekommen, weil sie tagein, tagaus in ihrem Laden war. Für sie war Arne der Fleiß in Person, so unermüdlich wie er für irgendwelche Leute Häuser baute oder renovierte. Schwarz natürlich, die Kohle immer cash auf die Kralle, und Arne dabei ständig auf dem Sprung.

Patrick sah auf Arnes Hand, die das leere Schnapsglas auf dem Tisch hin- und herschob. Die Kratzer auf dem Handrücken leuchteten dunkelrot. Keine von Irmas Tinkturen oder Breiumschlägen würde die bis morgen früh zum Abheilen bringen können. Woher diese Kratzer kamen, würde die Polizei interessieren. Und ebenso die drei Punkte, die zwischen Daumen und Zeigefinger von Arnes rechter Hand tätowiert waren.

»Du lässt doch diese Spinner nicht etwa unter deinem Dach schlafen?«, fragte Kuno, Kellner in der *Admiralsstube*, einer Burgstaakener Kneipe und Gaststätte mit angeschlossener Fremdenpension. Er blickte wieder misstrauisch in den Schankraum.

»Wieso nicht? Wenn sie ihre Rechnung bezahlen?«, hielt Gerlinde, seine Chefin, ihm entgegen.

»Nach dem, was heute in Weschendorf passiert ist? Ein Mord auf unserer Insel.«

Gerlinde zuckte mit den runden Schultern. »Kann ich was dran ändern?« Die Wirtin musterte die Gäste, die sich in der hintersten Ecke der Kneipe niedergelassen hatten, wohlwollend. Vor einer halben Stunde hatten die drei je ein Fremdenzimmer bezogen, ohne sich über die Toilette auf dem Gang oder die verschlissenen Teppichböden zu mokieren. Und nun warteten sie auf ihr bestelltes Essen. Wunderbar. Wein, eine Cola und ein Bier standen schon vor ihnen auf dem Tisch. Seit dem Rauchverbot liefen die Geschäfte schleppend. Gerlinde freute sich über jeden zahlenden Gast. »Sie sehen mir nicht gerade wie Zechpreller aus«, urteilte sie mit geübtem Auge. »Oder wie Killer.« Sie lächelte süffisant.

»Aber normale Urlauber sind es auch nicht«, grummelte Kuno, der die drei bedient hatte. »Die ham 'se doch nicht mehr alle.«

»Satanisten«, sagte Gerlinde. »Kennt man doch aus dem Fernsehen. Dieser ganze Vampirkram und so. Meine Nichte ist auch verrückt danach. Ist doch vollkommen harmlos...«

»Gerlinde, deine Nichte ist zwölf. Das hier sind erwachsene Leute, und der Mann sieht aus wie Dracula persönlich. Er hat ein Kreuz um den Hals, so groß, als hätte er es dem Probst geklaut, das trägt er verkehrt herum. Und die ältere Frau schleppt eine lebendige Katze in einer Tasche mit sich mit.«

»Ich weiß. Für ihr Haustier zahlt sie zehn Euro extra.«

»Hast du eine Ahnung, was die drei Zombies hier auf Fehmarn wollen?«

Gerlinde zwinkerte ihrem Kellner zu. »Klar. Die interessieren sich für das Haus Mordkuhlen in Weschendorf.«

»Die sind wegen des Mordes hier?«

»Auch. Aber sie haben gesagt, dass sie sich mehr für den Fluch von Mordkuhlen interessieren.« Sie sah, wie Kuno besorgt das Gesicht verzog. »Du Bangnbüx. Glaubst du an den Quatsch?«

»Keine Ahnung. Aber es gefällt mir nicht.« Als sie sich umdrehte, warf er den unerwünschten Gästen noch einen langen Blick zu. »Dat geit in de Wicken«, murmelte er.

5. Kapitel

Wie lang ist es her, dass ich das letzte Mal hier war?, dachte Pia, als sie dem Gang in Richtung Obduktionssaal folgte. Sie stieß die Tür auf, atmete kräftig durch die Nase ein, biss die Zähne aufeinander und schluckte. An den Geruch würde sie sich nie gewöhnen, und wenn sie hundert Jahre hier verbringen müsste. Auf diese Weise wurde ihr wenigstens nicht so schlecht, dass sie sich übergeben musste ... der Himmel möge es verhüten! Manfred Rist war der zweite Kriminalbeamte, der an der Obduktion von Milena Ingwers teilnehmen sollte.

Kurz nach ihr betrat er den Sektionssaal, genau wie sie in Overall, Überschuhen und mit einem Mundschutz. Er nickte ihr zur Begrüßung kurz zu, ohne ihr dabei in die Augen zu sehen oder ein Zeichen des Erkennens von sich zu geben. Pia kam nicht dazu, irgendetwas zu sagen, denn in diesem Moment trat der Rechtsmediziner zu ihnen, und Rist wandte ihr den Rücken zu.

Dr. Enno Kinneberg sollte die Obduktion leiten. Pia kannte den Mediziner von früheren Fällen her. Sie wusste, dass er ein eigenes Messer zum Obduzieren besaß, das er immer mit sich herumschleppte und das niemand in der Rechtsmedizin auch nur anfassen durfte.

»Einen wunderschönen ... und überhaupt«, begrüßte Kinneberg die Anwesenden. »Herr Basselt assistiert mir bei dieser Obduktion.« Er deutete auf den stoisch dreinblickenden Mann, der am Kopfende des Obduktionstisches stand. »Und wen haben wir hier?« Er zog sich die Handschuhe über, schob den Mundschutz hoch und griff nach seinem Klemmbrett. »Milena Ingwers, siebzehn... Moment, nein, sie ist vor Kurzem achtzehn Jahre alt geworden. Alle bereit?«

Bei den seltenen Gelegenheiten, bei denen Pia sich einen Krimi im Fernsehen anschaute, hatte sie des Öfteren gesehen, dass die Film-Toten in der Rechtsmedizin diskret mit grünen Tüchern bedeckt durch die Gegend geschoben wurden. Nur ihre nackten Füße sahen da unter dem Tuch hervor. Wahrscheinlich um des Effekts willen, dachte sie jetzt – so hatte der Pathologe im Krimi die Möglichkeit, das Tuch mit einem dramatischen Ruck zurückzuschlagen. In der Realität hatte Pia noch nichts dergleichen erlebt. Milena Ingwers' Leichnam würde, nachdem sie hier fertig waren, nackt auf einer Metallbahre in einem Kühlfach verwahrt werden.

Noch trug sie die Kleidung, in der man sie aufgefunden hatte. Ihre Hände und Füße waren noch am Fundort mit Plastiktüten überzogen worden. Da die Tote auf dem Rücken lag, konnte Pia jetzt ihr Gesicht sehen. Die typische Leichenblässe unter einer Schicht von Staub. Milena Ingwers' trübe wirkende Augen schienen direkt in das grelle Licht der OP-Lampe zu starren. Sie müsste doch blinzeln, schoss es Pia reflexartig durch den Kopf. Distanz!, ermahnte sie sich und trat innerlich wieder einen Schritt zurück. Hier ging es nur noch darum, Spuren sicherzustellen und Beweise zu sammeln, um einen Täter zu überführen. Das Opfer würde nicht mehr reden, dennoch konnte es ihnen etwas mitteilen – wenn sie ihren Job gut machten.

Milena Ingwers' aufgesprungene Lippen waren geöffnet und offenbarten einen Teil ihrer regelmäßigen, schneeweißen Zähne. Natur oder das Werk eines Kieferorthopäden?, überlegte Pia. Auf der Zunge glitzerte eine kleine Kugel aus Metall. Milena war gestorben, bevor das Piercing den Zahnschmelz hatte ruinieren können.

Anders als landläufig angenommen, wuchsen die Haare und Fingernägel von Toten nicht weiter, Pia wusste das. Aber aufgrund der Austrocknung der Haut sah es in Milena Ingwers' Fall so aus, als wäre die künstliche blauschwarze Haarfarbe noch weiter rausgewachsen als am Vortag. Milena hatte von Natur aus offensichtlich rotblondes Haar gehabt, ihre entsprechend lichtempfindliche Haut war von Muttermalen übersät. Aber über Hautkrebs musste sie sich wohl keine Sorgen mehr machen, was Pia an die langärmeligen T-Shirts erinnerte, die sie noch für Felix waschen musste. Er befand sich heute in der Obhut eines Babysitters, eines Studenten, der zum Glück noch so kurzfristig abkömmlich gewesen war. Anton studierte Bauingenieurwesen. Fiona hatte ihn ihr empfohlen, als Pia vor ein paar Wochen wegen einer späten Zeugenvernehmung in Schwierigkeiten geraten war.

Dr. Kinneberg begann damit, seine Befunde zu diktieren, und Pia zwang sich, ihre Aufmerksamkeit auf die Untersuchung zu richten. Der Rechtsmediziner sprach die einleitenden Sätze in das Mikrofon des Diktiergerätes. »Milena Ingwers, achtzehn Jahre alt, ein Meter achtundsechzig groß, neunundfünfzig Kilogramm schwer. Augenfarbe ... Moment, grau? Das ist selten. Ja, grau ... Haarfarbe rotblond, das Kopfhaar schwarz gefärbt.«

Der Assistent entkleidete die Leiche und bereitete die wenigen Kleidungsstücke für die Untersuchung im Labor vor.

Kinneberg begann mit der äußerlichen Leichenschau. Er sprach dabei unentwegt, abwechselnd an Pia und ihren Kollegen gerichtet, und dann wieder in das Mikrofon. »Am Körper keine sichtbaren Anzeichen äußerlicher Gewaltanwendung. Keine Blutergüsse, keine Schwellungen, Hautverletzungen oder Ähnliches.«

»Was ist das an den Unterarmen?«, fragte Pia. Die narbige, glänzende Haut an der Innenseite des linken Arms war ihr am

Vortag nicht aufgefallen. Wahrscheinlich, weil die Frau auf dem Bauch gelegen hatte und die Innenseite ihrer Unterarme nicht sichtbar gewesen war.

»Die Verletzungen sind schon älter«, sagte Kinneberg und beugte sich über das vernarbte Gewebe.

»Eine alte Brandwunde?«, fragte Rist. »Vielleicht hat sie sich mal mit heißem Wasser verbrüht.«

»Kaum«, sagte Dr. Kinneberg. »Man sieht das in dieser Ausprägung eher selten. Aber für mich sehen diese Narben aus wie die von Schnittverletzungen, wenn Jugendliche schnippeln.«

»Sie hat das ...?«

»... sich selbst zugefügt, ja. So sieht es aus.« Kinneberg nickte.

Rist warf dem Mediziner einen zweifelnden Blick zu.

»Es gibt Jugendliche, die sprühen sich Haarspray auf die Haut und zünden es dann an«, sagte Pia. Ein früherer Fall hatte sie schon mal mit der Problematik des selbstverletzenden Verhaltens konfrontiert. Blieb die Frage, was in Jugendlichen vorging, die sich derart quälten.

Dr. Kinneberg drehte die Leiche mit der Hilfe seines Assistenten auf den Bauch. Nachdem er den Körper auch von der Rückseite begutachtet und verschiedene Ergebnisse festgehalten hatte, wandte er sich dem Hinterkopf der Toten zu. »Hier haben wir doch mal was Interessantes.« Er hob ein wenig die Stimme. »Offener Schädelbruch durch äußere Gewalteinwirkung mit einem scharfkantigen Gegenstand. Ein penetrierendes Schädel-Hirn-Trauma. Sehen Sie hier, die Risse in der Dura sind gut zu erkennen. Die Wundränder scheinen mir allerdings leicht beschädigt und verunreinigt zu sein.«

»Beschädigt?«

»Tierfraß. Lochartige und stichähnliche Defekte, beispielsweise durch die Schnäbel von Vögeln verursacht. In diesem

Fall tippe ich auf Möwen.« Enno Kinneberg griff nach einer Pinzette und hob eine winzige hellgraue Feder in die Luft. »Möwen sind Allesfresser, es liegt in ihrer Natur. Sie haben in der Wunde gepickt, doch es war wohl nicht nach ihrem Geschmack. Könnte schlimmer sein.«

»Aber die Todesursache ist ein Schädel-Hirn-Trauma, verursacht durch Schläge auf den Kopf?«, fragte Pia, um sich von dem Gedanken an Tierfraß abzulenken.

»Diese Art von äußerer Gewalteinwirkung ist in jedem Fall tödlich. Wenn wir uns nachher das Gehirn und den Schädelknochen genauer ansehen, wissen wir mehr.« Dr. Kinneberg sprach seinen Befund wieder in das Mikrofon. Dann wandte er sich vom Mikro ab und sah Pia an. »Habt ihr die Waffe schon gefunden?«

»Bisher nicht.«

»Bei der Verwendung von scharfkantigen Schlagwerkzeugen ist es gut möglich, dass die Loch- oder Impressionsfrakturen die Form des Werkzeugs recht deutlich wiedergeben. Wir werden die Kalotte auf jeden Fall asservieren. Vorab und ganz unter uns würde ich euch raten, nach einer Hacke, einem Spaten oder etwas Ähnlichem zu suchen.« Er ließ den Blick noch einmal über die Tote wandern. »Keine Abwehrverletzungen, wie man bei einem solchen Angriff eigentlich erwarten sollte«, diktierte er dann. »Wahrscheinlich kam der erste Schlag überraschend und hat das Opfer sofort außer Gefecht gesetzt.«

»Kann man diese Art von Schlägen auf den Kopf als Overkill-Reaktion bezeichnen?« Rist trat näher an die Tote heran und betrachtete die Wunde am Hinterkopf mit ausdrucksloser Miene.

»Es waren nicht mehr als drei Schläge. Also nein, eher nicht. Wenn man zu so einer Waffe greift, wie sie hier benutzt wurde, liegt es fast schon in der Natur der Sache, mehrmals zuzuschlagen.« Er hob vielsagend die Augenbrauen und deutete mit dem rechten Arm die Bewegung des Täters an. Seine Gesten ließen Pia an die Persiflage eines Horrorfilms denken.

»Kann man anhand der Verletzung schon auf die Position des Opfers schließen? Hat es gestanden, als der Täter es attackiert hat?«, fragte sie.

Kinneberg wiegte den Kopf hin und her. »Der Eintrittswinkel auf das Scheitelbein spricht mehr für einen Schlag von oben. Der Täter hat Milena Ingwers auf jeden Fall von hinten angegriffen. Die fehlenden Abwehrverletzungen an den Armen und Händen deuten darauf hin, dass sie ihn – oder sie natürlich – nicht hat kommen sehen. Vielleicht hat das Opfer in der Hocke gesessen oder gekniet.«

»Musste der Täter viel Kraft aufwenden?«

»Wer die Kraft hat, den Spaten oder die Hacke aufzuheben und mit etwas Schwung niedersausen zu lassen, ist schon im Spiel.«

Nachdem die Verletzungen von allen Seiten fotografiert und kommentiert worden waren, stellte Enno Kinneberg Proben von Haut, Haaren und Fingernägeln sicher. Anschließend nahm er Abstriche vom Mundraum, von der Vagina und dem Darm der Toten. »Ah«, sagte er, »ich lasse euch heute nicht mit leeren Händen nach Hause gehen. War ein schlechtes Bild, aber egal. Wir haben hier Spuren von Sperma in der Vagina. Die Tote hatte kurz vor oder nach ihrem Tod Geschlechtsverkehr.«

»Ist sie vergewaltigt worden?«, fragte Rist.

Kinneberg schüttelte den Kopf. »Keine Abschürfungen, keine Hämatome. Ich würde auf einen einvernehmlichen Akt tippen.« Er starrte auf den Leichnam hinunter. »Es sei denn, sie ist zu dem Zeitpunkt bedroht worden, war betäubt oder schon tot.«

Nekrophilie, dachte Pia. Das musste nun wirklich nicht auch noch sein.

»Die Laborbefunde dürften noch aus einem anderen Grund ganz interessant werden. Ich vermute, dass es in der Vergangenheit bei dem Opfer Entzündungen der Geschlechtsorgane gab. Ich werde dazu aber noch mal einen Spezialisten befragen.«

»Einen Spezialisten wofür?«, fragte Rist.

Dr. Kinneberg griff zu seinem Lieblingsmesser und hielt es prüfend ins Licht, bevor er zum ersten Schnitt ansetzte. »Sexuell übertragbare Krankheiten«, sagte er. »Oder auch Geschlechtskrankheiten.«

6. Kapitel

Es war späte Mittagszeit, als Pia das Institut für Rechtsmedizin verließ. Aus Mangel an Alternativen hatte sie ihr Auto vorhin in der prallen Sonne abgestellt. Manfred Rist, der im Schatten geparkt hatte, winkte ihr kurz zu, bevor er schwungvoll an ihr vorbei in Richtung Polizeihochhaus fuhr. Sie legte ihre Mappe auf das Wagendach und zuckte zurück. Das schwarze Blech hatte sich in der Zwischenzeit so weit erhitzt, dass man darauf Speck knusprig braten könnte. Sie riss alle drei Türen auf, fächelte sich Luft zu und zog ihr Telefon hervor. Anton, ihr Babysitter an diesem Tag, war ein netter, zuverlässiger Typ, aber noch unerfahren, was den Umgang mit Felix anging.

»Hi, Anton. Alles in Ordnung bei euch?«

»Oh, alles *chico, amiga*. Dein Sohn hat den halben Vormittag verpennt, sodass ich lernen konnte. Ich dachte, jetzt gehen wir gleich zur Belohnung vor die Tür, 'n bisschen abhängen...«

Pia kniff die Augen zusammen. »Denk bitte an Sonnencreme und ein Cap, ja? Und nimm den Buggy mit! Felix kann noch nicht so lange laufen.«

»Wie viel Eis darf er essen? Und wie viel eiskalte Cola trinken?«

»Eine Kugel. Das mit der Cola hab ich überhört.«

»Hey, war 'n Scherz. Was meinst du, wann du wieder da bist?«

Pia sah auf ihre Armbanduhr. Auf ihrem Arm glitzerten Schweißperlen. »Ich werde gleich noch bei einer Vernehmung dabei sein. Da kommt es drauf an...« Sie runzelte die Stirn. »Reicht es, wenn ich um fünf wieder da bin?« Am Morgen hatte sie was von vier Uhr gesagt, aber das konnte knapp werden, je nachdem, wie gesprächig Arne Klaasen sein würde.

»Kein Problem. Ich hab erst heute Abend wieder was vor.«

Pia stieß erleichtert die Luft aus. »Also dann.«

»Hey, Pia?«

»Ja?«

»Chill mal ... Ciao, bis nachher.«

Sie rollte mit den Augen. Wenn Felix ihr in ein paar Jahren so kam: »Hey, Mama, chill mal!«, wusste sie immerhin, woher er es hatte.

Arne Klaasen sah nicht glücklich aus, so eingefroren, wie er auf dem Stuhl im Besprechungsraum saß. Er hatte die Arme vor der Brust verschränkt. Sein Blick, der zwischen Pia und Manfred Rist hin- und herwanderte, wirkte gequält. Horst Egon Gabler war ebenfalls anwesend, hatte aber schon angekündigt, in einer halben Stunde wegzumüssen. Er hielt sich im Hintergrund, scheinbar entspannt in die Betrachtung einiger Aufzeichnungen vertieft, doch Pia wusste, dass er jedes ihrer Worte verfolgte.

Sie hatten schon mehrmals versucht, Arne Klaasens gestrigen Tagesablauf lückenlos zu Papier zu bringen, ohne dass die Angaben, die Klaasen machte, irgendwie zufriedenstellend ausgefallen wären. Aber nicht zufriedenstellend ist ja auch zufriedenstellend, dachte Pia sarkastisch. Er hatte bestimmt einen guten Grund dafür, ihnen eine so lahme Geschichte aufzutischen.

Angeblich war er morgens zusammen mit seiner Lebensgefährtin Irma Seibel von zu Hause aufgebrochen. Er hatte die kleine Zoe in die Kita gebracht, weil Irma es eilig gehabt hatte, in ihr Geschäft zu kommen. Klaasen war um kurz nach neun in der Kita gewesen, dafür würde es Zeugen geben. Danach verlor sich jegliche Präzision. Erst hatte er behauptet, »nur so rumgefahren« zu sein, und dann, nach zähem Ringen, zugegeben, dass er schwarzgearbeitet hatte. Auf der Baustelle eines Bekannten, der sich auf Fehmarn ein Ferienhaus baute. Seiner Darstellung nach war Arne Klaasen allein dort gewesen und hatte den Keller verputzt. Dafür hatte er keine Zeugen – bis auf den frischen Putz vielleicht?, ging es Pia durch den Kopf. Irma Seibel gab ihm angeblich immer was zu essen mit, sodass er sich durchgehend auf der Baustelle hatte aufhalten können.

Die Rückfrage beim Bauherrn hatte ergeben, dass dieser nichts von Arne Klaasens Tätigkeit am gestrigen Tag gewusst hatte. Er hatte aber immerhin zugegeben, dass es tatsächlich eine Absprache gab, der zufolge Klaasen ihm ab und zu auf »rein freundschaftlicher Basis« auf seinem Bau half.

»Und gestern ging das bis abends um halb zehn?«, fragte Rist zum wiederholten Mal. »Ein langer Tag.«

»Wenn ich gewusst hätte, was zu Hause los war, wär ich natürlich eher heimgefahren«, stieß Klaasen wütend hervor.

»Haben Sie die Baustelle zwischendurch vielleicht doch mal verlassen?«, wollte Pia wissen. Knappe zwölf Stunden bei über dreißig Grad allein in einem Rohbau – diese Version erschien ihr nicht gerade glaubwürdig, selbst wenn Klaasen die ganze Zeit im Keller gearbeitet hatte.

»Jetzt fällt es mir wieder ein. Abends war ich ein Mal kurz weg, 'ne Currywurst essen«, räumte Arne Klaasen plötzlich ein.

Pia atmete langsam aus.

»Wo war das? Und wann genau?«, hakte Manfred Rist nach.

Klaasen nannte Zeit und Ort. Im Prinzip war es unerheblich, da Milena gegen zwölf Uhr ermordet worden war.

»Und davor? Am Vormittag? Wenn Sie die Baustelle ein weiteres Mal verlassen haben, wäre jetzt der richtige Zeitpunkt, um es uns zu sagen.«

Klaasen bedachte Pia mit einem feindseligen Blick und verlagerte sein Gewicht auf dem Stuhl, sodass es in den Leimbindungen knarrte. Aus dem Augenwinkel sah Pia, wie Rist sich anspannte.

»Ich wünschte, ich wäre da gewesen! Verdammt, ich könnte dem Kerl den Hals umdrehen, der Milena das angetan hat!«

»Sie glauben also, es war ein Mann?«

Arne Klaasen wirkte einen Moment irritiert. »Natürlich. Also... Ich bin einfach davon ausgegangen.«

»Haben Sie einen Verdacht, wer Milena Ingwers getötet haben könnte? Hatte sie vor irgendwem oder irgendwas Angst?«

»Als sie zu uns kam, da hatte sie Schiss, ja. Aber ich dachte, das käme daher, dass sie aus der Lehre geflogen war. Ihren Eltern hat das nämlich gar nicht gefallen...«

»Hat ihren Eltern denn gefallen, dass Milena bei Ihnen im Haus untergekommen ist?«

Er schnaubte verächtlich. »Natürlich nicht! Die können uns nicht leiden, genauso wenig wie wir sie. Aber sie haben ihr Töchterchen ja mehr oder weniger rausgeschmissen.«

»Ist es mal zu einem offenen Konflikt gekommen? Waren ihre Eltern da, oder haben sie wegen Milena mit Ihnen Kontakt aufgenommen?«

»Nee, nie. Lief alles nur hinter unserem Rücken ab. So sind diese Typen, alles mehr Schein als Sein.«

Pia trank einen Schluck Wasser. Klaasen rührte keines der ihm angebotenen Getränke an. Hinter der Reglosigkeit spürte Pia mühsam kontrollierte Wut. Auf sie, auf die Polizei allgemein, vielleicht auf Milenas Mörder?

»Gab es in letzter Zeit, sagen wir, seit Milena bei Ihnen eingezogen ist, besondere Vorkommnisse?«

»Was meinen Sie?«

»War jemand da, um Milena Ingwers zu besuchen? Hatte sie Freunde oder Freundinnen? Was hat sie den lieben langen Tag so gemacht?«

»Sie hatte kaum Freunde. Mit den Leuten, mit denen sie früher herumhing, wollte sie nichts mehr zu tun haben. Nur noch mit Patrick. Durch den ist sie überhaupt erst zu uns gekommen.«

»Hatten die beiden eine sexuelle Beziehung?«

»Ja.« Seine Augen wurden schmal.

»Und Sie? Wie war Ihr Verhältnis zu Milena?«, hakte Pia nach.

»Sie war für mich eine Mitbewohnerin«, sagte er.

»Nichts weiter?«

»Nein.« Er hielt die Arme weiterhin vor der Brust verschränkt. Die Hände hatte er unter die Oberarme geschoben. Da er nur ein T-Shirt trug, konnte Pia sehen, wie sich seine Armmuskeln anspannten.

»Aber Sie mochten sie?«, fragte sie weiter. Rist warf ihr einen warnenden Blick zu. Wahrscheinlich war er der Ansicht, Klaasen sei eine Zeitbombe mit beschädigtem Zünder. Und die geschätzten vierzig Grad im Besprechungsraum trugen auch nicht zur allgemeinen Entspannung bei.

»Nicht besonders«, stieß Klaasen leise hervor. Seine Stimme klang seltsam heiser.

»Warum nicht?«

»Keine Ahnung. Vielleicht hab ich geahnt, dass sie Ärger machen würde. Vielleicht hab ich gleich gesehen, dass sie ein Schmarotzer ist und nichts zum Allgemeinwohl beitragen würde.«

Oh. Jetzt kam er zumindest ein wenig aus sich heraus. »Ärger? Inwiefern?«, fragte Manfred Rist.

»Na, Hellseher bin ich ja nicht!«

»Wir sind vorhin vom Thema abgekommen, deshalb frage ich Sie noch einmal: Gab es in der Zeit, in der Milena bei Ihnen im Haus gewohnt hat, besondere Vorkommnisse? Irgendetwas, das auf bevorstehenden Ärger schließen ließ?« Pia lehnte sich ein Stück zurück, verschränkte die Arme vor der Brust, genau wie Klaasen, und sah ihn erwartungsvoll an.

Erst schien es, als würde er nicht darauf antworten. Er hob nur die schweren Schultern und hielt Pias Blick stand. Als das Schweigen andauerte, räusperte er sich. »Direkt auf Ärger deutete nichts, nee. Und besondere Vorkommnisse? Das mit dem Wespennest vielleicht... Aber das war einfach nur Pech«, sagte er.

Pia hob die Augenbrauen.

»Im Schornstein. Ich wollte es selbst wegmachen, doch nachdem die Biester zweimal auf mich losgegangen sind, hat Irma einen Kammerjäger gerufen.« Er nannte den Namen des Mannes und sogar seine Adresse.

»Ist der Kammerjäger während seiner Arbeit im Haus mit Milena in Kontakt gekommen?«

»Er hat getan, was zu tun war. Ob er das Mädchen getroffen hat? Keine Ahnung.«

»Fällt Ihnen noch jemand ein, der in letzter Zeit plötzlich bei Ihnen im Haus auftauchte?«

»Patrick hatte ein paar Mal zwei Kumpel da. Von der Uni, glaube ich. Ich hatte den Eindruck, dass Milena das nicht gepasst hat. Sie wollte Patrick für sich allein haben.«

Die Namen der Mitstudenten würden sie sich von Patrick Grieger geben lassen. Klaasen rührte sich immer noch nicht. Einer Eingebung folgend, nahm Pia ungefragt ein frisches Glas, füllte es mit Mineralwasser und schob es zu Arne Klaasen hinüber. »Sonst noch irgendwelche Besucher?«, fragte sie. Die klare Flüssigkeit perlte im Glas. Man konnte das Prickeln der Kohlensäure hören.

Klaasen schluckte mühsam, rührte das Wasser aber nicht an. »Da war auch noch dieser Schreiberling«, stieß er verächtlich hervor. »Er kam bei uns an und wollte uns tausend Fragen stellen. Über das Haus – die alte Geschichte halt. Er wollte ein Buch darüber schreiben. Wenn den Leuten sonst nichts mehr einfällt, dann schreiben sie ein Buch. Ist doch so, oder?«

Pia ignorierte die Bemerkung. »Hat er das genauer erläutert?«

»Weiß nicht. Die Frauen haben mit ihm gequatscht. Waren später ganz aus dem Häuschen deshalb. Von wegen Schriftsteller und so.«

»Wie hieß der Mann?«

»Weiß ich doch nicht. Aber Irma hat bestimmt noch seine Karte. Die bewahrt alles auf. Alles.« Er fixierte das Glas. Dann sah er kurz von einem zum anderen und griff danach.

Pias Blick fiel auf die Kratzer auf seinem Handrücken. »Haben Sie sich verletzt?«

»Nicht der Rede wert. Das war ein Dornenbusch bei uns im Garten.«

»Das werden wir nach der Vernehmung noch für die Akten festhalten müssen.«

Klaasen funkelte sie wütend an. »Tun Sie, was Sie nicht lassen können!«

»Was hat das Haus denn für eine Geschichte, dass man ein Buch darüber schreiben kann?«, hakte Manfred Rist nach.

Klaasen lachte höhnisch auf. »Wissen Sie das noch nicht? Der Fluch von Mordkuhlen. Auf unserem Haus soll doch angeblich ein Fluch liegen.«

»Die Polizei kommt nachher noch mal vorbei.« Rudolf Ingwers stellte das Telefon zurück in die Ladestation. Seine Frau sah ihn mit großen Augen an und zuckte demonstrativ mit den Schultern. Die Geste machte ihn schier wahnsinnig. Diese vorgegebene oder tatsächliche Gleichgültigkeit! »Sie wollen bestimmt wissen, was du an dem Tag gemacht hast, als Milena... als es passiert ist. Erinnerst du dich inzwischen wieder daran?«

»Erinnerung war nie das Problem.«

»Aber du warst nicht zu Hause.«

»Rudolf, lass das meine Sorge sein! Kümmer du dich darum, dass die Leute sich daran erinnern, wo du an dem Tag warst. Ich hab im Betrieb angerufen. Frau Kuhnert zum Beispiel sagt, du bist an dem Tag nur kurz da gewesen, um was mit einem deiner Gärtner zu besprechen, und dann sofort weitergefahren.«

»Wie kommst du dazu, mir hinterherzuspionieren, Judith?«

»Es kam zufällig zur Sprache. Ich wollte mit Frau Kuhnert schon mal über den Blumenschmuck für die Beerdigung sprechen. Weiße Lilien...« Sie verzog das Gesicht. »Wenigstens das.«

Rudolf legte ihr die Hand auf die Schulter, doch Judith zuckte zurück. Er würde nicht umhinkommen, der Polizei zu sagen, wo er wirklich gewesen war. Auf Fehmarn kannte man ihn zu gut. Es war bei aller Vorsicht nicht auszuschließen, dass sich jemand daran erinnerte, sein Auto auf der Insel gesehen zu haben. Ob die Polizei das diskret behandeln konnte? Würde Maren für ihn aussagen? Wahrscheinlich schon, sogar bestimmt mit einiger Genugtuung. Er durfte keinesfalls eine Konfrontation mit Judith riskieren. Nicht zu diesem Zeitpunkt. Der Schein musste gewahrt bleiben. Jetzt, da Milena tot war, war es gut möglich, dass sie völlig abdrehte. Vielleicht bestand ja die Chance durchzuhalten, bis sie so verrückt war, dass er sie entmündigen lassen konnte.

Patrick Grieger musterte die seltsame Versammlung, die sich an der Tür vor ihm aufgebaut hatte. Drei Personen, ein hochgewachsener Mann, schätzungsweise Mitte fünfzig, stand in der Mitte, flankiert von zwei Frauen. Der Mann hatte ein langes, blasses Gesicht. Wallende Gewänder betonten seine knochigen Arme und Beine. Die Frau rechts von ihm war jünger, kaute Kaugummi und trug Jeans und ein schwarzes T-Shirt. Die ältere Frau auf seiner linken Seite war mit einer Bluse und einem hellblauen Hosenanzug eher formell gekleidet. Zwischen den Ponyfransen ihrer Pottschnitt-Frisur sah er Schweißtropfen glitzern.

Im Geiste ging Patrick die verschiedenen Möglichkeiten durch: die Zeugen Jehovas, das Denkmalpflegeamt, das Jugendamt, die Steuerfahndung, das Jüngste Gericht...

Der Mann streckte ihm eine knochige Hand entgegen. »Ich bin Aleister.«

»Aha.« Patrick hatte sie reflexartig ergriffen und zuckte nun zurück, als er die feuchte Kälte spürte, die von der Haut des Mannes ausging. »Und was wollen Sie hier?«

»Wem gehört dieses Haus?«

»Wer will das wissen?«

»Wir haben nichts Böses im Sinn, mein Lieber. Wir wollen Ihnen helfen«, mischte sich die ältere der beiden Frauen ein und schenkte ihm ein mütterliches Lächeln.

»Warten Sie hier!« Patrick schlug die Tür zu und rief nach Irma. Sie war schließlich die Mieterin dieses Hauses. Sollte sie sich mit den Spinnern herumschlagen. Patrick war sich inzwischen sicher, es nicht mit den Vertretern irgendeiner offiziellen Organisation zu tun zu haben. Aleister und die »Schwestern Schrecklich«, titulierte er sie im Geiste. »Irma, komm runter! Hier ist jemand an der Tür für dich.« Es dauerte eine Weile, bis er Irmas Schritte im Obergeschoss hörte.

»Ich hoffe, es ist wichtig, Patrick.«

»Sehr«, sagte er.

»Schon wieder die Polizei?« Auf dem Weg die Treppe hinunter kam sie an dem schmalen Fenster mit den Buntglasscheiben vorbei, das sich neben der Haustür befand. Sie quiekte überrascht auf, als sich ein Schatten hinter dem Glas abzeichnete. Eine große, dünne Gestalt hatte die Hände an die Scheibe gelegt und starrte zu ihnen herein.

Der Gang war schmal und dunkel, und wenn man die zwölf Meter im Zeitlupentempo zurücklegte, schien er unendlich lang zu sein. Die raue Decke und die mit Graffiti beschmierten Seitenwände rochen leicht faulig und mineralisch wie sonst alte Gemäuer in südlicheren Gefilden.

Als Pia aus der dämmrigen Kühle in den aufgeheizten Hof trat, blinzelte sie überrascht. Sie hatte Felix an der Hand, der neuerdings darauf bestand, den Weg vom Auto zum Haus auf seinen eigenen Beinen hinter sich zu bringen. Alle drei Meter ging er in die Hocke, um den Untergrund zu untersuchen und kleine Steine oder Stöcke aufzuheben. In der anderen Hand trug Pia eine Einkaufstasche, gefüllt mit den Lebensmitteln, die sie bei einem eiligen Beutezug durch den Supermarkt ergattert hatte. Sie freute sich auf Tortellini mit Ricottafüllung und ihrer Spezial-Tomatensoße. Das viele kalte Essen, das sie während der heißen Tage zu sich genommen hatte, hing ihr allmählich zum Hals raus.

Lars Kuhn stand an die Hauswand gelehnt da. Er hatte sein Mobiltelefon am Ohr, und als er Pia näher kommen sah, nickte er ihr andeutungsweise zu. Er lächelte nicht. Warum auch? Wenn Pia sich recht erinnerte, hatte sie ihn das eine Mal, als sie verabredet gewesen waren, kurzfristig versetzt. Felix war krank geworden. Ein paar Tage lang war sie rund um die Uhr damit beschäftigt gewesen, Gespucktes aufzuwischen, Wäsche zu waschen, Tee zu kochen und Windeln zu wiegen. Sie hatte akribisch aufschreiben müssen, was in ihr Kind rein- und was wieder rausgegangen war ... Rota-Viren. Sie war fast verrückt geworden vor Sorge, weil Felix kurz davorgestanden hatte, im Krankenhaus an einen Tropf gehängt zu werden. Aber das war schon einige Zeit her.

Und danach? Zwei Wochen später, als sich die Lage wieder normalisiert hatte, hatte Pia ein paar halbherzige Versuche unternommen, Lars zu erreichen – vergebens. Jedes Mal war nur seine Mobilbox angesprungen, auf der Pia keine Nachricht hinterlassen hatte. Dann hatte sie noch ein kurzes Telefonat mit Stella geführt, seiner Mitarbeiterin in der Agentur, bei dem sie um Rückruf gebeten hatte. Der war nicht erfolgt. Ende der Geschichte. Sich einzureden, dass es so viel besser sei, war Pia bei dem Stress der letzten Monate nicht allzu schwergefallen.

Lars klappte sein Telefon zu und steckte es in die Tasche seiner Jeans. »Hi, Pia.« Er musterte sie, ohne mit der Wimper zu zucken.

»Das letzte Mal, als wir uns gesehen haben, hattest du Handschuhe und Winterstiefel an.«

Und noch einiges andere, um genau zu sein. Pia fiel nichts Unterhaltsameres ein, was sie sagen könnte. Der Tag war anstrengend gewesen, ihr Kopf wie leer gefegt. Kennengelernt hatte sie Lars bei einer polizeilichen Untersuchung. Danach waren sie sich zufällig noch einmal in Lübeck in einer Bäckerei über den Weg gelaufen und zusammen spazieren gegangen. Wieder spürte Pia die gleiche Anziehung wie damals, atmosphärisch gestört von der Einsicht, dass er einfach zu attraktiv war... für einen Mann. Die altbekannte Warnleuchte in ihrem Kopf sprang an: Blink-blink-blink – Hände weg, Pia!

Felix streckte dem ihm unbekannten Mann seine Hand mit dem Papierfetzen entgegen, den er gerade aufgelesen hatte.

Lars ging in die Hocke und sah sich das Kaugummipapier eingehend an. »Sehr hübsch grün«, meinte er. »Felix, kannst du deiner Mutter bei Gelegenheit sagen, dass ich gern mal wieder mit ihr spazieren gehen würde?« Er richtete sich auf. »Ich war gerade bei einem neuen Kunden, der hier um die Ecke sein Büro hat. Da dachte ich mir, ich schau mal, ob du noch lebst.«

Pia spürte, wie ihr eine Schweißperle zwischen den Brüsten hindurch den Bauch herunterrann. Eigentlich lebte sie nur noch gerade so. Und so sah sie wahrscheinlich auch aus. Er hingegen schaute frisch aus, und er roch auch noch gut. Nettes Duschgel. »Zu welchem Schluss kommst du?«, fragte sie.

Er schien kurz abzuwägen, wie viel Ehrlichkeit ihre quasi nicht vorhandene Beziehung vertrug. Pia warf einen prüfenden Blick in den angrenzenden Garten. Wenn Susanne sie hier mit Lars stehen sah, würde es wieder Grundsatzdiskussionen bis weit nach Mitternacht über ihr nicht vorhandenes Sexleben geben. Im Sommer war das Leben im Gängeviertel irritierend öffentlich. Wie auf einem Campingplatz.

Lars sah sie direkt an. »Na ja. Wie es aussieht, lebst du gerade eben noch.«

»Wir haben gestern einen neuen Fall hereinbekommen«, sagte sie. »Das hinterlässt manchmal Spuren – bei mir, meine ich.«

»Der Mord auf Fehmarn?«

»Es handelt sich um eine junge Frau, gerade mal achtzehn. Sie wurde in ihrem Garten erschlagen.«

»Ich hab davon im Radio gehört.«

Felix begann, in der Einkaufstasche zu graben. Pia beugte sich zu ihm herunter, um einen Sahnebecher zu retten, der jetzt kräftig geschüttelt wurde. Sie nahm ihren Sohn auf den Arm. »Es ist ein bisschen zu warm, um spazieren zu gehen.«

Nicht zu warm, um ihn mit nach oben zu nehmen und ihm die Klamotten vom Leib zu reißen. Um zusammen unter die Dusche zu springen. Es war längst nicht zu warm, um viele schöne Dinge zu tun. Die andauernde Hitze machte die Leute verrückt. Jeder, der bei der Polizei arbeitete, wusste das.

»Vielleicht ein anderes Mal«, sagte er und lächelte jetzt doch. »Mein neuer Kunde verlangt intensive Betreuung.«

Und ich auch, dachte Pia. Nicht nur mal eben im Vorbeigehen.

7. Kapitel

Kommt ja nicht so häufig vor, dass einem der Anblick von blauem Himmel zuwider ist, dachte Pia, als sie am nächsten Morgen die Possehlstraße hinunter in Richtung Polizeihochhaus fuhr. So richtig blau war der Himmel auch wieder nicht. Über der Stadt lag ein Dunstschleier. Und das Wasser im Kanal lag reglos da wie flüssiges Blei. Wenn sich das Wetter hielt, könnte sie am Wochenende mit Felix an die Ostsee fahren. Wenn sie nicht arbeiten musste. Und wenn Hinnerk nicht aufkreuzte ...

Sie hatte ja gar nichts gegen Sonnenschein. Im Gegenteil. Nur dagegen, dass sich in wenigen Stunden ihre Haut schon wieder klebrig anfühlen würde. Da es sich auch nachts nicht mehr richtig abkühlte, hatte Pia trotz des weit geöffneten Fensters schlecht geschlafen. Sie beneidete Fiona nicht um ihren Job, den ganzen Tag lang quengelige Kinder bespaßen zu müssen, denen die Hitze zusetzte. Und Pia hoffte, dass Fiona nicht mit dem langärmeligen T-Shirt für Felix Ernst machte, wenn sie mit ihm auf den Spielplatz ging.

Sie selbst hingegen würde die Gesellschaft ihrer Kollegen genießen, von denen der eine oder andere im Laufe des Tages bestimmt auch quengelig werden würde. Kein Wunder, keine Klimaanlage in den Büros, in den alten Pool-Fahrzeugen sowieso nicht. Im Hochhaus die kuschelig grünbraune Siebzigerjahre-Einrichtung ...

Pia trat im siebten Stock aus dem Fahrstuhl. Es war schon fast acht Uhr. Sie schnappte sich ein paar Unterlagen aus ihrem Büro, ließ vorsichtshalber schon mal die Jalousien herunter und eilte in Richtung Besprechungsraum. »Morgen zusammen«, grüßte sie die anwesenden Kollegen und sah sich nach einem Platz um, als sie von hinten angestoßen und dann, ebenfalls von hinten, umfasst und herumgewirbelt wurde.

»Pia!«

Sie zuckte und unterdrückte eine reflexartige Abwehrreaktion. Zum Glück. Ein von dunklen Locken umrahmtes Gesicht strahlte sie an. Es war eine Kollegin, die sie schon seit ein paar Jahren nicht mehr gesehen hatte. Klein, drahtig, strahlend grüne Augen. Es dauerte einen Moment, bis Pia den Namen parat hatte. »Juliane? Juliane Timmermann?«

»Ich wusste, dass ich dich hier antreffen würde, Pia. Ist das nicht ein Ding?«

»Wann haben wir uns das letzte Mal gesehen? Auf dem Lehrgang in Kiel?«

»Genau! Seitdem ist ganz schön viel passiert.«

»Bist du in der SOKO Fehmarn dabei?«

Juliane nickte. »Seit heute Morgen sozusagen.«

Es war ja schon die Rede davon gewesen, dass sie noch mehr Verstärkung bekommen würden. Aber nicht davon, dass es sich dabei um Juliane Timmermann handeln würde. Pia hätte im Leben nicht damit gerechnet, sie hier anzutreffen. Ursprünglich kam Juliane aus dem Westen, aus Heide, wenn sie sich recht erinnerte. »Wohnst du jetzt in Lübeck?«

Juliane schüttelte den Kopf. »Die letzten Jahre war ich in Neumünster. Ich werde erst mal pendeln. So schnell geht das alles leider nicht.«

Gabler und die Staatsanwältin Ilka Schneider traten ein. Alle, die noch nicht saßen, suchten sich nun einen Platz. Der Anblick der Staatsanwältin mit den knallrot gefärbten Haaren war im Polizeihochhaus nichts Ungewöhnliches. Sie war am Anfang einer Ermittlung oft bei den Besprechungen im K1 dabei, unter anderem, um die nötigen richterlichen Beschlüsse zu beantragen. Wenn sich ein Fall länger hinzog, bekam man sie im Polizeihochhaus dann nur noch selten zu sehen. Es gab aber durchaus auch Staatsanwälte, die sich grundsätzlich nicht so oft blicken ließen.

Pia zwang sich, sich auf die Besprechung zu konzentrieren, die in der Anfangsphase einer Ermittlung aus einer schier endlosen Aufzählung der bisherigen Erkenntnisse bestand. Sie selbst und Manfred Rist steuerten erste Angaben über die Obduktion bei. Der Obduktionsbericht zum Fall »Milena Ingwers« war noch nicht eingetroffen. Eine Folge der immer weiter um sich greifenden Sparmaßnahmen, die auch vor den Instituten für Rechtsmedizin nicht haltgemacht hatten. Vieles dauerte länger als eigentlich nötig, und die Verzögerungen erschwerten die Ermittlungsarbeit. Ebenso nervte es Pia, dass sie immer noch nicht mehr als ein paar nichtssagende Sätze mit Rist gewechselt hatte. Sie waren jetzt nun einmal Kollegen. Wenn er immer noch sauer auf sie war, wollte sie es wenigstens wissen.

Pia sah zu Juliane Timmermann hinüber, dem zweiten Neuzugang im Kommissariat. Endlich eine weitere Frau. Noch dazu eine, die sie von früher kannte. Pia erinnerte sich an Juliane als eine umgängliche und lustige, manchmal etwas zu unbekümmerte Kollegin. Sie musste sich in mancher Hinsicht geändert haben, da sie ausgerechnet zum K1 versetzt worden war. Pia war gespannt, wie die Zusammenarbeit verlaufen würde.

Rist übernahm es, die Ergebnisse von Arne Klaasens Vernehmung an alle weiterzugeben. Er berichtete von dem nicht vorhandenen Alibi und der noch unklaren Beziehung Klaasens zu seiner Mitbewohnerin Milena Ingwers. Und er gab auch Arne Klaasens rätselhafte Andeutung wieder, dass auf dem Haus, in dem sie wohnten, ein Fluch liegen sollte. »Nicht, dass es irgendwelche Hinweise darauf gibt, dass der angebliche Fluch mit dem aktuellen Tötungsdelikt zusammenhängt. Aber wenn wir es hier schon mit so etwas Skurrilem wie einem Fluch zu tun haben, sollten wir wenigstens wissen, was es damit auf sich hat beziehungsweise was die Leute darüber denken.«

»Ja, das ist wohl leider unumgänglich. Reden Sie mit den Nachbarn. Finden Sie es heraus!«, sagte Gabler. »Noch etwas zu Arne Klaasen?«

Pia zögerte kurz. »Zum einen hatte er Kratzer auf dem Handrücken, die seiner Angabe nach von einem Dornenbusch herrühren. Der Rechtsmediziner, dem Klaasen noch kurz vorgestellt wurde, meinte, dass sei möglich. Zumindest seien es keine Kratzspuren von Fingernägeln. Außerdem hat Arne Klaasens vor fünfzehn Jahren eine Haftstrafe wegen Drogenbesitzes und gefährlicher Körperverletzung verbüßt.«

Manfred Rist warf ihr einen überraschten Blick zu, doch er hatte seine Mimik schnell wieder unter Kontrolle.

»Interessant, auch wenn es schon lange her ist.« Horst-Egon Gabler sah von Pia zu Rist. »Ist Klaasen in der Zwischenzeit noch mal aktenkundig geworden?«

»Nein. Seitdem nicht mehr«, sagte Pia. Sie bemerkte, dass Rist sie mit gerunzelter Stirn ansah.

Nachdem die neuen Aufgaben verteilt und die Besprechung beendet war, folgte Manfred Rist Pia in ihr Büro.

»Majestätsplural? ›Wir haben ...‹ Oder war das ein Versuch, mich nachträglich mit einzubeziehen? Warum hast du mich nicht gleich informiert?«

»Es ist mir erst abends, lange nach der Vernehmung, wieder eingefallen.«

»Was denn?«

»Klaasen hatte außer den Kratzern noch eine etwas undeutliche Tätowierung auf der Hand: drei Punkte zwischen Daumen und Zeigefinger. Sie ist mir nur aufgefallen, weil ich ihm ein Glas Wasser gegeben habe. Er hat während der Vernehmung die ganze Zeit versucht, dieses Tattoo vor uns zu verbergen. Als ich wieder daran gedacht habe, warst du schon nicht mehr im Kommissariat. Ich hab seinen Namen schnell noch mal durchs System gejagt, dabei bin ich fündig geworden. Und heute Morgen vor der Besprechung war keine Gelegenheit mehr, es dir zu sagen.«

»Es gibt Telefone.«

»Ich hab's vergessen. Es ist doch nichts weiter passiert.« Aber es kam in letzter Zeit öfter vor, als ihr lieb war: Vergesslichkeit in Bezug auf eine Ermittlung. Das war eine Todsünde.

Er sah sie durchdringend an. »Und es ist nicht etwa so, dass du mir unseren kleinen Streich von damals übel nimmst?«

So herum wurde also ein Schuh daraus. Er befürchtete, sie könnte sauer auf ihn sein.

»Nein. Und überhaupt: Wenn einer dabei zu Schaden gekommen ist, dann warst das ja wohl eher du.«

»Erinnere mich nicht daran.«

Pia hatte tatsächlich ein schlechtes Gewissen. Nicht, weil sie ihm damals zwischen die Beine getreten hatte. Daran war er selbst – und zu einem noch größeren Teil Broders – schuld. Die beiden Kollegen hatten ihr einen Streich spielen wollen und Rist, der zu jener Zeit noch in einer anderen Abteilung gearbeitet hatte, als einen zur Fahndung ausgeschriebenen Vergewaltiger und Fassadenkletterer ausgegeben. Damals war Pia relativ neu im Kommissariat gewesen. Sie hatte ihnen die Geschichte abgenommen und versucht, Rist mit allen ihr zur Verfügung stehenden Mitteln am Entkommen zu hindern. Und das war schmerzhaft für ihn gewesen. Aber er hatte es ja provoziert. Jetzt die Erkundigungen über Arne Klaasen über Rists Kopf hinweg einzuziehen war jedoch nicht richtig gewesen. Hatte es tatsächlich nur an Zeitmangel und Stress gelegen, dass sie ihn nicht rechtzeitig informiert hatte?

»Es sind doch wohl nach der Aktion damals keine langfristigen Schäden zurückgeblieben?«, fragte Pia, um von ihrem aktuellen Versäumnis abzulenken.

»Sei vorsichtig, du ...«

»Immerhin hab ich dir damals Eis besorgt. Viel Eis.«

»Was war das mit dem Eis im Mittelteil?« Broders steckte den Kopf zur Tür herein.

»Nichts«, sagte Manfred Rist.

Pia winkte Broders herein. »Was gibt's?«

»Das Neueste: Frau Seibel hat uns gerade angerufen.« Heinz Broders sah prüfend von einem zum anderen. Ihm war wohl klar, dass er gerade etwas verpasst hatte. Als die beiden keine Anstalten machten, ihn einzuweihen, fuhr er fort: »Sie ist heute Morgen am Gartentor über eine Art Altar gestolpert.« Broders wippte auf den Fußballen vor und zurück.

»Was?«

»Kerzen, Blumen, Karten ... am Gartentor von Mordkuhlen. Alles für Milena.«

Judith Ingwers ignorierte ihre schmerzenden Kniescheiben. Das war vergleichsweise einfach. Sie kniete vor dem Hauptaltar der St.-Nikolai-Kirche, den Kopf gesenkt, die Hände ineinander verschränkt. Nur still betend in einer der Kirchenbänke zu sitzen kam ihr in Anbetracht ihrer Gefühle nicht richtig vor. Ihr innerer Schmerz war allumfassend und grenzenlos. Er wühlte in ihren Eingeweiden und fraß sich von Minute zu Minute tiefer in sie hinein. Er tobte in ihrem Kopf und ließ ihre Augäpfel brennen. Sie fragte sich, ob ihr Herz dem Kummer standhalten würde oder ob es doch brechen würde.

»Herr, dein Wille geschehe«, murmelte sie. Wenn es so sein sollte, wenn sie vor Trauer um ihre Tochter sterben sollte, so wäre das für sie in Ordnung. Jetzt. »Nimm mich zu dir, Herr!«, flüsterte sie. Sie verharrte ein paar Atemzüge lang und spürte ihr Herz schlagen.

Milena war tot. Sie selbst lebte. Daran schien sich auch in

den nächsten Minuten nichts zu ändern. Kein Stolpern, kein Flimmern, ihr Herz schlug kräftig und regelmäßig. Trotzig.

Sie betete noch ein Vaterunser, doch der erhoffte Frieden stellte sich einfach nicht ein. Sie würde weitere Maßnahmen ergreifen müssen. Mehr beten, intensiver Zwiesprache halten, *seinen* Willen erkennen, sich von allen irdischen Wünschen und Eitelkeiten frei machen. Seine Dienerin sein. Er hatte ihre Tochter zu sich geholt. Milena war in Sicherheit. Konnte sie mehr für ihr Kind verlangen?

Judith Ingwers hörte die Kirchturmuhr elf Mal schlagen. Sie sollte langsam nach Hause fahren und das Mittagessen vorbereiten. Für wen eigentlich? Rudolf würde bestimmt nicht heimkommen, sondern sich heute Abend höchstens ein Tellergericht aufwärmen wollen. Das Kochen war doch mehr Beschäftigungstherapie als alles andere.

Sie wollte sich erheben und musste zu ihrem Entsetzen feststellen, dass sie dazu nicht in der Lage war. Die Beine versagten ihr den Dienst. Sie hatte einfach kein Gefühl mehr, und das leise Knirschen in den Gelenken verhieß auch nichts Gutes. Mit einem Stöhnen sank sie seitwärts auf den kalten Fußboden nieder; sie fühlte sich von ihrer eigenen Schwäche gedemütigt. Wie lange hatte sie hier gekniet? Eine Stunde? Zwei? Die Zeit bedeutete ihr nichts mehr.

Sie legte die Stirn auf die Steinfliesen. Eine Träne tropfte auf den Boden, dann noch eine. Kein Selbstmitleid. Schon gar nicht hier, direkt unter dem Altarbild. Sie stemmte sich mit den Armen in eine sitzende Position und massierte die tauben Beine. Es kribbelte und stach, als das Gefühl zurückkehrte. Judith Ingwers kroch bis zu einem der Stühle, die vor der ersten Bankreihe standen, und zog sich langsam hoch, wobei sie sich fast in dem wadenlangen dunkelgrauen Rock verhedderte, den sie trotz der sommerlichen Temperaturen trug. »Se geiht in deep Sorg«, sagte man auf Fehmarn. »Sie trägt Sorge«:

Trauerkleidung. Der schwere Stoff haftete an ihrem Körper wie die Schuld und die Angst, die sie immer weiter runterzogen. Irgendwann würde sie unten ankommen.

Judith Ingwers hatte ihr Auto vorhin im Schatten der Bäume geparkt, doch inzwischen stand es in der prallen Sonne. Als sie einstieg, traf sie die warme Luft im Wageninneren wie ein Schlag. Sie keuchte. Nach den Stunden in der relativen Kühle der alten Kirche hatte sie die seit Tagen anhaltende Hitze fast vergessen gehabt. Seltsam.

»Mörderisch«, murmelte sie und bekreuzigte sich eilig. Ihre Tochter war ermordet worden. Derjenige, der das getan hatte, hatte gesündigt und schwere Schuld auf sich geladen. Doch vielleicht war es Vorsehung gewesen? War damit ihre Tochter gerettet worden vor einem Schicksal schlimmer als der Tod? Ihre unsterbliche Seele ... Milena ...

Judith startete den Wagen, bog in die Straße Hinterm Kirchhof und dann nach links in die Priesterstraße ab. Sie fuhr langsam die Breite Straße hinunter.

Bis zu ihrem zwölften Lebensjahr war Milena ein Gottesgeschenk für sie gewesen. Die Freude ihres Lebens – Wiedergutmachung für jedes Leid und jede Ungerechtigkeit, die ihr bis dahin widerfahren waren: Der frühe Tod der Mutter, das freudlose Leben mit dem jähzornigen Vater ... Judith hatte als Mutter alles besser machen wollen. Sie war fest entschlossen gewesen, alles Menschenmögliche zu tun, damit Milena eine gesegnete, glückliche Kindheit erleben durfte.

Als Judith Ingwers in die Sahrendorfer Straße abbog, übersah sie einen Radfahrer und nahm ihm die Vorfahrt. Der Fahrer gestikulierte wütend. Sie musste sich zusammenreißen, wenigstens im Straßenverkehr ... Hinter Burg begannen die Felder, die ausgedörrt in der Mittagssonne lagen. Judith Ingwers blinzelte und klappte die Sonnenblende herunter. Sonnenbrillen waren in ihren Augen nur eitler Tand.

Milena ... An das eine, dass sie Gottes Hilfe dafür erbitten musste, daran hatte sie nicht gedacht. Bis es zu spät gewesen war. Bis schleichend, aber unaufhaltsam das Gift in ihr Kind gedrungen war. Das Gift fleischlicher Begierde und weltlicher Eitelkeit. Wollust, Faulheit und ihr Drang, Lügen zu erzählen. Und je stärker Rudolf dagegengehalten hatte, desto mehr hatte Milena sich gegen sie beide aufgelehnt. Bis sie fortgegangen, bis sie sich *ihnen* angeschlossen hatte – bis sie, in letzter Konsequenz, dafür mit ihrem Leben bezahlt hatte.

Judith atmete tief durch. Sie musste lernen, ihr Schicksal ohne Groll anzunehmen. Sich befreien von Hass und Angst. Dann hatte sie auch nichts zu befürchten. Der Herr ist mein Hirte, er wird mich führen ... Doch warum steigerte sich dann ihre Beklommenheit zu nackter Panik, je näher sie ihrem Zuhause kam?

»Rudolf hat sie mir weggenommen«, sagte Judith und erschrak über den rauen Klang ihrer Stimme. So etwas durfte sie nicht denken. Nicht jetzt. »Herr, vergib mir.«

Als sie in die Auffahrt ihres Hauses bog, brachte das Radio eine Unwetterwarnung. Für die Lübecker Bucht wurden Gewitter mit starken Regenfällen oder sogar Hagel vorhergesagt. Ein Gewitter würde nicht schaden, so schwül wie es war. Man bekam ja kaum noch Luft.

Als sie aus dem Auto stieg, spürte Judith die aufgeheizten Steine unter ihren Füßen. Sie sah zum Himmel. Ein bedrohlich aussehendes Wolkenband am Horizont, das sich vielleicht bis Fehmarn ausbreiten würde ... vielleicht. Auf der Insel hatten sie oft anderes Wetter als auf dem Festland. Sollte sie ihren Wagen nicht lieber in die Garage fahren? Wenn es nun wirklich hagelte ...

Vor ein paar Jahren waren Hagelkörner, so groß wie Tennisbälle, heruntergekommen. In der Doppelgarage stand Rudolfs Land Rover. Sein zweitbestes Stück war nicht vollkommen wasserdicht. Und es hatte noch weitaus mehr Mängel, soweit Judith das beurteilen konnte. Eigentlich war es mehr ein Hobby, das sich auch bewegte ... Aber Rudolf liebte dieses Vehikel. Wenn sie ihren Kleinwagen dazustellte, musste Rudolfs Mercedes später bei Hagel womöglich draußen stehen. Das schöne Stoffverdeck ... Andererseits würde Rudolf heute ohnehin nicht vor zehn heimkommen, und wenn er so spät kam – leicht angetrunken, wie sie vermutete –, war er meistens zu faul, noch in die Garage zu fahren. Und bis dahin würde das angekündigte Gewitter sowieso schon vorbeigezogen sein.

Judith Ingwers öffnete das Tor. Im Innern der Garage war es dämmrig. Sie war den Land Rover vorgestern zuletzt gefahren, als sie die Hunde trainiert hatte. Er stand so da, wie sie ihn abgestellt hatte: die Seiten schlammbespritzt, in den Schutzgittern vor den Scheinwerfern hingen trockene Gräser. Es roch hier ... nicht gut. Judith wich zurück, sprang in ihren Wagen und startete den Motor.

Mit dem kleinen Auto war es ein Leichtes, neben dem Geländewagen Platz zu finden. Als sie ausstieg, wurde Judith übel. Die Luft war trotz des geöffneten Tores zum Schneiden dick. Und es roch ... nein es stank ... einfach ekelhaft. Der Geruch war ihr eben schon in die Nase gestiegen, als sie das Tor geöffnet hatte, aber da hatte sie noch an den nahen Komposthaufen und den Hundezwinger gedacht.

Doch dies hier war etwas anderes: Hier verweste was. Ein Tier. Vielleicht eine Ratte oder etwas Größeres? Ein Marder oder eine Katze? Ihre Nachbarn hatten eine hochbetagte Katze mit struppigem Fell und Hängebauch, aber die alten Leute hingen an dem Tier. Besser, sie sah jetzt nach, bevor in der Hitze ... Nein, sie wollte es sich nicht vorstellen!

Judith ging zwischen den beiden Autos zur Rückwand, wo die Winterreifen aufeinandergestapelt lagen und zwei Fahrräder und ein Werkzeugregal standen. Warm, wärmer, heiß, heißer, dachte sie ironisch. Wie beim Topfschlagen auf Milenas Kindergeburtstagen. Milena! Nicht daran denken! Nicht jetzt. Judith lugte hinter den Reifenstapel. Hier irgendwo musste es sein. Faulig, süßlich, ekelhaft... Es kam... Ja, konnte es denn aus dem Land Rover kommen? Hatten die Hunde etwas mit reingeschleppt, was da nun vor sich hin gammelte? Aber das hätte sie doch sehen müssen? Nun, sie war an jenem Tag mit den Gedanken ganz woanders gewesen. Bei Milena. Nicht daran denken! Sie war abgelenkt gewesen, als sie mit den Hunden unterwegs gewesen war. Hatte sie etwa später... Die Erinnerung an jenen Tag war wie ausgelöscht.

Judith drückte den Griff der Hecktür nach oben und zog sie auf.

8. Kapitel

Sie hielten in einer Seitenstraße, nicht weit von dem Haus entfernt, in dem Jesko Ebel wohnte. Der Autor oder Journalist, den Arne Klaasen bei seiner Vernehmung erwähnt hatte, lebte in Oldenburg in Holstein. Da das auf dem Weg nach Fehmarn lag, hatten Pia und Broders nach der Dienstbesprechung beschlossen, zuerst mit Ebel zu reden und von dort aus weiterzufahren. Auch Judith und Rudolf Ingwers sollten heute noch einmal befragt werden.

Pia klingelte. Sie standen im Seiteneingang eines schmalen Geschäftshauses in der Fußgängerzone, dessen untere Räume einen Schnellimbiss beherbergten. Darüber befanden sich, den handgeschriebenen Namensschildern zufolge, drei Wohnungen. Jesko Ebel, der auf Mordkuhlen erschienen war, um Recherchen über die Vergangenheit des Hauses anzustellen, wohnte unter dem Dach. Als der Summer ertönte, stieß Pia die Tür auf, und sie traten ein. Es roch durchdringend nach kaltem Frittierfett, auf den abschüssigen Stufen schien ein leichter Schmierfilm zu liegen.

Jesko Ebel erwartete sie auf dem obersten Treppenabsatz. Er war schätzungsweise Anfang dreißig, mit einem runden Gesicht und weichen Lippen. Sein Haar war blond und gewellt, er trug einen Dreitagebart. Ohne den hätte er wahrscheinlich ausgesehen wie Gustav Gans. Im Gegensatz zu seinem übrigen Äußeren wirkte seine Augenpartie desillusioniert und müde. Im Augenblick erweckte er nicht den Anschein, als hätte er schon viel Glück im Leben erfahren.

Ebel führte Pia und Broders ins Wohnzimmer und deutete

auf ein schwarzes, geradliniges Sofa. »Nehmen Sie Platz. Möchten Sie vielleicht auch einen Kaffee?« Er schien der Polizei nun bereitwillig helfen zu wollen.

Am Telefon, als Pia den Termin vereinbart hatte, war er recht schroff gewesen.

Broders und Pia lehnten den Kaffee dankend ab.

»Na, dann nicht«, sagte Jesko Ebel mit einem Schulterzucken. »Ich brauch jetzt einen. Hab bis heute früh um vier gearbeitet. Wenn man an einem wichtigen Projekt sitzt, kann man manchmal kein Ende finden, wissen Sie.« Er verschwand und kehrte mit einer Thermoskanne und einem Becher zurück, die er vorsichtig auf einer Tageszeitung abstellte, die auf dem Glastisch lag.

»Wir ermitteln in einem Mordfall auf Fehmarn. Eine junge Frau ist dort vor zwei Tagen ums Leben gekommen. Sie haben sicher schon davon gehört oder gelesen.«

Er hob andeutungsweise die Schultern. »Klar, jeder in der Gegend hat davon gehört.«

»Kennen Sie das Haus auf Fehmarn, wo das Verbrechen begangen wurde? Personen, die möglicherweise in den Fall involviert sind?«, fragte Broders.

»Wir sprechen doch über Mordkuhlen, oder? Dort ist die junge Frau umgebracht worden. Sie wurde im Garten erschlagen. Und ganz zufällig ist es das Haus, über das ich gerade schreibe.« Er schenkte sich einen Kaffee ein. »Oder auch nicht zufällig«, setzte er mit gehobenen Augenbrauen hinzu.

»Waren Sie schon einmal dort?«

»Akribische Recherche ist das Herzstück des investigativen Journalismus. Ich bin freier Journalist und Autor.« Er nippte vorsichtig an seinem Kaffee.

»Wissen Sie noch, wann Sie da waren?«

Er nannte das Datum. Die Frage kam offenbar nicht überraschend für ihn.

»Arbeiten Sie für eine bestimmte Zeitung?« Pia hatte das Gefühl, ihn schon einmal irgendwo gesehen zu haben. Vielleicht an einem Tatort oder auf einer Pressekonferenz?

»Nicht mehr! Ich bin ... äh ... freigestellt worden. Bei den Printmedien ist alles im Umbruch. Sie zahlen jetzt nur noch einen Hungerlohn pro Zeile. Deshalb habe ich auch umgesattelt auf die Mordkuhlen-Geschichte.« Er stellte den noch vollen Becher behutsam ab.

»Wie sind Sie darauf gekommen, über Mordkuhlen zu schreiben?«

Er starrte Pia einen Moment lang an. »Fragen Sie einen kreativen Menschen nie, woher er seine Ideen nimmt! Ideen liegen in der Luft.«

»Stammen Sie aus der Gegend?«

»Nicht direkt. Ich komme aus Kiel.«

»Was wollten Sie bei Ihrem Besuch auf Mordkuhlen herausfinden?«

»Ich rede eigentlich nicht gern darüber.« Ebel lehnte sich zurück und verschränkte die Arme vor der Brust.

»Warum nicht?« Es war offensichtlich, dass er darauf brannte, davon zu erzählen.

»Das Buch ist noch nicht fertig. Aber die Idee ist genial. Es wird *der* Knaller! Ich habe verständlicherweise die Befürchtung, dass mir da jemand zuvorkommen und meine Idee klauen könnte.«

»Das haben wir gewiss nicht vor«, sagte Broders trocken.

»Okay. Ich will Sie ja nicht an Ihrer Arbeit hindern. Immerhin ist dort ein Mensch ums Leben gekommen.«

»Also, worüber schreiben Sie genau?«, fragte Pia ungeduldig.

»Über Mordkuhlen vor ungefähr fünfundzwanzig Jahren. Als es noch niemand ›Mordkuhlen‹ nannte ... Das kam ja erst später. Ich schreibe über die dramatische und grausame Auslöschung einer ganzen Familie! Und über einen Mörder, der sich selbst gerichtet hat. Aufgrund des Mordes hat das Thema unglaublich an Brisanz gewonnen. Wenn mein Roman davon noch profitieren soll, muss ich mich jetzt wirklich beeilen.«

»Müssen Sie das?« Pia konnte ihr Missfallen kaum verbergen.

Broders warf ihr einen warnenden Blick zu: »Sie schreiben also über den Mordfall Bolt. Was wird es denn? Ein Roman? Ein Sachbuch? Ein Theaterstück?«

»Theater? Das wäre es. Den Fall als neuzeitliches Drama auf die Bühne bringen ... Nur, verdienen kann man damit nichts. Aber vielleicht mit einem Film ... Ich muss mal meinen Agenten anrufen, wie es mit den Filmrechten aussieht.«

»Um welchen Verlag handelt es sich?«

»Ich habe mich noch nicht für einen bestimmten Verlag entschieden.«

»Herr Ebel, Sie schreiben an einem Buch über die Ermordung der Familie Bolt vor ungefähr einem Vierteljahrhundert und sind zu diesem Zweck an den ehemaligen Tatort gefahren. Das ist doch richtig? Was passierte, als sie dort waren?«

Jesko Ebel sah Pia irritiert an. »Wie – ›passierte‹? Ich hab zuerst kurz mit dem Mann gesprochen, der zurzeit dort wohnt. Klaasen hieß er. Ich habe ihm das Projekt vorgestellt und gefragt, ob ich mich umschauen darf. Doch er war nicht sehr hilfsbereit.«

»Was wollten Sie denn genau herausfinden?«

»Herausfinden, herausfinden! Was dort *passiert* ist, ist ja bekannt. Aber ich wollte die Atmosphäre des Hauses spüren. Die Schwingungen auffangen. Bilder sammeln, Gerüche und Geräusche.« Er sah zwischen Pia und Broders hin und her. »Das verstehen Sie wohl nicht.«

»Was wir verstehen und was nicht, lassen Sie besser unsere Sorge sein«, sagte Pia. »Schildern Sie uns den Ablauf Ihres Besuchs auf Mordkuhlen. Wen haben Sie alles angetroffen?«

»Pfh. Dieser Klaasen wollte mich nicht ins Haus lassen. Da bin ich draußen rumgelatscht und hab ein paar Fotos gemacht. Der Typ ist dann mit seinem Pick-up weggefahren. Kurze Zeit später kam eine Frau aus dem Haus und hat mich hereingebeten.«

»Wer war das?«

»Ich glaube, *sie* war es. Ihr Mordopfer. So um die neunzehn, zwanzig, vielleicht aber auch jünger. Langes schwarzes Haar, ziemlich öko. Sagte, sie wohne erst seit ein paar Wochen auf Mordkuhlen.«

»Hat sie sich nicht vorgestellt?«

Ebel zog ein Notizbuch hervor. Er blätterte ausgiebig, wobei er immer wieder den Finger mit der Zunge befeuchtete. »Ah, hier: Milena Ingwers. Sie ist das Opfer, oder? Nettes Mädchen. Hat uns Tee gekocht und mir ein bisschen was über Mordkuhlen erzählt. Dass die Nachbarn es für einen Schandfleck halten, zum Beispiel.«

»Hat sie noch mehr gesagt?«

Er schob die weiche Unterlippe vor. »Nichts Weltbewegendes. IQ wie die Außentemperatur. Entschuldigung. Sie ist ja tot. Und über die Familie Bolt hat sie mir auch nichts Neues erzählen können. Sie wusste nicht mal, wo sie damals die Leichen gefunden haben. Ich wollte mir den Keller gern anschauen, schon wegen des Fluchs. Dort lagen sie nämlich aufgereiht: die Mutter und zwei ihrer Kinder.«

»Vielleicht will man das nicht so genau wissen, wenn man dort wohnt?«

»Meinen Sie?«

»Hat Milena Ingwers etwas über die aktuelle Situation im Haus gesagt?«

»Nur, dass der Typ, der mich nicht reinlassen wollte, und auch seine Freundin – die kam später übrigens auch noch kurz dazu – wahre Wohltäter seien. Und dass sie froh sei, dort Unterschlupf gefunden zu haben. Es war ihr egal, was die Leute über Mordkuhlen reden.«

»*Unterschlupf.* Hat Milena Ingwers dieses Wort benutzt?«

»Hat sie. Ich habe ein exzellentes wörtliches Gedächtnis. So etwas«, er deutete auf das Aufnahmegerät, das Broders zwischen sie auf den Tisch gestellt hatte, »brauche ich nicht. Ich behalte alles im Kopf.«

»Wunderbar.« Pia rieb sich die Stirn. »Was interessiert Sie so an Mordkuhlen? Der Fall Bolt ist alt. Und es ist kein Geheimnis, was dort vor so vielen Jahren passiert ist.«

»Nun, der Mord an sich ist ja nur die eine Seite der Medaille. Viel spannender finde ich, was die Leute mit der Zeit daraus gemacht haben: eine moderne Legende. Der Fluch von Mordkuhlen.«

»Können Sie uns aufklären? Was besagt dieser Fluch?«

»Es ist nur eine mündliche Überlieferung. Ich habe nichts Schriftliches dazu gefunden. Bolt – der Mörder – soll ein in sich gekehrter, scheuer Mann gewesen sein. Er ist zur See gefahren. Handelsmarine. Eines Tages, als er von einer Seereise heimkehrte, hat er seine Frau mit einem Messer erstochen, die beiden Töchter im Schlaf erstickt und die Leichen fein säuberlich im Keller abgelegt. Er hatte auch einen kleinen Sohn, aber der konnte sich wohl vor ihm verstecken. Jedenfalls hat ein Kind überlebt. Ich recherchiere noch, wo es jetzt steckt. Nach der Mordtat hat Bolt sich dann, wohl in einem Anfall von Reue, selbst erschossen. Eine Nachbarin hat den Toten in der Küche auf dem Fußboden entdeckt. Mit seinem Gewehr, das lag neben ihm. Seine Kleidung soll nass gewesen sein – von Meerwasser. Das ist ein schönes Detail in der Überlieferung, finde ich. Es heißt, er habe auf See den Verstand verloren. Irgendetwas ist mit ihm passiert, sodass er zum Mörder wurde. Gruseliger Stoff. Das beflügelt die Fantasie der Leute. Und die Tatsache, dass das Haus durch und durch feucht ist. Ein späterer Bewohner hat immer wieder Probleme mit Wasser im Haus gehabt. Es kam aus jeder Ritze. Vor allem im Keller, in dem Raum, wo Bolt die Leichen abgelegt hatte. Feuchte Flecken auf dem Boden, wie Abdrücke der Leichen, die immer wiederkamen. Und Geräusche will dieser ehemalige Mieter nachts gehört haben: Stöhnen und Schreie. Schauen sie mich nicht so ungläubig an! Das ist nur das, was die Leute sich über Mordkuhlen erzählen.«

»Haben Sie den Mann, der nach den Bolts auf Mordkuhlen gewohnt hat, selbst gesprochen?«

»Ja. Aber er ist schon sehr alt und will nicht mehr darüber reden.« Ebel blinzelte.

»Was passierte danach mit dem Haus?«

»Es war noch mehrmals kurz vermietet, stand jedoch auch immer wieder leer.«

»Wem gehört das Haus jetzt?«

»Immer noch den Rosinskis. Reiche, alteingesessene Bauern. Sie haben es den Leuten, die zurzeit dort wohnen, vermietet.«

»Und jetzt ist wieder ein Mord dort passiert.«

»Ich will ja nicht gefühllos erscheinen, aber ist das nicht faszinierend? Irgendetwas muss wohl doch dran sein, an diesem seltsamen Fluch.«

»Was hältst du von dem Gerede über einen Fluch?«, fragte Broders, als sie Oldenburg verließen.

»Ich habe eine echte Schwäche für solche Geschichten«, sagte Pia spöttisch. »Besonders das Detail mit dem Meerwasser gefällt mir. Das würde ich gern mal anhand der alten Akten überprüfen.«

»Zum Glück suchen wir hier nicht den Mörder der Familie Bolt. Ich hasse diese angestaubten Fälle, bei denen die eine

Hälfte der Zeugen an Demenz leidet und die andere tot ist. Mit so etwas verzettelst du dich nur.«

»So lange liegt die Sache nun auch wieder nicht zurück. Und dieses verschwundene Kind sollten wir nicht ganz unbeachtet lassen. Es muss heute zwischen Ende zwanzig und Mitte dreißig sein. Wo ist es geblieben?«

»Solange es sich nicht auf Mordkuhlen herumtreibt, braucht uns das zum Glück nicht zu kümmern. Ich an seiner Stelle hätte die größtmögliche Entfernung zwischen mich und diese Insel gebracht...«

»Jesko Ebel wird alles daransetzen, dieses dritte ›Kind‹ ausfindig zu machen. Jedenfalls, wenn es ihm ernst ist mit seinem Roman.«

»Hältst du ihn für glaubwürdig?«

Pia ließ die Begegnung mit Ebel Revue passieren. Seine Worte hatten sie aufgezeichnet. Der Eindruck, den sie von seiner Persönlichkeit gewonnen hatte, war zwiespältig. Einerseits konnte sie seine Motivation, sein Interesse an dem alten Fall, recht gut nachvollziehen. Andererseits war Ebel ihr ein wenig zu... unberührt von den jüngsten Ereignissen vorgekommen. Er hatte eine gewisse Kälte ausgestrahlt. »Bedingt glaubwürdig«, meinte sie. »Die Begegnung mit Milena Ingwers schien für ihn nicht weiter wichtig gewesen zu sein. Nicht mal im Nachhinein. Eigentlich sollte er der Tatsache, dass er zufällig mit unserem Mordopfer gesprochen hat, mehr Gewicht beimessen.«

»Er ist völlig besessen von der Vergangenheit.«

Sie näherten sich der Fehmarnsundbrücke. Links war hinter flachen Hügeln die Ostsee aufgetaucht, leuchtend blau unter einem blassen, wolkenlosen Sommerhimmel. Die Wettervorhersage hatte wieder Temperaturen von über dreißig Grad prophezeit.

Broders sah Pia von der Seite an. »Macht es dir eigentlich

was aus, über die Brücke zu fahren? Hast du noch irgendein mulmiges Gefühl dabei?«

»Eigentlich nicht.« Pia hob die Schultern. »Ich muss nur an Enno von Alsen denken, wenn ich heruntersehe. Deshalb sehe ich nicht runter.«

»Ich dachte, du denkst vielleicht eher an Nathan«, meinte Broders. »Hat er sich mal wieder bei dir gemeldet?«

Enno von Alsen war ein Tierarzt gewesen, der sich Anfang November bei einer missglückten Polizeiaktion die Brücke heruntergestürzt hatte. Zuvor hatte er zwei Menschen ermordet. Er war lieber in den Tod gegangen, als sich festnehmen zu lassen. Nach einem von ihm provozierten Autounfall auf der Brücke hatte er Pia als Geisel genommen und ihr ein Sedativ injiziert, unter der Vorgabe, es handele sich um eine tödliche Kaliumchlorid-Dosis.

»Nein, hat er nicht«, sagte Pia und sah stur geradeaus.

»Was war eigentlich mit Nathans Brief?«

»Broders, lass es gut sein.«

Nathan war bei dem Einsatz auf der Brücke mit dabei gewesen. Ein Kollege aus Wiesbaden, der eigentlich Franz-Xavier Lessing hieß und für das BKA arbeitete. Der Mordfall in Düsterbruch – vielmehr einige der Personen, die darin involviert gewesen waren – hatte ihn nach Lübeck geführt. Pia zog es vor, nicht an Nathan zu denken. Was schwierig war, wenn sie über diese Brücke fuhr. Und manchmal unmöglich, wenn sie abends durch die Altstadt ging und an den Orten ihrer nächtlichen Stadtführung vorbeikam.

»Hat er dich nicht nach Wiesbaden eingeladen?«

»Ebel hat uns nicht gesagt, wie er überhaupt auf die Idee gekommen ist, über Mordkuhlen ein Buch zu schreiben.«

»›Frage einen kreativen Menschen nie, woher er seine Ideen nimmt!‹«, zitierte Broders düster. »Im Zweifelsfall hat er sie auch nur geklaut.«

Die letzten Kilometer fuhr Broders schweigend. Pia war froh, sich einigermaßen elegant aus der Affäre gezogen zu haben. Der Blick über sich sanft wellende Getreidefelder lenkte sie von ihrem eigenen, momentan eher unbefriedigenden Privatleben ab. Sie versuchte, sich auf das anstehende Gespräch zu konzentrieren.

9. Kapitel

»Wir haben wirklich alles Menschenmögliche für sie getan«, sagte Rudolf Ingwers mit vor unterdrückten Emotionen klangloser Stimme. Er hatte Broders und Pia gebeten, sich zu ihm an den Esstisch zu setzen. Ingwers hatte einen Stapel Fotoalben herausgesucht. Eines lag aufgeschlagen zwischen ihnen. Nun schob er das Album näher zu Pia heran. »Sehen Sie hier: Milenas siebter Geburtstag. Judith hat ihr eine rosa Geburtstagstorte gebacken. Sie hat einen Barbie-Camper und ein Fahrrad bekommen. Und es waren zwanzig Mädchen da.«

»Welches von ihnen ist Milena?«

»Hier.« Er deutete mit zitterndem Finger auf eines der Gesichter, die in die Kamera strahlten. »Sie hatte immer langes Haar. Bis zur Hüfte. Judith hat es ihr jeden Morgen zu Zöpfen geflochten. Es war so lang, dass sie es nicht mal selbst bürsten konnte.«

Ob sie das wohl toll gefunden hatte? Milena war rotblond gewesen. Mit einem runden Gesicht und einer Stupsnase. Ein ganz normales Mädchen. Wohlbehütet.

Broders und Pia ließen Ingwers erzählen. Details aus Milenas Kindheit. Sorgfältig arrangierte Erinnerungen. Dann die Probleme, als sie älter geworden war und sich von ihren Eltern hatte lösen wollen.

»Schule war nicht ihre Welt«, bekannte Ingwers. »Sie war zu verträumt und interessierte sich nicht für Mathematik oder Biologie.«

»Wofür interessierte Milena sich?«

»Ich weiß es nicht.«

»Hatte sie Hobbys?«

»Sie war nicht sportlich. Aber sie hat gern gemalt, glaube ich. Auf Judiths Wunsch hin hat sie mal Klavier gespielt, aber sie wollte nicht regelmäßig üben. Und später hat sie nur noch diese furchtbare Musik gehört.«

Ein ganz normaler Teenager, dachte Pia.

»Ihr Realschulabschluss war mäßig, und, nein, sie hatte keinerlei verwertbare Interessen. Deshalb hat sie ja nach der Schule auch noch ein Jahr nur so rumgegammelt«, fuhr er bitter fort. »Ich wusste nicht, was aus dem Mädchen werden soll. Deshalb hab ich mich dann auch dafür eingesetzt, dass sie wenigstens diese Ausbildung macht. Es hat nicht geklappt. Nach einem Dreivierteljahr hat ihre Lehrherrin sie rausgeschmissen. Sie ist einfach nicht mehr zur Arbeit erschienen.«

»Haben Sie Hilfe in Anspruch genommen?«

»Wer soll einem da helfen? Ich dachte, sie würde sich schon wieder fangen. Milena war kein schlechter Mensch...« Er starrte trübsinnig vor sich hin. Dann straffte er die Schultern und sah Pia geradewegs in die Augen. »Warum soll ich Ihnen jetzt noch etwas vormachen? Sie war eine Enttäuschung. Irgendwie nicht mein Kind, verstehen Sie?« Er blätterte wieder in dem Album. Hektisch. Eines der dünnen Trennpapiere aus Pergamin riss mit einem hässlichen »Ratsch« ein. Er achtete nicht darauf. »Sehen Sie hier: Das war auf Mallorca. Da war sie neun. Und hier: bei einem Segelurlaub... mit unserem ersten Hund, Blanka. Milena am Strand... Milena und Judith zu Weihnachten.«

»Wie wird Ihre Frau mit dem Verlust fertig?«

»Judith kommt klar. Wissen Sie, im Gegensatz zu mir hat sie es doch gut. Sie hat ihren Glauben. Unsere Tochter ist jetzt im Himmel. Ein Grund zum Frohlocken...«

Broders starrte Rudolf Ingwers ungläubig an.

Pia spürte, wie eine Gänsehaut ihre Arme hochkroch. »Ist Ihre Frau in der hiesigen Kirchengemeinde aktiv?«, fragte sie.

»Auch. Sie ist in so einem speziellen Sing- und Betverein. Kreis Christlicher Ich-weiß-nicht-was ... Am besten, Sie befragen Sie selbst dazu. Das erzählt sie Ihnen gern.«

»Sie sagten neulich, Sie seien auf dem Festland gewesen, als Milena ermordet wurde.« Wer über seine Ehefrau herzieht, kann jetzt ruhig auch mal ein paar ernsthafte Fragen beantworten, dachte Pia.

Er sah sie erst ungläubig, dann mit einem wissenden Blick an. »Ich war morgens als Erstes im Geschäft. Wie eigentlich jeden Morgen, außer sonntags. Danach hatte ich einen Kundentermin und dann ...«, er blickte Pia starr in die Augen, »war ich noch bei einer Freundin. Rosinski heißt sie. Maren Rosinski. Sie wohnt nicht weit von hier entfernt.«

Er war demnach zur Tatzeit wieder auf Fehmarn gewesen. Und er hatte sich entschlossen, reinen Tisch zu machen. Umso besser. Das konnte ihnen eine Menge Zeit ersparen.

»Wir werden mit Ihrer Freundin sprechen müssen«, sagte Broders. »Und wir müssen auch mit den Freunden Ihrer Tochter reden. Haben Sie eine Idee, an wen wir uns wenden können?«

»Freunde meiner Tochter?« Er schaute die Polizisten ratlos an. Dann hatte er sich wieder im Griff und sagte: »Fragen Sie das besser ihre Mutter.«

Pia zögerte kurz, bevor sie das nächste Thema ansprach. Das Obduktionsergebnis hatte Fragen aufgeworfen, die er vielleicht beantworten konnte. »Wir haben bei der Obduktion Narben an den Unterarmen Ihrer Tochter entdeckt. Können Sie uns sagen, woher sie die hatte?«

»Die Narben. Ach, das ... ist schon länger her. Sie hat mit Feuer gespielt. Wie Kinder so sind, müssen alles ausprobieren. Und wenn man ihnen tausendmal sagt, dass das gefährlich ist.«

»Die Narben sahen anders aus, Herr Ingwers. Sie rühren von Schnittverletzungen her. Der Rechtsmediziner vermutet, dass Milena sie sich absichtlich beigebracht hat.«

»Nein. Auf keinen Fall.« Er sah sie wütend an.

Wenn sie jetzt gleich die nächste Frage anbrachte, würde er ihr womöglich an die Gurgel gehen. Da Broders gerade in das Kalenderbild eines Geländewagens in der Wüste vertieft war, fuhr Pia fort: »Außerdem hat Ihre Tochter unter einer Unterleibsinfektion gelitten. Wussten Sie das?«

»Nein. Was soll das?«

»Eine Infektion, die durch ungeschützten Geschlechtsverkehr übertragen wird.«

Ingwers raffte die Fotoalben zusammen und knalle sie auf einen kleinen Beistelltisch. Eines der Alben rutschte herunter und landete auf dem Teppich. »Reicht es nicht langsam?«, fragte er. »Haben Sie immer noch nicht genug?«

»Darum geht es nicht. Es geht darum, den Täter zu finden. Denjenigen, der Ihre Tochter umgebracht hat. Syphilis kommt heutzutage nicht mehr so häufig vor. Man holt sie sich nicht an jeder Ecke. Und wir müssen herausfinden, mit wem sie alles Umgang hatte. Aus Ermittlungsgründen.«

»Fragen Sie dazu doch auch meine Frau!«, sagte er bissig. »Sie weiß sowieso alles besser. Fragen Sie Judith, wo sich ihr Töchterchen so alles herumgetrieben hat!«

Doch auch Judith Ingwers konnte ihnen in dieser wichtigen Frage angeblich nicht weiterhelfen. Sie stand in der Küche und schrappte Möhren. Normalerweise nicht die klassische Befragungssituation, doch aus ihren hochroten Wangen und den fahrigen Bewegungen schloss Pia, dass Milenas Mutter über das übliche Maß hinaus nervös war. »Ich bin sehr spät dran mit dem Mittag«, entschuldigte sie sich. »Aber ich wusste nicht, dass Rudolf hier sein würde. Das ist er sonst nie, wissen Sie. Er kam einfach unangemeldet, und nun ...« Sie deutete hilflos auf das Gemüse auf der Arbeitsplatte.

»Wir möchten mit Ihnen über Ihre Tochter sprechen.«

»Milena war vom rechten Weg abgekommen«, klagte Judith Ingwers. »Sie hatte sich verlaufen. So müssen Sie sich das vorstellen. Zuerst die falschen Freunde, dann hat sie die Ausbildung geschmissen und zum Schluss dieses furchtbare Haus, in das sie da eingezogen ist.«

»Wieso furchtbar?«

»Also wirklich! Sie waren doch bestimmt da. Man nennt es *Mordkuhlen*, weil dort diese gottlosen, schrecklichen Dinge passiert sind. Da hat ein Seemann seine Familie ausgelöscht. Es heißt, das Haus sei verflucht. Nach den grausamen Vorfällen wollte kein Christenmensch mehr dort wohnen. Bis diese Kommune es gemietet hat.«

»Kennen Sie die Bewohner?«

Sie schnaubte verächtlich. »Herr Jesus Christus, steh mir bei!«

»Beantworten Sie bitte die Frage!«, schaltete sich Heinz Broders ein.

Judith Ingwers deutete mit einer halb geschrappten Möhre auf ihn. »Da könnte ich mich auch mit dem Satan persönlich zum Kaffeekränzchen treffen, nicht wahr? Für Sie macht das sowieso keinen Unterschied!« In ihrem Mundwinkel bildete sich eine Schaumblase.

»Frau Ingwers, beruhigen Sie sich!« Pia sah ihren Kollegen schon mit einem Kartoffelschälmesser im Oberarm vor sich. Oder der spitz zugeschnittenen Möhre im Auge.

»Sie beide tragen ja auch keinen Ring am Finger. Sie haben bestimmt Verständnis für diese Leute da. Die in den Tag hinein leben, in Sünde, und dabei noch ihre Kinder mit in diesen Sumpf ziehen.«

»Wo waren Sie an dem Tag, als Milena ums Leben gekommen ist?« Pia fand, dass es Zeit war, das Thema zu wechseln.

Judith Ingwers griff zur nächsten Möhre und schrappte sie. »Die meiste Zeit war ich zu Hause. Hier macht sich nichts von allein. Außerdem habe ich zwei Jagdhunde, die trainiert und bewegt werden wollen.«

»Hm ... wo sind die Tiere denn?«

»Im Zwinger. Neben der Garage.« Sie stockte und biss sich auf die Lippe.

»Waren Sie, als Sie mit den Hunden draußen waren, in der Nähe von Mordkuhlen? Vielleicht haben Sie etwas gesehen, das, im Nachhinein betrachtet, wichtig ist?«

»Ich war nicht da.« Sie warf die geschrappte Möhre in ein Sieb in der Spüle.

»Wissen Sie, wo Ihr Mann zu der Zeit war?«

Stumm schüttelte sie den Kopf.

»Er sagte uns, Sie seien in einer Art Bibelkreis aktiv. Was ist das für eine Organisation?«, fragte Pia.

Broders signalisierte Pia hinter Judith Ingwers' Rücken, dass er die Frage überflüssig fand. Doch die Frau hob den Kopf, sah Pia in die Augen, und ihr vor Kummer verzerrtes Gesicht hellte sich ein wenig auf.

»Das ist der ›Gebets- und Bibelkreis Wagrien‹. Wir sind ein loser Zusammenschluss gleich gesinnter Christen, die in Jesu Worten und Taten Trost und Beistand suchen.«

»Wie können wir uns das vorstellen?«

»Wenn einer von uns ein Problem oder eine Sorge vorträgt, bieten wir ihm Trost oder suchen gemeinsam nach einer Lösung.«

»Wo?«

»Im Buch.«

»Sie meinen die Bibel?«

Ihr Mund verzog sich leicht, doch sie antwortete nicht.

»Haben Sie dort, in diesem Betkreis, auch Ihre Probleme mit Milena erörtert?«

Judith Ingwers straffte sich. »Alles, was wir da besprechen, bleibt im Kreis. Nichts dringt nach draußen. Es ist eine Frage des Vertrauens ... und des Glaubens.«

»Ist Ihr Mann auch ... in dem Kreis?«

»Noch nicht«, sagte sie. »Und ich weiß auch nicht, ob er je so weit sein wird.«

»War Milena es?«

»Dann wäre sie bestimmt noch unter uns.«

»Schau, dort sind die Hunde, von denen Frau Ingwers gesprochen hat«, sagte Broders, als sie wieder vor der Tür standen. Er deutete zu der Doppelgarage mit dem Satteldach, an deren Rückseite ein großer Hundezwinger angebaut war.

»Hübsche Tiere«, bemerkte Pia und ging auf den Zwinger zu. Sie wurde schwanzwedelnd begrüßt. »Deutsch Kurzhaar«, sagte sie über die Schulter hinweg.

»Ich mag Katzen.« Broders stand unschlüssig auf der gepflasterten Einfahrt. »Wäre praktisch, wenn die Viecher wenigstens reden könnten.«

»Sie gucken so, als wüssten sie alles. Immerhin sind die Hunde Frau Ingwers' Alibi.«

»Apropos, wir sollten zusehen, dass wir diese Rosinski noch erwischen, Rudolf Ingwers' Freundin. Hast du dir von ihm noch ihre Adresse geben lassen?«

Pia nickte. »Die läuft uns nicht weg. Alteingesessene Bauernfamilie, nicht wahr?« Sie warf dem Zwinger noch einen zweifelnden Blick zu. Es roch hier etwas seltsam. Das passte so gar nicht zu dem aufwendig angelegten und gepflegten Grundstück. Wahrscheinlich lag es am Wetter. Diese drückende Schwüle wollte einfach nicht weichen. »Ingwers hat eine Gärtnerei, nicht wahr?« Sie schloss den Wagen auf. »Deshalb sieht es hier so fantastisch aus.«

»Von Gärten scheint er ja was zu verstehen. Was man beim Thema ›Kindererziehung‹ wahrscheinlich nicht so ohne Weiteres von ihm behaupten kann.« Broders ließ sich stöhnend auf seinen Autositz fallen.

»Irgendwann ist hier irgendwie etwas sehr schiefgelaufen.« Pia startete den Motor. Sie dachte an Milenas vernarbte Unterarme, an den brutal eingeschlagenen Schädel. »Dabei haben sie bestimmt nur das Beste für ihre Tochter gewollt.«

»Das Gegenteil von gut ist gut gemeint.« Broders Lieblingsspruch.

»Hast du die Fotos gesehen? Als hätte während Milenas Kindheit immer nur die Sonne geschienen.«

»Ich habe Bekannte, die das auch so machen. Die Fotos gaukeln dem Betrachter bloß ein Wunschbild vor. Absolute Selektion. Wenn du nur genug fotografierst, kannst du selbst den missratensten Urlaub wie einen Aufenthalt im Paradies aussehen lassen.«

»Du meinst, Milenas Kindheit war gar nicht das Paradies auf Erden?«

»Das beschäftigt dich, oder?«, fragte Broders hellsichtig.

»Dieser Fall beschäftigt mich.«

»Nein, Pia. Eine Sache beunruhigt dich, aber anders.«

»Wie kann es sein, dass Eltern, die ihr Kind lieben und alles für es tun, so versagen?«, stieß sie hervor. »Oder ist das, was Milena passiert ist, nur ein unglücklicher Zufall?«

»Nein. Ich denke, da lag einiges im Argen. Wir müssen noch mit ihren Freunden sprechen, mit ihrer ehemaligen Ausbilderin. Irgendwas ist schiefgelaufen, und Milena hat angefangen, sich systematisch selbst zu zerstören.«

»Aber was?«

»Wir werden es herausfinden.«

»Meinst du?« Die ganze Wahrheit? Oder nur so viel, wie nötig war? Pia presste die Lippen zusammen. Sie hatte schon zu viel gesagt. Selbst Broders, den sie so gut kannte, konnte sie nicht anvertrauen, wie unsicher sie sich fühlte. Die ungeheure Verantwortung, ein Kind großzuziehen. Was schiefgehen konnte, bekam sie ja Tag für Tag vor Augen geführt. Wie oft ging es denn gut?

»Ich werde noch mal kurz zum Tor gehen«, sagte Pia und hielt an der Abzweigung zu Mordkuhlen an. »Ich will die Karten und Blumen und all das Zeug mit eigenen Augen sehen.«

»Das haben unsere Leute doch alles schon gesichtet und fotografiert.«

Broders schüttelte den Kopf. »Mir ist heiß, und mir dröhnt der Schädel. Wenn wir nicht bald ein Gewitter bekommen, kratze ich den Lack von dieser nicht klimatisierten Scheißkarre. Meinetwegen fahr noch mal durch den Staub. Aber die Fenster bleiben offen.«

Pia stellte den Wagen ab. »Ich werde zu Fuß gehen. Du kannst ja hier im Schatten warten.«

»Gute Idee. Ich muss sowieso telefonieren.«

Pia folgte dem gewundenen Feldweg. Bald war es zwischen den dicht belaubten Bäumen schattig und still. Wenn sie nicht sehr großes Glück hatten, konnte Milenas Mörder sich dem Haus am helllichten Tag genähert haben und wieder verschwunden sein, ohne von einer einzigen Menschenseele gesehen worden zu sein.

Endlich tauchte das Haus zwischen den Bäumen auf. Mordkuhlen. Was für ein schräger und doch passender Name! Die dunklen Fensteröffnungen verliehen dem Haus ein boshaftes Gesicht. Das Tor war geschlossen. Pia sah auf die Blumen, Kerzen und Karten, die davor auf dem Boden lagen. Das Häuflein erzählte von Trauer und hilfloser Anteilnahme. War es bezeichnend, dass sich niemand auf das Grundstück getraut hatte?

Pia ging vor dem Gatter in die Hocke. Sie zog eine Karte zwischen welken gelben Rosen hervor und drehte sie um.

Wir vermissen dich. Heli, Sarah und Bibo.

Bibo? Ob die Jugendlichen etwas wussten, das mit Milenas Tod zusammenhing? Über das noch vollkommen unklare Motiv? Milena war vom Täter überrascht worden. Von seiner Absicht, sie zu töten. Sie hatte ihn wahrscheinlich gekannt. Und die Leute aus ihrem Umfeld vielleicht ebenfalls.

Als Pia sich wieder aufrichtete, sah sie, dass sie nicht mehr allein war. Da stand ein Mann, etwa zwanzig Meter von ihr entfernt, am Wegrand und sah zu ihr herüber. Es schien, als wäre er gerade auf dem Weg zum Tor gewesen und stehen geblieben, als er sie entdeckt hatte. Nun setzte er sich langsam in Bewegung und kam auf sie zu.

»Eine schreckliche Geschichte«, sagte er wenig überzeugend und starrte sie mit seltsam durchdringenden Augen an. Er war groß und knochig, ungesund blass für die Jahreszeit und hatte lange, verfärbte Zähne. Die zeigte er kurz, als er ein serviles Grinsen andeutete. »Polizei, nicht wahr?«

»Korittki. Kriminalpolizei«, sagte Pia. »Und wer sind Sie?«

»Sie können mich Aleister nennen. Alle meine Freunde tun das.«

»Und wie heißen Sie richtig?«

»Frank Albrecht. Aber ich ziehe es wirklich vor, Aleister gerufen zu werden.«

»Was tun Sie hier, Aleister? Wollen Sie zum Haus?«

»Ich denke, ich kann den Menschen dort behilflich sein.«

»Aha.« Sie sah zum Eingang hinüber. »Kennen Sie die Leute, die hier wohnen? Kannten Sie Milena Ingwers?« Pia machte einen unbedachten Schritt und stieß gegen einen in Zellophanpapier eingeschlagenen Blumenstrauß. Es raschelte.

»In gewisser Weise kenne ich sie. Sie ist nämlich immer noch hier.«

»Milena Ingwers? Hier?«, vergewisserte Pia sich. Ein Windstoß fuhr durch ihr verschwitztes T-Shirt. Trotz des warmen Sommerwetters fröstelte sie auf einmal leicht.

Er nickte. »Aber eigentlich bin ich gar nicht ihretwegen hier.«

»Weswegen dann?«

»Ich stelle Kontakt her. Ich weiß genau, was Sie jetzt denken.« Er sah sie milde lächelnd an. »Doch Sie irren sich, junge Frau. Ich kann Ihnen sehr nützlich sein.«

»Wenn Sie der Polizei etwas mitzuteilen haben, sollten Sie das nicht auf die lange Bank schieben. Sie können gleich mit mir mitkommen.«

»Das wäre zu früh. Leider.«

»Können wir Sie erreichen? Wo wohnen Sie?«, fragte Pia.

»Ich wohne normalerweise auf dem Festland, in der Nähe von Itzehoe. Aber zurzeit logieren wir in der *Admiralsstube*. Es ist gar nicht weit von hier.«

Pia ließ sich beide Adressen von ihm diktieren und überprüfte seinen Ausweis. »Ich werde mich kurzfristig bei Ihnen melden, Herr Albrecht. Wie lange bleiben Sie noch auf Fehmarn?«

»Oh ... länger. Heute Abend geht es überhaupt erst los. Die Menschen hier«, er deutete zum Haus, »waren so freundlich, uns einzuladen.«

»Einladen wozu? Und wen meinen Sie mit ›uns‹?«

»Mich und die zwei Freundinnen, die mich begleiten. Wir treten heute Abend mit ihnen in Kontakt.«

»Mit wem?« Pia hörte, dass ihr Tonfall schärfer wurde.

»Mit den Geistern der Toten. Nicht mit dem dieser armen jungen Frau hier. Obwohl ... vielleicht lässt sich das nicht vermeiden. Tote, die unvorbereitet und eines gewaltsamen Todes gestorben sind, halten sich meistens noch eine Weile im Zwischenreich auf.«

»Im Zwischenreich?« Das wurde ja immer schöner.

»Das Zwischenreich müssen Sie sich als Diesseits-Jenseits-Übergangszone vorstellen. Dort sind all jene, die glauben, sie hätten noch etwas Wichtiges in unserer Welt zu erledigen. Ich biete ihnen dazu meine Hilfe an.«

»Das ist nicht Ihr Ernst.«

Er neigte vertraulich den Kopf. »Ich weiß, Sie glauben mir kein Wort. Das macht nichts. Macht gar nichts.« Er trat einen Schritt auf sie zu, sodass Pia reflexartig die Hände hob. Lächelnd zog er sich wieder zurück. »Der Erfolg gibt mir nämlich recht.«

Wenige Kilometer weiter standen sich Rudolf und Judith Ingwers vor dem Garagentor gegenüber. Rudolf wollte das Navigationsgerät holen, das er im Land Rover liegen gelassen hatte, und Judith war ihm gefolgt.

»Du hast der Polizei von deiner schmutzigen kleinen Affäre erzählt? Denkst du denn niemals an mich?«, fragte sie ihn, als er gerade das Tor öffnen wollte.

Sie wusste also davon. Wie lange schon? »Ich denke viel mehr an dich, als gut für mich ist, Judith! Immerzu nehme ich Rücksicht. Aber in diesem Fall ging es nicht anders. Ich muss angeben, wo ich an dem Tag, an dem es passiert ist, war.«

»Was soll das schon wert sein? Die würde doch alles für dich bezeugen!«

»Im Gegensatz zu dir, nicht wahr?«

»Ich bin nur Gott, unserem Herrn, gegenüber Rechenschaft schuldig. Sonst keinem. Nicht einmal der Polizei.«

Wie er es hasste, wenn sie so redete! »Wo warst *du* überhaupt, wenn ich fragen darf?«

»Ich habe die Hunde trainiert. Ich war mit ihnen am Hundestrand. Weil es so heiß war. Sie sollten sich nach der Arbeit abkühlen können.«

»Da hast du ja Glück. Den Sand vom Strandparkplatz kann man bestimmt im Reifenprofil nachweisen. Nur wird nicht genau zu klären sein, wann er da hineingeraten ist. Oder hat dich da oben etwa jemand gesehen?« Er machte Anstalten, das Tor zu öffnen. Dabei merkte er, wie Judith scharf die Luft einzog. »Was hast du?« Sie war ganz rot im Gesicht.

»Es ist schrecklich heiß. Kommst du mit ins Haus? Mir ist nicht gut.«

Das Tor schwang auf. Was sollte er tun? Er konnte kaum riskieren, dass sie ohnmächtig wurde, umfiel und sich den Schädel einschlug. Wie Milena. »Ich hol noch eben mein Navi aus dem Landy, dann komm ich mit ins Haus«, sagte er.

»Nein!« Sie fasste ihn am Oberarm. Der Griff ihrer kräftigen, rauen Finger tat weh. Er wollte sie schon abschütteln, als ihm ein Geruch in die Nase stieg, den er vorher schon ganz schwach wahrgenommen hatte. Was war denn das? Er schluckte. »Riechst du das, Judith?«

»Rudolf, komm jetzt mit!«, drängte sie.

»Was ist denn ...« Eine Ahnung stieg in ihm hoch. Er sah seine Frau an, dann den Land Rover, der im Halbdunkel stand. Was hatte sie getan? Er ging am Fahrzeug entlang und versuchte, durch die Scheiben etwas zu erkennen. Dann riss er die Hecktür auf. »Das glaube ich nicht, Judith!«, sagte er entsetzt.

»Ich hab's vergessen. Das war an dem Tag, als das mit Milena passiert ist.«

»Unsinn. Als du es vergessen hast, konntest du noch gar nicht wissen, dass Milena tot ist.« Sein Tonfall war ätzend. »Das ist nur eine von deinen verdammten Ausreden!«

Sie starrte ihn an. Ihr Gesicht spiegelte unterschiedliche

Emotionen: Unsicherheit, Entsetzen, aber auch Überlegenheit?
»Ich kümmere mich darum«, sagte sie mit fester Stimme.

»Das muss weg.« Er musterte seine Frau, die er doch zu kennen glaubte, als sähe er sie zum ersten Mal. »Ich weiß nicht, was in deinem Kopf vor sich geht, Judith. Kümmere dich darum! Zeitnah.« Rudolf warf die Tür des Geländewagens zu und verließ die Garage, ohne Judith dabei aus den Augen zu lassen. Ihre großen Hände waren zu Fäusten geballt. Er fühlte, wie ihm Schweißtropfen den Rücken hinunterliefen. Er brauchte Luft. Eine Abkühlung. Regen, Hagel, Schnee. Und Verstand darf es auch noch regnen, dachte er zynisch. Für meine Frau!

10. Kapitel

Als Pia zurück zum Wagen kam, steckte Broders gerade sein Telefon weg. »Ich habe eben mit Maren Rosinski gesprochen. Sie erwartet uns.«

»Weißt du, wo wir hinmüssen?«

»Ich weise dir den Weg.«

Auf der Fahrt durch die Felder berichtete Pia, wen sie am Tor von Mordkuhlen getroffen hatte.

»Du meinst, die veranstalten heute Abend eine Séance?«, fragte Broders ungläubig.

»Hörte sich so an, ja.«

»Da wäre ich gern dabei.«

»Du? Als weltgrößter Skeptiker überhaupt? Was versprichst du dir davon?«

»Mich interessiert die Manipulation, die damit einhergeht. Wie der Typ es anstellt, dass aufgeklärte Menschen des einundzwanzigsten Jahrhunderts sich auf diesen Hokuspokus einlassen.«

»Offensichtlich sind die meisten von uns recht schnell bereit, an irgendwelche übersinnlichen Phänomene zu glauben, wenn sie sich davon eine Lösung ihrer Probleme erhoffen können. Bei vielen reicht sogar die Aussicht auf ein bisschen Klatsch und Grusel. Denk nur an das Gerede über den Fluch.«

Maren Rosinski wohnte in einem alten Hofgebäude unter Reet, das sich malerisch in die sommerliche Landschaft fügte.

Das Fachwerk sah aus, als wäre es gut in Schuss, die Sprossenfenster mit den weißen Rahmen glänzten in der Abendsonne.

Sie hielten auf einem gekiesten Vorplatz. Hinter einer akkurat gestutzten Hecke standen Gartenmöbel aus Teakholz unter einem Apfelbaum. Eine Frau um die vierzig hatte sich aus einem Deckchair erhoben, als sie auf den Hofplatz gefahren waren. Sie war von sportlicher, eher kräftigerer Statur und mittelgroß. Das braune Haar trug sie im Nacken zu einem Zopf zusammengebunden, und ihre Haut war sonnengebräunt. Der Typ Mensch, den man auf Golfplätzen, in exotischen Urlaubsresorts und vielleicht auf Sylt antrifft, um wirklich jedes Klischee zu streifen, dachte Pia. Sie bemühte sich, der Frau unvoreingenommen zu begegnen.

Maren Rosinski begrüßte sie mit einer gewissen Zurückhaltung, die ihr in der Situation wohl angemessen zu sein schien. Sie bot Pia und Broders an, gleich draußen im Garten Platz zu nehmen. »Hier stört uns keiner«, sagte sie mit einem kurzen Auflachen. »Höchstens die Vögel.« Sie deutete hinter sich. Dort standen vier Pfauen auf der Wiese. »Kleine Liebhaberei«, erklärte Maren Rosinski. »Sie brauchen Platz, viel Platz. Und man darf keine Nachbarn haben, die sich an dem Lärm stören könnten.«

»Lärm machen sie auch noch?«, fragte Broders, der Katzenfreund.

»Die können schon laut werden, wenn sie wollen. Aber sie passen auf. Besser als jede Alarmanlage.«

Maren Rosinski bot ihnen Getränke an, Weißweinschorle oder eisgekühltes Mineralwasser in einer Glaskaraffe. Das Ambiente war fast ein wenig zu perfekt, um noch stimmig zu sein. Sie selbst schenkte sich Weißweinschorle ein und lehnte sich dann in ihrem Gartenstuhl zurück. Auf Pias Nachfrage hin berichtete sie, dass sie auf der Insel geboren sei und die meiste

Zeit des Jahres auf Fehmarn lebe. Sie betrieb hier Landwirtschaft, hauptsächlich Ackerbau, auf immerhin dreihundertneunzig Hektar Eigenland, wofür sie einen Verwalter eingestellt hatte. Außerdem vermietete sie Immobilien und betätigte sich als Maklerin. Sie war alleinstehend, kinderlos und absolut zufrieden mit ihrem Leben. Dieser nachdrückliche Zusatz weckte in Pia eine gewisse Skepsis.

»Wir sind hier, weil uns Rudolf Ingwers an Sie verwiesen hat«, sagte sie.

»Milena – ich weiß. Eine furchtbare Geschichte.« Maren Rosinski strich sich über die Oberarme, als fröstelte sie. »Die arme junge Frau! Wir sind alle entsetzt. Die ganze Nachbarschaft ist in Aufruhr. Und dass das ausgerechnet auf Mordkuhlen passieren musste. Ich hätte es doch abreißen lassen sollen.«

»Ihnen gehört das Haus, wo Milena Ingwers ermordet wurde, nicht wahr?«

»Ja, es gehört mir. Genauer gesagt befindet es sich seit ewigen Zeiten im Besitz der Familie Rosinski. Ich, als Nachkomme einer alteingesessenen Bauernfamilie, bin leider etwas aus der Art geschlagen. Ich hätte auf einem der berühmt-berüchtigten Fehmaraner Hektarbälle einen passenden Ehemann finden sollen. Wissen Sie, das waren so Tanzveranstaltungen, auf denen für die heiratswilligen Damen die Hektarzahlen der Herren auf Namenskärtchen auf den Tischen standen. Alternativ gab es die Reiterbälle. Aber ich als Nicht-Reiterin und Nicht-Seglerin bin, wie gesagt, irgendwie aus der Art geschlagen, und so wurde es nichts mit der Verehelichung. Und mein jüngerer Bruder hockt auf seinem Boot in der Karibik und denkt nicht mal daran, sich um den Familienbesitz zu kümmern. Der schöpft nur den Rahm ab.«

»›Mordkuhlen‹ ist ein seltsamer Name für ein Haus«, sagte Broders. »Warum wird es so genannt?«

»Es hat eine traurige Geschichte, dieses Haus. Vor ewigen Zeiten ist da mal ein Verbrechen passiert. Ein Mann hat seine Frau und seine beiden Kinder dort umgebracht. Und anschließend sich selbst. So etwas vergessen die Leute nicht. Vorher hieß das Haus anders, ›Moorkuhlen‹ oder so, weil es in einer Senke liegt. Da waren die Probleme mit der Feuchtigkeit natürlich vorprogrammiert.«

»Gehörte das Haus damals auch schon Ihrer Familie?«

»Leider ja.«

»Eventuell müssen wir später noch mal auf die Geschichte zurückkommen. Vielleicht haben Sie ja noch Unterlagen aus diese Zeit?«

»Sie glauben doch nicht, dass das irgendwas mit Milenas Tod zu tun hat?«

»Was wir glauben, ist unwichtig«, sagte Pia. »Es ist wie mit der Annapurna. Man besteigt einen Achttausender, weil er da ist.«

»Was ist mit den Leuten, die heute auf Mordkuhlen wohnen. Wie gut kennen Sie die?«, fragte Broders.

»Den Mietvertrag habe ich mit Irma Seibel geschlossen. Vorher stand das Haus lange leer. Ich war schwer genervt und wollte es eigentlich abreißen lassen. Aber dann hätte man dort nichts Neues bauen dürfen – wegen der abgelegenen Lage außerhalb des Ortes. Das ist eigentlich kein Bauland, wissen Sie. Es hätte den Wert des Grundstücks erheblich gemindert. Da sprach mich die Seibel an, dass sie es mieten wolle. Ich sagte ihr, dass ich zurzeit keinen Sinn darin sähe, es instand setzen zu lassen. Sie meinte, wir könnten einen entsprechenden Vertrag aufsetzen, und dann würde sie sich darum kümmern. Ihr Lebenspartner sei ein begabter Handwerker.« Bei ihren letzten Worten zog Maren Rosinski vielsagend die Augenbrauen hoch.

»Sind Sie zufrieden mit dem Arrangement?«

»Was denken Sie? Die tun kaum etwas am Haus, und wenn, dann verschandeln sie es. Die Nachbarn lästern darüber, seit die Seibel mit ihrer Kommune dort eingezogen ist. Leute, die irgendwie anders sind – sogenannte Künstler, Chaoten, Fremde –, hatten es hier schon immer schwer. Aber ich hätte nicht gedacht, dass das immer noch so ein Problem ist wie in meiner Jugend ... Doch meine Mieter haben auch wirklich kein Fettnäpfchen ausgelassen.« Sie schilderte, was auf Mordkuhlen alles passiert war und wie man ihr deswegen zugesetzt hatte. Doch eigentlich wirkte Maren Rosinski nicht so, als könnte das Gerede ihrer Nachbarn ihren Seelenfrieden stören.

»Wie ist Ihr Verhältnis zu Rudolf Ingwers?«

Sie nippte an ihrer Weinschorle und lächelte kokett. »Was hat er denn gesagt?«

»Wir fragen Sie.«

»Im Grunde ist es mir auch egal, was geredet wird. Wir haben ein Verhältnis miteinander. Schon seit zwei Jahren. Seit seine Frau zu den Bibelfritzen übergewechselt ist. Ursache und Wirkung ... es war so und nicht andersherum. Aber ich frage mich, wie er es überhaupt so lange mit ihr ausgehalten hat.«

»Weiß seine Frau von Ihrem Verhältnis?«

»Ich denke schon. Ansonsten müsste sie blind und blöd sein. Und das ist sie nicht. Ich kenne sie. Sie ist eine geborene Hillmer. Alte Fehmaraner Familie, genau wie die Rosinskis. Wir sind im selben Dorf aufgewachsen.«

»Erzählen Sie uns bitte, was Sie am einundzwanzigsten Juli getan haben.«

»Der Tag, an dem Milena ermordet wurde? Da bin ich vormittags einkaufen gewesen. Unter anderem bei Stolze, das ist hier unser Einkaufszentrum. Dann habe ich noch bei Franky eine Currywurst gegessen.«

»Können Sie das präzisieren?«

Sie hob amüsiert die Augenbrauen: »Franky ist eine Institution auf der Insel. Sie finden ihn in der Breite Straße. Probieren Sie unbedingt seine Currywurst!«

»Wir werden Franky aufsuchen«, sagte Pia.

Maren Rosinski sah sie irritiert an. »Er erinnert sich bestimmt an mich«, sagte sie dann. »Er kennt mich.«

»Was haben Sie dann getan?«

»Ich habe mich mit Rudolf getroffen.« Die Irritation war vergessen – Maren Rosinski segelte wieder in ihr vertrauten Gewässern.

»Wo?«

»Hier bei mir. Das ist am einfachsten. Ich habe jede Menge Platz. Wollen Sie wissen, was dann passiert ist?« Sie lächelte mokant.

»Warum nicht?«

Das Lächeln verschwand. Maren Rosinski schien aus dem Konzept gebracht worden zu sein.

»Von wann bis wann war Rudolf Ingwers mit Ihnen zusammen?«, fragte Broders nach einem Moment des Schweigens.

»Von Viertel vor elf bis ungefähr halb zwei.«

Das deckte den fraglichen Zeitraum nicht vollständig ab. Kurz nach neun war Milena zuletzt gesehen und gegen vierzehn Uhr aufgefunden worden. Aber Ingwers war ja früher am Morgen in seinem Betrieb und bei einem Kunden auf dem Festland gewesen. Die Zeitspanne dazwischen war die entscheidende. Wann war er bei seinem Kunden weggefahren und wann bei Maren Rosinski eingetroffen? Sein Weg musste ihn durch Weschendorf geführt haben. Fast an Mordkuhlen vorbei.

»Wie gut kannten Sie Milena Ingwers?«, wechselte Broders das Thema.

»Ich hatte nicht viel mit ihr zu tun. Das, was ich aus der Ferne beobachtet habe, hat mich in meinem Vorsatz bestärkt, niemals Kinder in die Welt zu setzen.«

»Können Sie sich einen Grund vorstellen, warum sie ermordet worden ist?«

Die Frau, die mit elegant übereinandergeschlagenen Beinen in ihrem Deckchair saß, schien sich mit einem Mal unwohl zu fühlen. Sie wandte den Kopf ab und sah mit zusammengezogenen Augenbrauen zur Straße, die sich jenseits des gekiesten Vorplatzes menschenleer durch die sonnigen Felder wand. Eine Grille zirpte, sonst war kein Geräusch zu hören, das von Leben zeugte.

Schließlich schüttelte Maren Rosinski abwehrend den Kopf. »Nein, ich kann mir überhaupt keinen Grund vorstellen. Ich meine, Milena war doch nur ein verwirrtes, kleines Mädchen.«

Als sie die Hofanlage verließen, hatte das ländliche Paradies in Pias Augen ein wenig von seiner Attraktion eingebüßt. Auch an Maren Rosinski, die sich so beherrscht und unbeteiligt gab, ging der Mord nicht spurlos vorüber. Was passiert war, beunruhigte sie, beunruhigte sie anscheinend über die Maßen.

Was Pia nicht ahnte, war, dass Maren Rosinski, kaum dass die Polizei vom Hof gerollt war, ins Haus ging und zum Telefon griff. »Christian«, sagte sie aufgeregt, als am anderen Ende der Leitung abgehoben wurde. »Es gibt Schwierigkeiten. Nein, nicht am Telefon. Wir reden morgen.«

»Diese Idee ist vollkommen bescheuert.« Arne Klaasen stand vor der Wohnzimmertür und versperrte Irma den Weg ins Zimmer.

»Meinst du die Séance? Das ist doch nur ein Spaß, Arne. Eine neue Erfahrung, nichts weiter.«

»Eine Erfahrung, die kein Mensch braucht. Lass uns die Spinner rausschmeißen, bevor ...«

»Bevor was?«

» . . . ich das Kotzen kriege. Was treiben die da drinnen? Verbrennen die Spanplatten oder was?«

»Das sind nur ein paar harmlose Räucherstäbchen. Du musst ja nicht mitmachen, wenn du nicht willst. Aber *ich* will!«

»Es gibt Dinge, in die soll man sich nicht einmischen.«
»Dinge?«
»Den Tod. Geister . . .« Er hob hilflos die Arme.
»Das hört sich ja fast so an, als glaubtest du im Grunde deines Herzens doch daran. Hast du Angst vor Gespenstern, Arne?«, stichelte sie.

Er kniff wütend die Augen zusammen. Irma merkte, dass sie ihn in die Enge trieb. Das war nicht gut. Nicht in der stressigen Situation, in der sie sich alle befanden. Patrick verließ sein Zimmer nur noch, um sich Bier aus dem Kühlschrank zu holen. Nachts hörte sie ihn in seinem Zimmer ruhelos herumtigern. Arne ging beim geringsten Anlass in die Luft und sie selbst . . . Sie versuchte, sich mit Arbeit abzulenken. Heute Abend hatte sie gehofft, dass diese Geisterbeschwörer ihr die Zeit vertreiben würden. Sie hatte immer schon mal an einer Séance teilnehmen wollen.

»Ich will nicht, dass diese Typen Milenas Namen in den Mund nehmen. Ich will nicht, dass sie auch nur an das tote Mädchen denken.«

»Es geht dabei gar nicht um Milena«, sagte Irma bestimmt. »Lass mich durch!« Seit wann machte sich Arne überhaupt so viele Gedanken um das Mädchen? Hatte sie da was verpasst?

Arne ließ sich von ihr zur Seite schieben, aber seine Miene verhieß nichts Gutes. »Das wirst du noch bereuen, Irma«, sagte er. »In solche Sachen mischt man sich nicht ein!«

Die Luft im Wohnraum roch nach verbrannten Kräutern und Schwefel. Schwefel? Irma runzelte die Stirn. Die drei Besucher hatten alle Fenster verhängt und einen runden Beistelltisch in die Mitte des Raumes gerückt. Drumherum standen vier unterschiedliche Stühle. Die Tischplatte war leer bis auf eine weiße Kerze, deren Flamme unruhige Lichtkreise an die Decke warf.

Aleisters Begleiterinnen trugen formlose Kleider, nicht ganz unähnlich denen, die auch Irma hin und wieder anzog, aber die beiden Frauen wirkten darin seltsam verkleidet. Aleister hingegen sah authentisch aus. Er trug dieselben dunklen Sachen aus grobem Stoff wie schon tagsüber. Einziges Zugeständnis an seine Rolle als Medium war, dass er sich die Stiefel ausgezogen hatte und auf Wollsocken herumlief. Wozu sollte das gut sein?

Heute Nacht wollte er mit den Geistern der Familie Bolt in Kontakt treten. Irma wusste nur, dass die Bolts vor Jahrzehnten in diesem Haus gewohnt hatten und hier ums Leben gekommen waren. Das Ereignis, die Ermordung von Frau und Kindern sowie die anschließende Selbsttötung des Familienvaters, hatte dem Haus seinen seltsamen Namen eingebracht: Mordkuhlen. Kein schöner Name, aber passend, wie sie zugeben musste, so düster und vernachlässigt wie das alte Gebäude in der flachen Senke stand. Aber das Haus war günstig zu mieten gewesen, einsam gelegen und mit einem großen Garten. Das hatte für Irma den Ausschlag gegeben. Es war ihr ratsam erschienen, an die Mordgeschichte nicht allzu viele Gedanken zu verschwenden. Verbrechen geschahen schließlich überall, ob sie entdeckt wurden oder unentdeckt blieben. Irma wusste zwar, dass man das Gebäude auf der Insel für verflucht hielt, aber bitte: Sie lebten im einundzwanzigsten Jahrhundert! Irma glaubte weder an Gespenster noch an einen Fluch. Und die Séance war nur ein Spaß ... Sie wollte mit eigenen Augen sehen, wie dieser Aleister es anstellte, die beiden Frauen, die er mitgeschleppt hatte, an der Nase herumzuführen. Wie weit ging ihr Vertrauen in ihn? Ob er mit ihnen auch ins Bett ging? Gleichzeitig? Irma vermutete, dass heute Nacht noch irgendetwas passieren würde. Eine kleine Showeinlage. Nur schade, dass Arne und Patrick das verpassen würden! So konnten sie hinterher nicht gemeinsam darüber lachen.

Um kurz vor zwölf setzten sie sich zu viert um den runden Tisch, und Aleister schloss demonstrativ die Augen. Vor ihnen lag ein »Ouija-« oder »Hexenbrett«, wie sie es nannten. Ein Holzbrett, das mit Zahlen von null bis neun, den Buchstaben des Alphabets und den Worten *Ja* und *Nein* bemalt war. Darauf stand, mit der Öffnung nach unten, ein Schnapsglas. Die drei hatten alle Accessoires für die Séance mitgebracht. Klar, dann können sie leichter manipulieren, dachte Irma.

Auf Aleisters Aufforderung hin legten sie nun alle die Fingerkuppen ihres rechten Mittelfingers auf den Glasboden des Schnapsglases und sollten nun ebenfalls die Augen schließen.

Irma tat sich schwer damit. Es war der Kontrollverlust, gegen den sie sich sträubte. Sie kämpfte mit sich, ob sie blinzeln sollte, aber sie fürchtete, dabei erwischt zu werden. Inzwischen war sie so neugierig, dass sie keinesfalls auf die Teilnahme an der Séance verzichten wollte.

»Wir haben uns hier zusammengesetzt, um Kontakt aufzunehmen mit dem Zwischenreich. Wir rufen höflichst und ehrerbietig die Geisterwelt an. Ist ein Geistwesen hier?«

Irma fand die Einleitung profan. Hatte der Kerl nicht mal genug Fantasie, ein paar geheimnisvolle Sprüche aufzusagen? Arne hatte recht gehabt. Auf was hatte sie sich da eingelassen? Kinderkram. Selbst Zoe würde dieses Laienschauspiel durchschauen. Irma hörte Aleister atmen, und die Frau zu ihrer Linken rutschte unruhig auf ihrem Stuhl hin und her. Die Minuten tröpfelten zäh dahin.

»Es kann dauern«, wisperte die andere Frau. »Sollen wir zusammen?«

»Wir rufen dich, großer Geist«, deklamierte Aleister.

»Wir rufen dich, großer Geist«, erklang es nun im Chor. Nach einer Weile fiel Irma mit ein und fand eine seltsame Befriedigung beim Hersagen der Beschwörungsformel. Die Techniken der Manipulation waren doch überall gleich.

Als das Glas unter ihrem Finger ruckte, hätte sie beinahe aufgeschrien. Sie hatte vermutet, dass die anderen, allen voran ihr Medium Aleister, das Glas bewegen würden, aber das Zucken war stärker, als sie vermutet hatte. Nun fühlte es sich tatsächlich so an, als setzte es sich von selbst in Bewegung. Wie von Geisterhand – der Hand eines ungeduldigen, überaus kräftigen Geistes. Wie machten die das?

»Wir grüßen dich, großer Geist. Willst du uns etwas mitteilen?«

Das Glas ruckte. Schließlich blieb es stehen.

»Heißt das: ja?«, hakte die Frau auf Irmas linker Seite nach.

Irma blinzelte. Es stand zwischen *Ja* und *A*.

»Wie ist dein Name?«, fragte Aleister.

Wieder ein Rucken.

Langsam fand Irma Gefallen an der Prozedur. Es war tatsächlich unterhaltsam. Aber auch ein wenig unheimlich.

Es dauerte, bis der Geist seinen Namen buchstabiert hatte, und der war dann keine Überraschung: *BOLT*

»Hast du mal hier gewohnt?«

Ja

»Bist du hier gestorben?«

Ja

»Woran bist du gestorben?«

Das Glas pendelte zwischen *Nein* und den Buchstaben *S* und *E* hin und her. Dann folgte *L B* und *Nein*.

»Was willst du uns damit mitteilen?«, fragte Aleister.

Irma wartete, doch das Glas bewegte sich nicht mehr. Warum auch? Ein Geist sollte doch erwarten dürfen, dass ihm Fragen gestellt wurden, die er mit Ja oder Nein beantworten konnte. Es wurde still. Nichts als Aleisters Atemgeräusch war mehr zu hören. Irma wollte gerade etwas sagen, um die Spannung aufzulösen, als sie einen Luftzug im Nacken spürte. War noch jemand im Raum? Die Tür war von innen verschlossen, und auch durch die Fenster konnte niemand hereingekommen sein, aber vielleicht war ja schon vor der Séance ein Helfer Aleisters im Zimmer gewesen. Doch wo sollte er sich versteckt haben? Das war ein Trick, ein verdammter Trick!

Sie hätte sich jetzt gern im Raum umgeschaut, doch Aleister hatte ihr vorher das Versprechen abgenommen, die Séance keinesfalls zu unterbrechen oder zu stören.

Irma schielte zu Aleister hinüber. Er saß mit verzerrtem Gesicht auf seinem Stuhl. In seinem Mundwinkel glänzte Spucke im Kerzenschein. Bevor sie fragen konnte, ob er vielleicht Hilfe brauche, begann das Glas wieder zu rucken. Sie beobachtete, wie es von *M* über *O* zu *E* und dann zu *R* und schließlich zu *D* glitt.

»Nein«, stöhnte Aleister. »Wer bist du?« Und dann mit veränderter, viel zu hoher Stimme: »Ich bin wütend!«

»Das ist jetzt ein anderer Geist«, flüsterte die Frau zu Irmas Linken. Und lauter: »Wer bist du?«

»Mi-leee...«

Es klang nicht wie Milenas Stimme, aber ebenso wenig nach Aleister.

Irma hielt den Atem an. Aleister saß seltsam verdreht auf seinem Stuhl. Auch die beiden anderen Frauen sahen ihn an. Er wand sich, und etwas Schaumiges, eine rosa Masse, trat aus seinem Mund und lief sein Kinn herunter.

»Ektoplasma«, rief die Frau rechts von ihr aufgeregt.

»Er hat einen Anfall«, sagte Irma und stand auf. Sie musste

sich zu ruckartig bewegt haben, denn der Tisch schwankte, und das Glas fiel über die Tischkante und zerbrach.

»Nicht«, schrie die andere Frau. »Wir müssen erst den Geist verabschieden.«

Ohne sich um den Einwand zu kümmern, ging Irma zu Aleister hinüber und packte ihn an der Schulter.

Die Frauen murmelten: »Großer Geist, wir danken dir. Geh jetzt bitte und kehr niemals zurück...«

Irma sah Aleister in die Augen. Seine Pupillen schienen sehr klein zu sein, und er atmete schwer. Um irgendetwas zu tun, fasste sie an seinen Hals und suchte den Puls. Seine Haut fühlte sich heiß und feucht an, doch der Herzschlag schien ihr kräftig, wenn auch etwas zu schnell zu sein. »Helft mir, ihn hinzulegen!«, wies Irma die beiden anderen an. »Stabile Seitenlage, damit er nicht an dem Schaumzeug erstickt... Einen weiteren Todesfall können wir hier wirklich nicht gebrauchen.« Ihr bestimmter Tonfall erfüllte seinen Zweck. Zu dritt packten sie Aleister und ließen ihn zu Boden gleiten.

Er blinzelte und fing an zu husten. »Wo bin ich?«, fragte er und fasste sich in einer theatralischen Geste an die Stirn. Obwohl Irma eben noch überzeugt davon gewesen war, dass er ein gesundheitliches Problem hatte, so war sie sich jetzt sicher, dass er ihr etwas vorspielte. Laientheater.

»Oh, Aleister!«, schluchzte eine der Frauen.

Irma rollte genervt mit den Augen und verließ den Raum.

11. Kapitel

Judith trieb den Spaten ins Erdreich. Die Erde war hier, im Schatten der Tannen, steinhart gebacken. Rudolf hatte sie damals als Sicht- und Windschutz gepflanzt, und nun waren die Nadelbäume vier bis fünf Meter hoch, die Stämme nackt und kahl. Darunter wuchs nicht mehr viel. Es war der ideale Platz, weil man sie von der Straße aus nicht graben sehen konnte. Und vom Nachbargrundstück aus auch nicht. Judith stieß wieder in das Loch, das kaum fünfzig mal fünfzig Zentimeter groß war und höchstens vierzig Zentimeter tief. Das Metall des Spatens traf klirrend auf einen Stein, und ein Ruck fuhr schmerzhaft durch ihre Handgelenke. Nicht schon wieder! Hier hatte mal jemand seinen Bauschutt entsorgt. Die Arme taten Judith weh, und ihr dröhnte der Kopf. Wozu hatte sie einen Mann, wenn nicht wenigstens dafür, dass er das hier für sie erledigte? Aber wie dem auch sei, es musste verschwinden. Der Gestank war nicht mehr auszuhalten.

Die Hunde würden traurig sein. Sie musste so tief graben, dass sie es nicht wieder ausbuddeln konnten. Judith sah sich schon mit einer Nachbarin auf der Terrasse Kaffee trinken, und einer der Hunde legte schwanzwedelnd einen Beckenknochen oder gar den Schädel vor ihren Füßen ab ...

Sie hieb das Spatenblatt seitlich neben dem Geröllbrocken ins Erdreich und versuchte, ihn herauszuarbeiten, wie ein Archäologe eine antike Scherbe. Ich habe keinen Pinsel dabei, dachte sie spöttisch, aber wie wäre es mit ihrem Puderquast oder, besser noch, Rudolfs Echthaar-Rasierpinsel? Wenn sie es weiter hinten nahe dem Kompost versucht hätte, wäre es einfacher gewesen ... Aber da lag ja schon was. Sie hatte wirklich keine Lust, auf Charlies sterbliche Überreste zu stoßen!

Endlich lockerte sich der Stein. Judith kniete sich neben das Loch und zog ihn stöhnend heraus. Schweißtropfen kitzelten auf ihrer Stirn, auch jetzt noch, abends um halb zehn ... Kühlte es sich denn überhaupt nicht mehr ab? Sie erstarrte, als die Hunde anschlugen. Kam Rudolf schon zurück? Normalerweise erkannten sie ihn und blieben still, wenn er vorfuhr und zum Haus hinüberging. Aber wer sollte um diese Uhrzeit sonst das Grundstück betreten? Judith hatte kein Auto gehört. Das war schon seltsam. Sie griff nach dem Spatenstiel und wollte gerade ächzend auf die Füße kommen, als sie leise Schritte hinter sich hörte. Verdammt.

Judith saß wie erstarrt da. Lauschte. Spürte ihr Herz einen Trommelwirbel schlagen. Auch Milena hatte wehrlos am Boden gehockt, als der tödliche Hieb sie getroffen hatte. Und nun saß sie hier, unfähig, sich zu rühren. Sie schluckte, drehte den Kopf und schaffte es, ein schwaches »Ist da jemand?« herauszubringen.

Keine Antwort.

Sie kam sich schon lächerlich vor, doch da tauchte eine schemenhafte Gestalt neben den Tannen auf und verharrte dort. Herr Jesus Christus, hilf mir!, betete Judith stumm.

Die Hunde hatten aufgehört zu bellen. Die Grillen begannen wieder zu zirpen. Eine laue Sommernacht. Bis auf ... das da. Es schien sie zu belauern. Wartete.

War *er* gekommen, um sie zu holen? Ich bin nicht vorbereitet!, schoss es ihr durch den Kopf. Nein! Es rührte sich nicht.

Sie stützte sich auf den Spatenstiel und stand langsam, ganz langsam auf. Ihre Knie waren butterweich und trugen sie kaum. »Hallo?«, fragte sie in die Dunkelheit. Ich grüße dich, Satan, der du gekommen bist, um meine unsterbliche Seele zu holen, dachte sie und hätte beinahe hysterisch zu kichern begonnen. Herr Jesu Christ, erbarme dich mir armer Sünderin! Es hieß doch, dass der Tod kommen würde wie ein Dieb in der Nacht. Man solle immer vorbereitet sein. Das war sie nicht. Ganz und gar nicht!

Da bewegte es sich, kam direkt auf sie zu. In menschlicher Gestalt, ohne Zweifel. Satan konnte einem in jeder Gestalt gegenübertreten, nicht wahr?

»Nicht erschrecken, bitte!«, hörte sie eine männliche Stimme.

Judith erkannte einen Mann, der absolut nichts Satanisches an sich hatte. Er sah ... harmlos aus. Unsicher. »Sie haben mich gerade zu Tode erschreckt!«, fuhr sie ihn an.

»Tut mir leid. Bei Ihnen im Haus hat mir niemand geöffnet. Da dachte ich, ich schau mal nach, ob jemand im Garten ist. Ich habe Sie stöhnen gehört.«

»Oh. Wirklich? Ich muss ein paar Gartenabfälle entsorgen. Ein guter Platz, unter den Tannen ...«

»Gartenabfälle?«

»Und wer sind Sie?«, fragte Judith barsch. Die freundlich klingende Stimme hatte ihre Angst in Ungeduld umschlagen lassen. Sie war nur noch ... unangenehm überrascht. Und sie musste diesen Kerl schnell wieder loswerden.

»Mein Name ist unwichtig.« Er streckte die rechte Hand vor. »Aber vielleicht kann ich Ihnen helfen?«

»Was wollen Sie hier?«

»Mit Ihnen reden. Über ... das Haus im Hainbuchenweg.«

»Mordkuhlen. Ich rede nicht über Mordkuhlen!«, sagte Judith mit vor Entrüstung kratziger Stimme. »Sie sind bestimmt von der Zeitung. Scheren Sie sich weg!«

»Ich schreibe nicht über Ihre Tochter«, erwiderte er mit sanfter Stimme. »Ich möchte über etwas anderes reden.«

»Aber ich nicht mit Ihnen.«

Ehe sie sich's versah, hatte er ihr den Spaten aus der Hand

genommen und begonnen, mit kräftigen Bewegungen die Erde im Grunde des Lochs zu lockern. Ja – so wäre die Arbeit in zehn Minuten erledigt. Sie ließ ihn gewähren, einen Moment nur.

»Wofür ist das Loch?«, fragte er.

»Ich sagte doch schon, für Gartenabfälle. Und nun gehen Sie, bevor ich meinen Mann oder die Polizei rufe.«

Er hob den Spaten ein wenig an und trat einen Schritt von ihr zurück. »Wo ist Ihr Mann?«

»Wo wohl? Bei seiner Geliebten«, stieß sie hervor. Wieso offenbarte sie diesem Fremden, was sie sonst niemandem anvertrauen würde? Lag es an der dämmrigen Stille zwischen den hoch aufragenden Stämmen der Tannen? Der fast sakralen Atmosphäre, die an eine Beichtsituation erinnerte?

»Er hat eine Geliebte?«, hakte der Fremde nach. Er klang geradezu entsetzt. »Ja, liebt er Sie denn nicht?«

»Verschwinden Sie!«, herrschte sie ihn an. Sie traute sich nicht, einfach wegzugehen, weil sie ihm dann den Rücken zukehren müsste. Er schwang den Spaten in einer Hand leicht hin und her. Dabei musterte er sie mit einem seltsam intensiven Blick. Es sah so aus, als schätzte er die Entfernung zwischen ihnen ab. Dann kam er noch einen Schritt näher.

»Er liebt Sie nicht«, wiederholte er mit kalter Stimme. »Wer weiß ... ich könnte ihm einen Gefallen damit tun.«

Sie wich langsam vor ihm zurück, ohne ihn dabei aus den Augen zu lassen. Sollte sie um Hilfe rufen? Zwecklos. Ihre Nachbarn waren alle halb taub und saßen um diese Uhrzeit vor dem Fernseher. Sie würde nur ihre Kraft verschwenden.

Kraft, die sie vielleicht noch brauchte ...

»Wo ist Ihr Mann?«, fragte der Fremde. Mit einem Mal klang seine Stimme drohend.

Judith drehte sich um und rannte so schnell, wie sie seit dreißig Jahren nicht mehr gerannt war.

Nach der Frühbesprechung im Kommissariat am nächsten Morgen fuhren Pia und Manfred Rist gen Norden. Sie hatten die Aufgabe übernommen, Milena Ingwers' Freunde aus der Zeit vor ihrem Umzug nach Mordkuhlen zu befragen.

Nachdem die junge Frau dort eingezogen war, war sie den bisherigen Erkenntnissen zufolge nicht mehr mit ihren alten Freunden zusammengekommen, sondern hatte sich nur noch mit ihren Mitbewohnern, allen voran Patrick Grieger, abgegeben.

Parallel dazu hatten Broders und die neue Kollegin Juliane Timmermann einen Termin mit ehemaligen Lehrern und der Ausbilderin der jungen Frau. Gerlach und Wohlert würden sich in Rudolf Ingwers' Gärtnerei umhören. Die anderen schoben heute Innendienst. Horst-Egon Gabler hatte die Teams neu gemischt, wohl nicht nur, um den beiden Neuen die Einarbeitung zu erleichtern, wie Pia argwöhnte.

»Unser bester Anhaltspunkt sind die Karten, die vor dem Tor zu Mordkuhlen abgelegt wurden«, sagte Pia. »Weder ihre Eltern noch die Mitbewohner konnten oder wollten uns viel über Milenas Umgang vor ihrem Einzug auf Mordkuhlen sagen.«

»Irgendwie seltsam«, meinte Rist. »Mit seinem Freundeskreis bricht man doch nicht einfach so. Man lebt sich vielleicht auseinander, wenn man älter wird. Aber war das bei Milena auch so, oder gab es einen konkreten Grund, die alten Freunde nicht mehr zu treffen? Vielleicht ist etwas zwischen ihr und ihren Freunden vorgefallen?«

Pia zuckte mit den Schultern. »Immerhin haben sie ihr nach dem Mord Karten und Blumen ans Tor gelegt.«

»Vielleicht mehr aus Sensationslust? Oder Sentimentalität?«

»Ja, schon möglich.« Sie bog in eine schmale Straße mit Reihenhäusern ein. »Bibo wohnt noch bei ihren Eltern«, sagte Pia und parkte vor Nummer fünfzehn c. »Bianca Bockelmann. Knapp neunzehn Jahre alt. Sie sollte uns erwarten.«

»Sollte?«

»Sie klang nicht ganz wach, als ich mit ihr telefoniert habe.«

Und das war sie auch immer noch nicht. Zumindest ließ der äußere Anschein das vermuten, als Pia und Rist Bianca Bockelmann ins Haus folgten. Ein schmaler Flur mündete in einen kombinierten Küchen- und Wohnbereich. Die Vorhänge waren noch zugezogen. Es roch nach alten Mahlzeiten und frischem Kaffee.

Die junge Frau raufte sich das von billiger Blondierung verfilzte Haar. Sie hatte dunkle Ränder unter den Augen. Die weiche graue Jogginghose und das zerknitterte Trägertop sahen so aus, als hätte sie darin geschlafen. Bianca Bockelmann blieb an den Tresen gelehnt stehen und gähnte ausgiebig. »'tschuldigung«, sagte sie. »Ist spät geworden gestern. Oder eher früh heute Morgen.«

»Wir wollen mit Ihnen über Ihre Freundin Milena Ingwers sprechen.«

»Ich weiß echt nichts darüber«, sagte sie schnell.

»Sie meinen den Mord? Bisher tragen wir nur Informationen zusammen. Sie wissen vielleicht eine Kleinigkeit und jemand anders eine weitere. Aber am Ende fügen sich die Mosaikteilchen zu einem Bild zusammen, und wir können den Täter überführen.«

»Ach, ja? Ich wünschte, ich hätte die Scheißkarte da nicht hingelegt. Ich hatte Milena schon seit Wochen nicht mehr gesehen.«

Sie ließen sich von Bianca Bockelmann schildern, woher sie Milena kannte – aus der Schulzeit – und wie ihre Beziehung zueinander gewesen war. Dieselbe Clique, eine Schulmädchenfreundschaft, die sich später, als Jungs ins Spiel gekommen waren, etwas abgekühlt hatte.

»Milena tat immer so harmlos, aber sie konnte so was von

aggressiv werden, wenn sie einen bestimmten Typen haben wollte...«

»Wen zum Beispiel?«

»Keine Ahnung. Sie hat ständig gewechselt. Ich glaube, hauptsächlich, um gegen ihr Image anzugehen. Das brave Ingwers-Töchterchen. Klavierwunderkind. Eine Streberin mit guten Noten... bis sie so zwölf, dreizehn war. Hat sogar im Kirchenchor gesungen. Und plötzlich... pffft... ist sie ausgeflippt. Hat auf einmal geraucht, gesoffen, mit Jungs rumgemacht und sich ein völlig bescheuertes Tattoo stechen lassen.«

»Hatte sie Probleme mit ihren Eltern?«

»Wer hätte die nicht, an ihrer Stelle? Nach einer Klassenfahrt ist die Mutter immer mit ihr zum Hausarzt gerannt, ob mit dem Kind denn noch alles in Ordnung sei... Und nichts durfte sie: nicht mal allein mit dem Fahrrad irgendwohin fahren! Wenn sie schlechte Noten bekam, gab es Hausarrest, aber es war ja alles zu ihrem Besten!«

»Hat Milena sich keine Hilfe gesucht? Beim Vertrauenslehrer zum Beispiel?«, fragte Rist.

Die junge Frau rollte mit den Augen. »Milena hat nicht viel darüber gequatscht. War ihr wohl peinlich, so spießige Erzeuger zu haben. Besonders die Mutter hat ja ein Rad ab... ach, nicht nur eins. Meine Eltern sind okay. Sonst würde ich auch nicht mehr hier wohnen. Ich habe ein Studio unter dem Dach. Sie lassen mich mein Ding machen...«

»Und das wäre?«, fragte Pia.

Bianca Bockelmann starrte sie feindselig an und wandte sich dann Manfred Rist zu. »Die Clique, in der Milena und ich waren – wir hatten eine echt krasse Zeit. Besonders die Mädels...«

»Was war denn so krass?«, hakte Rist nach.

Bianca kaute auf ihrer Unterlippe und biss einen kleinen Hautfetzen ab. »Ich hasse es, wenn Erwachsene so reden.«

Manfred Rist trat einen Schritt auf sie zu. »Würden Sie jetzt bitte die Frage beantworten?«

Sie starrte ihn an, dann sagte sie anscheinend gelangweilt: »Partys bis zum Abwinken. Rauchen, saufen, abtanzen. Aber auch anderes ... Ich hab dabei nicht mitgemacht. Ich hatte ja immer genug Kohle, wissen Sie. Doch einige der Mädchen, manchmal auch Milena, die sind anschaffen gegangen, wenn sie pleite waren. Für Zigaretten, Schminke und so.«

»Wie und wo?«

»Wo was ging. Völlig bescheuert. An der Bushaltestelle zum Beispiel. Da halten echt Typen an, im Benz und alles, und lassen sich für zehn Euro einen runterholen.«

»Zehn Euro«, echote Pia. Sie war der Meinung, dass sie schon einiges gehört und gesehen hatte. Aber minderjährige Schülerinnen aus, wenn man so wollte, geordneten Verhältnissen, die sich für zehn Euro an der Bushaltestelle verkauften, das war dann doch ein bisschen heftig.

»Kannten Sie einen von ihren Freiern?«

Bianca Bockelmann überkreuzte abwehrend die Zeigefinger vor der Brust. »Keinen einzigen.«

»Erinnern Sie sich an Autokennzeichen, irgendwelche Besonderheiten der Wagen?«

»Also wirklich! Ich stand nicht daneben. Und das hat doch auch nicht direkt was mit Milena zu tun. Mit dem Mord, meine ich. Sie war gar nicht so oft dabei. Da gab es andere...«

»Wir entscheiden, was für die Ermittlungen wichtig sein könnte und was nicht.« Rist klang inzwischen leicht gereizt.

Die junge Frau verschränkte die Arme vor der Brust.

»Woher kannte Milena Patrick Grieger?«, fragte Pia.

»Wer soll das denn sein?«

»Ein Mitbewohner in dem Haus, in das sie gezogen ist.«

»Iiiih«, sagte Bianca Bockelmann. »Diese Körnerfresser! Keine Ahnung, echt nicht.«

»Warum ist sie überhaupt da hingezogen?«

»Um nicht auf der Straße zu pennen, nehm ich an. Als sie aus der Lehre geflogen ist, hatte sie ja kein Geld mehr für die Miete. Sie hatte während der Ausbildung 'ne kleine Wohnung. Und ihre Alten haben sie auch nicht unterstützt.«

»Hat Milena das so gesagt? Sie hätte sich ans Jugendamt wenden können«, warf Rist ein.

»Phh. Sie war doch fast achtzehn. Und außerdem: Da wäre sie ja vom Regen in die Traufe gekommen.« Sie strich sich eine Haarsträhne zurück, die ihr über die Augen gefallen war. Ihre Hand mit den abgekauten Fingernägeln zitterte leicht.

Pia nickte Rist zu. Sie würden es hier für heute dabei bewenden lassen. Schließlich hatten sie noch mehr Namen auf ihrer Liste. Und sie konnten wiederkommen ...

Vor dem Haus sah Pia auf das Display ihres Handys. Broders hatte mehrmals versucht, sie zu erreichen.

Sie rief ihn zurück. »Was gibt's denn?«

»Pia, Judith Ingwers hat mich vor einer Viertelstunde angerufen und klang ziemlich neben der Spur. Sie sagte, dass sie uns etwas mitteilen müsse. Es sei etwas vorgefallen ...«

»Etwas vorgefallen? Präziser ging es nicht?«

»Angeblich nicht am Telefon. Könnt ihr eben zu ihr hinfahren? Wir haben hier noch einige Termine, und ihr seid doch schon auf Fehmarn, oder nicht?«

»Wo genau finden wir sie jetzt?«

»Zu Hause. Das wäre so reizend von euch! Ruf mich an, wenn du Genaueres weißt!«

Judith Ingwers empfing sie sichtlich verlegen. »Oh, da sind Sie ja schon! Der nette Kollege von neulich ist gar nicht dabei?«

»Heinz Broders ist anderweitig beschäftigt«, sagte Pia. Manche Frauen fassten spontan Zutrauen zu ihrem Kollegen. Da konnte Rist, der das Charisma eines Türstehers hatte, nicht mithalten.

»Also gut. Kommen Sie rein! Es dauert auch nicht lange. Es ist nur ...« Judith Ingwers führte sie ins Wohnzimmer und blieb ratlos stehen.

»Dürfen wir uns setzen?«, fragte Rist.

»Oh, bitte ... bitte nehmen Sie Platz.« Sie sank kraftlos auf einen Hocker, presste linkisch die Knie zusammen und ließ die Schultern nach vorn fallen. Ihre Augen und ihre Nase waren rot, das Gesicht blass, und sie trug ein dunkelgraues, wollenes Kleid, das weder zum Wetter noch in anderer Hinsicht zu passen schien.

»Mein Kollege Heinz Broders hat mir gesagt, dass Sie uns etwas mitteilen möchten«, eröffnete Pia so behutsam wie möglich das Gespräch.

»Ich fand ihn nett. Ihren Kollegen. Deshalb habe ich ihn angerufen und nicht die Eins-Eins-Null. War das in Ordnung?«

»Was wollten Sie meinem Kollegen Broders denn nun sagen?«, fragte Pia.

Judith Ingwers zog ein Stofftaschentuch aus dem Ärmel und putzte sich geräuschlos die Nase. Als sie sie wieder ansah, hatte ihr Gesicht einen entschlossenen Ausdruck angenommen. Sie würde doch nicht etwa zugeben, dass sie ... Pia merkte, dass sie sich vor Anspannung völlig verkrampft hatte, und versuchte unmerklich, die Schultergelenke zu lockern.

»Ich war gestern noch spät im Garten. Es war schon dunkel. Da hat mich ein Mann überrascht.«

Das war nicht das, was Pia erwartet hatte. Überhaupt nicht. »Wer war das?«

»Das ist es ja«, sagte Judith Ingwers mit einem Stöhnen. »Ich weiß es nicht. Wirklich! Ich hatte ihn noch nie vorher gesehen. Ich meine, es war so dunkel, ich konnte nicht viel erkennen, aber auch die Stimme war mir vollkommen unbekannt.«

»Was wollte dieser Mann?«, fragte Rist.

»Auch das weiß ich nicht. Er hat sich angeschlichen, als ich gerade unter den Tannen war. Zum Glück hatten die Hunde angeschlagen, sonst hätte ich wohl einen Herzanfall bekommen.«

»Was hat er gesagt?«

Judith Ingwers gab das Gespräch in abgehackten Sätzen wieder. Es klang, als hätte sie es irgendwo abgespeichert und könnte es jetzt einfach abrufen.

»Haben Sie sich von ihm auch körperlich bedroht gefühlt?«, wollte Pia wissen.

»Ja, schon. Ich war ja ganz allein. Und er hatte den Spaten.«

»Können Sie sich vielleicht doch an irgendetwas erinnern, das uns bei der Identifizierung hilft? Größe, Statur, Haarfarbe, Besonderheiten?«

»Er war normal groß, vielleicht ein Meter achtzig. Und er hatte eine durchschnittliche Figur. Mehr weiß ich nicht. Seine Stimme klang eigentlich ... nett«, sagte sie ratlos.

Rist, der sich ein paar Notizen gemacht hatte, klappte den Block zu. »Falls Sie ihn wiedersehen oder sich doch noch an etwas erinnern, rufen Sie uns bitte an!«

»Und wenn er wiederkommt?«, fragte Judith Ingwers ängstlich.

»Halten Sie das Haus geschlossen – und am besten keine einsamen Aufenthalte mehr draußen im Dunkeln. Zumindest so lange nicht, bis der Fall geklärt ist.«

»Glauben Sie denn, dass es Milenas Mörder war?«

»Wir wissen einfach noch nicht genug, Frau Ingwers. Vorsichtig zu sein ist der beste Rat, den wir Ihnen geben können.«

Judith Ingwers starrte Manfred Rist unzufrieden an. Was erwartete sie? Polizeischutz?

»Was haben Sie eigentlich so spät abends im Garten gemacht?«, fragte Pia.

»Gartenarbeit.«

»Im Dunkeln?«

Zu Pias Überraschung schossen Judith Ingwers die Tränen in die Augen. »Das ist alles meine Schuld«, schluchzte sie.

»Was ist Ihre Schuld?«

»Ich hab vergessen, den Fuchs wieder in die Gefriertruhe zu legen. Ich habe einen toten Fuchs, den ich mitnehme, wenn ich mit den Hunden trainiere. Damit er länger hält, friere ich ihn nach dem Training immer wieder ein. Ich muss ihn rechtzeitig aus der Truhe holen, und manchmal föhne ich das Fell sogar trocken... Dann haben die Hunde es einfacher. Aber an dem Tag, als Milena ermordet wurde... Stellen Sie sich vor, da hab ich den Fuchs nach dem Hunde-Spaziergang im Wagen vergessen.«

»Wussten Sie es da schon? Dass Ihre Tochter tot war?«

»Äh... Nein, als ich zurückkam, wusste ich es noch nicht«

Pia nickte nachdenklich. »Und dann?«

»Der Fuchs fing an zu stinken. Ich kann ihn nicht mehr benutzen. Und der ganze Land Rover riecht jetzt nach Aas.« Sie knetete nervös die Hände, ihr Atem ging schwer. »Mein Mann hat es entdeckt. Er war wütend deswegen. Gestern Abend wollte ich den Fuchs dann im Garten verbuddeln. Die Nachbarn sollten mich nicht dabei sehen. Sie sind nicht gut auf die Hunde zu sprechen, wissen Sie. Und dann kam auch noch dieser Fremde...« Sie fing an zu weinen und konnte gar nicht mehr damit aufhören. Die Erlebnisse der letzten Tage waren sichtlich zu viel für sie.

»Sie braucht einen Arzt«, sagte Pia leise zu Manfred Rist. »Wir müssen ihren Mann verständigen. Oder den Hausarzt. In diesem Zustand können wir sie jedenfalls nicht allein lassen.«

12. Kapitel

Nachdem sie Judith Ingwers in der Obhut ihres Mannes zurückgelassen hatten, klapperten Pia und Rist noch mehrere Namen auf der Liste von Milenas Freunden ab. Zwei trafen sie nicht an, und die dritte Freundin war weitaus weniger auskunftsfreudig, was ihre Zeit mit Milena betraf, als Bianca Bockelmann. Von ausschweifenden Partys und Gelegenheitsprostitution wollte sie jedenfalls nichts mitbekommen haben.

Zurück im Wagen, trank Pia den letzten lauwarmen Rest Wasser aus ihrer Eins-Komma-fünf-Liter-PET-Flasche und warf sie auf den Rücksitz. »Ich bin total ausgedörrt. Und halb verhungert. Irgendwelche kreativen Lösungsvorschläge?«

»Wir können ans Wasser fahren und zusehen, dass wir ein Fischbrötchen in die Finger bekommen.«

»Wenn wir uns in eine gesperrte Zone stellen und einen Polizeiausweis hinter die Frontscheibe klemmen, könnte es gehen«, antwortete sie. »Oder glaubst du, wir kriegen jetzt noch irgendwo am Wasser einen regulären Parkplatz?«

»Vorteilsnahme im Amt«, sagte Rist. »Ich bin dabei.«

»In Orth im Hafen gibt es einen Fischkutter, der leckere Fischbrötchen verkauft.« Pia startete den Wagen. Sie folgte der sich durch die flache Landschaft windenden Allee in Richtung Petersdorf. Die sich gen Osten neigenden Straßenbäume irritierten Pia und ließen sie einen kurzen Moment glauben, sie bewege sich auf einer schiefen Ebene. In den Kronen sah sie rote Beeren, und sie erinnerte sich dunkel, im Naturkundeunterricht mal was von Schwedischen Mehlbeeren gehört zu haben, die auf Fehmarn wuchsen. An der Abzweigung nach

Orth bog sie nach links ab. Sie hatten Glück. Als sie sich dem Hafenbecken näherten, lag der Kutter noch an Ort und Stelle.

Sie deckten sich mit Brötchen, belegt mit Fischfrikadellen und Bismarckhering, ein und suchten sich dann einen gemütlichen Platz zum Essen.

Gegenüber der bunten Häuserzeile mit ihren Surfshops, Cafés und Kneipen befand sich eine schmale Landzunge, die weit in die Bucht ragte und den Hafen schützte. Pia und Rist gingen ein Stück dort entlang, setzten sich dann an der Böschung ins Gras und streckten die Beine von sich. Von hier aus hatte man einen Ausblick übers Wasser bis hin zum Flügger Leuchtturm.

Auf dem Meer tummelten sich ein paar Windsurfer, die trotz der flauen Windverhältnisse ihr Glück versuchten. Die sonst allgegenwärtigen Kitesurfer waren heute nicht zu sehen, dafür schwamm ein Schwanenpaar in der Nähe des Ufers.

»So lässt es sich aushalten.« Rist biss in ein Brötchen mit Bismarckhering. Er kämpfte mit den Zwiebeln, die üppig darauf verteilt waren. »Das Fehmaraner Wetter ist genau mein Ding. Ich mag es warm. Vielleicht sollte ich hier auf der Insel meine Zelte aufschlagen.«

»Warte erst mal ab! Sechs, sieben Monate später im Jahr, und du fährst hier durch Schneewehen, die drei bis vier Meter hoch sind. Oder besser gesagt, du fährst eben nicht mehr.«

»Ob die Ingwers deswegen einen Land Rover in der Garage stehen haben?«

»Ein Schneemobil wäre sinnvoller.« Pia legte den Kopf schief. »Der Gestank eben war echt eindrucksvoll. Einen toten Fuchs einfrieren ... Auf Ideen kommen die Leute!« Rudolf Ingwers hatte ihnen zähneknirschend den Land Rover gezeigt, dem noch immer Aasgeruch anhaftete.

»Wenn es denn stimmt.«

Der Spaten, den Judith Ingwers' mysteriöser Besucher in der

Hand gehabt hatte, lag nun, in Plastik eingeschlagen, im Kofferraum ihres Dienstwagens. Die Tatwaffe, das Gartengerät, mit dem der Mord verübt worden war, hatte sich noch nicht gefunden. Vielleicht befanden sich auf dem Spatengriff nützliche Spuren. Mit möglichen Fußspuren im Garten verhielt es sich ähnlich wie auf Mordkuhlen. Der Boden war hart wie Stein. Einzig um Judith Ingwers' Erdaushub herum hätte sich noch etwas entdecken lassen. Doch ihr Mann hatte am frühen Morgen ihr Werk beendet und den Fuchs beerdigt. Da war nun nichts mehr zu holen.

»Was hältst du von der Aussage von Bianca Bockelmann?«, fragte Rist.

»Der lieben Bibo?« Pia griff nach ihrem zweiten Brötchen. »Erschien mir glaubwürdig. Die Sache mit der Prostitution könnte wichtig sein. Milena Ingwers war noch minderjährig. Und wahrscheinlich ist da mehr gelaufen, als mal eben einem Typen an der Bushaltestelle einen runterzuholen. Bei der Obduktion ist doch eine Geschlechtskrankheit diagnostiziert worden. Vielleicht hat Milena, als sie davon erfahren hat, einen Schreck bekommen und jemandem gedroht, das kleine Geheimnis auszuplaudern.«

»Du meinst, sie hat einen ehemaligen Freier erpresst?«

»Vielleicht war jemand darunter, den sie kannte und der sich partout keinen Skandal leisten konnte. Ich denke dabei auch an die chronische Geldknappheit, von der Bibo gesprochen hat.«

»Es kam doch zum Bruch. Milena hat sich von ihren Freunden und ihrem alten Leben verabschiedet und ist nach Mordkuhlen gezogen. In die Nähe ihres Elternhauses...«

»Das heißt aber nicht, dass sie ihre wohl einzige Einnahmequelle gleich mit aufgegeben hat. Von irgendwas muss sie in den letzten Wochen gelebt haben.«

»Ihr Konto war überzogen, es gab keine Bewegung mehr darauf«, sagte Rist. »Interessante Geschichte. Hässlich, aber interessant.«

»Also noch keine Reue, zum K1 nach Lübeck gewechselt zu sein?«, fragte Pia. Sie beobachtete einen Surfer, der immer wieder auf sein Board kletterte und versuchte, das Segel hochzuziehen. Doch sobald der Mast senkrecht stand und das Segel ohne Druck hin und her schwang, fiel er ins Wasser. Hat ihm keiner gesagt, dass es bei Windstille sinnlos ist?, dachte sie.

Manfred Rist wischte sich die Brötchenkrümel vom Mund. »Na, hier würde es mir wirklich gefallen. Das Meer immer in der Nähe...«

»Schön, dass du dich bei uns wohlfühlst. Wir können uns ja glücklich schätzen, dass wir ausgerechnet jetzt Verstärkung im Team bekommen haben«, meinte Pia. »Wo überall Stellen abgebaut werden.« Sie knüllte ihre Papiertüte zusammen und steckte sie in die Tasche.

»Ja, ausnahmsweise handelt es sich hier mal um einen Fall von echter Weitsicht. Wenn das von ganz oben kommt, ist es wirklich ein Glücksfall.«

»Ist mir da was entgangen?« Pia warf Rist einen prüfenden Blick zu.

»Es wird wohl noch ein paar Veränderungen geben.« Das Thema schien ihm unangenehm zu sein.

»Kannst du das näher ausführen?« Seit Pia Teilzeit arbeitete, kam es hin und wieder vor, dass bestimmte Neuigkeiten sie spät oder gar nicht erreichten. Sie hasste das. Manfred Rist sah an ihr vorbei auf den Surfer, der sich gerade wieder auf sein Brett stemmte. Er trug einen schwarzen Neoprenanzug, und sein Gesicht war inzwischen krebsrot.

»So weit sind wir noch nicht.« Rist zog eine Sonnenbrille aus der Hemdtasche und setzte sie auf. Seine Mimik war plötzlich wie eingefroren. Er wusste etwas, das er ihr nicht sagen wollte, so viel war klar.

Aleister, alias Frank Albrecht, schien die Aufmerksamkeit, die er erfuhr, durchaus zu behagen, was sich an seinem selbstgefälligen Benehmen ablesen ließ. Er empfing Pia und Manfred Rist im Gastraum der *Admiralsstube*, als wäre der seine Künstler-Garderobe.

»Ich wusste, dass ich auf Mordkuhlen erfolgreich sein würde«, brüstete er sich. »Auch wenn ich selbst am Ende nichts mehr davon mitbekommen habe.«

»Wovon sprechen Sie bitte?«

»Von meiner Séance gestern Abend. Ein voller Erfolg. Gleich zwei Kontaktaufnahmen, und eine davon...«, er senkte die Stimme und beugte sich so nah zu Pia hinüber, dass sie riechen konnte, dass er zum Mittagessen Knoblauch verspeist hatte, »eine davon scheint das ermordete Mädchen gewesen zu sein. Das haben mir zumindest meine Assistentinnen gesagt. Ich hatte schon fast so etwas erwartet. Ich meine... es war doch Mord, oder? Wie soll die Arme da Ruhe finden? Zu viel Unerledigtes, vielleicht der Wunsch nach Rache.«

Auf Pias Aufforderung hin schilderte er, was sich während der Séance ereignet hatte.

»Sie hatten eine... Ektoplasma-Eruption?«, fragte Pia, als er geendet hatte. Es fiel ihr schwer, den Argwohn aus ihrer Stimme fernzuhalten, doch wenn sie Aleister nicht das Gefühl gaben, ernst genommen zu werden, würden sie bestimmt nichts mehr aus ihm herausbekommen. Er brauchte Publikum wie die Luft zum Atmen. »Was soll ich mir denn darunter vorstellen?« Aus dem Augenwinkel sah Pia, dass es Rist schwerfiel, nicht laut herauszuprusten.

»Wenn ein Geist sich während einer Séance eines Mediums bemächtigt, kann es zu gewissen Gegenreaktionen im Körper des Menschen kommen. Die Substanz, die dabei ausgeschieden wird, wird ›Ektoplasma‹ genannt. Aber das ist nur ein Wort für etwas, dessen Herkunft wohl niemand so recht erklären kann.«

»Schicken Sie es doch mal zur Analyse in ein Labor«, schlug Pia vor.

Er zog nur leicht die Oberlippe hoch und ging nicht weiter darauf ein.

»Sie sagten, Irma Seibel sei ebenfalls anwesend gewesen. Wie hat sie auf das Erlebnis reagiert?«

»Verunsichert, fand ich. Eindeutig verunsichert. Das ist die normale Reaktion bei Ungläubigen. Abwehr und Verwirrung.«

»Hat dieser Geist ... nennen wir ihn ruhig Milenas Geist ... Hat er Ihnen etwas mitgeteilt, das uns weiterhelfen könnte?«, fragte Rist mit neutraler Stimme.

Aleister tat, als dächte er angestrengt nach, schüttelte dann aber den Kopf. »Ich fürchte, nein. Sie hassen es, wenn man sie für weltliche Zwecke vereinnahmen will. Die Geister haben schon eine neue Bewusstseinsstufe erreicht, so stelle ich es mir vor, und sie streben nicht die Art von Vergeltung an, die uns Menschen zur Verfügung steht.«

»Milenas Geist will nicht, dass ihr Mörder überführt und verurteilt wird?«, wandte Pia ein.

»Ich kann nicht für sie sprechen. Das wäre anmaßend. Aber wenn Sie mich so direkt fragen: Nein, diese Art von Gerechtigkeit ist für sie vollkommen uninteressant.«

»Eine Sache noch.« Pia erhob sich. »Aleister, Ihr Künstlername. Etwa nach Aleister Crowley?«

Rist sah sie irritiert an.

»Oh, das wäre pure Anmaßung, oder? Der große Meister.«

»Wer war dieser Crowley?«, hakte Rist scharf nach.

»Ein berühmter Satanist«, erklärte Pia mit hochgezogener Augenbraue.

Frank Albrecht schüttelte empört den Kopf. »Aleister hat sich später vom Satanismus abgewandt. Er war ein großer *Magier*.«

»Wir bleiben mit Ihnen in Verbindung, Herr Albrecht«, sagte Pia, ohne auf die Belehrung einzugehen.

»War das schon alles?«, fragte Aleister irritiert.

»Haben Sie uns noch etwas zu sagen?«

»Ja. Beim ersten Kontakt, dem mit dem Geist, mit dem ich ursprünglich sprechen wollte, da war etwas seltsam.«

»Und zwar?«

»Er hieß Bolt, was Sie nicht überraschen dürfte. Seit ein Mann dieses Namens in diesem Haus seiner Familie und sich selbst das Leben genommen hat, gibt es dort übersinnliche Phänomene. Der Geist war sehr leicht ansprechbar. Fast, als hätte er nur darauf gewartet, angerufen zu werden. Es kann natürlich sein, dass es mit seinem Selbstmord und gewissen Schuldgefühlen zu tun hat...«

»Oder?« Rist war nun ebenfalls aufgestanden und wippte genervt auf den Fußballen.

»Oder es war damals gar kein Selbstmord.«

»Hat Irma die Geisterbeschwörer jetzt endlich ein für alle Mal rausgeschmissen?«, fragte Patrick. »Oder muss ich darauf gefasst sein, im dunklen Treppenhaus noch mal diesem Knochenmann über den Weg zu laufen?«

Es war früher Abend auf Mordkuhlen. Patrick Grieger und Arne Klaasen standen im Badezimmer und versuchten, eines verstopften Abflusses Herr zu werden, der ihnen immer wieder Probleme bereitete. Mal floss das Wasser aus der Badewanne nicht ab, dann wieder drückte es aus der Kloschüssel nach oben. Eine ebenso unerfreuliche wie mühsame Angelegenheit, die nicht eben dazu angetan war, die Laune der beiden Männer zu heben.

»Wenn ich diese Spinner noch mal hier im Haus antreffe, dann fliegen die Fetzen«, sagte Arne Klaasen grimmig, während er die Spirale ansetzte. »Und danach ziehe ich aus. Dann kann Irma zusehen, wer ihren Scheiß hier macht!«

»Anfangs war sie aber schwer beeindruckt von denen«, meinte Patrick, um Arne ein wenig zu triezen. »Muss 'ne gute Show gewesen sein, die der Typ da abgezogen hat.« Er richtete sich auf und rieb sich den Rücken.

»Weiber! Glauben einfach alles, was mit dem gewissen Tamtam daherkommt. Die Welt will halt betrogen werden!«

»Milena war auch ziemlich leichtgläubig.«

»Meinst du, jemand hat sie in was verwickelt, das ihr nicht gut bekommen ist?«

Sogar der wortkarge Arne greift, wenn es um den Tod geht, auf Umschreibungen zurück, dachte Patrick. Nein, der Hieb auf den Kopf war Milena nicht so gut bekommen. Er hatte ja selbst den zertrümmerten Schädel und sogar das Gehirn gesehen.

»Man weiß eben nie, was im Kopf einer Frau vor sich geht«, sagte Arne, als er von seinem Mitbewohner keine Antwort erhielt.

Patrick musste an seinen letzten gemeinsamen Morgen mit Milena denken: Er war aufgewacht und hatte sie neben sich schlafend vorgefunden. Das dünne Laken, das ihm im Sommer als Zudecke diente, bedeckte gerade noch ihre Hüften. Er hatte seine Hand unter das Laken geschoben. Ihre Haut war warm und leicht verschwitzt gewesen. Er war näher an sie herangerückt, hatte sich gegen sie gedrückt und war mit seiner Hand ihren leicht gerundeten Bauch hinunter zu ihrer Scham gefahren. Er hatte sie gestreichelt, aber sie hatte sich nicht gerührt. Milena hatte sich schlafend gestellt. Bis sie es nicht mehr ausgehalten hatte. Tief in ihr hatte er die Wellen ihres Orgasmus gespürt. Dann war er gekommen. Sie hatten beide kein Wort gesagt, sich noch nicht einmal angesehen.

Am Abend zuvor hatten sie heftig miteinander gestritten – und den Streit später an jenem Morgen in der Küche gleich fortgesetzt. Jetzt, da es Milena nicht mehr gab, taten Patrick die

Vorwürfe leid, mit denen er sie überschüttet hatte. Und dann hatte er sie auch noch geärgert. »Hör mal! Arne fährt gerade weg. Da kannst du ihm heute gar nicht mehr schöne Augen machen«, hatte er gestichelt.

»Du spinnst, Patrick. Und selbst wenn! Ich bin nicht dein Eigentum.«

»Ohne mich würdest du jetzt unter 'ner Brücke schlafen. Oder längst in irgendeinem Bordell anschaffen gehen.«

Daraufhin war sie wortlos aufgestanden. Dass er sein Wissen, das Geheimnis, das sie ihm anvertraut hatte, gegen sie verwendet hatte, war mies von ihm gewesen. Aber sie hatte einen auch wahnsinnig machen können mit ihrem Rehblick. Er hatte anfangs noch gedacht, dass es einfach wäre, sie zu beeinflussen. Doch mit vernünftigen Argumenten hatte man bei ihr nichts ausrichten können. Dafür war sie zu stur gewesen. Jedenfalls, wenn es um die Sache mit ihrem Vater ging.

»Hey, wo bist du mit deinen Gedanken?«, hörte er Arne jetzt fragen. Patrick zuckte zusammen. »Ich brauche den Dreizehner Maulschlüssel.«

Wortlos reichte ihm Patrick das Werkzeug.

Als Arne fertig war, erhob er sich ächzend und musterte seinen Helfer abschätzend. »Du vermisst das Mädchen, was?« Er hob unbehaglich die Schultern. »Das Einzige, was da hilft, ist harte Arbeit.«

»Tu bloß nicht so!«, entfuhr es Patrick. Was sollte das? Kehrte er plötzlich den väterlichen Freund raus, oder was? Den konnte er sich sonst wo hinstecken! »Du vermisst sie doch auch«, fuhr Patrick ihn an. »Ich hab schließlich gesehen, wie du sie immerzu angestarrt hast.«

»Wen ... Milena?« Arnes Hals und dann seine Ohren verfärbten sich langsam rot.

»Nein, die heilige Muttergottes!«

Das Telefon klingelte. Einmal, zweimal, dreimal. Pia fand das tragbare Gerät, als Felix es gerade in der mit Wasser gefüllten Gießkanne versenken wollte, die neben der Küchenzeile für die Balkonpflanzen bereitstand. Sie nahm ihn hoch, tauschte das Telefon gegen einen Schneebesen, der auf der Arbeitsplatte lag, und presste dann mit der anderen Hand den Hörer ans Ohr. »Korittki?«

»Ich bin's, Tom, dein geliebter Bruder. Du denkst doch noch an die Party, oder?«

»Ich hab Marlene gesagt, dass ich komme, wenn ich jemanden finde, der auf Felix aufpasst.«

»Hast du noch niemanden?«

»Nein. Am Wochenende wollen die Babysitter lieber selbst Party machen.«

»Dann bring ihn doch einfach mit!«

»Glaubst du, er schläft bei euch?«

»Wenn du es nicht ausprobierst, wirst du es nie erfahren, Pia. Du kannst ihn bei uns ins Schlafzimmer legen. Das ist der ruhigste Raum in der Wohnung.«

»Lärm ist nicht unbedingt das Problem«, sagte Pia unentschlossen. Felix schlief auch, wenn ihre Nachbarn gegenüber laut Musik hörten, stritten, bis das Porzellan flog, oder abends um acht mit der Hilti anfingen, das Haus zu renovieren. Wenn sie, Pia, nur in der Nähe war. Sie hatte aber keine Lust, auf einer Party zu sein und dann den ganzen Abend neben Felix' Reisebettchen zu sitzen, um sich anschließend womöglich die Einschlaftipps »erfahrener« Mütter anzuhören.

»Dann kommst du also? Es ist nämlich wichtig.«

»Wie meinst du das?« Das klang nicht gut. Nicht nach Amüsement. Felix fing an zu strampeln, und Pia setzte ihn wieder ab.

»Du suchst doch eine neue Wohnung. Komm einfach, okay? Um acht geht's los.«

»Es kann sogar sein, dass ich arbeiten muss«, warf Pia noch ein. Sie hörte selbst, wie lahm das klang.

»Wir erwarten dich«, sagte Tom und legte auf.

Ein paar Sekunden lang kämpfte Pia mit sich, ihn zurückzurufen und definitiv abzusagen. Sie wurde von ihrem Vorhaben abgelenkt, weil Felix sich anschickte, das Blumenwasser zu probieren.

Maren Rosinski spielte die letzten Takte von *Arctic Nights* von Gilbert DeBenedetti. Ihre Finger verharrten über der Tastatur. Sie lauschte, wie der letzte Ton im Haus verklang. Wieder Stille. Die Ablenkung durch die Musik war nur kurz gewesen. Der »Flow«, wie man es heute nannte, die vollständige Konzentration auf das Klavierspiel, hatte sich nicht eingestellt. Ihre Hände hatten nur eine geübte Abfolge von Griffen abgespult – mechanisch. Ihre Gedanken kreisten immer noch um Milena. Rudolfs Tochter. Rudolfs ermordete Tochter.

Er hatte vorhin angerufen und mit gepresster Stimme erklärt, dass er heute Abend nicht kommen werde. Dass seine Frau ihn brauche. Nun war sie also wieder *seine* Frau. Judith Ingwers, diese bornierte, dumme, heuchlerische Kuh! Dass das mit ihrer Tochter geschehen war, tat Maren leid. Das Kind, nein, die junge Frau hatte dieses Schicksal sicherlich nicht verdient, auch wenn sie ansonsten ihren Eltern mehr Kummer als alles andere bereitet hatte. Ein langweiliges, wenig ansehnliches Mädchen, ganz die Mutter, das durch die Pubertät aus der Bahn geworfen worden war und nie wieder in ein geordnetes Leben zurückgefunden hatte.

Über Milena waren böse Geschichten im Umlauf gewesen. Ihr zweifelhafter Umgang mit der übelsten Sorte junger Leute, die die Umgebung zu bieten hatte. Das ungepflegte, abgerissene Äußere. Milena, die ehemals gute Schülerin, hatte einen schlechten Realschulabschluss hingelegt, danach ein Jahr lang rumgegammelt und war dann auch noch nach nicht mal einem Jahr aus der Lehre geflogen. Da konnten einem die Eltern leidtun, allen voran Rudolf, der ihr den Ausbildungsplatz besorgt hatte. Aber dass Milena dann ausgerechnet auf Mordkuhlen untergekrochen war – und sich dort hatte ermorden lassen...

Diese Tatsache lenkte ein ungesundes Maß an Aufmerksamkeit auf das Haus. Ausgerechnet jetzt, da sie, Maren, kurz vor dem Verkauf stand! Der mögliche Kaufpreis, den Klarholz ihr in Aussicht gestellt hatte, war so unerwartet hoch, dass sie es sich zur Not leisten könnte, die lästig gewordenen Mieter rauszukaufen. Diese Seibel hatte das zwar rundheraus abgelehnt, aber auch sie war käuflich, ganz bestimmt. Nur dass dann von dem schönen Stück Kuchen nicht mehr ganz so viel übrig bleiben würde.

Ihr Verwalter lag ihr mit notwendigen Investitionen in den Ohren. Doch einen Kredit für einen Betrieb aufzunehmen, auf dem ihr niemand nachfolgen würde, das sah Maren Rosinski nicht ein. Der Unterhalt des Hauses und der Nebengebäude verschlang Unsummen, und die Vermietung von Gästezimmern, die einen gewissen Ausgleich hätte bringen sollen, hatte sie vergangenen Herbst wieder drangegeben. Zu viel Arbeit und zu viel Ärger für zu wenig Gewinn.

Blieb nur noch, endlich Mordkuhlen loszuwerden. So, wie es da stand, war es nicht viel wert. Der Grund und Boden schon – wenn man einen langen Atem hatte und es richtig anpackte. Doch Geduld gehörte nicht gerade zu ihren Stärken. Es war schon langwierig und mühsam genug gewesen, eine Änderung des Flächennutzungsplans zu erwirken. Nach dem »TÖB-Verfahren« war der F-Plan nun endlich von der Stadtverwaltung beschlossen und vom Innenministerium genehmigt worden. Jetzt stand ihr das ganze Prozedere noch mal für den

Bebauungsplan bevor. Statt Campingplatz an Campingplatz sollten die sich nicht so zieren und an der Küste lieber anständige Urlaubsresorts fördern. Bungalows und Apartments direkt am Meer. Hallenbad, Tennis, Wassersport und ein Reitstall im Ort. Das würde dann auch die richtige Klientel anziehen. Vielleicht könnte sie, Maren, waren die Leute erst mal hier, in dem leer stehenden Kuhstall eine kleine Boutique eröffnen. Das würde ihr liegen.

Maren Rosinski strich sich durch das offene Haar. Ein bisschen trocken vom ständigen Färben. Graue Haare, seit sie Mitte dreißig war – eine Frechheit! Aber wie Judith rumlaufen wollte sie deswegen auch nicht. Männer hatten es da einfacher.

Der Abend ohne Rudolf dehnte sich endlos vor ihr aus. Sie spielte noch ein paar Akkorde und hielt dann wieder inne. Der Gedanke daran, dass er jetzt mit Judith zusammensaß, machte es auch nicht erträglicher. Dabei war sie, Maren, gar nicht der eifersüchtige Typ. Sie hatte alles im Griff. Die Grundvoraussetzung für eine Beziehung mit einem verheirateten Mann. Ein Spiel – ein Zeitvertreib. Wann hatte es eigentlich aufgehört, ein Spiel für sie zu sein?

Das Fenster hinter ihr stand offen, um gleich die erste laue Brise ins Haus zu lassen. Doch es rührte sich nichts. Normalerweise speicherte das alte Haus eher die Kälte, und besonders im Erdgeschoss war es auch im Hochsommer gut auszuhalten. Dieses Jahr hatte es sich sogar hier unten aufgeheizt. An ihr Schlafzimmer unter dem Dach wollte Maren erst gar nicht denken.

»Goooock! Gock-Gock!«, schallte es zu ihr herein. Der laute Warnruf des Pfauenmännchens klang schauerlich in der Nacht. Waren er oder die Hennen in Gefahr? Durch einen Fuchs oder Marder? Normalerweise verbrachten die vier Pfauen die Nacht im alten Hühnerstall. Doch bei der Hitze waren sie einfach nicht dazu zu bewegen hineinzugehen.

Maren seufzte leise und stand auf. Die Vögel, anfangs nur ein Spleen von ihr, mit dem sie auf ihrem Siebentausend-Quadratmeter-Grundstück ein paar Farbakzente hatte setzen und die Feriengäste beeindrucken wollen, waren ihr inzwischen ans Herz gewachsen. Sie würde nachsehen müssen, was draußen los war. Im Garderobenschrank verwahrte sie eine große Taschenlampe.

Die Abendluft fühlte sich samtig und ein wenig feucht an, als Maren durch die Haustür nach draußen trat. Der Kies knirschte laut unter ihren Füßen, sonst war nichts mehr zu hören. Sie ging am Haus entlang in den Garten, schaltete die Taschenlampe an und ließ den Strahl über den Rasen gleiten. Die Gartenmöbel warfen verzerrte Schatten auf den Boden. Unter den Apfelbäumen war die Dunkelheit fast undurchdringlich.

»Hugo!«, rief sie leise. Dann stieß Maren ein lang gezogenes, weinerliches »Djüüügh!« aus. Den Trick hatte der Tierarzt ihr verraten. Manchmal kamen die Pfauen dann. Meistens nicht. Sie ging langsam weiter. »Djüüügh!«

»Gock!«, klang es laut von links, dort, wo hinter dem Teich das kleine Wäldchen begann. Da würde sie heute Abend gewiss nicht mehr hingehen. »Goooock!« Wieder der Warnruf für drohende Gefahr. Es hallte so schauerlich! Wo waren die Pfauen nur?

Maren sah zurück zum Haus. Die Fenster im Erdgeschoss leuchteten einladend in der Dunkelheit. Auf dem Hofplatz verbreiteten zwei Lampen milchiges Licht und zeigten ihr, dass weder Menschen noch Fahrzeuge da waren. Oder hielt sich irgendwo jemand versteckt? Was jagte den Vögeln solche Angst ein?

Ich bin ein Idiot, hier allein im Dunkeln herumzulaufen, dachte Maren ärgerlich. Die Pfauen werden schon auf sich selbst aufpassen. Und wenn nicht ... Da sah sie es: an einem

Baum, ganz hinten. Eine flatternde Bewegung. Einmal hatte sich eine der Hennen mit dem Bein in einem alten Draht verfangen. Obwohl Maren sie hatte befreien können, war sie zwei Tage später doch noch gestorben. Zu viel Stress, hatte der Tierarzt gesagt.

Maren ging entschlossen auf den Baum zu. Da hörte sie ein Geräusch hinter sich. Wie heftiges Einatmen. Sie packte den Griff ihrer Taschenlampe fester und wollte sich gerade umdrehen, als sie einen Stoß im Rücken fühlte, taumelte und nach vorn stürzte. Das Nächste, was sie spürte, war das Gras im Gesicht und einen singenden Schmerz in ihrem Kopf. Ein heiseres Fauchen erklang... Seltsam, dachte sie. Ihr Blickfeld verengte sich, und dann ... ein taubes Gefühl auf den Ohren. Alles wurde schwarz.

13. Kapitel

Bevor wir uns gegenseitig auf den neuesten Stand bringen, eine Vorab-Information«, sagte Horst-Egon Gabler, als alle zur morgendlichen Dienstbesprechung versammelt waren. »Gestern Abend gegen halb zwölf Uhr hatten unsere Kollegen auf Fehmarn noch einen Einsatz, und es besteht die Möglichkeit, dass er mit dem Fall Ingwers in Zusammenhang steht. Maren Rosinski, die Freundin von Rudolf Ingwers, wurde in ihrem Garten niedergeschlagen aufgefunden.«

Die Gespräche im Raum verstummten. Pias Sitznachbar Conrad Wohlert stieß mit einer unbedachten Bewegung seinen Kaffeebecher um. Sofort breitete sich ein brauner See auf dem Tisch aus.

»Rudolf Ingwers hat sie gefunden«, fuhr Gabler fort. »Er kam gegen Viertel nach elf bei Maren Rosinski vorbei, angeblich um nachzusehen, ob alles in Ordnung sei. Er sagte, sie sei telefonisch nicht zu erreichen gewesen, und in Anbetracht der besonderen Umstände habe ihn das beunruhigt. Er fand das Haus hell erleuchtet vor, aber niemand war da. Die Haustür stand offen ... und dann sah er Maren Rosinski verletzt auf dem Rasen liegen. Er hat sofort einen Rettungswagen und dann auch die Polizei alarmiert. Frau Rosinski hat die Nacht im Krankenhaus verbracht.«

»Wie geht es ihr jetzt?«, wollte Broders wissen.

»Die Kopfverletzung ist angeblich nicht schwerwiegend. Es sieht so aus, als hätte sie mit einem stumpfen Gegenstand einen nicht sehr kräftig ausgeführten Schlag auf den Hinterkopf bekommen. Sie ist davon wohl zu Boden gegangen und war kurzfristig bewusstlos. Über Nacht ist sie zur Beobachtung im Krankenhaus geblieben, aber es sieht so aus, als würde sie heute noch entlassen werden.«

»Kann es auch ein Unfall gewesen sein?«, fragte Pia. Ein Haufen Papiertaschentücher hatte inzwischen die Kaffeelache aufgesaugt, doch Pias Jeans war trotzdem schmutzig geworden. »Könnte sie gestürzt sein und sich den Kopf angeschlagen haben?«

»Hm... Dann müsste sie mit dem Hinterkopf auf etwas aufgeschlagen sein. Als sie gefunden wurde, lag aber wohl nichts in der Nähe, was dafür in Betracht gekommen wäre. Außerdem war sie offenbar auf das Gesicht gefallen. Zumindest lag sie beim Eintreffen der Kollegen mit dem Gesicht nach unten auf dem Rasen.« Gabler sah in die Runde. »Da ist noch etwas: Rudolf Ingwers hat bei seiner ersten Befragung gesagt, er habe, als er sich zu Maren Rosinski runterbeugte, jemanden weglaufen gehört.«

»Praktisch für ihn«, bemerkte Michael Gerlach.

»Was war mit den Pfauen? Haben die nicht einen Mordsradau veranstaltet?«, fragte Broders.

»Von Pfauen weiß ich nichts«, meinte Gabler irritiert.

»Die Spurensicherung ist übrigens noch vor Ort, aber nachdem gestern Ingwers und eine komplette Rettungsmannschaft dort herumgetrampelt sind, besteht wenig Aussicht, noch was zu finden, das auf den Angreifer hindeutet.«

»Auch das kommt Ingwers sicher ziemlich gelegen«, sagte Broders.

»Wieso? Er hat doch sowieso eine gute Erklärung für jede Spur, die auf ihn hinweisen könnte. Schließlich hat er Maren Rosinski ja gefunden«, warf Rist ein.

Pia hatte Manfred Rist noch gar nicht bemerkt und warf ihm einen raschen Blick zu. Er saß ganz vorn, direkt neben Gabler.

»Den Eheleuten Ingwers und Milenas Mitbewohnern auf

Mordkuhlen gilt zurzeit unsere besondere Aufmerksamkeit. Ich will heute Nachmittag wissen, wo jeder Einzelne von ihnen gestern Abend zur Tatzeit gewesen ist. Das könnte sich in Kombination mit den Alibis, die wir für den Vormittag erhalten haben, an dem Milena Ingwers ermordet worden ist, und denen für den Abend, an dem Judith Ingwers bedroht wurde, als aufschlussreich erweisen.«

Gabler stand auf und reckte sich. Pia hörte ein leises Knacken und Knirschen und schauderte. Auch Rist schien den Chef des K1 aufmerksam zu mustern. Fragte er sich gerade, wie sich die Arbeit im Laufe der Jahre wohl auf Gablers Gesundheitszustand ausgewirkt hatte? Wann er den Belastungen nicht mehr gewachsen sein würde? Seine Bemerkung am gestrigen Tag hatte Pia nachdenklich gemacht, wie wohl seine genauen Pläne im K1 aussahen. Apropos Gesundheit: Sie selbst kam seit Felix' Geburt kaum noch dazu, Sport zu treiben, und selbst in ihrem Alter merkte sie schon, wie die überwiegende Schreibtischarbeit und der mangelnde Ausgleich ihren Tribut forderten. Sie nahm sich fest vor, endlich mal wieder Fahrrad zu fahren oder laufen zu gehen.

Broders berichtete mittlerweile von seinem Besuch in Milena Ingwers' ehemaligem Ausbildungsbetrieb, und Pia zwang sich, sich wieder auf die Besprechung zu konzentrieren. Es handelte sich bei dem Betrieb um ein Blumengeschäft, dessen Besitzerin Milenas Eltern recht gut kannte. Sie war bei Rudolf Ingwers in der Gärtnerei beschäftigt gewesen, bevor sie sich selbstständig gemacht hatte. Deshalb hatte sie Milena trotz ihrer schlechten Schulnoten, des verbummelten Jahres und ihres mangelnden Engagements eine Chance geben wollen. Vergeblich, wie sich herausgestellt hatte. Milena sei von Anfang an lustlos und unzuverlässig gewesen, hatte sie ausgesagt. Nicht ungeschickt, was die handwerkliche Seite des Berufes anging, aber im Umgang mit Kunden eine Katastrophe. Als sie dann mehrmals unentschuldigt gefehlt hatte und der Ausbilderin dann auch noch mit frechen Ausreden gekommen war, hatte diese das Lehrverhältnis beendet. Es habe ihr zwar für die Eltern leidgetan, aber sie habe dann doch lieber engagierteren jungen Menschen eine Ausbildung ermöglichen wollen, hatte sie Broders erzählt. Milena habe auf die Kündigung mit vollkommener Gleichgültigkeit reagiert. Ein schwieriger junger Mensch ...

Pia dachte an Milenas Elternhaus, die Fotoalben ... Rudolf und Judith Ingwers, die auf den ersten Blick alles dafür getan hatten, damit ihre Tochter glücklich heranwuchs. Und was war das Ergebnis gewesen? Sicher, Floristin zu werden war vielleicht nicht Milenas Traum gewesen. Aber im Hinblick auf die Gärtnerei ihres Vaters hätte das Ganze doch eine gewisse Perspektive gehabt. Oder sie hätte sich selbst um etwas anderes bemühen können. Doch irgendetwas war schiefgegangen. So schief, dass Milena schließlich ermordet worden war. Nur, was?

Pias Gedanken schweiften ab zu Felix: Wer garantierte ihr, dass bei ihm nichts schiefgehen würde? Was war der richtige Weg? Milenas Mutter hatte sich voll auf die Erziehung ihrer Tochter konzentriert – jedenfalls sah es so aus. Aber ihr eigener Weg, berufstätig zu sein und einer Tagesmutter einen Teil der Verantwortung für Felix zu übertragen, war auch keine Garantie dafür, dass es gut laufen würde ...

Broders gab inzwischen die Aussagen der Lehrer wieder, die Milena als stille, zunächst fleißige und aufmerksame Schülerin geschildert hatten, die jedoch später das Interesse am Unterricht verloren und sich in ihre eigene Welt zurückgezogen hatte.

Gerlach und Wohlert waren in der Gärtnerei von Rudolf Ingwers gewesen, einem großen, modernen Betrieb auf dem Festland. Die etwa ein Dutzend Angestellten hatten im Großen und Ganzen ausgesagt, dass sie Milena Ingwers nur vom Sehen gekannt hatten. Sie hatte sich nicht oft im Betrieb ihres Vaters blicken lassen, und in letzter Zeit wohl nur noch dann, wenn sie Geld von ihm hatte haben wollen. Über Judith Ingwers hatten sich die Angestellten noch weniger äußern wollen. Diejenigen, die schon lange für Ingwers arbeiteten, hatten ausgesagt dass seine Frau früher in der Buchhaltung mitgearbeitet, sich aber nach Milenas Geburt aus dem Betrieb zurückgezogen hatte. Schließlich hatte Frau Kuhnert noch einmal bestätigt, dass Ingwers am Todestag seiner Tochter morgens kurz im Hause gewesen und von dort weiter zu einem Kundentermin gefahren sei. Die Zeiten deckten sich sowohl mit Rudolf Ingwers' Angaben als auch mit denen des Kunden.

Pia schloss sich mit einem Bericht über Milenas Freundinnen an. Besonders der Hinweis, dass sie sich prostituiert haben könnte, war eine neue Spur, der nachgegangen werden musste. Dann berichtete sie von Aleister, alias Frank Albrecht, und der Séance, die er auf Mordkuhlen hatte abhalten wollen.

»Das scheint ja ein Wichtigtuer der übelsten Sorte zu sein«, meldete sich Juliane erstmals zu Wort.

»Wir sollten ihn nicht unterschätzen. Er könnte etwas wissen, das uns weiterhilft. Albrecht ist auf Fehmarn und am Tatort aufgetaucht, kurz nachdem dort der Mord verübt worden ist. Und er verfolgt mit seinem obskuren Verhalten irgendein Interesse.« Pia erntete dafür einen giftigen Blick ihrer Kollegin.

Wilfried Kürschner zog die »Spurenmappe« zu sich heran und schlug sie auf. Er erläuterte das vorläufige Ergebnis der Spurensicherung, zog dabei Farbausdrucke mit Beschriftungen aus der Mappe und reichte sie herum. »Insgesamt gesehen ist das Haus ein einziges Chaos, was die Spurenlage angeht. Unsere Leute haben die DNA der Bewohner genommen, um fremde Spuren herausfiltern zu können, aber bisher ohne Ergebnis. Das, was sie bisher an Fremdmaterial und Fingerspuren gefunden haben, könnte der Lage nach dem Kammerjäger zugeordnet werden, der vor einiger Zeit im Haus gewesen war. Das wird noch geklärt. Draußen, um das Haus herum, war der

Boden so knochentrocken, dass weder Reifen- noch Fußspuren zu finden waren. Und alles, was der Täter an Fasern, Hautpartikeln oder Haaren am Tatort zurückgelassen haben könnte, hat der Wind vernichtet. Das halbe Zelt ist uns ja am Abend des Mordtags weggeflogen. Wenn wir die Tatwaffe hätten, dann bestünde eine Chance, aber so...«

Die Tatwaffe, ein Gegenstand mit einer achtzig Millimeter breiten, recht scharfkantigen geschliffenen Fläche aus geschmiedetem Edelstahl, höchstwahrscheinlich mit einem längeren Griff daran, um mit der entsprechenden Wucht zuzuschlagen, war immer noch nicht aufgetaucht. Der heißeste Tipp war ein Gartengerät, eine Hacke beispielsweise.

»Wir suchen die Umgebung des Hauses, des Elternhauses und umliegende, kleinere Gewässer ab«, sagte Kürschner. »So ein Gartengerät kann sich ja nicht in Luft auflösen.«

»Am einfachsten lässt es sich verstecken, indem man es *zu den anderen* stellt«, gab Broders zu bedenken. »In der Gärtnerei von Milenas Vater zum Beispiel.«

Gabler nickte. »Oder in irgendeinem Gartenschuppen auf einem Privatgrundstück. Die restlichen Gartengeräte in dem Schuppen am Tatort wurden schon untersucht. Rost und alte Erdanhaftungen, aber keine Spuren von Blut oder Gewebe. Zumindest hat der Täter kein Gerät aus dem Fundus von Mordkuhlen genommen und es anschließend wieder zurückgestellt.«

»Es nach dem Mord zu den anderen zurückzustellen wäre auch ganz schön dreist«, meinte Gerlach.

Broders runzelte die Stirn. »Die ganze Vorgehensweise war doch riskant. Am helllichten Tag, draußen im Garten, wo quasi jeder ihn hätte beobachten können.«

»Die Wahrscheinlichkeit, dass die Tatwaffe vom Tatort stammt, ist meines Erachtens hoch. Das Opfer hat im Garten gearbeitet, als der Täter es angegriffen hat. Wenn die Tat nicht geplant war, dürfte es sich um einen Gegenstand handeln, der sowieso da war«, sagte Kürschner.

»Und wenn sie geplant war?«, fragte Rist.

»Konnte der Täter wissen, dass er Milena im Garten bei der Gartenarbeit antreffen würde? Eigentlich doch nur, wenn er zur Hausgemeinschaft gehört. Und dann wäre ein Gegenstand, der sowieso da ist, die sicherste Variante für ihn gewesen. Wieso sich der Gefahr aussetzen, extra eine Waffe zu besorgen?«

»Und ein Täter von außerhalb konnte kaum wissen, dass er Milena im Garten antreffen würde. Er hätte sich eher eine andere Waffe besorgt. Etwas, das man leichter transportieren kann, ein Messer vielleicht, eine Schusswaffe oder meinetwegen auch einen Totschläger.«

Gabler nickte. »Wir können bisher keine der Möglichkeiten ausschließen. Das Auffinden der Tatwaffe würde uns da erheblich weiterbringen.«

»Was sagen die Bewohner von Mordkuhlen zum Thema ›Waffe‹? Fehlt ein Gartengerät?«, fragte Pia.

»Sie können sich angeblich nicht erinnern, ob in dem Werkzeugschuppen am Haus ein Gerät fehlt. Was da ist, gehört seit ewigen Zeiten zum Inventar des Hauses, es stammt vielleicht noch aus dem Besitz der Familie Bolt.«

»Wer recherchiert jetzt eigentlich, ob es einen Zusammenhang zu dem alten Mordfall Bolt gibt?«, wollte Pia wissen, als der Name der Familie fiel.

Juliane hob die Hand. »Das kann ich noch sehr gut machen«, sagte sie. Pia erinnerte sich, dass ausgerechnet genaue Recherche und Dokumentation früher nicht gerade zu den Stärken ihrer Kollegin gehört hatten.

»Du arbeitest doch schon mit Wohlert an den allgemeinen Befragungen in Weschendorf«, wandte Gabler ein.

Juliane versicherte, dass es kein Problem für sie sei, auch am Wochenende voll zu arbeiten.

14. Kapitel

»Zoe, zieh deine Sandalen an!«
»Was schreist du denn so, Irma?« Arne kam aus der Küche, in der Hand ein angebissenes Brötchen, das Gesicht zerknittert und das lange Haar ungekämmt.

»Ich muss los, Arne! Und sie will unbedingt die Gummistiefel anziehen. Bei jetzt schon achtundzwanzig Grad und Sonnenschein!«

Arne ging vor Zoe, die auf der Treppe saß, in die Hocke. Seine Kniegelenke knirschten. »Hey, Prinzessin Morgenschön. Meinst du nicht auch, dass deine Gummistiefel ein bisschen warm heute sind?«

Zoe schüttelte den Kopf, dass die roten Haare flogen. Ihre kleine Hand strich über das hellrosa Plastik der Stiefel mit den Marienkäfern darauf.

»Die sind schön. Aber zieh sie lieber an, wenn es regnet. Die mögen durch Pfützen platschen, weißt du. Heute ist ein Sandalentag.«

»Herrgott, Zoe, wir müssen los!« Irma stopfte die kleinen Sandalen in Zoes Beutel und griff nach der Hand ihrer Tochter. »Du kannst auch barfuß gehen.«

Das Mädchen sträubte sich. Zoes Gesichtsausdruck kündigte eine nahende Katastrophe an.

Irma seufzte. Der ganze Morgen war ein einziges Desaster gewesen. Sie waren zu spät aufgewacht. Beim Frühstück hatte Zoe die Milch ausgespuckt. Sie hatte wohl über Nacht einen leichten Stich bekommen. Zuerst hatte Irma nichts daran feststellen können, doch Kinder schmeckten so etwas eher als

Erwachsene. Als Arne einen Schluck Milch in seinen Kaffee gegossen hatte, war sie ausgeflockt. Wahrscheinlich hatte Patrick die Milchtüte mal wieder zu lange draußen stehen lassen. Oder es lag am Wetter.

»Komm, ich trag dich zum Auto!«, bot Arne an und steckte sich den Brötchenrest in den Mund.

Irma rollte mit den Augen und ging schon mal vor die Tür. Sie atmete tief ein und aus. Immer mit der Ruhe! Es war ein ganz normaler, beschissener Morgen. Wenn sie zehn Minuten später im Kindergarten ankam, war das auch kein Verbrechen. Höchstens in den Augen der Kindergartenleiterin Helga. Aber deren Meinung war sowieso uninteressant.

Arne trug Zoe auf seinen Schultern zum Wagen und galoppierte noch eine Extrarunde. Das Kind hielt mit der einen Hand die Gummistiefel, mit der anderen klammerte es sich in Arnes Haare.

»Schnall sie bloß richtig an!«, sagte Irma und stieg ein. Im Rückspiegel sah sie, wie Arne ihr einen besorgten Blick zuwarf.

Drei Minuten später war sie auf dem Weg in Richtung Burg.

Zoe hatte sich die Gummistiefel angezogen und trampelte damit gegen den Vordersitz. Als Irma nicht darauf reagierte, wurde sie langsamer und hörte schließlich ganz damit auf.

Irma atmete auf. Im Rückspiegel sah sie, dass ihre Tochter nun mit gerunzelter Stirn aus dem Fenster sah. Ihr Blick hatte so etwas Trotziges, auf sich selbst Bezogenes, das Irma erschreckte. Zoe war doch noch so jung! Trotzdem glaubte sie eine gewisse Ähnlichkeit mit Milena zu erkennen. Es waren nicht nur die roten Haare, die sich Milena ohnehin schwarz gefärbt hatte. Es war dieser Gesichtsausdruck, der besagte: Ich tu sowieso, was ich will! Und Zoes Hang zu Rüschen, Rosa und billigem Glitzerkram. Wo sollte das noch hinführen?

Du bist nur nervös, schalt Irma sich. In ihrem Haus beziehungsweise ihrem Garten war jemand ermordet worden. Schlimmer ging es wohl kaum ... Vielleicht sollte sie dem Druck der Rosinski und ihrer »Geschäftsfreunde« doch nachgeben und wegziehen. Für etwas Schmerzensgeld? Das Geschäft lief ohnehin nicht gut. Was hielt sie hier noch? Die Hausgemeinschaft, die ihr wichtig gewesen war, existierte nicht mehr. Milena war tot, und Patrick würde bestimmt auch nicht mehr lange bleiben. Aber Arne wollte Fehmarn nicht verlassen. Er hatte schon so viel Arbeit in Mordkuhlen gesteckt. Doch letzten Endes ... Würden sie je wieder dort leben können, ohne an das zu denken, was Milena passiert war? Und Zoe? Wie würde sie dort aufwachsen, mit der Last eines Mordes? Irma glaubte nicht an Geister. Selbst nach Aleisters recht beeindruckender Vorstellung nicht. Aber an die Boshaftigkeit der menschlichen Natur, daran glaubte sie.

Und diese Viecher machten ihr Angst. Ratten! Als sie gestern Nacht schlaflos im Bett gelegen hatte, hatte sie sie wieder gehört. Das Getrappel von Krallen. Sogar das Nachschleifen des langen Schwanzes meinte sie, erahnt zu haben. Ratten! Nicht schon wieder. Sie lebten in den Zwischendecken und auf dem Dachboden. Wenn man die Zugänge von außen abdichtete, wie Arne es vor einiger Zeit schon mal versucht hatte, nagten diese Viecher sich einfach durch das Holz. Als wäre es ihr gutes Recht. Sie verteidigen ihr Zuhause, genau wie wir, dachte Irma. Gegen alle Widerstände. Und sie finden immer irgendwo Nahrung ...

Irma achtete inzwischen peinlich genau darauf, dass nichts Essbares mehr frei zugänglich im Haus herumlag. Aber es passierte trotzdem. Zoe, Patrick, Arne – alle waren nachlässig. Arne hatte heute Morgen versprochen, sich um die Ratten zu kümmern. Aber das Rattengift, das man frei kaufen konnte, schien die Mistviecher gar nicht mehr zu interessieren. Eine Kundin, die auf einem Bauernhof lebte, hatte das Gleiche erzählt. Es gab kaum noch ein Gift, das bei Ratten richtig wirkte. Gift! Dass sie überhaupt daran dachte, Gift zu verwenden! Patrick, der Biologiestudent, hatte ihr die Wirkungsweise erklärt. Und die Folgeschäden. Aber was sollten sie tun? Abwarten, bis die Ratten so dreist wurden, dass sie nicht mal mehr flohen, wenn sich ein Mensch ihnen näherte? Irma schauderte.

Zoe begann, in ihrem Sitz zu jammern. Es war schon jetzt viel zu heiß.

In ihrem Geschäft angekommen, klemmte Irma die Ladentür erst einmal mit dem Papierkorb fest, sodass sie offen stehen blieb, und kippte im hinteren Bereich beide Fenster. Aber auch dadurch schien keine frische Luft hereinzukommen. Allenfalls neue.

Secondhandkleidung roch schnell muffig. Obwohl sie gewaschen oder chemisch gereinigt wurde, haftete ihr ein Geruch an, den neue Kleidung nicht besaß. »Die ungesunde Chemie ist weg«, pflegte Irma ihren Kundinnen zu sagen. »Weiß man, was man seinen Kindern mit fabrikneuer Kleidung antut? Nichts Gutes jedenfalls.« Patricks Organisation an der Uni hatte mal ein Faltblatt zu Giften in Textilien herausgegeben, das Irma bei Bedarf gern verteilte. Aber der muffige Geruch, der im Geschäft hing, nervte, gerade bei der Schwüle draußen.

Auf dem Tisch im hinteren Teil des kleinen Ladens lag ein Berg ungeordneter Kleidungsstücke, die Irma gestern angenommen hatte, und schien sie höhnisch anzugrinsen. Es war einfach zu viel Ware. Auch auf Kommissionsbasis. Es ging mehr rein als raus, das war das Problem. Sie würde hier drinnen noch ersticken.

Nachdem sie die ersten vertrauten Handgriffe im Geschäft erledigt hatte, wanderten Irmas Gedanken sofort wieder nach

Mordkuhlen zurück. Es kribbelte zwischen ihren Schulterblättern, wenn sie nur an die Ratten dachte. Arne wird nicht damit fertigwerden, vermutete sie. Sie erinnerte sich an das Desaster mit den Wespen: wie er versucht hatte, das Wespennest mit einem Bunsenbrenner auszubrennen, und dabei fast das ganze Haus abgefackelt hätte. Sie brauchten professionelle Hilfe. Das würde etwas kosten. Aber war das nicht eigentlich Sache des Vermieters? Doch bevor die Rosinski sich rührt, haben die Ratten längst das Regiment übernommen, dachte Irma und suchte im Telefonbuch nach der Nummer des Kammerjägers. Sie hatte immer noch keinen Computer in ihrem Laden. Brauchte sie auch nicht.

Schädlingsbekämpfung Andersen, der war wegen der Wespen schon mal bei ihnen gewesen. Ein recht junger Mann, hatte Arne gesagt...

Irma wählte seine Nummer und war fast enttäuscht, als sich eine brüske Frauenstimme am anderen Ende der Leitung meldete. »Seibel hier. Ich muss dringend mit Herrn Andersen sprechen. Er war schon einmal bei uns«, erklärte sie.

»Herr Andersen ist bei einem Kunden. Wie war Ihr Name noch mal?«

»Immer noch Seibel«, sagte Irma. Ein Schatten bewegte sich vor dem mit Kleidung zugehängten Schaufenster.

»Ihre Adresse?«

Eine Kundin betrat den Laden. Irma kannte sie. Es war eine der Elternvertreterinnen aus Zoes Kita-Gruppe. Eine Klatschtante ersten Ranges. Irma winkte ihr freundlich zu. Die Kundin ging zu dem Regal mit den Sommerkleidchen und stöberte. Irma nannte der Frau am Telefon ihre Adresse.

»Und worum geht es?«, klang es forsch aus dem Hörer.

»Um was Ähnliches wie beim letzten Mal«, sagte Irma vorsichtig. »Ich brauche schnellstmöglich einen Termin.«

»Ich komme gerade nicht ins Computerprogramm rein. Mit

welcher Art von Schädlingen haben Sie ein Problem? Mit Ameisen?«

»Nein, größer«, sagte Irma und sah auf die Kundin, die sich nun langsam am T-Shirt-Regal entlangtastete und dabei näher und näher kam.

»Wespen?«

»Nein, äh, noch größer.«

»Meinen Sie Hornissen?«

Verdammt. »Nein, viel größer. Kann ich Sie später noch mal anrufen?«

»Da bin ich nicht mehr hier. Wenn Sie nicht mit mir reden wollen, versuchen Sie es mobil bei Herrn Andersen...« Sie leierte eine Handynummer herunter.

Was dachte sich die Frau eigentlich? Dass sie Geld kacken konnte? »Können wir nicht einfach einen Termin vereinbaren?«

»Herr Andersen muss sich darauf vorbereiten. Haben Sie Mäuse? Oder Wühlmäuse? Die können sehr lästig sein.«

»Nein, nein. Aber so ähnlich!« Irma spürte, wie sie unter den Achseln zu schwitzen begann. Die Kundin schwenkte ein rot kariertes Sommerkleid vor ihrer Nase herum. Wollte bedient werden.

»Ich glaube, Sie nehmen mich auf den Arm«, sagte die Frau am anderen Ende ungehalten.

»Warten Sie!« Sie gab der Kundin ein Zeichen, dass sie gleich fertig sein würde.

»Welche Art Schädling?«, fragte die Frau am Telefon genervt.

»Ratten«, flüsterte Irma in den Hörer.

Die Kundin riss erstaunt die Augen auf. »Oh, oh. Es gibt wohl Probleme.« Damit warf sie das Kleid auf die Theke und stürmte aus dem Geschäft.

Nach der Einsatzbesprechung im Kommissariat machten sich Pia und Broders auf den Weg nach Fehmarn. Sie wollten Maren Rosinski, die aus dem Krankenhaus entlassen war, zu dem Überfall befragen.

Ihre Aussage brachte sie allerdings nicht weiter. Maren Rosinski behauptete, keine Ahnung zu haben, wer sie niedergeschlagen hatte. Auch konnte sie sich angeblich keinen Grund dafür vorstellen.

Während sie mit Broders und Pia sprach, wirkte sie mitgenommen und verstört, wollte sich das aber offensichtlich nicht anmerken lassen.

Ihr Gesundheitszustand ließ eine umfangreichere Befragung augenscheinlich noch gar nicht zu. Sie gab sogar zu, dass sie nur auf ihren ausdrücklichen Wunsch hin und auf eigene Gefahr schon aus dem Krankenhaus entlassen worden war. Pia hegte die nicht sehr freundliche Hoffnung, dass Maren Rosinski bald freiwillig mit ihnen reden würde, falls der Stress, unter dem sie offensichtlich stand, weiter zunahm.

Nach dem Gespräch mit Maren Rosinski versuchten Broders und Pia ihr Glück noch mal bei einer weiteren Freundin von Milena, die sie zuvor nicht angetroffen hatten. Dieses Mal öffnete sie ihnen die Tür. Die junge Frau bestätigte Bianca Bockelmanns Geschichte. Auch und besonders, was Milenas Aktivitäten an der Bushaltestelle betraf. Zu den Männern, mit denen Milena Kontakt gehabt hatte, wollte oder konnte sie sich jedoch nicht äußern.

»Wir sollten diese Bushaltestelle mit einer Kamera überwachen. Dann wissen wir zumindest, wer da regelmäßig langfährt«, schlug Pia vor, als sie wieder im Wagen saßen.

»Glaubst du, jemand mit einem verdammt schlechten Gewissen würde, nachdem er den Mord an Milena begangen hat, immer noch dort entlangfahren?«

Pia zuckte die Schultern. »Hast du eine bessere Idee?«

Broders schnaufte, als er den Motor anließ. »Nee, hab ich nicht. Traurig, aber wahr. Warum reden die Leute nicht mit uns? Manchmal wünsche ich mir so hübsche, handliche Daumenschrauben.«

»Glaubst du, damit könntest du jemanden beeindrucken, der sich selbst die Unterarme verstümmelt?« Pia ließ das Fenster herunter und fächelte sich Luft zu.

»Die gute Heli etwa auch?«

»Als ihr Ärmel einmal etwas hochgerutscht ist, habe ich Narben gesehen. Brandwunden, keine Schnittwunden wie bei Milena. Oder meinst du, sie trägt bei der Hitze freiwillig ein langärmeliges T-Shirt?«

»Ich hätte es als Mode-Idiotie durchgehen lassen«, murmelte Broders und fuhr schwungvoll los. »Hast du die zerlöcherten Ohren gesehen? Wie angeknabbert.«

Pias Mobiltelefon vibrierte. »Korittki?«

»Es gibt Neuigkeiten«, informierte Kürschner sie. »Ein anonymer Hinweis, der vielversprechend klingt. Wir haben gerade einen taubenblauen Geländewagen, wahrscheinlich einen Toyota oder einen Land Rover, zur Fahndung ausgeschrieben.«

»Was ist denn mit dem Wagen?«

»Er ist an dem Vormittag, an dem der Mord geschehen ist, in der Nähe des Tatortes gesehen worden.«

»Und der Hinweis kam anonym?«, fragte Pia zweifelnd.

»Ja. Er ging in der Einsatzleitstelle ein. Wir wissen bisher nur, dass er aus dem Vorwahlbereich von Burg auf Fehmarn kam.«

»In der Nähe des Tatortes? Ist der Anrufer präziser geworden?«

»Der Wagen soll gegen halb zwölf, zwanzig vor zwölf aus dem Weg gekommen sein, der nach Mordkuhlen führt. Keine Angaben zum Fahrer. Vielleicht ist der anonyme Anrufer ein Dorfbewohner, der nicht in die Sache mit hineingezogen werden will.«

»Oder ein Tourist. Wenn es denn stimmt, was er sagt ... Die Ingwers besitzen so ein Fahrzeug. Einen blauen Land Rover.«

»Ja. Das wissen wir schon. Aber wir überprüfen auch alle anderen Zulassungen im Kreis.«

»War das alles?«, fragte Pia.

»Fürs Erste ja. Haltet die Augen offen. Ihr seid doch gerade in der Gegend.«

Pia zerrte ihren schwarzen Hosenanzug aus dem Schrank und hielt ihn prüfend ins Licht. Nicht schon wieder dieses Ding! Außerdem war der Anzug viel zu warm. Sie warf ihn aufs Bett. Er musste sowieso mal in die Reinigung. Aber Jeans und T-Shirt ... wie jeden Tag?

Es war früher Abend, die Feier bei Tom und Marlene warf drohend ihre Schatten voraus. Pia hatte sich, mehr aus Mangel an Alternativen, dafür entschieden, Felix mitzunehmen. Tom hatte es ihr schließlich angeboten, und seine beiden Kinder würden ja auch da sein. Aber die Kleiderfrage war lästig.

Marlene, Toms Frau, sah immer perfekt gestylt aus. Pia nahm sich zwar hin und wieder vor, ein paar neue Klamotten einkaufen zu gehen, aber sie kam irgendwie nie dazu. Einmal mehr wünschte sie sich eine Fee, die ihr den Schrank einfach von Zeit zu Zeit mit passenden Kleidungsstücken bestückte.

»Deine Mutter ist gar keine richtige Frau«, sagte sie zu Felix, der gerade ihre Strumpf-Schublade aufräumte. »Sie hasst es, shoppen zu gehen, und nun hat sie nichts anzuziehen, und du wirst dich mit ihr blamieren.«

Ihr Sohn sah sie aus großen blauen Augen an, als hätte er jedes Wort verstanden. Pia nahm ihn auf den Arm und drückte ihn an sich. »Sei froh, dass du eine Oma hast, die dir immer so tolle Sachen kauft.«

Wenn sie noch lange in BH und Slip hier herumstand,

würde sie zu spät kommen. Pia hatte keine Ahnung, wie groß die Feier werden würde. Ihre Schwester Nele hielt sich zurzeit in Italien auf und würde nicht aufkreuzen. Ob Nele tatsächlich eine Mitschuld an Pias Trennung von Hinnerk, Felix' Vater, trug, hatten sie immer noch nicht geklärt. Ich sollte mich mal um eine Aussprache mit ihr bemühen, dachte Pia. Aber eine Feier war ohnehin nicht die richtige Gelegenheit dazu. Und wen kannte sie da sonst noch? Wohl niemanden. Also besser doch zu Hause bleiben? Dass Tom so gesteigerten Wert auf ihr Kommen legte, machte Pia irgendwie nervös.

Sie griff nach einem grünen Sommerkleid in der hintersten Ecke des Schrankes, das sie seit Ewigkeiten nicht mehr getragen hatte. Grün ist die Hoffnung. Pia setzte Felix ab und zog es sich über den Kopf. Ungewohnt ... kurz. Aber luftig. »Geht das, Schatz?«, fragte sie.

»Ja, da ...«, sagte er und zog sich, den Blick nach oben gerichtet, an ihrem Bein hoch. Seine Finger waren warm und klebrig.

»Von da unten kann man mir unter den Rock schauen, ich weiß.« Pia zupfte am Saum, aber das Kleid wurde nicht länger. »Ich hoffe doch, die meisten Gäste sind ein wenig größer als du.«

Die Party war etwas größer angelegt, als Pia erwartet hatte. Sie fand nicht in der Wohnung von Tom und Marlene, sondern draußen im Hof statt, den sich die Mieter des Hauses teilten. Als Pia eintraf, konnte sie vor lauter Menschen Bruder und Schwägerin zunächst gar nicht entdecken. Sie war später dran, als beabsichtigt, weil sie noch ein paar Runden um den Block gedreht hatte, bis Felix eingeschlafen war. So konnte sie ihn gleich im Schlafzimmer bei Tom und Marlene ablegen. Hauptsache, das Babyfon funktionierte auch im Hof!

Marlene, in Hotpants und einem gerüschten rosafarbenen Top, begleitete Pia wieder nach unten. »Hoffentlich haben nicht alle Babyfone der Umgebung dieselbe Frequenz!«, sagte sie. »Es sind viele Leute mit kleinen Kindern da.«

»Irgendjemand, den ich kenne?«, fragte Pia.

»Bestimmt. Ein paar Leute von Toms und deiner alten Schule, Kollegen von mir...« Sie grinste etwas verkrampft. Pia hatte ein paar dieser Kollegen mal im Rahmen einer Ermittlung befragen müssen. Halleluja.

15. Kapitel

Jesko Ebel starrte auf den Bildschirm. Das war unheimlich. Er hätte nicht gedacht, dass die Mordkuhlen-Geschichte so einen Einfluss auf ihn haben würde. Ein Fluch, das war ein interessantes Phänomen, aber mehr auch nicht. Der Anlass, eine spannende Geschichte zu erzählen. Und nun saß er hier und lauschte angespannt: auf das Ticken der billigen Wanduhr über seinem Schreibtisch, auf die Geräusche draußen auf der Straße. Er hörte einen heiseren Schrei – gefolgt von einem Grölen. Am Wochenende pflegten die Jugendlichen sich schon vor zehn Uhr zu besaufen und kotzten dann gern mal gegen die eine oder andere Schaufensterscheibe. Oder in seinen Hauseingang. Was sollten sie auch tun? Es gab kein nennenswertes Freizeitangebot für die Jugend.

Bei ihm war es anders gelaufen. Er war in seiner Jugend Sportler gewesen. Schwimmer. Das hatte ihn von allerlei Unsinn abgehalten. Sogar mit dem Rauchen hatte er deswegen aufgehört. Aber letzten Endes war er doch nicht gut genug gewesen. Die Trainer wollten sich in den Bestleistungen ihrer Schützlinge sonnen, und so sortierten auch die Vereine irgendwann gnadenlos aus, indem sie die weniger leistungsfähigen Jugendlichen nicht beachteten und so entmutigten – nicht anders als im wirklichen Leben. Aber damals hatte Jesko zum Glück schon Nina kennengelernt. Sie hatte ihn davor bewahrt, in die Gleichgültigkeit abzurutschen. Sie hatte ihn gebraucht und er sie. Vielen seiner Kumpels war es schlechter ergangen als ihm. Wenigstens in diesem Punkt.

Er zwang sich, sich wieder auf sein Projekt zu konzentrieren:

Mordkuhlen. Was hatte Karl-Heinz Bolt dazu veranlasst, seine Frau und seine beiden Töchter zu ermorden? Und was war mit dem jüngsten Kind geschehen? Alles, was Jesko bisher dazu gefunden hatte, war, dass sich das Jüngste in der Abseite unter der Treppe versteckt haben sollte. Aber so lange? Was hatte es von den Morden mitbekommen? Wie viel davon verstanden? Und wo war es später geblieben?

Den Recherchen nach war Karl-Heinz Bolt, damals zweiundfünfzig Jahre alt, von einer Seereise nach Südostasien nach Hause gekommen. Er war als Zahlmeister auf einem Schiff der Handelsmarine drei Monate lang unterwegs gewesen. Schon auf dem Schiff hatte es offenbar Probleme gegeben. Die Mannschaft war nicht gut auf Bolt zu sprechen gewesen. Auf der Heimreise, kurz vor Hamburg, war es zu einer Prügelei an Bord gekommen. Bolt war in Schwierigkeiten, weil er angeblich dabei dem Schiffskoch die Nase gebrochen hatte. Der sollte seinerseits in Bolts Suppe gespuckt und das Kotelett vor dem Braten über den Boden der Kombüse gewischt haben. Und Karl-Heinz Bolt war allgemein bekannt für sein aufbrausendes Temperament gewesen.

Was war nach seiner Ankunft gegen neun Uhr abends im Haus geschehen? Hatte Bolt sich mit seiner Frau Anita gestritten? Wegen eines anderen Mannes? Die auf den Fotos sehr hübsch und lebenslustig aussehende Frau war neun Jahre jünger als Bolt gewesen. Waren ihr die Monate seiner Abwesenheit zu lang geworden? Warum war er mit dem Messer auf sie losgegangen? Den Zeitungsberichten zufolge war Anita Bolt in ihrem Schlafzimmer im ersten Stock gestorben, irgendwann im Verlauf des Abends. Sie war erstochen worden. Mehrere Stiche in den Brustbereich, in die Oberarme, ins Herz... Abwehrverletzungen an den Händen.

Die beiden Töchter, neun und sieben Jahre alt, waren erstickt worden. Dann hatte der Täter alle drei Leichen in den

Keller getragen und fein säuberlich nebeneinander auf dem Boden abgelegt. Wie Orgelpfeifen.

Bolt war später in der Küche des Hauses erschossen aufgefunden worden. Die Tatwaffe: sein eigenes Gewehr, das er den Nachbarn zufolge auf dem Dachboden aufbewahrt hatte. Um seine Familie verteidigen zu können. Jeder hatte davon gewusst. Es war ein Erbstück von seinem Vater, der es wiederum sonst woher hatte. Wie erschießt man sich selbst mit einem Gewehr?, überlegte Jesko. Ob Bolt vorher noch nach seinem dritten Kind gesucht hatte? Oder hatte er es verschonen wollen, nachdem seine Wut verraucht war? Die fast leere Flasche Korn auf dem Küchentisch erzählte davon, dass er noch lange in der Küche gesessen und getrunken haben musste, nachdem er seine Frau erstochen hatte. Es waren blutige Fingerabdrücke an der Flasche gefunden worden. Karl-Heinz Bolts Fingerabdrücke, Anita Bolts Blutgruppe. Ein Indiz, das den Richter wohl endgültig von der Schuld Bolts überzeugt hatte. »Erweiterter Selbstmord« war die zynische Bezeichnung für die Tat. Ein Zeitungsbericht wies darauf hin, dass angeblich an der Kleidung der Mädchen und den Plastiktüten, mit denen sie erstickt worden waren, keine Blutspuren sichergestellt werden konnten. Hatte Bolt seine Töchter vielleicht vor der Ehefrau ermordet? Aber wo lag dann das Motiv?

Jesko Ebel hatte gedacht, dass er über die lange zurückliegenden Ereignisse nüchtern und sachlich würde schreiben können. Das Verbrechen, über das er berichten wollte, war grausam und verstörend, aber letzten Endes: Was ging es ihn an? Und die Schilderungen späterer Mieter, dass es in dem Haus spuken sollte, waren genau genommen lächerlich. Obwohl, niemand hatte es länger als ein paar Monate dort ausgehalten. Die jetzigen Bewohner ausgenommen. Die früheren Mieter hatten nachts Geräusche auf der Treppe gehört. So, als trüge jemand etwas Schweres herunter. Ach, ja? All das stank doch geradezu nach Hysterie und Einbildung. Und war noch dazu einfach zu erklären vor dem Hintergrund, dass die vermeintlichen Spuk-Geplagten die Geschichte des Hauses kannten. Ein klagender Schrei in der Nacht konnte leicht auf balgende Katzen im Garten zurückgeführt werden. Er, Jesko, war selbst schon darauf hereingefallen. Sogar die Feuchtigkeit im Keller war nichts Besonderes. Schließlich war das ganze Haus feucht. Es stand in einer Senke ... Nur ein Idiot baute da sein Haus. Das Wasser musste ja in den Keller laufen und von unten hochdrücken. Dass die salzhaltigen Flecken und Ränder auf dem Kellerboden einmal die Form von drei liegenden Körpern gehabt hatten, war reiner Zufall. Es gab sogar ein Foto, das Jesko im Archiv einer regionalen Zeitung gefunden hatte: Die Sache roch geradezu nach Manipulation!

Warum war er dann so nervös, während er hier saß und die Geschichte niederschrieb? Es musste am Auftauchen der Kripo liegen. Was wollten die Polizeibeamten von ihm? Sie konnten ihn unmöglich mit dem Mord an diesem Mädchen in Verbindung bringen. Das er wirklich kaum gekannt hatte. Nur einmal gesehen ... und das hatte ihm gereicht. Dass so eine leben durfte und seine Nina ... Aber der Tod dieser Milena Ingwers, so pervers das auch war, konnte ihm nützlich sein. Zumindest, wenn seine Story fertig war, bevor der Mord wieder in Vergessenheit geriet. Jesko schüttelte die kalten, verkrampften Hände aus und begann entschlossen zu tippen.

Was für den einen ein Fluch, konnte für den anderen doch auch ein Segen sein ...

Pia steuerte als Erstes auf das Buffet zu. Sie hatte am Mittag nur ein Brötchen gegessen und seitdem ein paar Löffel von Felix' Abendbrei. Sie belud sich einen Teller mit Salat und Antipasti.

»Pia!«

Sie fuhr herum und sah sich Lars Kuhn gegenüber. »Oh. Was machst du denn hier?«, platzte sie nicht sehr einfallsreich heraus.

»Ich bin ein Bekannter von Tom.« Er musterte sie. »Wir hatten mal wegen eines Hauses miteinander zu tun, das seine Firma für mich saniert hat.«

Lars steckte anscheinend immer in irgendwelchen Bauprojekten. Als sie ihn im letzten Herbst zum ersten Mal gesehen hatte, war er von Kopf bis Fuß mit grauem Baustaub bedeckt gewesen. Heute steckte er in Bermudashorts und einem T-Shirt mit Heavy-Metal-Aufdruck. Er sah so frisch und gebräunt aus, als hätte er die letzten Wochen im Freien verbracht.

»Ich bin Toms Schwester.«

»Stimmt! Er hat mal was von einer Zwillingsschwester erzählt.« Lars versuchte gar nicht erst, sein Erstaunen zu verbergen.

»Das ist die andere. Aber Nele ist heute nicht hier.« Pia stopfte sich ein paar eingelegte Champignons in den Mund, um nicht noch mehr zu sagen. Etwas Unfreundliches vielleicht.

»Und warum heißt du Korittki, während er ...« Lars stockte. Vielleicht weil ihm aufging, dass er sich auf unsicheres Terrain begab. »Wollen wir uns nicht irgendwo hinsetzen?«

»Gute Idee.« Pia sah sich suchend um. »Ich kann tatsächlich nicht gut stehen, reden und essen gleichzeitig.« Sie fanden einen Platz an einer der Bierzeltgarnituren unter der Kastanie, die mitten im Hof stand.

»Ich hol uns was zu trinken«, sagte Lars. »Bier?«

Pia schüttelte den Kopf. Sie musste noch fahren. Und seit Gablers Feier hatte sie ohnehin ein paar ganz besonders vernünftige Vorsätze gefasst. »Mineralwasser, Cola, irgendwas Antialkoholisches ...«

»Ich heiße Korittki und er Liebig, weil wir verschiedene Väter haben«, erklärte sie, als Lars wieder da war. »Meine Mutter hat Toms Vater geheiratet, da war ich fünf.«

»Und dein Vater heißt demnach Korittki?« Lars trank einen Schluck Bier und wischte sich den Schaum von der Oberlippe.

»Ich weiß nicht, wie er heißt.« Die Erkenntnis traf Pia mit voller Wucht: Familiengeschichten neigten dazu, sich zu wiederholen. In einer Endlosschleife. Bei anderen Leuten war das immer leicht zu durchschauen, während man bei sich selbst im Dunkeln tappte. Sie konzentrierte sich auf den Salat.

»Ist das nicht eine Herausforderung für dich?« Lars beugte sich ein Stück vor.

»Der Rucola-Salat? Es geht.«

Er grinste. »Wie kann eine Frau, die solche Mengen isst, so schlank sein?«

»Ich bekomme zu selten was!«

»Mich füttert auch keiner«, meinte er.

»Ich weiß. Du hast alles im Griff«, sagte Pia. Ihr Blick fiel auf das Babyfon, das neben ihr auf dem Tisch stand. Sie machte eine unbedachte Bewegung, und ihr rechtes Knie berührte unter dem Tisch Lars' Bein. Es fühlte sich an wie ein Elektroschock.

»Warum hast du nicht angerufen?«, fragte er leise.

»Bei uns im Kommissariat brennt die Luft. Der Mordfall auf Fehmarn wird uns noch eine Weile auf Trab halten.«

»Da bist du rund um die Uhr dabei?«

Sie nickte und schob sich noch eine Scheibe Zucchini in den Mund.

»Ich kann schweigen wie ein Laternenpfahl. Also: Wer war's?«

Pia lachte. Beinahe hätte sie sich zu einer unbedachten Geste hinreißen lassen und ihm die Hand auf den Unterarm gelegt, da sah sie Angelina Jolie, die zügigen Schrittes auf sie zusteuerte. Die Frau arbeitete in Lars' Agentur und hieß Stella, wie Pia wusste.

Die Schöne tippte ihm auf die Schulter und zog einen Schmollmund. »Willst du nicht auch bald los, Lars? Sonst bestell ich mir ein Taxi.«

»Jetzt schon? Pia, das ist Stella, meine Assistentin im Büro. Stella, das ist Pia. Aber ihr seid euch schon mal begegnet. Pia war vor einer Weile mal bei uns. Polizei. Vielleicht erinnerst du dich?«

Stella hob fragend die Augenbrauen. Lars schob unbehaglich sein Bierglas hin und her. Das schabende Geräusch nervte.

Pia nickte Stella zu, schnappte sich das Babyfon und erhob sich. »Ich muss mir was von dem Nachtisch sichern, bevor er alle ist«, erklärte sie.

»Die rote Grütze ist sehr zu empfehlen«, sagte Stella lächelnd. »Die hat Tom nämlich selbst gekocht.«

Pia ging in Richtung Buffet, mit der deutlichen Ahnung, dass sich zwischen Lars und seiner »Assistentin« gleich eine kleine Szene anbahnte. Da wollte sie nur ungern dazwischenstehen. Stattdessen traf Pia in Reichweite des Buffets auf Andreas Mitak, einen von Marlenes Kollegen. Weitere Mitarbeiter der Firma Krüger gesellten sich dazu, und als Pia von Tom angestoßen wurde, weil ihr Babyfon, das sie auf einem der Stehtische abgestellt hatte, Geräusche von sich gab, spannte sich schon ein sternklarer Nachthimmel über den Innenhof.

»Da verlangt einer nach dir.«

»Ich muss mal eben nach oben gehen«, sagte sie und deutete auf das hellgraue Plastikgehäuse.

In der Wohnung kam ihr Marlene entgegen. »Felix schläft schon wieder«, meinte sie. »Ich habe eben vorsichtig bei ihm reingesehen.«

Pia dankte ihr, ging aber selbst noch mal nachschauen.

Felix lag schlafend in seinem Reisebett. Er schwitzte leicht, obwohl er nur einen Body trug und die dünne Decke weggestrampelt hatte. Für den Schlafsack war es seit Wochen zu warm. Pia, die in ihrem Job schon den einen oder anderen toten Säugling hatte sehen müssen – meistens waren es Fälle von plötzlichem Kindstod gewesen, die untersucht werden mussten –, war in puncto Schlafausstattung von Babys neurotisch. Sie zog die leichte Mulldecke über Felix' nackte, krumme Beinchen und betrachtete noch eine Weile ihr schlafendes Kind. Dabei fasste sie den Vorsatz, ihm gegenüber ehrlich zu sein, was seinen Vater anging. Egal, wie Hinnerk sich in Zukunft verhalten würde.

Seit er fest mit seiner neuen Freundin Mascha zusammen war, schien sein Interesse an Felix etwas nachzulassen. Nicht auszudenken, was passieren konnte, wenn Mascha schwanger würde! Und das wird sie über kurz oder lang werden, vermutete Pia, schon wegen Felix... Sie seufzte leise und riss sich von seinem Anblick los. Ihn jetzt hochzureißen, um ihn mit nach Hause zu nehmen, kam ihr grausam vor.

16. Kapitel

»Arne! Kommst du mal eben her?« Irma stand vor der Küchenzeile und wünschte sich nichts mehr, als sich zu täuschen. Ekel kroch ihr das Rückenmark hoch. Ekel und Angst, panische, unvernünftige Angst.

»Probleme?« Arne wandte sich von Zoe ab, die am Küchentisch saß und malte, weil sie partout nicht einschlafen konnte, und kam schlurfend näher. »Hat Patrick wieder deine geheimen Schokoladenvorräte geplündert?«

Irma schüttelte ungeduldig den Kopf. Ihre Hand, die auf die kaputte Plätzchenpackung deutete, zitterte. »Sieh doch: Was sagt dir das?«

»Eine kaputte Kekspackung. Zoes Kekse.«

»Und wer hat die geöffnet? Schau mal genauer hin! Und alles ist voller Krümel...« Irmas Stimme klang schrill. Sie hörte es selbst, sie hatte keine Kontrolle mehr über sich. Ihr Herz raste. Arne nahm die kaputte Packung in die Hand und untersuchte sie. Seine bedächtige Art brachte Irma noch mehr in Rage. Sie schaltete das Licht unter den Oberschränken ein. Nun sah man es sehr deutlich. Sie deutete auf die fettigen Abdrücke auf dem Herd und die Spuren im Staub auf der Arbeitsplatte. »Hier und hier! Siehst du das nicht? Was ist das? Ich sage dir, was das ist: Rattenspuren. Kleine Pfotenabdrücke. Und hier, diese Schleifspur, die stammt von einem langen, dünnen Schwanz!« Es schüttelte sie vor Abscheu. »Hier waren Ratten. Auf der Arbeitsplatte! In meiner Küche. Sie haben Zoes Zoo-Kekse angefressen!«

»Ruhig, Irma!« Arne warf die Kekspackung weg und legte

Irma eine große, warme Hand in den Nacken. »Der Kammerjäger kommt doch bald, oder nicht?«

»Du hast es doch auch schon mal versucht. Und es hat nichts genutzt. Ratten sind schlau, und es sind so viele! Ich ... ich hasse diese Viecher. Als hätte sich alles gegen uns verschworen ... Es ist das Haus. Ich hasse dieses Haus.«

Er nahm sie in den Arm und drückte sie an sich, bis ihre Atmung ruhiger wurde. »Alles wird gut.«

»Blödsinn!« Solche dahingesagten Beschwichtigungen hasste sie noch mehr. Heute Abend hatte sie eine Grenze erreicht. Sie stand an der Schwelle zu einem Nervenzusammenbruch. Sie, Irma, die Vernünftige, Tatkräftige, die sich durch nichts aus der Ruhe bringen ließ. Noch einen winzigen Schritt weiter ... Sie durfte jetzt keine Schwäche zeigen. Nicht vor Zoe. Sie hatte doch Verantwortung. Arne streichelte mit langsamen Bewegungen ihren Rücken. Irma schloss die Augen. Es tat trotz allem gut, von ihm gehalten zu werden. »Glaubst du, wir kommen darüber hinweg?«, fragte sie nach ein paar Minuten.

»Worüber? Dass wir Ungeziefer im Haus haben? Mit Sicherheit.«

»Ich meine Milena. Ihren Tod. Ich muss dauernd daran denken.«

»Du hättest die Geisterbeschwörer, diese Grabschänder und Betrüger, niemals ins Haus lassen dürfen. Die haben alles noch schlimmer gemacht – für dich.«

»Ich wusste, dass du mir das vorhalten würdest«, entgegnete Irma und machte sich von ihm los.

Unten im Hof zeigte die Party erste Auflösungserscheinungen. Tom stand mit Marlene und ein paar anderen Leuten zusammen, die Pia nicht kannte. Als er sie entdeckte, winkte er ihr zu, näher zu kommen.

»Das ist sie«, sagte er zu den anderen, die sie interessiert ansahen.

Pia zog die Augenbrauen hoch. »Oh, hab ich was ausgefressen?«

»Nicht, dass ich wüsste. Ich will dich vorsichtshalber mal mit unseren Mitbewohnern im Haus bekannt machen.«

Pia sah von einem zum anderen.

»Hier wird nämlich demnächst eine Wohnung frei. Unsere«, sagte Marlene.

»Oh.«

»Wir haben uns ein Grundstück gekauft. Wir wollen bauen«, erklärte Tom. Pia hörte schon den Besitzerstolz in seiner Stimme und wunderte sich. Sie verkniff sich ein weiteres »Oh«. Und mit einem Blick auf Marlene auch den Einwand »Das wolltest du doch nie tun«, der ihr auf der Zunge lag.

»Bei der Vergabe der Wohnungen haben wir alle immer ein Wörtchen mitzureden«, erklärte eine rothaarige Frau Anfang vierzig. »Uns ist eine gute Hausgemeinschaft wichtig.«

Pia war hin- und hergerissen. Toms und Marlenes Wohnung war ein Traum: drei Zimmer, ein richtiges Bad, der Innenhof zum Spielen. Die Lage war zwar nicht Altstadt-Insel, aber dennoch zentral ... Und das Haus war kein seelenloser Betonklotz. Wäre da nicht das Wort »Hausgemeinschaft« gewesen, bei dem sich die kleinen Härchen auf Pias Armen senkrecht aufgestellt hatten.

»Als Toms Schwester hast du natürlich schon mal einen Vorteil«, meinte der bärtige Mann, der neben der Rothaarigen stand. »Du arbeitest für die Polizei, hat uns Tom gesagt?«

»Da liegt er richtig«, bestätigte sie zurückhaltend.

Tom zog sie lächelnd zu sich heran. »Reiß dich zusammen!«, flüsterte er ihr leise ins Ohr.

»Und Pia hat einen kleinen Sohn«, warf Marlene ein. »Ungefähr so alt wir eure Lucy.«

»Das ist wunderbar.« Die rothaarige Frau prostete Pia mit ihrem Weinglas zu. »Wie heißt er denn?«

Ihr Freund oder Ehemann sah so aus, als hätte er zum Thema »Polizei« noch ein paar Fragen, entschloss sich aber offensichtlich, sich die für eine bessere Gelegenheit aufzuheben.

»Felix. Er schläft oben.«

»Ihr könnt ja alle mal darüber nachdenken«, meinte Tom. Und dann: »Warum stehen wir hier eigentlich so trocken herum. Ist das Bier schon alle?«

Pia war froh, der lächerlichen Prüfungssituation zu entkommen. Tom hätte sie wirklich vorwarnen können.

»Es sollte eine Überraschung sein«, sagte Marlene, die Pias Gedanken wohl erraten hatte.

»Die ist ihm gelungen.« Sie drängte das Gefühl, gerade von ihrem Bruder überrumpelt worden zu sein, beiseite und konzentrierte sich auf Marlene. »Wo wollt ihr denn bauen?«

»Im neuen Uni-Viertel. Das Grundstück ist toll, nur über das Haus sind wir uns noch nicht einig. Tom schwebt etwas im Bauhaus-Stil vor, während ich eher zum Landhaus-Stil tendiere.«

»Wenn einem alle Möglichkeiten offenstehen, ist es bestimmt auch nicht einfach.« Sie versuchte, sich ein Haus vorzustellen, das beide Baustile miteinander verband – oder auch nicht...

»Na ja, unsere finanziellen Möglichkeiten sind schon begrenzt«, sagte Marlene. »Aber mit zwei Kindern wird es hier allmählich zu eng.«

Pia nickte. Mit dem Thema »Enge« war sie bestens vertraut. »Kennst du eigentlich Lars Kuhn?«, fragte sie dann. »Er ist ein Bekannter von Tom, hat er mir gesagt.«

»Meinst du den, der da hinten mit Stella steht? Ich kenne sie etwas besser. Sie hat früher auch bei Krüger gearbeitet.«

»Sind die beiden zusammen?«

»Mal ja, mal nein. Etwas undurchsichtig, das Ganze. Im Moment wohl nicht.« Marlene ließ Lars und Stella nicht aus den Augen. Die Frau drehte sich gerade auf dem Absatz um und verschwand in Richtung Straße. »Woher kennst du ihn?«
»Wir sind uns mal in Lübeck begegnet«, sagte Pia vage.
»Interessiert?«
Pia hob die Schultern, schüttelte dann aber den Kopf.

Gegen halb zwei machte Pia sich auf den Weg nach Hause. Als sie Felix tief schlafend aus seinem Reisebett hob, ertappte sie sich dabei, wie sie Toms und Marlenes Wohnung im Geiste mit ihren eigenen Möbeln bestückte. Schön. Und viel Platz ... Aber da waren auch die Anforderungen der Hausgemeinschaft: Die unheilschwangeren Begriffe *Gartendienst* und *Treppenhausreinigungs-Turnus* sowie *Gemeinschaftsunternehmungen* waren später im Hof so ganz nebenbei noch gefallen. Auf dem Weg nach unten kam Pia nicht umhin festzustellen, dass die Fensterscheiben im Treppenhaus glänzten und es aufdringlich nach Zitronenreiniger duftete.

Vor dem Haus stutzte sie. Gegenüber, auf der anderen Straßenseite, parkte ein Geländewagen. Kein japanisches oder deutsches Fabrikat, mehr »Daktari trifft Rosamunde Pilcher«. Olivgrün mit weißem Dach. Aufgemotzt mit Dachgepäckträger, Scheinwerfern, Winde und anderem Spielkram. Derselbe Typ, den die Ingwers in der Garage stehen hatten. Aber mit einem Lübecker Kennzeichen.

Die Scheinwerfer blendeten auf, der Dieselmotor sprang an. Pia überquerte die Straße. Lars Kuhn saß am Steuer. Sie klopfte gegen die Scheibe.

Er öffnete die Tür. »Pia. Ich dachte, du bist schon weg«, flüsterte er mit Blick auf den schlafenden Felix auf ihrem Arm.

»Schöner Land Rover.«

»Eines meiner Lieblingsspielzeuge.«

Pia war gedanklich sofort bei ihrer Ermittlung. Sie konnte nicht anders. »Kennst du viele Leute, die so ein Ding fahren?«

»Na ja. Mir fallen da schon so einige ein. Man kennt sich eben...«

»Ach, ja?«

»Ich fahre hin und wieder zu Land-Rover-Treffen hier in der Gegend. Du kannst ja mal mitkommen, wenn du willst.«

»Du gibst nicht so schnell auf, oder?«

Er zuckte mit den Schultern. »Das Leben ist ein Spiel. Mal verliert man, mal gewinnt man.«

Jede Spur, die das K1 im Fall Milena Ingwers verfolgte, schien mindestens drei neue Ermittlungsrichtungen zu ergeben. Inzwischen waren auch einige Laborergebnisse eingetroffen, die ihnen weiterhelfen konnten. Da Gabler mit den ihm zur Verfügung stehenden Leuten jonglierte, um alles möglichst zeitnah abzudecken, fand sich Pia am Montagmorgen nach der Einsatzbesprechung mit Juliane in einem Team wieder. Sie sollten Patrick Grieger befragen, der gerade im Polizeihochhaus eingetroffen war. Aufgrund seiner Beziehung zu Milena war er derjenige, der am ehesten ein Motiv gehabt hatte, den Mord zu begehen. Und selbst wenn er unschuldig sein sollte, so bestand doch die Möglichkeit, dass er etwas wusste, das ihnen einen Hinweis auf den Täter gab. Außerdem hatten sie nun etwas in der Hand, mit dem sie ihn konfrontieren konnten.

»Erzählen Sie uns noch einmal, was am Morgen von Milena Ingwers' Tod passiert ist! Und dieses Mal etwas genauer«, forderte Pia ihn auf, nachdem den Formalitäten Genüge getan worden war. Sie saßen sich in einem der Vernehmungsräume gegenüber.

»Das ist doch Schikane!« Patrick Grieger warf einen Blick auf das Aufzeichnungsgerät; sein Adamsapfel hüpfte. »Glauben Sie, das ist toll, das immer und immer wieder abzuspulen?«

»Nein. Aber notwendig.«

»Also gut.« Er rollte mit den Augen. »Ich bin an dem Morgen aufgewacht, alles war ruhig. Ich habe geduscht, mich angezogen, bin runter in die Küche. Da saß Milena und hat Tee getrunken...«

»Um wie viel Uhr war das?«

»Irgendwas um neun rum. Ich bin nicht so ein Zeit-Fetischist, der dauernd auf die Uhr glotzt.«

»Und davor?«, fragte Pia.

»Wie davor? Da hab ich gepennt.«

»Vielleicht sollten Sie Ihre Aussage diesbezüglich noch mal überdenken.«

Patrick Grieger warf Pia unter den dunklen Haarfransen hervor, die ihm bis über die Augenbrauen fielen, einen finsteren Blick zu. Juliane beugte sich etwas vor. Pia schüttelte fast unmerklich den Kopf. Die Sekunden dehnten sich.

»Bei einer Mordermittlung werden eine ganze Reihe von Untersuchungen angestellt. Wir müssen die Herkunft und die Relevanz aller Spuren überprüfen.«

»Na und?«

»Es wurden Spermaspuren in der Vagina der Toten gefunden, Herr Grieger«, sagte Pia.

»Ich bestreite ja gar nicht, dass ich mit ihr geschlafen habe.« Er hatte Sommersprossen auf dem schmalen Nasenrücken. Sie hoben sich deutlicher ab, weil er mit einem Mal blass geworden war. »Das haben wir ziemlich oft getan.« Er sah Pia herausfordernd an.

»Der Beweglichkeit des Spermas nach zu urteilen, haben Sie kurz vor oder nach ihrem Tod mit Milena Ingwers Geschlechtsverkehr gehabt. Das sagt jedenfalls der Bericht aus der Rechtsmedizin.« Pia klopfte leicht auf die Unterlagen, die vor ihr auf dem Tisch lagen.

»Nach ihrem ... nach ... Das ist ja pervers!«

»Erzählen Sie uns, was wirklich passiert ist!«

Er zögerte und sah unruhig im Raum umher. »Kann ich nicht was zu trinken haben? Kaffee? Ich hatte noch keinen heute.«

»Die Vernehmung wird unterbrochen, um dem Zeugen einen Kaffee zu holen.« Pia stoppte die Aufzeichnung. Sie selbst schenkte sich Mineralwasser nach. Durch die gekippten Fenster drang nicht der kleinste Lufthauch ins Zimmer, und sie hatte irgendwie den Eindruck, durch einen Wollpullover hindurch zu atmen. In ihrem Büro stand seit Neuestem ein kleiner Ventilator, und sie überlegte, ob sie ihn holen sollte. Dies hier konnte länger dauern.

»Milena war sauer auf mich«, sagte Patrick Grieger, nachdem Juliane einen Becher Kaffee vor ihn gestellt hatte. Viel Milch, kein Zucker. Er schloss beide Hände darum und trank ein paar Schlucke.

Pia verbarg ihre Befriedigung darüber, dieses Zugeständnis aus ihm herausgekitzelt zu haben, hinter einem neutralen Gesichtsausdruck. Langsam kamen sie voran. »Weswegen?«

»Ich hatte sie um einen kleinen Gefallen gebeten, aber sie wollte nicht. Morgens fing sie schon wieder damit an!«

»Womit?«

»Dass ich sie nicht wirklich lieben würde. Dass ich sie nur ausnutze! Erklären Sie mal einer Frau, dass Sie sie lieben, wenn sie meint, dem wäre nicht so.« Er schüttelte resigniert den Kopf. »Alles, was man sagt, wird auf die Goldwaage gelegt oder am besten gleich ins Gegenteil verdreht.«

»Und, haben Sie sie geliebt?«, fragte Juliane.

»Was ist Liebe? Ich weiß nicht. Aber ich mochte sie.«

»Wie haben Sie sich eigentlich kennengelernt?«

Er zögerte wieder. »In der Gärtnerei ihres Vaters. Ein dummer Zufall. Ich war da, als sie völlig aufgelöst aus seinem Büro gerannt kam. Man hatte sie gerade aus ihrer Ausbildung geschmissen. Und sie war pleite, die Bank hatte ihre Karte eingezogen. Ich hab gefragt, ob ich irgendwie helfen kann ... Ich meine, sie heulte und war vollkommen fertig. Sie wusste nicht, wohin. Zu ihren Eltern zurück, das wollte sie auf keinen Fall. Ich hab Milena daraufhin erst mal mit zu mir nach Mordkuhlen genommen. Ich ahnte nicht, dass ihre Eltern im gleichen Dorf wohnen. Der Rest hat sich dann ergeben. Irma und Arne haben ein offenes Haus. Sie hat ihre Sachen geholt und blieb einfach da.«

»Wann war das?«

»Anfang Mai, glaube ich.«

»Wie war Milenas Verhältnis zu ihren Eltern? Was hat sie darüber gesagt?««

»Dass ihre Mutter eine religiöse Spinnerin und ihr Vater eine Egoist ist. Und dass er mit seinem rücksichtslosen Verhalten ihre Mutter überhaupt erst dazu getrieben hat, sich dieser Sekte anzuschließen.«

»Sekte?«

»Milena nannte es eine Sekte. Aber ich habe ein wenig recherchiert. Es scheint mir ein eher harmloser Verein zu sein. Na ja. Es ist wie bei allem: Auf die Dosis kommt es an.«

Obwohl sie seine Aussage aufzeichneten, machte Pia sich eine Notiz zu diesem Thema. »Kommen wir noch mal auf Ihren Streit an dem Morgen zurück: Wieso glaubte Milena, dass Sie sie ausnutzten?«

»Weil ... Ich hab sie mal um einen winzigen Gefallen gebeten«, gestand er widerstrebend. »Sie sollte mir bei einer Sache helfen. Das hat mit meinem Studium zu tun.«

»Etwas konkreter dürfen Sie schon werden«, sagte Juliane.

»Ich arbeite neben meinem Studium für eine Organisation

namens *Pomona*, die gegen den illegalen Einsatz von Pestiziden kämpft. Roland Ingwers' Gärtnerei steht seit Längerem im Verdacht, für bestimmte Projekte verbotene Pflanzenschutzmittel einzusetzen. Mit katastrophalen Folgen! Ich wollte von Milena nur, dass sie mir einen Schlüssel besorgt, damit ich mit ein paar Leuten gewisse Lagerräume in der Gärtnerei überprüfen kann. Es wäre puppenleicht für sie gewesen.«

»Illegal erlangte Beweismittel sind doch vollkommen nutzlos«, sagte Juliane.

»Das hätten wir schon so hingedreht, dass es passt.«

»Ah, ja? Und hat Milena Ihnen dabei geholfen?«

»Nein. Sie wollte nichts davon wissen. Darum ja dieser blöde Streit. Ich habe sie dann auch gar nicht weiter gedrängt. Obwohl ... bei dem Verhalten ihrer Eltern habe ich nicht verstanden, warum sie solche Skrupel hat. Aber da war sie schon auf dem Trichter, dass ich sie nur ausnutze.«

»Wann genau haben Sie sich über dieses Thema gestritten?«

»Am Morgen ihres Todes. In der Küche. Sie fing gleich wieder an, mir Vorwürfe zu machen. Dann sagte Milena, sie wolle sofort ausziehen, sie wüsste nur noch nicht, wohin. Sie war so ein emotionaler Typ, wissen Sie. Immer ganz oder gar nicht. Kein Mittelmaß. Irgendwann wurde es mir zu blöd, und ich bin abgehauen.« Er trank den letzten Rest Kaffee und starrte dann in den leeren Becher. Als er aufblickte, sah er Pia direkt in die Augen. »Aber da war sie noch höchst lebendig.«

»Okay.« Pia betrachtete ihn aufmerksam. Er wirkte aufgewühlt, doch auch erleichtert. Seine Schultern schienen um ein paar Zentimeter nach vorn gesackt zu sein. Sein Gesicht hatte wieder etwas Farbe bekommen. So viel zur heilsamen Wirkung einer kleinen Beichte. Oder auch einer gekonnt präsentierten Lüge ...

»Erzählen Sie uns etwas über die Organisation, für die Sie da arbeiten!«, forderte Juliane ihn auf. Pia hätte ihn noch etwas länger schmoren lassen, um vielleicht noch mehr über seine Beziehung zu Milena zu erfahren. Aber der Moment der Selbstbetrachtung war vorbei.

Patrick Grieger reagierte entsprechend abwehrend. »Was tut das denn zur Sache?«

»Wir werden Ihre Aussage bezüglich der Organisation sowieso überprüfen. Es hat schon sehr lange gedauert, bis Sie überhaupt damit herausgerückt sind.«

»Weil es nichts mit Milenas Tod zu tun hat.« Er seufzte übertrieben und nannte ein paar Eckdaten. Noch ein neuer Aspekt, der Zeit und Ressourcen in Anspruch nehmen würde.

»Wussten Sie, dass Milena sich prostituiert haben soll? An einer Bushaltestelle?«, fragte Pia und nutzte bewusst das Überraschungsmoment. Sie beobachtete, wie sich Patrick Griegers Hände verkrampften. Seine Augen wurden schmal.

»Wer sagt das?«

»Das tut nichts zur Sache.« Sie ließ ein paar Sekunden verstreichen. »Seit wann wussten Sie es, Herr Grieger?«

»Sie hat es mal erwähnt«, murmelte er und wich Pias Blick aus.

»Wie haben Sie darauf reagiert?«, hakte Juliane nach.

Patrick funkelte sie wütend an. »Sie glauben doch nicht, dass ich sie deswegen ... Ich war es nicht, verdammt!«

»Herr Grieger, der Rechtsmediziner hat festgestellt, dass Milena Ingwers vor einiger Zeit an einer Geschlechtskrankheit gelitten hat«, sagte Pia, ohne auf seinen Ausbruch einzugehen.

Er starrte sie nur stumm an.

»Nur für den Fall der Fälle, dass Sie sich daraufhin vielleicht auch untersuchen lassen wollen.«

»So ein Idiot«, schimpfte Juliane, als das Gespräch beendet war. Ihr Gesicht glänzte vor Schweiß. »Das stimmt doch alles vorn und hinten nicht. Können wir den Knaben nicht festhalten?«

»Weshalb?«, fragte Pia.

»Das kann doch auch alles ganz anders gelaufen sein! Er hat ja zugegeben, dass er sich vor ihrem Tod mit Milena gestritten hat.«

»Aber die Leiche lag im Gemüsegarten. Milena ist draußen umgebracht worden.« Pia rieb sich die Stirn. »Ich meine, wenn er sie in der Küche oder sogar vorher in seinem Schlafzimmer erwürgt oder erschlagen und sie dann unter seinem Bett versteckt hätte, dann sähe die Sache anders aus. Aber so...«

»Also lassen wir ihn gehen, damit er schön seine Spuren verwischen kann.«

»Ich denke nicht, dass Gefahr im Verzug ist. Wir können ihn beobachten. Die üblichen Spielchen spielen. Das ist unter Umständen aufschlussreicher, als wenn er in U-Haft sitzt. Wir haben noch keinen Beweis dafür, dass er der Täter ist. Er ist bisher nur der Letzte, der Milena Ingwers lebend gesehen hat.«

»Er hat mit ihr gestritten. Er hat die Polizei angelogen.«

Pia fächelte sich mit einem Ordner Luft zu. »Wie so viele«, sagte sie. »Hast du dich schon mit dem Fall Bolt beschäftigen können?«

»Wann denn?«

Pia zuckte mit den Schultern. Aus den Augenwinkeln sah sie, wie Juliane ihr einen nicht gerade freundlichen Blick zuwarf.

17. Kapitel

Broders und Rist fanden das Büro der Organisation gegen illegale Pestizide, für die Patrick Grieger tätig war, erst nach längerem Suchen. Es lag in einem Hinterhof in Kiel, dessen Zugang sich versteckt hinter einem Teppichlager in einer Seitenstraße befand. Aus einem der unteren Fenster gellte Rockmusik.

Sie stiegen schwitzend die steilen Stufen in den vierten Stock hoch, um sich vor einer abgeschabten Wohnungstür wiederzufinden. Einzig das Klingelschild mit der Aufschrift *Pomona e. V.* deutete darauf hin, dass sich hinter der Tür keine Privatwohnung befand. Oder jedenfalls nicht nur. Sie klingelten und standen kurz darauf einer etwa dreißigjährigen, zierlichen Frau gegenüber, die sie überrascht anstarrte.

»Oh. Ich hatte eigentlich ein Paket aus der Druckerei erwartet. Womit kann ich helfen?«

Broders stellte sich und Rist vor und erklärte kurz, weshalb sie da waren. Die Frau, die Martha Arendt hieß, sog nachdenklich die Unterlippe zwischen die Zähne. Seltener Name für eine junge Frau, dachte Broders. Er hatte eine Großtante namens Martha gehabt. Aber es kam wohl alles irgendwann mal wieder.

»Ich habe Patrick tagelang nicht mehr gesehen«, sagte sie nun. »Er wohnt seit einiger Zeit auf Fehmarn und kommt nicht mehr jeden Tag her. Aber dass er was mit dem Mord dort zu tun hat, hätte ich nie gedacht. *Strange*, echt. Der Fall ist ja durch sämtliche Medien gegangen. Und nun sind Sie hier... Wollen Sie reinkommen?«

Broders und Rist betraten hinter ihr einen schmalen Flur, dessen Ende sich irgendwo in der Dunkelheit der Wohnung verlor. Martha Arendt stieß eine der Türen auf, auf der ein Plakat mit Abbildungen verschiedener Wildkräuter befestigt war, und ließ sie eintreten. Broders hatte spontan das Gefühl, als bewegten sich die vollgestellten Bücher- und Aktenregale auf ihn zu. Die Kabelstränge der Computer und anderer technischer Geräte wanden sich wie Schlingpflanzen durch den Raum, und das Tageslicht, das durch ein hohes Fenster hineinfiel, machte den feinen Staub sichtbar, den sie bei ihrem Eintreten aufgewirbelt hatten. Es roch nach Papier und Druckerschwärze.

»Das hier ist das Büro? Von hier aus agieren Sie?«

Die Frau fuhr sich durch ihr kurz geschorenes Haar und lächelte spöttisch. »Schön, nicht? Wir bekommen leider nicht ganz so viele Fördergelder von der Industrie.«

»Sie engagieren sich für den Umweltschutz?«

»Umweltschutz ist ein weites Feld. Wir von *Pomona* versuchen, die Bevölkerung über den massiven Einsatz gesundheitsgefährdender Pestizide in der Landwirtschaft und im Gartenbau aufzuklären.«

»Wie genau dürfen wir uns das vorstellen?«, fragte Rist. Broders griff nach einem der herumliegenden Faltblätter und sah es sich an.

»Wir verfassen Infomaterial, Sie dürfen sich gern was davon mitnehmen, und wir haben eine Homepage zu diesem Thema. Nur so als Beispiel.«

»Wie sind Sie an diese Organisation gekommen?«

»Ich bin ein Gründungsmitglied. Es fing mit einer Hausarbeit zum Thema ›Pestizide‹ an. Ich habe bei meinen Recherchen festgestellt, das alles noch viel weiter reichend und schlimmer ist, als ich es mir in meinen ärgsten Albträumen vorgestellt hatte.«

»Wie gut kennen Sie Patrick Grieger?«, schaltete Broders sich ein.

Sie zögerte den Bruchteil einer Sekunde. Ihre Augen wurden groß und rund. »Wir arbeiten hier zusammen. Ich bewundere sein Engagement. Aber ansonsten...« Martha Arendt hob die schmalen Schultern.

»Wer kann uns denn hier mehr über ihn sagen, Frau Arendt?«

Sie lächelte spöttisch. »Keine Ahnung. Aber wir sind nicht so viele. Wenn es gut läuft, sieben bis neun Leute.«

»Auf den ersten Blick sieht es nach einer größeren Gruppe aus.«

»Wir bewegen auch eine Menge.«

»Hat Ihre Organisation etwas mit der Gärtnerei Ingwers zu tun?« Heinz Broders musterte sie aufmerksam.

»Ingwers, Ingwers ... Sagt mir nichts.« Sie lehnte sich an einen der Schreibtische und verschränkte die Arme vor der Brust. Ihr Haar schimmerte im Gegenlicht wie das Fell eines kleinen Tieres.

»Womit ist Patrick Grieger hier hauptsächlich beschäftigt?«

»Das müssen Sie ihn schon selbst fragen.«

»Bei sieben bis neun Leuten wird der eine vom anderen doch noch wissen, was er tut.«

Sie kniff die Augen zusammen. »Entschuldigen Sie vielmals, aber ich hab Sie hier hereingelassen und Ihnen alles gesagt, was ich für richtig halte. Wenn Sie mehr brauchen, müssen Sie das nächste Mal schon einen Durchsuchungsbefehl mitbringen.«

»Ein richterlicher Beschluss wird kein Problem sein«, sagte Broders.

Martha Arendt zeigte sich unbeeindruckt. »Weil es um einen Mordfall geht? Damit haben wir bei *Pomona* nichts zu tun. Die Pestizide töten. Wir nicht.«

Das Haus war leer. Irma hatte fast vergessen gehabt, wie es sich anfühlte, ein vollkommen ruhiges Haus zu betreten. Die Ratten verlassen das sinkende Schiff, hatte sie zynisch gedacht. Diese Viecher verfolgten sie. Patrick war in den letzten Tagen kaum noch zu Hause anzutreffen gewesen, und er redete auch nicht mehr mit ihr. Vielleicht war er schon wieder in Lübeck bei der Polizei. Sie drehten ihn ganz schön durch die Mangel. Unter normalen Umständen hätte Irma sich darüber aufgeregt, aber so, wie die Dinge lagen, war sie einfach nur froh, dass nicht sie oder Arne in die Schusslinie geraten waren.

Arne ... Er würde nach eigenen Angaben den ganzen Tag auf irgendeiner Baustelle beschäftigt sein. Nicht auf ihrer eigenen, natürlich nicht. »Du musst nicht mit dem Abendbrot auf mich warten«, hatte er ihr beim Abschied zugerufen. Was das hieß, war klar. Er legte die größtmögliche Distanz zwischen sich und Mordkuhlen.

Sie, Irma, war diejenige, die nicht weglaufen konnte. Sie hatte gerade ein müdes, aufgedrehtes Kind aus der Kita abgeholt und musste nun zu Hause bleiben, bis der Kammerjäger kam. Doch das Alleinsein, selbst mit Zoe, war ihr unangenehm. Sobald sie einen Moment die Gedanken schweifen ließ, sah sie Milena vor sich. Ob in der Küche, wo sie sich mit den ihr eigenen fahrigen Bewegungen und den hochgezogenen Schultern ein Brot schmierte, ob halb nackt auf der Treppe sitzend oder im Wohnzimmer vor dem Fernseher liegend, eine Tüte Chips in Griffweite ...

Im Haus war es zwar kühler als draußen, trotzdem war Irma erleichtert gewesen, dass Zoe ihren Vorschlag, in den Garten zu gehen, mit Begeisterung aufgenommen hatte. Nun spielte die Kleine im Planschbecken unter dem Apfelbaum. Irma sah von ihrem Liegestuhl aus zu, wie Zoe Wasser durch einen Trichter in diverse Plastikgefäße laufen ließ. Ihre Tochter trug einen lächerlichen kleinen Bikini mit Rüschen. Zoe hatte das

Teil in ihrem Laden entdeckt und so lange gequengelt, bis sie es bekommen hatte.

Das Haus, der sonnige Garten, die Zufahrt zum Grundstück – alles lag ruhig da, aber nicht friedlich. Frieden war etwas anderes. Irmas Herz pochte, und sie zuckte bei jedem Geräusch zusammen. Das Strickzeug, das sie mit nach draußen genommen hatte, um ihre Hände zu beschäftigen, lag auf ihrem Schoß. Wer konnte bei über dreißig Grad auch an Wollsocken denken?

Irmas Blick fiel auf ihr Auto in der Auffahrt. Sie konnte jederzeit losfahren, wenn etwas passieren sollte ... Unsinn, was sollte schon passieren? Normalerweise hätte Irma Zoes Planschbecken nicht im vorderen Teil des Gartens aufgestellt, aber sie wollte auf keinen Fall in die Nähe des Gemüsegartens kommen. Und von hier aus würde sie es rechtzeitig bemerken, wenn sich jemand dem Haus näherte. Reiß dich zusammen, dachte sie. Keine Hysterie! Du wartest doch nur auf den Kammerjäger. Wer sollte sonst schon herkommen?

Manchmal verirrten sich Touristen hierher, die auf der Suche nach einem geheimen Weg zum Meer waren. Aber ansonsten? Einige Dorfbewohner führten ihre Hunde hier aus und ließen sie ihr Geschäft in diesem Garten verrichten. Mit voller Absicht, wie Irma vermutete. Sie war es gewohnt, dass ihre Art zu leben bei den sogenannten »normalen« Leuten Misstrauen hervorrief. Nur dieses Mal war es eher so, als zöge nicht sie, sondern das Haus alle negativen Gefühle auf sich.

Sie blickte unbehaglich über die Schulter zurück. Selbst im Sonnenlicht wirkte das Gebäude dunkel und abweisend. Die negativen Gefühle prallten nicht an den massiven Mauern ab – das Haus schien sie vielmehr zu absorbieren und nach und nach auszuschwitzen und so an die Bewohner abzugeben. Kein Wunder, dass Spinner wie dieser Aleister und seine Groupies sich von Mordkuhlen angezogen fühlten! Von Okkultismus hatte sie jedenfalls erst einmal die Nase voll. Sie beteuerte zwar immer, dass es mehr Dinge zwischen Himmel und Erde gab, als der menschliche Verstand fassen konnte, aber momentan genügte ihr das, was sie erfassen konnte, vollauf.

»Mama!«

Zoe war aufgestanden und deutete mit ihrem kleinen Zeigefinger in Richtung Dorf.

»Was ist denn, Schatz?«

»Da kommt einer.«

Irma richtete sich auf und sah in Richtung Auffahrt. Die heiße Luft flirrte über der staubigen Straße. Sie konnte niemanden sehen. »Wir warten auf den Kammerjäger, Zoe. Vielleicht kommt er jetzt endlich.« Sie stand ächzend auf und ging zu ihrer Tochter. Vielleicht konnte sie von Zoes Standort aus ja mehr erkennen. Die Kleine hatte Augen wie ein Luchs. Aber sie hatte auch eine blühende Fantasie. Irma fasste das Mädchen an der Schulter. Zoe fühlte sich eiskalt an.

»Willst du jetzt mal aus dem Wasser kommen, Schatz?«

Wie erwartet, schüttelte Zoe vehement den Kopf. Irma hob sie heraus. Nicht fragen, klare Ansagen machen... Wie immer war sie erstaunt, wie leicht ihre Tochter war. Irma hüllte sie in ein Kapuzenbadetuch und rubbelte sie trocken. Zoes Lippen waren blau.

Und da sah Irma ihn. Einen weißen Kastenwagen, der sich Mordkuhlen in einer Staubwolke näherte. Ein paar Minuten später hielt der Wagen vor dem Tor an, und ein hochgewachsener Mann stieg aus. Er öffnete das quietschende Gatter und kam langsamen Schrittes auf sie zu. Er war blass und hatte weißes Haar. Mit der hellgrauen Hose und dem beigen Hemd sah er wie eine riesengroße menschliche Made aus. Sie konnte seine Augen nicht sehen, denn das Sonnenlicht spiegelte sich in seinen Brillengläsern. Das war bestimmt nicht der Kammerjäger, der schon mal wegen des Wespennestes hier gewesen war. Der sollte laut Arne jünger gewesen sein. Vielleicht sein Mitarbeiter? Aber hatte er ihr, als sie ihn auf dem Handy angerufen hatte, nicht gesagt, er habe nur eine Frau fürs Büro?

»Lauf ins Haus und zieh dir was Trockenes an!« Irma schob Zoe ein Stück von sich weg. Doch das Kind blieb stehen.

»Mama, wer ist das?«, flüsterte die Kleine.

»Der Kammerjäger, Zoe. Und nun zieh dich schnell um. Du zitterst ja.« Sie schubste sie leicht von sich weg.

»Ist der Mann ... böse?«

»Unsinn! Und nun lauf!« Irma sah ihrer Tochter nach, die wie ein Fohlen über die Wiese zum Haus galoppierte, und wäre am liebsten hinterhergerannt. Doch der Fremde war schon da.

Er blieb neben dem Planschbecken stehen. Das lange Gesicht schirmte er mit der linken Hand gegen die Sonne ab. »Schönen guten Tag. Sind Sie Frau Seibel?«

»Bin ich. Und wer sind Sie?« Er hat so gar nichts von einem Kammerjäger an sich, dachte sie. Aber wer oder was ist er dann? In seiner rechten Hand schwang eine abgewetzte Aktentasche vor und zurück wie ein Pendel.

»Mein Name ist Schöller. Gesundheitsamt Kreis Ostholstein.«

»Telefon für dich. Soll ich durchstellen?«, klang es etwas genervt an Pias Ohr.

»Verrätst du mir, wer dran ist, Juliane?« Die neue Kollegin saß seit ein paar Stunden an Pias altem Schreibtisch, und Pia teilte sich jetzt mit Manfred Rist einen Raum. Die beiden Neuen hatten für eine längst überfällige Büro-Rotation gesorgt, die die Telefonzentrale aber noch nicht realisiert hatte. Pia war der Wechsel ganz recht. Sie mochte Veränderungen, und wenn es nur ein anderer Ausblick von ihrem Schreibtisch aus war.

»Irma Seibel höchstpersönlich.«

»Dann stell Sie bitte durch.« Pia versuchte, sich nicht über Julianes seltsamen Tonfall zu ärgern. Sie angelte quer über den Schreibtisch nach ihrem Notizblock. Die alte Ordnung, bei der sich alles in Griffweite befunden hatte, war noch nicht wiederhergestellt. »Korittki hier. Guten Tag, Frau Seibel.«

Schweres Atmen war zu hören.

»Alles in Ordnung bei Ihnen?«

Die Angesprochene holte tief Luft. »Nein, ganz und gar nicht! Was soll das werden? Setzen Sie so Ihre Zeugen unter Druck?«

»Wie bitte?«

»Das waren doch Sie, oder nicht? Wer denn sonst! Erzählen Sie mir nichts! So, wie Sie sich zuvor hier umgesehen haben...«

»Ich weiß nicht, wovon Sie reden, Frau Seibel. Ist etwas passiert?«

»Kann man so sagen. Ihre Leute waren doch gerade erst hier und haben überall rumgeschnüffelt. Wissen Sie, wie man sich da fühlt? Ich kann mir schon vorstellen, wie das nun gelaufen ist. Von Amt zu Amt. Eine Hand wäscht die andere. Da läuft die Verständigung wohl ausgesprochen gut.«

»Sagen Sie doch einfach, worum es geht! Ich verstehe nämlich kein Wort«, erwiderte Pia verärgert.

Eine kleine Pause entstand. »Sie wissen es wirklich nicht?«

»Nein.«

»Das Gesundheitsamt war gerade hier. Irgendjemand hat denen anonym mitgeteilt, wir hätten hier eine Rattenplage.«

Pia überlegte. Von den Kollegen hatte keiner das Gesundheitsamt verständigt. Das wäre in der Einsatzbesprechung erwähnt worden. Und dass jemand von der Schutzpolizei dahintersteckte, war ebenfalls äußerst unwahrscheinlich. »Haben Sie den Namen desjenigen, der bei Ihnen war? Dann kann ich mich beim Gesundheitsamt danach erkundigen.« Es konnte durchaus aufschlussreich sein zu erfahren, wer die Bewohner von Mordkuhlen da angeschwärzt hatte. Und vor allem, warum.

»Das ist doch alles Schikane!«, explodierte Irma Seibel. »Die wollen uns loswerden. Denen ist doch jedes Mittel recht!«

»Und wen meinen Sie mit ›die‹?« Pia war aufgestanden und ging vor dem Schreibtisch auf und ab. Die Dinge kamen endlich in Bewegung.

»Wenn Sie dem Gesundheitsamt nicht den Tipp gegeben haben, dann kann es nur unsere Vermieterin gewesen sein: Maren Rosinski, diese hinterhältige Person. Fragen Sie sie doch mal, was sie mit Mordkuhlen vorhat!«

»Das werde ich. Aber vorher würde ich gern Ihre Version dazu hören.«

»Ich hab einen rechtsgültigen Mietvertrag für das Haus, doch auf einmal, aus heiterem Himmel, will die Rosinski das Haus mit dem Grundstück verkaufen. Ihr Problem ist, dass der Kaufinteressent es nur ohne lästige Mieter übernehmen will. Ja, und da hat sie sich wahrscheinlich gedacht, dass sie uns bloß ein wenig Ärger machen muss, und schon räumen wir das Feld.«

»Und mit Ärger meinen Sie den anonymen Hinweis an das Gesundheitsamt?«

»Wer soll es denn sonst gewesen sein? Außer Ihnen und ihr hat doch wohl keiner ein Interesse daran, uns das Leben schwer zu machen.«

»Sind Sie sich da sicher?«

Irma Seibel stutzte hörbar. Pia konnte förmlich sehen, wie sie nachdachte. »Es kann nicht anders sein«, sagte sie schließlich. Ihr zögerlicher Ton stimmte jedoch nicht mit der resoluten Aussage überein.

»Wir werden uns darum kümmern«, versprach Pia.

»Ich ... mache mir Sorgen, Frau Korittki. Schon wegen der Kleinen«, sagte die Frau da zu Pias Erstaunen.

»Passen Sie gut auf sie auf!« Sie hörte in Irma Seibels Haus eine Klingel schrillen.

»Ich muss an die Haustür gehen.«

»Wir melden uns wieder bei Ihnen«, sagte Pia und wusste nicht, ob es eine Drohung oder ein Versprechen war. Als sie auflegte, hatte sie ein ungutes Gefühl – irgendwie.

Entgegen ihrer sonstigen Gewohnheit blickte Irma vor dem Öffnen der Tür kurz durch das schmale Fenster im Flur, um nachzusehen, wer geklingelt hatte. Ein knallroter Ford mit dem Firmenemblem des Kammerjägers stand auf dem Vorplatz. Na endlich! Auf Autofolie gedruckte Ameisen krabbelten über die Beifahrerseite und das hintere Seitenfenster. Fehlte nur noch die überlebensgroße Küchenschabe auf dem Dach.

Irma schickte Zoe hoch in ihr Zimmer und öffnete die Haustür.

Unbekümmert streckte der Mann ihr die Hand entgegen und stiefelte ins Haus. Hauke Andersen. Er trug einen Lederkoffer mit sich, wie ihn auch Klempner oder andere Handwerker bei sich hatten. Andersen war mittelgroß, recht mager und hatte feines sandfarbenes Haar. Im Dämmerlicht des Flurs fiel Irma sein scharf geschnittenes Profil und das leicht fliehende Kinn auf. Er schien nicht viel älter als Patrick zu sein. Seine Augen schimmerten gelbgrün, als er sich neugierig umsah. Wie die einer Katze, dachte Irma. Hauke Andersen entsprach so gar nicht der Vorstellung, die Irma sich von einem Kammerjäger gemacht hatte. Was hatte sie denn gedacht? Dass er gröber, irgendwie handfester aussähe? Nein, aber wie jemand, der spielend mit Schädlingen aller Art fertigwurde, eben. Statt einer Arbeitshose trug Andersen Jeans und ein gestreiftes Hemd.

»Sie waren doch neulich schon mal hier, wegen des Wespennestes. Jetzt haben wir Ratten im Haus! Mein Partner hat zwar schon versucht, sie loszuwerden, aber es ist seither nicht besser, sondern schlimmer geworden. Die Viecher sind nun schon in unserer Küche!«, sagte Irma.

»Und da wollen Sie sie so gar nicht haben«, meinte der Kammerjäger grinsend. »Verständlicherweise.«

Was gab es denn da zu feixen? Er ging an ihr vorbei in die Küche. Ohne zu fragen, riss Andersen den Spülenunterschrank auf und leuchtete mit einer Taschenlampe hinein. »Ah.«

»Was ist?«

»Sehen Sie die dunkelbraunen Dinger hier. Das ist Kot. Höchstwahrscheinlich von *Rattus rattus*.«

»Sie dürfen ruhig Deutsch mit mir sprechen.«

»*Rattus rattus* – auch ›Hausratte‹ genannt. Kann äußerst lästig werden. Normalerweise hat man mit denen eher im Winter Probleme. Nun ja. Das krieg ich schon in den Griff.«

»Das will ich doch sehr hoffen!«

»Sie dürfen keine Lebensmittel mehr offen herumliegen lassen. Und ich muss herausfinden, wo genau sich die Tiere einen Zugang zum Haus verschafft haben. Ich werde mich jetzt ein wenig umsehen.«

»Bitte.« Irma ließ sich auf einen Stuhl fallen und beobachtete den Mann misstrauisch. Er untersuchte die Küche und leuchtete, ohne eine Miene zu verziehen, in jeden Schrank und jede Ecke. Irgendwann fing er leise an zu pfeifen.

»Können Sie bitte damit aufhören?«, fragte Irma gereizt.

»Womit?«

»Mit den Geräuschen.«

Er richtete seine grüngelben Augen auf sie. »Dann schau ich mir mal das übrige Haus an.«

Irma blieb am Küchentisch sitzen. Sie fühlte sich schwach. Eigentlich sollte sie mitgehen und ihm auf die Finger sehen. Aber im Grunde ... zu stehlen gab es hier eh nichts. Und Rumspionieren lohnte sich auch nicht. Er tat ja nur seinen Job. *Rattus rattus* – das Grauen hatte einen lateinischen Namen.

Sie hörte ihn im Flur auf und ab gehen, dann nebenan im Wohnraum. Schleifende Geräusche waren zu hören. Er schien die wuchtigen Möbel hin und her zu rücken. Nun reichte es Irma langsam. Sie stemmte sich hoch.

»Muss das sein?«, fragte sie und streckte den Kopf zur Wohnzimmertür hinein.

Andersen kauerte vor dem alten Buffet-Schrank. Er hatte die unteren Türen geöffnet. Sie ging ein paar Schritte auf ihn zu. Er schloss die Schranktüren demonstrativ und drehte die Schlüssel. »Tolle alte Möbel«, sagte er. »Sind die von Ihnen, oder standen die schon immer hier?«

»Haben Sie ein Rattennest darin gefunden?«

»Nein. Ehrlich gesagt, habe ich nur den Schrank bewundert. Das Wohnzimmer ist sauber. Wie sieht es mit dem Keller aus? Meist kommen sie von dort oder über den Dachboden.«

»Es gibt keinen Keller«, antwortete Irma.

»Was? In so einem alten Haus? Unter der Treppe neben der Abseite ist doch eine Tür. Führt die nicht zur Kellertreppe?« Er starrte sie wieder mit seinen Katzenaugen an.

»Der Keller wurde zugeschüttet, bevor wir hier eingezogen sind«, sagte Irma. »Er soll zu feucht gewesen sein.«

»Zugeschüttet.« Andersen wirkte irritiert. »Sind Sie sicher? Dann kommen die Ratten wahrscheinlich von oben.«

»Wollen Sie dort auch nachsehen gehen?« Sie würde ihn nicht allein in Zoes Nähe lassen.

»Das wird nicht nötig sein. Ich werde jetzt ein paar Köderkisten aufstellen. Fassen Sie die nicht an. In fünf Tagen komme ich wieder und sehe nach, ob wir Erfolg damit haben.«

»Ist da Gift drin? Ich habe ein kleines Kind im Haus.«

»Deswegen die Kisten. Keine Gefahr für Kinder, Katzen oder Hunde. In der Zwischenzeit sollten Sie zusehen, dass Sie das Dach dicht bekommen. Und wirklich keine Lebensmittel offen herumliegen lassen.«

»Das habe ich verstanden«, sagte Irma.

Sein Mund verzog sich zu einem Grinsen, doch seine Augen fixierten sie neugierig. »Wohnen Sie eigentlich schon lange hier?«

»Ist das wichtig, ich meine, wegen der Rattenplage?«

Er schüttelte den Kopf, ohne dabei den Augenkontakt aufzugeben. »Nichts für ungut. Ich hole dann mal mein Zeug aus dem Wagen. Ach, ja. Zahlen Sie selbst, oder soll ich Ihrem Vermieter eine Rechnung schicken?«

18. Kapitel

Am Donnerstagmorgen klingelte Pias Wecker um fünf Uhr. In der ersten Sekunde war sie orientierungslos. Das nervtötende Geräusch hatte sie aus einem sehr netten Traum gerissen. Sie war sich nicht ganz sicher, ob Lars darin vorgekommen war.

Pia stellte den Alarm ab, wohl wissend, dass der Radau in acht Minuten wieder losgehen würde, und blinzelte. Durch das gekippte Dachfenster über ihrem Kopf fiel graues Licht ins Zimmer. Mit etwas Fantasie fühlte sich der schwache Luftzug, der ihre warme Haut streifte, kühl an. Von draußen, aus dem Gang und den umliegenden Häusern, war kein Geräusch zu hören. Dieser Teil der Stadt lag noch im Tiefschlaf. Sie könnte den Wecker ganz ausstellen, sich umdrehen und versuchen, irgendwie Anschluss an ihren Traum zu finden, so, als würden bei einer Serie zwei Teile hintereinander gezeigt. Aber sie hatte den Wecker nicht ohne Grund auf diese Uhrzeit gestellt. Die Durchsuchung der Büroräume der Umweltorganisation *Pomona*, für die Patrick Grieger neben seinem Studium arbeitete, war für acht Uhr angesetzt.

Als sie Felix um halb sieben bei Fiona abgab, trug diese noch einen Bademantel und war ungekämmt. Pia spürte den Anflug eines schlechten Gewissens, so früh zu stören, aber sie hatte es am Vortag mit der Tagesmutter abgesprochen. Zum Glück war sie in letzter Zeit nur noch selten bei Hausdurchsuchungen dabei, denn solche Aktionen fanden oft am frühen Morgen statt.

Als sie den Wagen startete, um zum Polizeihochhaus zu fahren, musste sie so herzhaft gähnen, dass ihr Tränen in die

Augen traten. Die Woche war einerseits anstrengend, andererseits wenig ereignisreich verlaufen. Am Wochenende würde sie endlich mal wieder ausschlafen können. Hinnerk hatte am Vorabend bei ihr angerufen und ihr mitgeteilt, dass er gerade in Lübeck angekommen sei. Ihr Exfreund, Felix' Vater, studierte Medizin in Ungarn, weil er in Deutschland keinen Studienplatz bekommen hatte. Er wollte übers Wochenende etwas mit seinem Sohn unternehmen.

Seltsam, wie oft er in letzter Zeit in Lübeck auftaucht!, überlegte Pia. Das Studium kostete doch sicherlich viel Zeit, und die Flüge mussten ja irgendwie finanziert werden. Hinnerks neue Freundin und Mitstudentin, Mascha, besaß eine Wohnung in Lübeck, das hatte Pia inzwischen herausgefunden. Nun kam er übermorgen und wollte Felix für sich.

Das war ja einerseits auch ganz schön. Felix sollte nicht ohne Vater aufwachsen. Aber Pia war sich nicht sicher, ob Hinnerk nur so kurzfristig plante oder ob er ihr seine Pläne absichtlich immer erst im letzten Moment mitteilte. Vielleicht machte es ihm Spaß, ihr mit seinen spontanen Aktionen in die Parade zu fahren. Sie hatten sich nicht gerade im Guten getrennt. Dazu hatten sie sich gegenseitig wohl zu sehr verletzt. Doch da Pia sich fest vorgenommen hatte, dass Felix nicht unter ihren Konflikten mit Hinnerk leiden sollte, hatte sie zähneknirschend zugestimmt, dass er ihn am Samstag gegen zehn Uhr abholen könne. Eigentlich hatte sie mit Felix, Susanne und ihrem Sohn Lennart an den Strand fahren wollen – der Ausflug war seit Längerem geplant und immer wieder verschoben worden. Allein, ohne Felix, wusste Pia nicht, was sie dort sollte. Nun dehnte sich das Wochenende vor ihrem geistigen Auge aus wie die Wüste Gobi. Im Zweifelsfall kann ich ja immer noch arbeiten, sagte sie sich, als sie auf das Parkdeck des Polizeihochhauses abbog. Genug zu tun gab es in jedem Fall.

»Sind wir denn genügend Leute, damit die Durchsuchung nicht so ewig dauert?«, fragte Pia ihren Kollegen Gerlach, als sie auf dem Weg nach Kiel waren.

»Es geht gerade so«, meinte er. »Ein paar von uns kommen direkt dorthin. Und Broders hat sich abgesetzt, Juliane, glaube ich, auch.«

»Wieso das denn?«

»Sie fahren heute Vormittag nach Fehmarn zu Maren Rosinski. Broders will die gute Frau noch einmal etwas ausführlicher zu Mordkuhlen befragen. Sie soll sich inzwischen von dem Schlag auf den Kopf erholt haben.«

»Das letzte Mal war ich zusammen mit Broders bei der Rosinski. Warum fährt dieses Mal Juliane mit?« Pia versuchte, sich ihren Ärger nicht anmerken zu lassen. Die Frage war berechtigt. Es war nicht gut, wenn ständig neue Kriminalbeamte bei einem Zeugen auftauchten. Aufgrund der Tatsache, dass sie möglichst pünktlich Feierabend machen musste, entging ihr viel von dem, was im Kommissariat an Organisatorischem abgesprochen wurde. Auch was Zwischenmenschliches anging, verpasste sie vermutlich in letzter Zeit das eine oder andere.

Gerlach warf ihr einen prüfenden Blick zu. »Du kannst dich nun mal nicht zweiteilen, Pia. Immerhin hast du die Vernehmung von Patrick Grieger durchgeführt. Und das Ergebnis dieser Befragung war doch überhaupt erst der Anlass dafür, seine Aktivitäten in Kiel genauer unter die Lupe zu nehmen.«

»Zusammen mit Juliane. Und Broders war zuletzt in Kiel. Er sollte heute dabei sein.« Sie schüttelte unzufrieden den Kopf.

»Manfred Rist ist auch mit bei diesen Umweltfritzen gewesen. Er fährt übrigens in dem Wagen hinter uns.«

»Da bin ich ja beruhigt.« Pia sah, von zwiespältigen Gefühlen bedrängt, aus dem Fenster. Sie fuhren nun mitten im

Berufsverkehr in einer Kolonne von Fahrzeugen die B 404 herunter. Links vor ihnen tauchte der fast zweihundertdreißig Meter hohe Kieler Fernsehturm im Morgennebel auf.

Martha Arendt, die schon mit Broders und Rist gesprochen hatte, öffnete ihnen die Tür. »Das ist jetzt ein schlechter Witz, oder?« Sie musterte den Durchsuchungsbeschluss. »Sie sind hier an der falschen Adresse.«

»Steht *Pomona* drauf oder nicht?«, fragte Manfred Rist.

»Wissen Sie überhaupt, was der Name bedeutet?«

»Sie werden es mir bestimmt gleich sagen.«

»Warum sollte ich? Sie verschwenden hier nur Ihre Zeit und unsere Steuergelder.«

»Das wird sich zeigen.« Manfred Rists Miene war eisig.

Martha Arendt zuckte mit den Schultern und verschwand dann, »um frühstücken zu gehen«, wie sie sagte. Sie hinterließ ihre Handynummer bei Rist, damit er sie nach Beendigung der Aktion anrufen konnte. Eine Frau vom Ordnungsamt fungierte als neutrale Zeugin. Sie nahm ihre Aufgabe sehr ernst und sah den Polizisten, so gut es ging, bei ihrer Arbeit über die Schulter. Gerlach hätte sie beinahe gerammt, als er einen Umzugskarton voll mit Broschüren und Aktenordnern nach unten schleppen wollte.

»Vierter Stock und dreißig Grad im Schatten! Jetzt weiß ich, warum Broders nicht mitgekommen ist«, stöhnte er, als er wieder oben war.

»Habt ihr schon irgendwas entdeckt, das mit der Gärtnerei Ingwers zu tun hat?«, fragte Pia in die Runde, als alle wieder im Büro der Organisation versammelt waren. Sie fühlte sich verschwitzt und mittlerweile auch frustriert, weil die Aktion bisher rein gar nichts zutage gefördert hatte. Gut, das Material musste noch genau gesichtet werden, aber auf den ersten Blick – Fehlanzeige.

»Es gibt zwei dicke Ordner mit Presseartikeln. Vielleicht

befindet sich darunter Aufschlussreiches«, sagte Rist. »Ist hier sonst noch irgendwo etwas, das mitmuss?«

Pia schüttelte den Kopf. »Ich denke, nein. Du kannst Frau Arendt schon mal anrufen. Wir verschwinden hier gleich wieder.«

Maren Rosinski zuckte zusammen, als sie mit der Bürste über die Stelle am Hinterkopf strich, an der sie genäht worden war. Die Platzwunde war mit nur vier Stichen mit einem sich selbst auflösenden Faden versorgt worden, aber ihr reichte es. Zum Glück hatten sie ihr im Krankenhaus nicht viel von ihren Haaren entfernt. Eine kahle Stelle auf dem Kopf, das hätte ihr gerade noch gefehlt! Ihre Erinnerung an jenen Abend im Garten war nur bruchstückhaft. Inzwischen neigte Maren zu der Überzeugung, dass sie gestürzt sein musste, egal, was die Polizei ihr weismachen wollte. Wenn sie ernsthaft angegriffen worden wäre, dann hätte sie so geendet wie Milena, oder etwa nicht? Aber es bestand kein Grund dafür, dass ihr jemand etwas antun wollte. Allein die Vorstellung war lächerlich. Sie lebte hier in Frieden mit jedermann. Einzig Judith, die Kirchenmaus ... Doch die würde niemals ...

Maren versuchte, die nutzlosen Grübeleien abzuschütteln, und konzentrierte sich stattdessen auf ihr Spiegelbild. Ohne sich dessen bewusst zu sein, korrigierte sie ihre Mimik, zog die Mundwinkel ein Stück nach oben, lächelte breiter. Die helle Beleuchtung, wie in einer Künstlergarderobe, schien ihr heute besonders erbarmungslos zu sein.

Wir merken nicht, wie wir altern, weil wir uns immer noch so sehen, wie wir uns vor Jahren im Spiegel erblickt haben, dachte sie. Das Gehirn täuscht uns über unsere Falten, die erschlaffenden Wangen und Lider und den Ansatz des Doppelkinns hinweg. Eine gnädige Täuschung, aber dennoch eine Täuschung.

Und die Menschen, die uns tagtäglich sehen, merken es auch nicht. Aber wehe, du gehst auf ein Treffen deines alten Schuljahrgangs oder zur silbernen Konfirmation! Dann siehst du, was die Zeit jedem Einzelnen antut. Dem einen früher, dem anderen etwas später. Doch ein Entkommen gibt es nicht.

Sie legte die Bürste beiseite und trat näher an den Spiegel heran. Bei ihr waren vor allem die Lider ein Problem. Sie ließen sie inzwischen müde, fast ein wenig verrucht aussehen. Das würde sie bald korrigieren lassen müssen und gleich einen Wellness-Urlaub in der Toskana anschließen – damit nicht so auffiel, dass sie sich einer Schönheits-OP unterzogen hatte. Aber dafür musste sie erst wieder etwas flüssiger sein ...

Maren Rosinski griff nach der neuen Creme, die sie sich in einem Anfall von Frust in der Parfümerie hatte aufschwatzen lassen. Die Verkäuferinnen schienen speziell dafür geschult zu sein, Kundinnen auszumachen, die gerade nicht in bester geistiger und körperlicher Verfassung waren, so wie Jäger die schwächsten Beutetiere auswählen und zur Strecke bringen. In ihrem Fall waren es achtundneunzig Euro gewesen, die sie für das Tiegelchen mit der Augencreme bezahlt hatte. Fast hundert Euro für ein bisschen Glycerin, Parfüm und jede Menge Wasser.

Was dachte sich Rudolf eigentlich? Seit ihrem Unfall – ja, es war ein Unfall gewesen! – war er kaum noch bei ihr gewesen. »Judith braucht mich jetzt«, hatte er in scheinheiligem Ton ins Telefon geflüstert, als stünde seine Ehefrau direkt hinter ihm. Dabei wusste Maren, dass er, wenn er zu Hause war, nur von seinem Arbeitszimmer aus mit ihr telefonierte. Und dann hatte er in vorwurfsvollem Ton nachgelegt: »Oder hast du etwa schon vergessen, was mit Milena passiert ist?«

Eine Frechheit! Wie sollte sie das vergessen können? Sie hatte das Mädchen schließlich auch sein kurzes Leben lang gekannt, und der Gedanke daran, dass es Mord gewesen war, versetzte sowieso ganz Weschendorf in Aufruhr! Hinzu kam, dass Milena in *ihrem* Haus gewohnt hatte und auch noch dort gestorben war.

Nicht, dass ich sie besonders gerngehabt hätte, dachte Maren und klopfte sich mit der Fingerkuppe ihres Mittelfingers die Creme unter die Augen.

Milena war ein schwieriges, wenig liebenswertes junges Mädchen gewesen. Es ging sogar das Gerücht, dass sie auf den Strich gegangen war. Wer hatte ihr das erzählt? Christian etwa? Oder hatte sich das nur irgendein Spaßvogel ausgedacht, weil es in Hinblick auf Judiths bigotte Frömmigkeit einfach eine gute Story abgab? Nein, es ist bestimmt was dran gewesen, dachte Maren. Milena hatte so etwas Billiges, Aufsässiges im Blick gehabt. Und sie hatte schamlos lügen können.

Man musste da nur an die Geschichte mit den geklauten Süßigkeiten im Tante-Emma-Laden von Weschendorf denken, den es schon seit zehn Jahren nicht mehr gab. Judith hatte ihrer Tochter nie die kleinsten Vergnügungen gegönnt, weil sie sie als sündig betrachtete. Sogar Schokolade war verpönt gewesen. Und das Ergebnis: Milena hatte sich kurz vor Ostern einfach, ohne zu bezahlen, die in Goldpapier verpackten Schokoladenosterhasen und jede Menge Ostereier in die Schultasche gestopft. Der Anruf der Ladenbesitzerin bei Rudolf Ingwers hatte nicht lange auf sich warten lassen. Von ihrem Vater zur Rede gestellt, war Milena heulend zusammengebrochen und hatte alles abgestritten. Rudolf hatte sich daraufhin furchtbar aufgeregt und die Ladeninhaberin zur Schnecke gemacht. Und am Ende? Ja, am Ende hatte man die gestohlenen Süßigkeiten in Milenas Zimmer im Bettkasten gefunden! Rudolf hatte seine Tochter gezwungen, das angeknabberte Zeug ins Geschäft zurückzubringen und sich zu entschuldigen, doch sie hatte es unterwegs in einer Abfalltonne entsorgt. Kein Rückgrat, das Mädchen, und auch keine Moral.

Was fast noch zu entschuldigen wäre, dachte Maren leicht

belustigt, wenn sie wenigstens schlau genug gewesen wäre, es vor der Welt zu verbergen. Aber Milena war gänzlich nach Judith geraten. Rudolfs Gene hatten sich höchstens bei dem rötlichen Haar durchgesetzt, das sie, da waren sich Vater und Tochter ausnahmsweise einig gewesen, beide färbten. Milena zudem dilettantisch in Rabenschwarz, was überhaupt nicht zu ihrem hellen Teint gepasst hatte. Ja, diese Tochter war für Rudolf eine Enttäuschung auf ganzer Linie gewesen. Aber war das etwa ihre, Marens, Schuld? Und als wären die Probleme mit Rudolf nicht genug, musste sie sich nun auch noch andauernd mit der Polizei auseinandersetzen, die tausend nervige Fragen stellte.

Rudolf sollte wirklich etwas mehr Verständnis für meine Situation aufbringen!, dachte Maren und knallte den goldfarbenen Cremetiegel auf die Ablage. Sie schnitt sich selbst eine Grimasse und griff zum Lippenstift. Da läutete es an der Tür.

Sie waren wieder zu zweit. Der Kriminalkommissar, den sie schon kannte, begrüßte sie mit unbewegter Miene. Broders hieß er, erinnerte sie sich. Sie hätte Mühe gehabt, sich sein Gesicht in Erinnerung zu rufen, wenn sie nach ihm gefragt worden wäre.

Er war ein mittelgroßer Mann Anfang fünfzig, mit schütterem Haar und unauffälliger Kleidung. Jemand, den man auf einer Party oder bei einer zufälligen Begegnung in der Stadt leicht übersehen würde. Wahrscheinlich pflegt er diese Unscheinbarkeit, um die Menschen, mit denen er in seinem Beruf zu tun hat, in Sicherheit zu wiegen, überlegte Maren. Seine Augen waren das Bemerkenswerteste an ihm. Ihnen entging, wie ihr schien, absolut nichts.

»Kommen Sie doch rein!«, forderte sie die Polizisten auf. »Es ist inzwischen zu warm, um draußen zu sitzen. Selbst im

Schatten.« Maren Rosinski musterte die Frau, die Broders dieses Mal begleitete. Die andere, Korittki hieß sie, war ihr im Gegensatz zu Broders nach den zwei Gesprächen noch gut im Gedächtnis. Groß und schlank, hellhäutig, blondes Haar, mit einem leicht aschigen Unterton, nicht so golden, wie ein zweitklassiger Friseur ein Blond in dieser Helligkeit färben würde. Sie könnte weit mehr aus sich machen, hatte Maren bei dem unangenehm direkten Blick aus graublauen Augen gedacht, mit dem sie von der Beamtin taxiert worden war. Aber das käme bei der Polizei wahrscheinlich gar nicht so gut an. Da stand man wohl mehr auf schnörkellose Sportlichkeit.

Die Kommissarin, die dieses Mal mitgekommen war, sah umgänglicher aus. Dunkelbraune Locken, die sie lässig hochgesteckt hatte, Haselnussaugen und Grübchen. »Juliane Timmermann«, stellte sie sich vor.

»Wir gehen am besten ins Esszimmer«, schlug Maren Rosinski vor, »da ist es vormittags am kühlsten.«

»Wie geht es Ihnen heute?«, fragte Broders, als sie alle drei Platz genommen hatten, das Aufnahmegerät zwischen ihnen.

»Sie meinen sicherlich meinen Kopf.« Maren fasste sich an die Stelle, die immer noch druckempfindlich war. »Besser. Ich spüre es kaum noch. Eine dumme Geschichte. Ist mir inzwischen fast peinlich.«

»Dass Sie jemand niedergeschlagen hat?« Juliane Timmermann wirkte erstaunt und entblößte beim Lächeln eine Reihe schneeweißer, etwas zu kleiner Zähne.

»Nein. Dass ich für so einen Aufruhr gesorgt habe. Je länger ich darüber nachdenke, desto mehr neige ich dazu zu glauben, dass ich nur gestürzt und unglücklich mit dem Kopf aufgeschlagen bin. Obwohl – wirklich erinnern kann ich mich an die Einzelheiten dieses Abends ja nicht mehr ...«

»Gestürzt? Der behandelnde Arzt ist anderer Meinung«, sagte Broders.

»Ärzte!« Maren Rosinski zog eine Augenbraue hoch. »Meine Großtante väterlicherseits hatte auch nur eine Magenverstimmung – sagte ihr Arzt. Zwei Tage später war sie tot. Oder der alte Hillmer... Kopfweh von zu vielem Saufen, war die ausgefeilte Diagnose. Aber dann litt er leider doch unter einem Gehirntumor. Judith Ingwers kann Ihnen mehr darüber erzählen. Sie hat ihren Vater zu Tode gepflegt. Vielleicht erklärt das ein wenig ihren Spleen.«

»Spleen?«

»Ihre übertriebene Frömmigkeit. Sagen Sie nicht, Sie hätten davon noch nichts mitbekommen.«

»Erst einmal zu Ihnen, Frau Rosinski. Ärzte können sich irren. Aber in Ihrem Fall ist das so gut wie ausgeschlossen. Ihre Verletzung spricht eine deutliche Sprache. Außerdem gibt es einen Zeugen.«

»Sie meinen Rudolf? Nichts gegen seine Beobachtungsgabe, doch der Mann steht gerade hochgradig unter Stress.«

»Was wollte er so spät am Abend bei Ihnen zu Hause?«, fragte Juliane Timmermann.

»Das habe ich doch alles schon ausgesagt! Er wollte mich sehen. Wir sind befreundet, das wissen Sie bereits. Vielleicht musste er auch einfach mal raus aus seinem Haus... weg von seiner Frau.«

»Und da kam er zufällig genau zu dem Zeitpunkt, als Sie im Garten zu Boden gegangen waren. Und hörte sogar noch jemanden weglaufen.« Broders' Stimme klang neutral, was die Unwahrscheinlichkeit der Aussage noch stärker hervorhob.

»Ich kann nicht ändern, dass es so passiert ist. Es war mein Glück, dass er kam.«

»Haben Sie Rudolf Ingwers seit dem Unfall noch mal gesehen?«, hakte Juliane Timmermann mit leicht schräg geneigtem Kopf nach. »Allein?«

»Ob ich... natürlich!« Nur einmal kurz beim Bäcker, dachte

sie bitter. Daran war Judith schuld. Und Milena, die arme Seele. Aber sie wollte nicht glauben, was Rudolf da gerade unterstellt wurde. Er würde niemals ... Er liebte sie. Das hatte er ihr schon tausend Mal gesagt. Der Verdacht war einfach lächerlich.

»Wer könnte, rein hypothetisch betrachtet, ein Interesse daran haben, Ihnen zu schaden?«, erkundigte sich Broders.

»Ich habe keine Feinde, wenn Sie darauf hinauswollen! Ich habe noch nie jemandem etwas zuleide getan. Und wenn Sie jetzt denken, dass Judith Ingwers das vielleicht anders sieht, dann täuschen Sie sich. Sie hat kein Interesse mehr an Rudolf als richtigem Ehemann. Vielleicht ist sie ja ganz froh darüber, dass er seine diesbezüglichen Energien ... auf mich umgeleitet hat.«

»Glauben Sie das ... oder wissen Sie es?«

»Kommt auf dasselbe hinaus. Also: Wer sollte mich schon niederschlagen wollen?«

»Derjenige, der auch Milena Ingwers getötet hat? Sie müssen zugeben, dass es gewisse Parallelen gibt. Die Vorgehensweise, der Ort, wo es passiert ist ...«

»Ich habe mit Milena Ingwers nichts gemein. Und ich bin bestimmt nur gestürzt, als ich nach meinen Pfauen schauen wollte!«

Broders sah sie nachdenklich an. Maren Rosinski fühlte, wie ihr unter seinem Blick unbehaglich wurde. »Was sind Ihre Pläne bezüglich Mordkuhlen?«, fragte der Polizist nach einer kleinen Pause.

Sie zog in gespielter Überraschung die Augenbrauen hoch und schwieg, doch er sah sie weiterhin auffordernd an.

»Das Haus ist ja nicht gerade in einem guten Zustand. Und von den Problemen mit dem Gesundheitsamt wissen Sie bestimmt auch schon«, sagte die Kriminalkommissarin. Ihr Begleiter warf ihr einen warnenden Seitenblick zu.

Juliane Timmermann hat gerade etwas zu viel gesagt, vermutete Maren Rosinski. Die Unstimmigkeit zwischen den beiden Polizisten gab ihr neuen Auftrieb. »Gesundheitsamt?«, fragte sie in unschuldigem Tonfall.

»Das Gesundheitsamt hat einen anonymen Hinweis erhalten. Auf Mordkuhlen soll es angeblich ein Problem mit Ratten geben.«

Maren Rosinski verzog das Gesicht. »Warum erfahre ich davon nicht von meinen Mietern? Mein Verwalter hier wird mit jeder Art von Schädlingen spielend fertig. Ein Anruf von Frau Seibel hätte genügt.«

»Was also haben Sie mit dem Haus vor?«, hakte Broders nach.

»Sie haben wohl schon davon gehört«, sagte Maren Rosinski mit einem kleinen Seufzer. »Ich muss verkaufen. Seit Jahren stecke ich in dieses Haus mehr hinein, als ich herausbekomme. Es ist ein Fass ohne Boden.«

Nun war es Broders, der erstaunt eine Augenbraue hob.

»Und die Mieter machen mir nichts als Ärger«, setzte Maren Rosinski aufgebracht hinzu. »Es ist ein ständiges Kommen und Gehen. Als Milena dort eingezogen ist, kam ihre Mutter zu mir und hat verlangt, dass ich sie rausschmeiße! Das steht mir alles bis hier.« Sie machte eine eindeutige Geste.

»Judith Ingwers wollte, dass Sie ihre Tochter vor die Tür setzen?«

»Ich habe nicht so genau verstanden, was sie konkret von mir erwartet hat. Es ging um Milena, so viel war klar. Um Sünde, Erbsünde und schlechten Einfluss. Sie hat mich angeschrien. Es kam zu einer hässlichen Szene hier vor der Tür. Mein Verwalter musste einschreiten, sonst wäre Judith handgreiflich geworden.«

»Und da sagen Sie, Sie wüssten niemanden, der Ihnen etwas Böses will?«, fragte Broders sanft.

»Ich kenne Judith von Kindesbeinen an. Vor der habe ich weiß Gott keine Angst.« Sie erinnerte sich an einen Abend vor etwa dreißig Jahren, als Judith vollkommen aufgelöst mit ihrem Kaninchen hier auf dem Hof aufgetaucht war. Ihr geliebter Mucki hatte eine hässliche Kopfverletzung gehabt und nur noch gezuckt. Marens Vater hatte Judith das Tier ganz sanft abgenommen und ihm hinter dem Stall das Genick gebrochen, um es von seinen Qualen zu erlösen. Warum war Judith damit zu ihnen, den Nachbarn, gekommen? Ihr Vater war, wie sie gesagt hatte, zu Hause gewesen. Damals hatte Maren vermutet, dass Hillmer zu betrunken gewesen war, um seiner Tochter mit dem Kaninchen zu helfen. Inzwischen wusste sie mehr über die Familienverhältnisse im Hause Hillmer und nahm an, dass Judiths Vater das Tier während eines Wutausbruchs verletzt hatte. Judith war schon damals immer nur das Opfer gewesen, und das würde sich wohl auch nicht mehr ändern.

»Haben Sie denn schon einen Käufer für Mordkuhlen?«, fragte Broders und riss sie damit aus ihren Gedanken.

»Äh … Nur Interessenten. Möglicherweise gibt es einen Investor. Nichts Konkretes.«

»Einen Investor? Wofür?«

Maren Rosinski suchte nach einer Ausflucht. Sie sah aus dem Fenster in ihren sonnenbeschienenen Garten. In ihrer Euphorie, dass Mordkuhlen vielleicht bald nicht mehr ihr Problem sein würde, hatte sie jetzt wohl zu viel gesagt. »Das Land, auf dem auch Mordkuhlen steht, wird nun doch in Bauland umgewandelt. Die Lage ist fantastisch. Es gibt Pläne, auf dem Gelände eine moderne, zukunftsweisende Ferienanlage zu bauen.«

»Wer sind denn die Kaufinteressenten?«

»Ich kann Ihnen die Namen und Adressen raussuchen.«

»Warum nicht jetzt gleich?«, fragte Broders.

»Ich weiß wirklich nicht, was das alles noch mit Milena zu tun hat.« Maren Rosinski erhob sich.

»Überlassen Sie das ruhig uns.«

Als Frau Rosinski aus ihrem Arbeitszimmer zurückkehrte, hatte sie mehrere Visitenkarten in der Hand. Sie schob sie Broders über den Tisch hinweg zu.

Er warf einen kurzen Blick darauf. »Und wer wird Ihrer Ansicht nach das Rennen machen?«

Sie zuckte mit den Schultern. »Noch ist alles offen.«

»Gibt es da eigentlich Probleme mit den Mietern?«

»Keine, die sich nicht lösen ließen.«

»Ach, ja... Haben Sie eigentlich ein Geländefahrzeug, Frau Rosinski?«

»Ich fahre einen SUV von Mercedes. Auf Fehmarn schneien wir ab und zu richtig ein, da sind Allrad-Fahrzeuge von Vorteil.«

»Ich meinte eher einen typischen Geländewagen. Fällt Ihnen da einer in der Umgebung ein?«

»Judith Ingwers hat einen alten Land Rover.«

»Sonst niemand?«

»Nicht, dass ich wüsste.«

»Warum hast du sie nach dem Geländewagen gefragt?«, wollte Juliane wissen, als sie wieder im Auto saßen. Sie klang gereizt.

Im besten Fall ist es die Hitze, die ihr zusetzt, dachte Broders. Ansonsten musste er wohl davon ausgehen, dass ihr seine Vernehmungsmethoden nicht sonderlich gefielen.

»Die Information lässt sich anders doch viel einfacher und zuverlässiger beschaffen.«

»Natürlich«, gab Broders zu. »Aber es ist interessant zu sehen, wie die Leute reagieren. Wer wen anschwärzt zum Beispiel.«

»Willst du nicht langsam mal losfahren?«

»Nein. Ich würde gern noch wissen, wen Frau Rosinski so überstürzt angerufen hat, kaum dass sie uns los war.« Broders hatte beim Hinausgehen durch das Glas in der Haustür gesehen, wie Maren Rosinski eilig zu dem Apparat in der Diele gegriffen hatte. Ohne seine Kollegin eines weiteren Blickes zu würdigen, stieg er aus dem Auto, ging zum Haus zurück und klingelte.

Maren Rosinski öffnete. »Oh. Haben Sie was vergessen?«

»Meinen Kugelschreiber«, antwortete er und ging an ihr vorbei. »Sie erlauben?« Er griff nach dem Telefon auf der Anrichte und hörte, wie sie nach Luft schnappte. »Ich muss kurz telefonieren«, sagte er über die Schulter zurück.

Maren Rosinskis Augen waren weit aufgerissen. »Was?! Haben Sie kein Handy oder so?«

Er drückte die Wiederwahltaste und notierte die Nummer mit seinem Kuli in seiner Handfläche. »Heißen Dank. Da ist ja auch mein Stift! Dann habe ich ihn vorhin doch in die Hemdtasche gesteckt.«

»Sie ...«

»Auf Wiedersehen, Frau Rosinski. Und weiterhin gute Besserung für Ihren Kopf.«

Maren Rosinskis Mund öffnete und schloss sich, ohne dass sie ein Wort hervorbrachte.

Als Broders sich auf den Autositz neben seine Kollegin fallen ließ, starrte Juliane ihn verdrossen an. »Was wolltest du noch mal von ihr?«

Er schilderte kurz, was sich zugetragen hatte, und zeigte ihr die Nummer in seiner Handfläche. Dann übertrug er sie in sein Notizbuch.

Juliane sah ihm mit gerunzelter Stirn zu. »Die Information ist später nicht als Beweis verwertbar«, sagte sie.

»Aber wir haben einen neuen Ansatzpunkt für unsere Ermittlungen.« Und die kleine Aktion hatte ihm Spaß gemacht. Von dem Blick, mit dem die Rosinski ihn bedacht hatte, würde er tagelang zehren. Das, dachte er, hätte Pia verstanden. Was sie wohl in Kiel zutage gefördert hatte?

Heinz Broders schob die drei Visitenkarten, die Maren Rosinski ihm gegeben hatte, auf der zerkratzten Schreibtischplatte hin und her. Er nahm einen Schluck schwarzen Kaffee, verzog das Gesicht und veränderte die Anordnung ein zweites Mal. Lag hier des Rätsels Lösung? War es so einfach? Wenn das Grundstück, auf dem Mordkuhlen lag, plötzlich eine nennenswerte Wertsteigerung erfahren hatte, weil man es nun bebauen durfte, waren die Mieter Maren Rosinski jetzt bestimmt lästig. Er vermutete, dass sie für das Haus in dem Zustand nicht viel Miete verlangen konnte. Da die Mieter dort mehr oder weniger in Eigenregie renovierten, wohnten sie wahrscheinlich für einen Appel und ein Ei. Die Frage war, ob die Rosinski sie so einfach loswerden konnte? Und wenn ja, wie lange das dauern konnte? Länger, als die Kaufinteressenten es für annehmbar hielten? Oder brauchte sie dringend Geld? Broders hatte gelernt, offen zur Schau getragenem Wohlstand gründlich zu misstrauen. Denjenigen, die finanziell richtig gut dastanden, merkte man es meistens nicht an, während die Protzer und Jetsetter sich oft am Rande eines Abgrundes bewegten. Wenn dem so war, war es Maren Rosinski vielleicht ratsam erschienen, auf die lästigen Mieter auf eher ungewöhnliche Art und Weise Druck auszuüben? Anonym das Gesundheitsamt zu informieren, falls sie sich über die Verhältnisse dort sowieso ärgerte, lag durchaus im Bereich des Vorstellbaren. Aber ein Mord?

Broders schüttelte den Kopf und ordnete die Karten noch einmal neu an. Nein, das Motiv war für einen Mord nicht einleuchtend. Maren Rosinski würde nicht einer ihrer Mieterinnen im Garten den Schädel einschlagen, in der vagen Hoffnung, dass die übrigen Bewohner dann freiwillig ausziehen würden. Lächerlich. Außerdem zeugte die Tat von Wut und Hass, ausgeführt im Affekt. Die Tatwaffe hatte, kurz bevor der Mörder zugeschlagen hatte, wahrscheinlich im Gemüsebeet gelegen, und er hatte wütend danach gegriffen und auf sein Opfer eingeschlagen.

Allerdings durften sie die Beziehung zwischen dem Opfer und Maren Rosinski auch nicht außer Acht lassen: Milena war die Tochter von Rosinskis Liebhaber. Ein altmodisches Wort, aber auf das Verhältnis der beiden passte es. Wenn sie die Tochter verletzte oder tötete, traf sie damit doch auch den Vater ... Das war noch mal ein Ansatzpunkt: Wut und Hass? Er musste das unbedingt mit Pia besprechen. Sie war bei dem letzten Gespräch mit Rudolf Ingwers dabei gewesen.

Broders stapelte die Kärtchen übereinander und klopfte sie wie ein Kartenspiel mit der Längskante auf die Tischplatte. Trotz allem, diese Kaufinteressenten sollten befragt werden. Persönlich. Zuzüglich einer gewissen Hintergrundrecherche. Er sah sich die oberste Karte an: *Christian Klarholz – Immobilieninvestment CK.*

Auf der Festnetznummer meldete sich nur eine Maschine. Dafür gehörte die Mobilnummer, die er vorhin mit Kugelschreiber auf seiner Hand notiert hatte, ebenfalls Christian Klarholz. Das war ja interessant! Es katapultierte diesen möglichen Käufer mal eben auf Platz eins der Rangliste. Schließlich hatte Maren Rosinski, unmittelbar nachdem sie sie verlassen hatten, versucht, diesen Klarholz anzurufen. Auf seinem Mobiltelefon.

Doch auch auf Christian Klarholz' Handy bekam Broders nur eine Ansage zu hören.

Na gut. Broders streckte den müden Rücken durch. Zwei weitere Anrufe noch, dann würde er für heute auch Schluss machen. Die andauernde Hitzeperiode laugte ihn aus. Er war schließlich nicht mehr zwanzig. Und die meisten seiner Kollegen hatten längst Feierabend gemacht.

19. Kapitel

Pia fragte sich, ob das wirklich eine gute Idee von ihr gewesen war. Nein, bestimmt nicht. Wieso hatte sie sich bequatschen lassen, am Wochenende zu einem Land-Rover-Treffen zu fahren? Verdammte Neugier!

Sie hatte mit Lars Kuhn verabredet, dass er nicht erst die Treppe raufkommen, sondern nur kurz vom Mobiltelefon aus anrufen sollte, wenn er vor ihrem Haus stand. Lars war noch nie in ihrer Wohnung gewesen. Und das wird er auch nicht, dachte sie.

Warum hatte sie sich nur auf diese Unternehmung eingelassen? Die am leichtesten zu akzeptierende Erklärung war, dass sie unbewusst auf die Aussicht, so vielen Geländewagenbesitzern zu begegnen, reagiert hatte. Dann wäre ihr Interesse mehr beruflicher Natur. Ein Treffen mit lauter Fahrern dieser den Ölmultis freundlich gesinnten Vehikel war ihr wie eine sinnvolle Wochenendbeschäftigung erschienen. Sie suchten immer noch nach dem Wagen, der zur Tatzeit in der Nähe des Tatortes gesehen worden war. Warum nicht das Angenehme mit dem Nützlichen verbinden, jetzt, da Hinnerk mit Felix von dannen gezogen war? Pia hatte sich ablenken und nicht in ihrer Wohnung herumsitzen wollen. Die Wetterprognose hatte den Schleswig-Holsteinern für dieses Wochenende endlosen Sonnenschein und Rekordtemperaturen versprochen.

Ihr Handy vibrierte. Vielleicht wurde sie ja doch noch zu einem Einsatz erwartet und konnte guten Gewissens absagen. Sie wusste, dass ein paar ihrer Kollegen heute arbeiteten.

»Hallo?«

»Bist du bereit, Pia?« Im Hintergrund hörte sie ein Brummen, als befände sich das Telefon hinter den Turbinen eines kleinen Wasserkraftwerks.

»Ja. Ich komme runter. Vielleicht könntest du, während du wartest, den Motor abstellen? Sonst fällt von der Vibration noch der Putz von den Fassaden. Du befindest dich hier mitten im Weltkulturerbe.«

Sie hörte ihn lachen. Immerhin. Der Motor röhrte weiter.
»Bis gleich.«

Verdammt.

»Tust du mir einen Gefallen?«, fragte Lars, als sie am Zielort, einem urwüchsig aussehenden Gelände in der Nähe von Mölln, angekommen waren. Um sie herum nur Land Rover und deren Fahrer und Beifahrer. Viele der Anwesenden schienen sich untereinander zu kennen.

»Was denn?« Pia war ausgestiegen und scannte fast automatisch die Menschen und Fahrzeuge, die hier herumstanden. Es gab mehrere blaue Land Rover ...

Lars trat direkt vor sie, sodass sie ihn ansehen musste. Sein gebräuntes Gesicht, die strahlenden Augen und das zerzauste Haar passten besser in diese Umgebung als in die sterilen Räumlichkeiten seiner Agentur.

»Vergiss für ein paar Stunden, dass du Polizistin bist«, bat er sie eindringlich.

»Oh – okay.« Pia fühlte sich ertappt. Es war ihr freies Wochenende. Sie sollte wirklich mal abschalten. Deshalb war sie doch überhaupt mitgekommen, oder etwa nicht? Nachdem sie etlichen Leuten vorgestellt worden war, schwirrte Pia der Kopf vor lauter Namen. Es wurde viel gefachsimpelt, wie bei Treffen, bei denen Menschen mit gleichen Interessen zusammenkamen, üblich. Da unterschied sich der Taubenzüchterverein nicht von den Land-Rover-Freunden. Begriffe wie »Eintonner-Felgen«, »Tough-Dog-Dämpfer« und »King Springs« flogen hin und her wie Pingpongbälle. Nach dem ersten Kennenlernen und der Begrüßung alter Bekannter schloss sich eine gemeinsame Ausfahrt an, bei der die ungewöhnliche Ansammlung von Fahrzeugen, wohl zwanzig Land Rover hintereinander, in den kleinen Ortschaften bestaunt und auch ein paar Mal fotografiert wurde.

»Lässt du mich auch mal fahren?«, fragte Pia, der die Sache allmählich Spaß zu machen begann. Sie hatten alle Fenster heruntergekurbelt und saßen im warmen Fahrtwind. Pia fühlte, dass sie, verschwitzt wie sie war, an den Sitzen festklebte. Es erinnerte sie daran, wie sie als Kind mit ihren Eltern und ihren zwei Geschwistern in den Sommerferien in einem Golf nach Spanien gefahren war. Selbstredend ohne Klimaanlage und andere moderne Errungenschaften des Fahrzeugbaus. Erwartungsfreude und eine gewisse Aufregung waren die dabei vorherrschenden Gefühle gewesen, allen Unbequemlichkeiten zum Trotz. Zum Beispiel der Tatsache, dass ihr Bruder Tom beim Tanken von dem Benzingeruch immer hatte spucken müssen oder seine Zwillingsschwester Nele auf Mitnahme eines Kuschelhasen bestanden hatte, der so groß war wie sie selbst und dessen Plüschohren Pia ständig ins Gesicht geflogen waren.

»Ich dachte, du kannst gleich mal eine Runde durchs Gelände fahren«, sagte Lars. »Das ist doch viel lustiger als auf der Straße.«

»Bestimmt.« Pia dachte an das steil abfallende, zerklüftete Gelände, eine alte Kiesgrube, auf das sie bei ihrer Ankunft am Treffpunkt schon mal einen Blick hatte werfen können. Sie überlegte, ob ihre Haftpflichtversicherung etwaige Schäden an Lars' Fahrzeug abdeckte.

»Danke übrigens«, meinte er unvermittelt und sah sie an.

»Wofür?«

»Ich habe vorhin gehört, wie du gesagt hast, du seiest Beamtin in einer langweiligen Behörde, als du nach deinem Beruf gefragt worden bist.«

»Ist doch fast die Wahrheit. Dann gibt es erfahrungsgemäß nicht so viele Nachfragen.«

»Die Story erzählst du öfter?«

»Ich rede nicht gern mit Fremden über meinen Job.«

»Wieso nicht?«

»Die nächste Frage ist meistens, ob ich eine Waffe trage, und dann, ob ich schon mal jemanden erschossen habe.«

»Würde mich auch interessieren.« Er grinste zu ihr hinüber und bog dann schwungvoll auf das Gelände des Treffpunktes ab. Die Ausfahrt war zu Ende. Die Land Rover fuhren hintereinanderher an der Kieskuhle vorbei zu einer Wiese und stellten sich in einer Doppelreihe auf wie die Kavallerie zu einer Parade.

»Übt ihr das?«, fragte Pia, während er den Dieselmotor noch ein paar Sekunden nachlaufen ließ. »Ich hatte als Kind mal Reitunterricht. Da musste man sich auch immer so aufstellen. Das war mir irgendwie zu militärisch.«

Er drehte mit der linken Hand den Zündschlüssel, und der Motor erstarb. »Gibt es auch Dinge, die du nicht hinterfragst?«

»Ja.« Sie lächelte und sprang aus dem Wagen.

Er kam um die Motorhaube herum auf sie zu. »Und zwar?«

»Das musst du selbst herausfinden.«

»Ist wohl auch besser so«, sagte er und zog sie mit sich zu einer Holzhütte am Ende der Wiese.

»Auf der Familiengrabstelle der Hillmers sind doch noch drei Plätze für Urnen frei.« Die Dame vom Friedhofsbüro sah mit ausdrucksloser Miene von Rudolf Ingwers zu seiner Frau und wieder zurück.

Judith Ingwers, geborene Hillmer, starrte an ihr vorbei auf ein Grab unter einer hohen Kiefer. Der Grabstein war ein gigantischer Findling.

»Judith, hast du gehört?« Rudolf tippte sie leicht am Arm an, und sie fuhr zusammen.

»Auf keinen Fall! Nicht das Hillmer'sche Familiengrab, das ist nichts für sie.«

Ist nichts für sie, ist nichts für sie! Rudolf rang um Selbstbeherrschung. Natürlich war das alles überhaupt nichts für Milena! Seine Tochter hier zu vergraben, das war der Horror schlechthin. Sie sollte *leben*. Sie war noch so jung gewesen, hatte alles noch vor sich gehabt. »Wir müssen zu irgendeinem Entschluss kommen, Liebes«, sagte er so sanft, dass er sich über sich selbst wunderte. Dass sich die Mitarbeiterin des Friedhofsbüros heute Zeit für sie nahm, war schon äußerst entgegenkommend, da sollten sie sie nicht länger als nötig in Anspruch nehmen. Es war wohl leichter, vernünftig zu sein, wenn jemand neben einem so abdrehte wie Judith. Sie tat ihm damit geradezu einen Gefallen. Mal abgesehen davon, dass die ganze Vorstellung mehr als peinlich war. Aber was die Frau vom Friedhofsbüro über Judith dachte, konnte ihm egal sein. Das hier war Krisenmanagement auf höchstem Niveau. Wenn er das schaffte, konnte er alles schaffen.

»Sie wird nicht neben meinem Vater begraben.« Judith hob den Kopf und blinzelte. Ihre Stimme war ungewohnt fest. »Niemals!«

»Sie können natürlich auch eine neue Grabstelle wählen. Aber die wird dann auf dem anderen Teil des Friedhofs liegen. Hier vorn ist schon alles besetzt.«

»Gestorben wird immer«, fuhr Rudolf Ingwers der alte Spruch durch den Kopf. Eine krisensichere Angelegenheit.

Ich sollte das Geschäft mit der Grabpflege noch weiter ausbauen. Laut sagte er: »Dann zeigen Sie uns doch bitte mal etwas, das infrage kommen würde.«

Er hatte vermutet, dass Judith auf der Grabstelle ihrer Eltern bestehen würde. Nicht aus lauter Liebe, allenfalls aus Pietät. Ihre Mutter hatte sie kaum gekannt. Sie war gestorben, als Judith noch sehr klein gewesen war, und ihr Vater... Sie sprach fast nie über ihn, und wenn, dann ohne jedes Gefühl. Wenn im Dorf die Rede auf den alten Hillmer kam, klang immer eine seltsame Mischung aus Respekt und Verachtung mit. Respekt für seine einsamen Leistungen auf dem Hof, Verachtung für die Art und Weise, wie lieblos er seine Tochter behandelt und mit jedermann in seiner Umgebung im Dauerclinch gelegen hatte. Rudolf selbst hatte ihn nicht mehr kennengelernt, und da Judith die Alleinerbin des väterlichen Hofes gewesen war und der Verkauf die Basis für alle weiteren Unternehmungen ihrerseits dargestellt hatte, konnte er keine negativen Gefühle für diesen Hillmer empfinden. Letzten Endes war es ihm egal, wo Milena beerdigt wurde. Sein Mädchen war tot, für immer tot.

Die Frau vom Friedhofsbüro ging ihnen voran. Jeder ihrer Schritte wirbelte Staub auf den geharkten Wegen auf, der sich auf ihre praktischen braunen Schuhe legte. Sie hatte einen Plan bei sich, den sie des Öfteren zurate zog. Schließlich blieb sie stehen. »Hier.«

Der Platz war abgelegen, fast in der hintersten Ecke des Friedhofes. Noch seltsam kahl und sehr sonnig. Rudolf sah sich um. Das Neubaugebiet des Friedhofs... Nicht so vorbelastet, wie ihm schien, die Erde noch frisch und unverbraucht. »Warum nicht?«, sagte er erleichtert. »Was sagst du dazu, Judith?«

Sie schüttelte vehement den Kopf. »Das geht auch nicht«, sagte sie mit erstickter Stimme. »So weit ab von allem.«

»Was stellst du dir denn vor?« Die Zunge klebte ihm inzwischen am Gaumen, und die Luft flimmerte.

»Etwas ... Schöneres. So wie dorthinten unter den Bäumen.«

»Tut mir leid«, erwiderte ihre Begleiterin monoton. »Sie können ja einen Baum anpflanzen. Aber das sollten Sie vorher dann mit der Friedhofsleitung abstimmen. Es ist nicht alles erlaubt.«

»Gibt es denn nicht auch noch was im alten Teil?«, erkundigte sich Judith mit schwacher Stimme.

»Sie haben dort doch die Familiengrabstelle.«

Sie drehten sich im Kreis. »Wir überlegen es uns noch einmal und rufen Sie an.« Rudolf musste Judith aus der Sonne bekommen. Er selbst brauchte eine Pause – von allem. Rudolf legte seiner Frau den Arm um die Schultern und führte sie weg.

»Du denkst, ich stelle mich an.« Judith klang anklagend.

»Es ist für uns beide sehr schwierig.«

»Du würdest Milena einfach so Seite an Seite mit meinem Vater bestatten, oder?«

»Ich kannte deinen Vater nicht.«

»Sei froh!«, murmelte sie.

Er sah sie prüfend an. Das waren neue Töne. Nicht mehr so distanziert und frömmlerisch. »War er denn so schlimm?«

»Ich weiß nicht. Ich hatte immerzu Angst vor ihm. Bis zum Schluss. Und dann war ich froh«, sie schluchzte gequält auf, »war ich so froh ...«

»Worüber?«

»Dass er endlich tot war.«

20. Kapitel

Das hat Spaß gemacht.« Pia sprang mit gerötetem Gesicht und zerzaustem Haar aus Lars' Land Rover. Das Top klebte ihr am Körper. Sie zog den feuchten Stoff ein Stück vom Körper weg, um Luft an die Haut zu lassen.

»Du warst gar nicht mal schlecht.« Lars musterte sie, die Mundwinkel ein paar Millimeter nach oben gebogen. »Ich hätte nicht gedacht, dass du es wagst, auch noch in die tiefen Schlammlöcher dahinten reinzufahren. Und du bist sogar allein wieder rausgekommen.«

»Ja, aber nur mit knapper Not. Und bei dem Hügel da vorn dachte ich, ich kippe beim Hochfahren hintüber.« Pia war immer noch beeindruckt.

»Das sieht von innen immer schlimmer aus, als es ist. Außerdem hattest du ja einen Neigungswinkelmesser dabei.«

»Der hilft mir unheimlich weiter. Speziell, wenn ich mich gerade überschlage«, sagte sie.

»Das Überschlagen solltest du vielleicht lieber mit einem anderen Auto üben. Zum Beispiel mit dem da.« Lars deutete auf einen neueren Land Rover, dessen gesamte Karosserie außen mit Metallrohren verstärkt war, die als Überrollkäfig fungierten. Er fuhr gerade langsam in das für Geländefahrten abgesperrte Terrain.

»Wem gehört der?« Nicht, dass es von besonderem Interesse gewesen wäre. Der Wagen war anthrazit metallic. Es gelang Pia noch immer nicht so ganz, den Hinweis auf einen blauen Geländewagen aus ihren Gedanken zu verdrängen.

»Ulli und Janne, glaube ich. Wirst du noch kennenlernen.

Komm, wir gehen zu den anderen! Ich bekomme allmählich Kohldampf.«

»Willst du nicht noch 'ne Runde fahren?«

»Morgen vielleicht.«

Pia hob die Augenbrauen. Es gab ein Morgen? An dieser Stelle? Darauf war sie nicht eingestellt. Sie wurde von der Verfolgung dieses Gedankens und dem, was er implizieren könnte, erst einmal abgelenkt, weil es an der Holzhütte Kaffee und selbst gebackenen Kuchen gab.

Als es etwas kühler wurde und die Sonne in einem Streifen von graurosa Dunst am Horizont versank, stellten die ersten Teilnehmer einen Grill auf. Bald darauf entzündeten zwei andere ein Lagerfeuer mit altem Paletten-Holz, das sie auf einem der Dachgepäckträger transportiert hatten. Nach und nach trafen alle Fahrzeuge wieder auf der Wiese an der Hütte ein. Das eine oder andere Zelt wurde aufgestellt.

Nach dem Essen – Lars hatte Grillfleisch und Brot mitgebracht – setzten sich Pia und er mit ein paar Leuten ans Feuer. Nicht unbedingt der Wärme wegen, sondern eher in der Hoffnung, der Rauch möge die Mücken auf Abstand halten, die in immer kürzeren Abständen ihre Attacken flogen. Pia hatte vor einer halben Stunde, einer vollkommenen Glucke gleichend, wie sie fand, mit Hinnerk telefoniert und sich vergewissert, dass es Felix gut ging. Offenbar vermisste er sie kein bisschen. Und zu Hause wartete sowieso keiner auf sie.

Sie lehnte sich an Lars. Er roch leicht nach Schweiß und irgendwie auch nach Motoröl. Pia wagte nicht, sich vorzustellen, wie sie selbst inzwischen roch. Wohl ausgesprochen lecker, wenn Mücken denn einen guten Geschmack hatten. Immer einmal wieder schlug sie nach den Insekten, wenn sie sich auf ihren Armen oder Beinen niederließen, um ihr Blut abzuzapfen.

»Fliegen die Biester hier eigentlich nur auf mich?«, fragte sie irgendwann leicht genervt.

»Sieht so aus.« Sie sah Lars im flackernden Schein des Feuers lächeln. »Bleib lieber nah bei mir, Pia. Dann spare ich mir das Mückenabwehrspray.«
»Du hast welches dabei?«
»Nein.«
Wäre auch zu schön gewesen.

Mausi kam zu spät. Patrick beobachtete sie, wie sie mit ihrem Fahrrad die kleine Anhöhe zum Biergarten hochfuhr. Ihre Wangen waren gerötet, ihre kurzen Haare zerzaust. Sie trug knappe Shorts, flache Ledersandalen und ein Trägertop. Ihr Körper war kurz und gedrungen, aber unübersehbar weiblich. Und Mausi – wie Martha allgemein genannt wurde – machte sich anscheinend nicht die geringsten Gedanken darüber, wie sie auf Männer wirkte, wenn sie sich so freizügig kleidete. Oder es war ihr egal.

Am Eingang angekommen, schwang sie ihr Bein über den Sattel und sprang ab. Sie stellte sich auf die Zehenspitzen, sah sich um und entdeckte Patrick an seinem Tisch. Mausi winkte kurz und schloss dann ihr teures Rennrad gewissenhaft am Zaun fest. Über der linken Schulter trug sie einen kleinen Lederrucksack.

»Patrick, hi!« Sie ließ sich ihm gegenüber auf die Holzbank fallen. »Ich verdurste. Darf ich?« Sie griff nach seinem Bierglas und nahm einen großen Schluck.

»Bedien dich«, sagte er etwas verspätet. »Kostet ja nix.«

»Sie waren Donnerstagmorgen da!« Mausi ging nicht weiter auf seine Bemerkung ein. »Die Bullen, meine ich.«

»Du hörst dich an wie eine fünfzigjährige Lehrerin, die gerade bei einer Routinefahrzeugkontrolle erwischt wurde«, sagte Patrick und zog sein Bier wieder zu sich heran. »Die Bullen ... Das sagen nur Leute, die noch nie mit der Polizei zu tun hatten.«

»Ach, aber du hattest schon, oder was?« Sie schüttelte verärgert den Kopf.

»Schon gut. Ich bin schlecht drauf heute. Haben sie etwa was gefunden?«

»Natürlich nicht! Nur das, was sie sehen dürfen. Alles, was mit Brogonski oder Ingwers zusammenhängt, hatten wir nach dem ersten Besuch der Polizei gleich zu Helge geschafft. Seine Eltern haben eine Schrebergartenlaube am Hasseldieksdammer Weg. Dort steht der Karton jetzt.«

»Meinst du, da sind die Sachen sicher?«

»Wer sollte denn darauf kommen? Und Helges Eltern sind zurzeit in Neuseeland. Auch nicht schlecht.« Sie seufzte leise.

»Ich weiß nicht.« Woanders war das Gras immer grüner.

Sie stand auf, um sich etwas zu trinken zu holen. Er sah ihr nach. Eine Zeit lang war er scharf auf sie gewesen. Ihre Energie und ihre Entschlossenheit hatten ihn angezogen. Aber sie wollte nichts von ihm wissen. Als Mitstreiter für die gute Sache schon, aber ansonsten nicht. Patrick wusste nichts über Marthas – oder Mausis – sexuelle Orientierung: Männer, Frauen, Schäferhunde... Es konnte alles sein. Ihre wahre Leidenschaft gehörte sowieso den Aktivitäten bei *Pomona*. Und die Bemerkung bezüglich der »Bullen« war blöd von ihm gewesen. Sie war im Zuge einer Aktion sogar schon einmal verhaftet worden, er selbst hingegen...

Patrick war sich nicht sicher, wie groß sein Enthusiasmus wirklich war. Oder ob man Leuten wie Brogonski und Ingwers dauerhaft das Handwerk legen konnte. Nur um für ein paar Unannehmlichkeiten zu sorgen, dafür war ihm seine Zeit eigentlich zu schade. Und selbst wenn es ihnen gelang, sie zu Fall zu bringen, würden andere das Geschäft übernehmen. Wo Profit zu machen war, fand sich doch immer jemand, der bereit war, gewisse Risiken einzugehen. Risiken, die nicht einmal ihn selbst betrafen. Die Zeche zahlten doch immer die anderen.

Mausi kam mit zwei frisch gezapften Pils zurück.

»Du bist ein Engel.«

»Ich weiß. Das mit deiner Mitbewohnerin Milena tut mir übrigens sehr leid. Ich habe sie zwar nur einmal getroffen, doch ...«

»Lass gut sein.«

»Es ist aber nicht gut. Es ist furchtbar. Du musst aufpassen, wenn du weiter bei diesen Leuten wohnst, Patrick. Ich sehe dich nicht gern dort. Wirklich nicht.«

»Arne und Irma sind schon in Ordnung.«

»Irgendjemand ist es nicht. Nimm dich vor allem vor Ingwers in Acht.«

»Der hat doch nicht seine eigene Tochter ... Wirklich, Mausi, du spinnst.«

»Du hast mal gesagt, dass sie ständig Streit miteinander hatten.« Sie trank ein paar große Schlucke Bier.

»Milena und ihr Vater? Ich glaube, es war eher die Mutter, die Zoff gemacht hat. Die hat eine Schraube locker.« Er schüttelte nachdenklich den Kopf. Eigentlich wusste er kaum etwas über sie.

Milena hatte ihm nicht viel über ihre Eltern erzählt. In Bezug auf die Gärtnerei war sie ihm zum Beispiel überhaupt keine Hilfe gewesen. Allein das Gezeter wegen des Schlüssels! Aber einmal hatte sie von einem Ausflug nach Lübeck berichtet. Milena hatte von ihrer Mutter etwas »Anständiges« zum Anziehen bekommen sollen. Das musste vor ihrem Rauswurf aus der Lehre gewesen sein. Als sie zusammen die Breite Straße hinuntergegangen waren, war Milenas Mutter ohne ein Wort der Erklärung plötzlich in einer Seitenstraße verschwunden. Als sie wieder aufgetaucht war, hatte sie einen knallroten Kopf gehabt und in der Hand eine große Jutetasche. Auf Milenas Nachfrage hin hatte sie erklärt, dass sie gerade drei weitere Bibeln gekauft hatte, weil sie einfach nicht hatte widerstehen können. Milena hatte gelacht, als sie ihm die Begebenheit geschildert hatte. Aber in ihren Augen hatte der blanke Horror gestanden.

Irgendwann war es nicht länger zu ignorieren. Pia musste mal. Ziemlich dringend. Am anderen Ende der Wiese gab es ein Waschhäuschen mit Toiletten. Das kleine, rot geklinkerte Gebäude sah im schwachen Mondlicht nicht gerade einladend aus.

Sie ging quer über die Wiese, an den Motorhauben der brav aufgereihten Wagen vorbei. In einem Igluzelt zwischen zwei Autos flackerte Licht. Als Pia es erreichte, kam gerade eine Frau heraus.

»Die beiden sind viel zu aufgeregt zum Schlafen«, sagte sie, als Pia kurz stehen blieb. Die Frau hieß Anne und war mit ihrem Mann Peter und zwei noch recht kleinen Kindern zum Treffen gekommen. So viel hatte Pia inzwischen mitbekommen.

»Sie müssten doch hundemüde sein, so, wie sie heute hier rumgerannt sind.«

»Müssten ...« Anne lachte. »Lars hat erzählt, du hast auch Kinder?«

»Einen Sohn. Er heißt Felix. Dieses Wochenende ist er aber bei seinem Vater.«

»Oh. Na, kann auch Vorteile haben. Da hat man auch mal Zeit für sich. Oder?« Sie stand etwas unschlüssig herum und wusste offenbar nicht, ob sie zu viel gesagt hatte. »Kommst du wieder mit zum Feuer?«

»Ich wollte gerade dahinten hin.« Pia deutete mit dem Kopf zum Waschhaus.

»Alles klar. Bis gleich dann.« Anne entfernte sich, den Kopf leicht gesenkt, den Blick auf den Lichtkegel ihrer Taschenlampe gerichtet. Eine Lampe war bei dem unebenen Untergrund gar keine schlechte Idee. Pia tastete sich weiter vorwärts.

Die Ausstattung des Häuschens untertraf ihre Erwartungen noch. Sie beeilte sich und trat bald wieder hinaus ins Freie. Nach dem Neonlicht im Innenraum des Waschhauses war Pia draußen in der Dunkelheit erst mal so gut wie blind. Sie rieb sich die Hände an ihren Shorts trocken und wartete, bis sich ihre Augen wieder an das spärliche Licht gewöhnt hatten. Sie konnte es nicht lassen: Ihr Blick glitt suchend an den abgestellten Fahrzeugen entlang. Fünf hatte sie gezählt, die in diesem typischen staubigen Taubenblau lackiert waren, zwei davon hatten ein weißes Dach. Es bestand die geringe Chance, dass der Fahrer des Wagens, den ein Zeuge am Tag des Mordes in der Nähe des Tatortes gesehen hatte, hier war. Es musste sich dabei ja gar nicht um den Täter handeln. Vielleicht war es nur jemand, der eine wichtige Beobachtung gemacht hatte.

Zwei der Fahrzeuge, die infrage kamen, hatten ein Ostholsteiner Kennzeichen. Wie die Bewohner von Fehmarn oder der weiteren Umgebung. Pia seufzte. Sie konnte schlecht fragen, wem sie gehörten. Nicht mal unter einem Vorwand. Immerhin hatte sie es Lars versprochen. Aber sie konnte sich die Beine etwas vertreten.

Langsam ging sie hinter der ersten Fahrzeugreihe entlang.

Da stand einer, ein Land Rover in Taubenblau. Und niemand weit und breit zu sehen. Die Versuchung war zu groß. Pia umrundete den Wagen langsam und tippte mangels Notizblock das Kennzeichen in ihr Mobilfunkgerät ein. Es war ein älteres Modell mit kurzem Radstand, eng zusammenstehenden Scheinwerfern und einer Oldtimer-Zulassung. Mit der Winde vorn am Kühlergrill, den Suchscheinwerfern am Dachgepäckträger und der Alukiste auf dem Dach etwas aufgemotzt. Trotz seines hohen Alters sah der Wagen so aus, als wäre er gut in Schuss. Ein Liebhaberfahrzeug. Wem er wohl gehörte?

Aus der Dunkelheit näherte sich eine schemenhafte Gestalt. Pias Herz begann, schneller zu schlagen. Sie wusste selbst nicht genau, warum. Meldete sich da ihr schlechtes Gewissen wegen ihrer Schnüffelei? Sie hatte auf dem Rückweg vom Klo doch nur einen kleinen Umweg gemacht.

»Alles in Ordnung?« Es war Lars' Stimme. Er hatte sie offenbar gesucht.

»Ja. Ich hab nur noch mal die Wagen bewundert.«

»Das glaube ich dir aufs Wort. Die Frage ist nur, warum«, sagte er und trat ein Stück näher.

Sie steckte ihr Mobiltelefon zurück in die Tasche.

»Du hast mir doch etwas versprochen.«

»Die Versuchung war einfach zu groß. Ich konnte nicht anders.«

»Versuchung, so, so. Damit kann man quasi alles entschuldigen.« Er schaute sie unverwandt an. Sie sah seine Augen glitzern, aber sie konnte den Ausdruck seines Gesichtes im Dunklen nicht erkennen. Wenn er sauer auf sie war, dann vielleicht sogar zu Recht. Das war wirklich kein gutes Benehmen gewesen.

»Ich möchte jetzt nach Hause. Kannst du noch fahren, oder soll ich mir ein Taxi rufen?«

»Auch wenn es mir schwergefallen ist: Ich habe bisher nur ein Bier getrunken. Selbstverständlich fahre ich dich. Hier gibt es keine Taxis. Wir sind im Nirgendwo.«

»Und du, fährst du danach wieder her?«

»Kommt darauf an.«

Ah, ja. Pia konnte nicht anders. Er stand so nah, dass sie seine Körperwärme spürte. Und es war so lange her. Monate, die ihr wie Jahre vorkamen. Sie hob die Hand und strich ihm leicht über die Wange. Trat so nah an ihn heran, dass sie sich ganz leicht berührten. Er legte seine warmen Hände an ihre Oberarme. Senkte ein Stück den Kopf. Ihr Herz begann wieder zu hämmern.

»Wir müssen aber auch nicht mehr fahren. Ich habe ein Dachzelt. Das gehört sozusagen zur Dauerausstattung meines Landys...« Sein Atem roch nach dem einen Bier, das er am Feuer getrunken hatte.

Nicht schlecht, fand sie, sogar ganz und gar nicht schlecht. Die Hormone rauschten durch ihre Adern wie auf einer Raftingtour nach der Schneeschmelze. Das letzte Mal, als sie so unvernünftig gewesen war, hatte es sie hinterher wochenlang beschäftigt. Nicht sehr, nur ein wenig. Winzige Knabberbisse der Sehnsucht und die uneingestandene Erwartung, dass er, Nathan, sich doch noch einmal bei ihr melden würde. Obwohl sie ihn nicht gerade nett behandelt hatte. Ganz nach dem Motto: sich nur nichts vergeben. Bloß nicht das Gesicht verlieren. Die Sache hätte sowieso keine Zukunft gehabt, so weit, wie sie voneinander entfernt wohnten. Und außerdem hatte sie sich geschworen, Felix nicht das zuzumuten, was sie selbst durchgemacht hatte. Und nun stand sie hier und wollte den Mann vor sich wider besseres Wissen küssen.

Pia fuhr zusammen. Sie blinzelte irritiert in gleißende Helligkeit. Lars riss sie zu sich heran, löste dann aber seinen Griff und sah sich um. Sie standen im blendenden Scheinwerferlicht.

»Erwischt«, sagte jemand aus Richtung des Fahrzeugs, das hinter ihnen stand. Die am Dachgepäckträger befestigten Scheinwerfer erloschen wieder, eine Fahrzeugtür klappte. Eine dunkle Gestalt, soviel man erkennen konnte ein Mann, kam auf sie zugeschlendert. »Die Versuchung war einfach zu groß.«

»Ach, du bist's! Darf ich vorstellen: Chris«, sagte Lars leicht genervt. »Chris, die Frau, die du gerade mit deinen Scheinwerfern gebannt hast, heißt Pia.«

225

»Pia? Nichts für ungut. Ich hoffe, du kannst Spaß verstehen.«

Ha, ha. Sie versuchte, sein Gesicht zu erkennen, doch ihre Augen hatten sich noch nicht wieder an die Dunkelheit gewöhnt. Dem Klang seiner Stimme nach zu urteilen, war er etwas jünger als Lars. Vielleicht Mitte dreißig. Klein, drahtig. Er trug eine Brille, deren Gläser das schwache Licht reflektierten.

»Doch, es war extrem lustig«, sagte sie.

»Kommt ihr mit zur Hütte, oder habt ihr noch was zu erledigen?« Sein Ton war süffisant.

»Wir wollten gerade gehen«, meinte Pia kühl.

»Na denn ... Man sieht sich.« Er schlenderte in Richtung Feuer davon.

»Ich war wohl unfreundlich«, sagte Pia.

»Das ist sowieso ein Idiot«, flüsterte Lars nah an ihrem Ohr.

21. Kapitel

Nach der Besprechung am Montagmorgen fand sich Pia mit Broders vor der Gärtnerei Ingwers ein. Ein junger Mann in grüner Arbeitshose rollte gerade einen Wagen mit Pflanzen nach draußen. Drinnen schlug ihnen feuchte Wärme entgegen. Es grünte und blühte, irgendwo im Hintergrund krächzte ein Papagei. Sie traten an den Tresen rechts neben dem Eingang.

»Guten Morgen, Frau Kuhnert. Wir sind mit Herrn Ingwers verabredet«, begrüßte Broders eine Frau, die gerade Blumenerde vom Tresen fegte.

»Moin.« Sie reckte den Hals, um raus auf den Parkplatz zu sehen. »Der ist aber noch nicht da. Wollen Sie warten?«

»Wir sehen uns solange um«, sagte Pia. Das war sowieso ihr oberstes Anliegen. Am liebsten wäre sie gleich mit einem Durchsuchungsbeschluss aufgekreuzt, aber die Staatsanwältin hatte sich nicht erweichen lassen. Und das, obwohl die Recherchen, was die Gärtnerei Ingwers anging, ein paar interessante Details zutage gefördert hatten. Zum Beispiel die Klage einer ehemaligen Angestellten auf Nichteinhaltung von Arbeitsschutzbestimmungen während ihrer Schwangerschaft. Die Klage war abgewiesen worden, weil die Frau nicht hatte beweisen können, dass sie ihren Arbeitgeber rechtzeitig davon in Kenntnis gesetzt hatte, dass sie ein Kind erwartete. Es war zu einer Totgeburt unklarer Ursache gekommen. Das alles lag aber schon zwei Jahre zurück, und, wie die Staatsanwältin betont hatte, es gab keine erkennbare Verbindung zischen den Vorkommnissen in der Gärtnerei und dem Mord an Milena Ingwers.

Pia ging durch eine automatische Glastür in die sich anschließenden Gewächshäuser. Obwohl die Glasflächenfenster zum Teil geöffnet waren und über ihrem Kopf ein Ventilator brummte, war es stickig und der Boden feucht. Irgendwo tröpfelte Wasser. Hinten, an einem der Tische mit Pflanzen, standen drei Frauen und zupften welke Blätter von roten, gelben und weißen Begonien. Sie sahen nicht auf, als Pia sich näherte. Sobald sie mit der letzten Pflanze auf einem der Tische fertig waren, drehten sie sich sofort zum nächsten Tisch um und fuhren dort mit ihrer Arbeit fort.

»Hallo«, sagte Pia. »Darf ich kurz stören?«

Die Älteste von ihnen, die ihr dunkles Haar mit einem Tuch nach hinten gebunden trug, sah kurz auf, ohne ihre Tätigkeit zu unterbrechen. Sie schien die vertrockneten Blättchen mit den Fingerspitzen erspüren zu können. »Ungern. Wir arbeiten. Hat es bis zur Pause Zeit?«

»Wann haben Sie denn Pause?«

»Um zehn.«

Pia sah auf die Uhr. Noch vier Minuten. Aber auch Ingwers konnte jeden Moment auftauchen.

»Pass doch auf, Ellen«, sagte die Frau zu einer jüngeren Kollegin. »Du hast schon wieder was übersehen. Die ganze Nacht rumvögeln und sich dann hier auf der Arbeit ausruhen, das läuft nicht.«

Pia wandte sich ab. Wann immer sie in Zukunft mit ihrem Job unzufrieden wäre, wollte sie sich an diese monotone Tätigkeit erinnern und dankbar sein ... Sie schaute noch in das angrenzende Gewächshaus, in der Minipflanzen unklarer Art und Gattung einem feinen Sprühnebel ausgesetzt waren. Sie las eines der Schildchen und war immer noch nicht schlauer. Ein lauter Hupton ließ sie zusammenfahren. Das Geräusch erinnerte an einen Luftschutzalarm. Sie beobachtete, wie die Arbeiterinnen sich, ohne zu zucken, umdrehten und einer

Metalltür im hinteren Bereich des Gewächshauses zustrebten. Aus dem angrenzenden Bereich mit den Gehölzen, der Blumenerde und den Pflanztöpfen kamen ebenfalls Mitarbeiter. Die ganze Szenerie hätte wie ferngesteuert gewirkt, wären da nicht auch ein paar der Arbeiter gewesen, die leise miteinander redeten, spöttische Bemerkungen machten und darüber lachten. Die meisten aber hielten den Kopf gesenkt.

Pia lief hinter ihnen her. »Einen Moment bitte.« Sie hielt der Frau, mit der sie schon gesprochen hatte, die Dienstmarke hin. »Ich muss wirklich mit Ihnen reden.«

Die Angesprochene starrte auf die Marke wie auf ein giftiges Insekt. »Fragen Sie da besser den Chef...«

»Herr Ingwers weiß, dass wir heute hier sind. Wir ermitteln im Fall seiner Tochter.«

Sie seufzte und sah sich kurz um. »Also gut. Kommen Sie mit!« Sie führte Pia einen Gang hinunter in einen kleinen Personalraum. Die übrigen Mitarbeiter mussten für ihre Pause anderswo untergekommen sein, denn hier hielt sich außer Pia und der dunkelhaarigen Gärtnereiangestellten niemand auf. Die Einrichtung bestand aus einem quadratischen Resopaltisch, zwei Stühlen, einem alten Untertischkühlschrank und einer Kaffeemaschine. Es gab kein Fenster, dafür ein Waschbecken mit einer Flasche Handwaschpaste am Beckenrand.

»Wir klären zunächst, ob Sie uns bei unseren Ermittlungen überhaupt weiterhelfen können«, sagte Pia, nachdem sie sich vorgestellt und den Namen der Frau notiert hatte. »Wie lange arbeiten sie schon für Ingwers, Frau Eckert?«

»Im Herbst zwei Jahre.«

»Haben Sie viel mit Herrn oder Frau Ingwers zu tun?«

»Wieso sollte ich? Sie ist fast nie hier, und er ist meistens in seinem Büro.«

»Kannten Sie Milena Ingwers?«

»Seine Tochter? Nur vom Sehen. Sie kam nur selten her.«

»Und Patrick Grieger?«

»Wer soll denn das sein?«

»Milena Ingwers' Freund.«

»Kenn ich nicht.«

»Die Organisation *Pomona*?«

Ute Eckert wich etwas vor Pia zurück und kniff die Lippen zusammen. »Nein.«

»Kennen Sie Nina Schrader?« Das war die Frau, die den polizeilichen Recherchen zufolge mal für Ingwers gearbeitet hatte und ihn wegen der nicht eingehaltenen Arbeitsschutzvorschriften hatte verklagen wollen.

»Dazu sage ich nichts!«

»Warum nicht, Frau Eckert?«

»Darum.« Sie starrte sie misstrauisch an. Nach einer Weile hielt sie Pias Blick nicht mehr stand. Sie räusperte sich. »Als ich hier anfing, war diese Schrader schon so gut wie weg.«

»So gut wie? War sie da noch hier oder nicht?«

»Sie hatte sich krankschreiben lassen. Aber ich hab sie mehrmals in Oldenburg beim Shoppen gesehen.«

Pia rieb sich die Stirn. »Okay. Gibt es hier jemanden, der mir mehr über Frau Schrader sagen kann? Das Ganze hatte doch sicherlich eine Vorgeschichte.«

Ute Eckert schüttelte den Kopf. »Die Leute wechseln ständig. Bis auf einige wenige, die eine Vertrauensstellung innehaben. Fragen Sie dazu besser den Chef!«

Pia musterte das müde Gesicht der Frau und bemerkte den resignierten Ausdruck in ihren Augen. »Vielleicht fällt Ihnen ja doch noch etwas ein...«

»Ich mach hier nur meine Arbeit, der Rest interessiert mich einen feuchten Dreck.« Die Art und Weise, wie sie zuvor die Kollegin zurechtgewiesen hatte, ließ das jedoch ein wenig unglaubwürdig erscheinen. Pia wartete ab. »Das hier ist sowieso nur eine Übergangslösung«, fügte Ute Eckert nach ein paar Sekunden hinzu. »Eigentlich bin ich gelernte Floristin.«

Also gut. Pia reichte ihr ihre Karte. »Falls Ihnen doch noch etwas einfällt, rufen Sie mich einfach im Kommissariat an, Frau Eckert. Danke, dass Sie mir etwas von Ihrer Pausenzeit erübrigt haben.« Pia verließ den Raum. Wusste Ute Eckert etwas, über das sie nicht reden wollte? Oder glaubte sie, etwas zu wissen? Pia hatte den Angstschweiß der Frau geradezu riechen können.

Sie traf Broders in gebührendem Abstand zu einem Papageienkäfig an.

»Wo warst du denn so lange?«, fragte er, ließ aber den Ara mit dem beeindruckenden Schnabel nicht aus den Augen.

»Ich habe mit einer Mitarbeiterin gesprochen. Allerdings ohne großen Erfolg. Ist Ingwers schon da?«

»Nein. Guck dir diesen Vogel an: Der beißt dir deinen Finger ab, als wär's ein Stöckchen. Wie er mich die ganze Zeit anschaut! Diese Augen ...«

»Das personifizierte Böse«, sagte Pia spöttisch.

»Ich hasse Vögel!«

Broders' Ausspruch erinnerte Pia an einen Kinofilm. Sie sah Mickey Rourke und Robert de Niro vor sich und erinnerte sich, dass es in diesem Film um Hühner gegangen war und irgendwelchen Voodoo-Zauber.

»Guten Morgen. Ich sehe, Sie haben schon Bekanntschaft mit Alex geschlossen.« Rudolf Ingwers stand mit einem Mal hinter ihnen.

»Kann der auch was sagen?«, erkundigte sich Broders.

»Manchmal reißt er zotige Witze. Muss am Umfeld liegen. Kommen Sie mit in mein Büro! Da können wir reden.«

Ingwers' Büro war schlicht und funktional eingerichtet. Ein kahler Raum mit einem schräg gestellten Metallschreibtisch und einem einfachen Bürostuhl dahinter. Ein grauer Aktenschrank, zwei Besucherstühle und ein offenes Regal, in dem ein paar Bücher über Pflanzen und Gartenbau standen, vervollständigten die Möblierung. Der Computer mit dem großen Bildschirm sah neu aus, die Telefonanlage hingegen ziemlich betagt. Es war der Raum eines Menschen, der keinen Wert auf Repräsentation legt, der Büroarbeit als notwendiges Übel ansieht. Die Einrichtung erzählte Pia, dass Ingwers seine Zeit lieber anderswo verbrachte. Bei seinen Pflanzen in den Gewächshäusern vielleicht? Oder an der frischen Luft?

Er zog die zwei Metallrohrstühle heran, die an der Wand aufgereiht gestanden hatten, und stellte sie vor seinen Schreibtisch. Dann setzte er sich Pia und Broders gegenüber, beugte sich über die Tischplatte und verschränkte die Finger ineinander. Der dünne goldene Ehering schnürte ihm tief ins Fleisch. Seine Miene war verhalten erwartungsvoll. »Nun?«

»Wir zeichnen das Gespräch am besten auf. Dann muss niemand mitschreiben«, schlug Broders vor.

»Tun Sie, was Sie für richtig halten.«

»Kennen Sie Patrick Grieger?«, fragte Pia ohne Umschweife.

»Ich habe es nicht so mit Namen. Helfen Sie mir bitte auf die Sprünge!«

»Der Freund Ihrer Tochter.«

»Er wurde mir nie vorgestellt, aber ich weiß jetzt, wen Sie meinen. Das ist der Student, der Milena mit nach Mordkuhlen geschleppt hat. Haben Sie ihn in Verdacht?«

»So schnell schießen die Preußen nicht«, sagte Broders.

»Wissen Sie, wo sich die beiden kennengelernt haben?«, fragte Pia.

»Keine Ahnung! Ich habe Ihnen doch schon gesagt, dass Milena sich von uns entfernt hatte. Sie wollte nicht mehr mit uns reden. Hat einfach dichtgemacht.«

»Wovon hat sie gelebt, nachdem sie ihren Ausbildungsplatz verloren hatte?«

»Verloren... Das ist gut. Sie ist *rausgeflogen*. Milena hat mich mit ihrem Verhalten bis auf die Knochen blamiert.«

»Wie haben Sie davon erfahren? Wenn Milena nicht mehr mit Ihnen gesprochen hat.«

»Zuerst rief ihre Ausbilderin mich an. Genauer gesagt, geschah das Aufkündigen des Ausbildungsverhältnisses sogar in Absprache mit mir. Irgendwo sind Grenzen, wissen Sie. Kurz darauf kam Milena bei mir an. Aber erst, als die Bank ihre Karte eingezogen hatte. Ihr Konto war bis übers Limit überzogen. Da war ich wieder gut genug. Ich sollte sie auslösen. Sie ist hier bei mir im Büro gewesen, doch sie wollte nicht über das reden, was passiert war. Sie wollte nur mein Geld.«

»Und? Haben Sie ihr etwas gegeben?«

»Nein. Ich wollte ein Mal in meinem Leben konsequent ihr gegenüber sein.«

»Vorher waren Sie nicht konsequent?«

»Ich habe immer wieder an ihre Vernunft appelliert und dann doch nachgegeben. Es ist nur eine Phase, habe ich mir eingeredet. Ich wollte nicht wahrhaben, wie weit sie sich schon von uns entfernt hatte.« Er sah auf seine Hände. »Und dann dachte ich, es ist wie mit Alkoholikern. Denen hilft man doch auch nicht, wenn man sie immer wieder auffängt. Sie müssen erst richtig im Dreck liegen, um dann aus eigener Kraft wieder auf die Beine zu kommen.«

»An welchem Tag war Milena hier bei Ihnen? Gab es da besondere Vorkommnisse?«

»Ich glaube nicht, dass ich mir den Termin notiert habe...« Er tippte auf der Tastatur herum und befragte seinen Kalender. »Aber es war Anfang Mai. Milena hatte noch ihr letztes Lehrgeld für April überwiesen bekommen und musste zum Ersten gehen.«

»Patrick Grieger hat behauptet, dass er Milena hier, in der Gärtnerei, kennengelernt hat. An dem Tag, als Sie sie abgewiesen haben und sie weinend aus Ihrem Büro gekommen ist.«

»Was? Das glaube ich nicht.«

»Warum nicht?«

»Was sollte der Typ hier gewollt haben? Pflanzen kaufen?«

»Er ist Biologiestudent und arbeitet ehrenamtlich für eine Organisation namens *Pomona*.«

»Muss man die kennen?«

»Otto Normalverbraucher vielleicht nicht. Aber Sie vielleicht schon. Die Organisation kämpft gegen den Einsatz illegaler Pestizide.«

»Oho. Und da haben Sie doch gleich mal an mich gedacht, was? Sehr einfach.«

»Warum war Patrick Grieger hier?«

»Das müssen Sie ihn schon selbst fragen.«

»Hatte er an jenem Tag einen Termin mit Ihnen?«

»Nein.«

»Und wer ist Nina Schrader?«

Bei diesem Namen zuckte Ingwers zusammen, hatte sich aber sofort wieder im Griff. »Die alte Geschichte wollen Sie jetzt auch noch ausgraben? Das hat doch nichts mit meiner Tochter zu tun.«

»Wir gehen jedem möglichen Motiv nach.«

»Frau Schrader war mal hier beschäftigt. Ich wusste gar nicht, dass sie schwanger war. Eines Tages kam sie nicht mehr zur Arbeit. Ich habe ihr das restliche Geld überweisen lassen und die Sache für mich abgehakt. Wissen Sie, das passiert hier öfter mit Aushilfen. Frau Schrader hatte Wochen später eine Fehlgeburt, und danach fiel ihr ein, dass sie mich ja mal verklagen könne. Sie behauptete, bei ihrer Arbeit in meiner Gärtnerei mit gesundheitsschädlichen Stoffen in Berührung gekommen zu sein, die das ungeborene Kind geschädigt hätten. Das sollte der Grund für ihre Fehlgeburt gewesen sein. Ich weiß nicht, wer ihr diesen Floh ins Ohr gesetzt hat. Nachdem mein Anwalt sich der Sache angenommen hatte, wurde die Klage zurückgezogen.«

»Sie wussten nicht, dass die Frau schwanger war?«

»Nein.« Er presste die Fingerkuppen gegeneinander.

»Mehr gibt es dazu nicht zu sagen?«, hakte Pia nach.

»Nachdem die Klage abgewiesen wurde, habe ich nie wieder etwas von Frau Schrader gehört.«

»Wusste Milena über die Angelegenheit Bescheid?«

»Kann ich mir nicht vorstellen. Die Gärtnerei war ihr egal. Sie hat sich nie dafür interessiert, wo das Geld herkam, mit dem ihr gemütliches Leben finanziert wurde.«

»Hatten Mitarbeiter von *Pomona* etwas mit dem Fall Schrader zu tun? Haben die Nina Schrader vielleicht beraten oder unterstützt?«

»Keine Ahnung. Ehrlich nicht.«

»Haben Sie Feinde, Herr Ingwers?«

»Nein, zumindest nicht, dass ich wüsste.«

22. Kapitel

Vom Küchenfenster aus beobachtete Irma, wie die Frau langsamen Schrittes durch ihren Gemüsegarten ging. Oder durch das, was davon übrig war, nachdem die ungewöhnliche Hitze und ein Spurensicherungsteam der Polizei das Areal verwüstet hatten. Obwohl sie die Frau nur von hinten sah, in einem formlosen, geblümten Kleid und mit dem strammen kleinen Knoten mausbraunen Haares im Nacken, wusste Irma, wer das war: Judith Ingwers, Milenas Mutter.

Was wollte sie hier? Jetzt ließ sie sich auch noch auf die Knie fallen und blieb so da hocken! Was soll ich tun?, überlegte Irma. Sie ignorieren? Hinausgehen und ihr mein Beileid aussprechen? Im Ort erzählte man sich, Milenas Mutter sei ein bisschen anders. Nicht, dass Irma viel auf das Gerede ihrer Mitmenschen gab, aber in diesem Fall konnte das nur bedeuten, dass Judith Ingwers tatsächlich ziemlich neben der Spur sein musste. Schließlich war sie die Frau von Rudolf Ingwers, Mitglied der freiwilligen Feuerwehr und des Gemeinderates, ehemaliger Schützenkönig und überhaupt. Wie verrückt musste man sein, um als Frau im Schutz dieses Mannes so einen üblen Leumund zu haben?

Milena hatte so gut wie gar nicht über ihre Eltern gesprochen. Sie wohnten im selben Ort. Sie verstand sich nicht mit ihnen. Basta. Und nun tauchte Judith Ingwers hier auf und forderte mit ihrem Benehmen Aufmerksamkeit.

Dabei konnte Irma sowieso kaum noch an etwas anderes denken. Wie auch? Hier war ein Mord geschehen, und sie wussten nicht, wer es getan hatte. Es konnte jeder von ihnen gewesen sein. Vielleicht beherbergte sie einen Mörder unter ihrem Dach! Die Zweifel fraßen sich in Irmas Bewusstsein wie eine ätzende Säure. Gestern Abend hatte sie sich dabei ertappt, dass sie vor Arnes Umarmung zurückgewichen war, weil sie plötzlich gedacht hatte, dass er mit diesen kräftigen Armen, die sie doch eigentlich vergötterte, Milena erschlagen haben könnte. Und sie hasste es, wie Patrick neuerdings im Haus herumschlich. Es konnte ja sein, dass er Milena vermisste und sich ähnliche Gedanken machte wie sie. Aber ebenso gut war es möglich, dass er seine Freundin umgebracht hatte und sich nun davor fürchtete, dass die Polizei ihm auf die Schliche kam. Sie konnte sich einfach nicht sicher sein.

Irma stellte das benutzte Geschirr neben die Spüle und schaltete den Boiler ein. Zoe saß am Tisch und knetete. Vor ein paar Tagen hatte Irma aus Mehl, Salz, Alaunpulver und Öl Knete hergestellt und sie mit Lebensmittelfarbe gelb, rot und blau eingefärbt. Inzwischen knetete Zoe eine braungrüne Masse und formte daraus seltsame Wesen mit großen Köpfen und ohne Beine. Sie steckte Streichhölzer als Stacheln in die Leiber, klebte ihnen Haare aus Wollresten an und drückte Glasmurmeln als übergroße Augen hinein. Zoe war so versunken in ihr Tun, dass ihre rosa Zunge zwischen den Lippen herausschaute. Irma sah noch mal zum Fenster hinaus.

Milenas Mutter schaute nun zum Haus herüber. Ihr Gesichtsausdruck veranlasste Irma, erschrocken zurückzuweichen. Aber sie wollte nicht weichen. Dieses Haus war immer noch ihr Zuhause! »Ich geh mal eben in den Garten, Schatz. Warte du hier!«, sagte sie zu ihrer Tochter. Der Abwasch lief ihr ja nicht weg.

Sie trat aus der Küchentür und kniff die Augen vor der gleißenden Sonne zusammen. Judith Ingwers war noch immer da. Natürlich. Dieser Tage löste sich kein Problem von allein in Luft auf. Als Irma wieder etwas mehr sehen konnte, ging sie entschlossen auf das Gemüsegärtchen zu. Judith Ingwers kniete nach wie vor im Dreck, genau an der Stelle, an der Milena gelegen hatte. Sie hielt den Kopf gesenkt und die Hände vor der Brust gefaltet wie die Jungfrau Maria vor der Krippe ... Und seltsamerweise reagierte sie überhaupt nicht, als Irma näher trat und sich schließlich räusperte.

»Es tut mir sehr leid, was mit Ihrer Tochter passiert ist«, sagte Irma. »Sie sind Judith Ingwers, nicht wahr?«

Die Frau sah zu ihr auf, die Hände immer noch vor der Brust gefaltet. Ihr Gesichtsausdruck war leer und verursachte Irma ein komisches Gefühl im Magen. »Sie wohnen wohl hier?«, fragte Judith Ingwers mit leiser Stimme.

»Ja. Ich bin Irma Seibel. Angenehm.« Was für eine dumme Floskel. Die Situation war ihr mehr als unangenehm. Sogar unheimlich. Sie wollte, dass diese Frau wieder ging. Sofort. Irmas Blick fiel auf einen welken Salatkopf, den Judith Ingwers unter ihrem Knie zerquetschte. Nicht, dass ich je wieder etwas werde essen können, das in diesen Beeten wächst, dachte sie mit plötzlicher Klarheit. Die Erde war nicht nur sprichwörtlich, sondern tatsächlich blutgetränkt.

»Sie wundern sich bestimmt, was ich hier will«, sagte Judith Ingwers mit monotoner Stimme. »Aber ich habe keinen Ort für meine Trauer. Selbst die Kirche ... Es fühlt sich nicht richtig an. Milena wollte nie in die Kirche gehen. Und der Friedhof ...« Sie schauderte. »Ist sie gern hier gewesen? Es fühlt sich so an, als wäre Milena gern in diesem Garten gewesen.«

»Ja, ist sie«, sagte Irma. »Sie hat die Beete hier eigenhändig angelegt.« Geradezu der Wildnis abgerungen. Sie hatte sich immer gewundert, wenn Milena zu Hacke und Spaten gegriffen hatte, um im Garten zu arbeiten. »Ganz der Vater«, hatte Arne das einmal kommentiert. »Das Gärtnern steckt ihr wohl doch im Blut.«

»Wer ist das?«, fragte Judith Ingwers und schaute an ihr vorbei in Richtung Haus.

Irma sah sich um. Zoe kam auf sie zu. Zögernd, offenbar wusste sie nicht so recht, was die seltsame Zusammenkunft im Garten zu bedeuten hatte. »Zoe, du solltest doch drinnen bleiben!«

Judith Ingwers erhob sich erstaunlich mühelos. »Du bist aber ein hübsches Mädchen!«, sagte sie und hielt der Kleinen einladend die Hand hin. »Und so tolle Zöpfe hast du!«

Zoe fasste sich mit einer Hand an das geflochtene rote Haar. Die andere hielt sie hinter ihrem Rücken verborgen.

Sie hat ihrer Tochter früher bestimmt auch Zöpfe geflochten, dachte Irma mit einem Blick auf Judith Ingwers. Milenas Naturfarbe war ein mattes Rotblond gewesen. Bestimmt hatte Frau Ingwers auf anständigen Frisuren bestanden.

»Was hast du da in der Hand hinter deinem Rücken, Zoe?«, fragte Irma, um irgendetwas zu sagen. »Die neue Knete wollten wir doch nicht mit raus in den Garten nehmen.«

Das Mädchen schüttelte kaum merklich den Kopf und wich einen Schritt zurück. Es stand jetzt an der Stelle, an der Milenas Füße gelegen hatten. Irma fröstelte trotz der Hitze. Genau das hatte sie vermeiden wollen. Dass Zoe im Gemüsegarten herumlief, genau da, wo...

»Zeig doch mal, was du da Schönes hast!«, schmeichelte Milenas Mutter dem Mädchen. Zoes Anblick schien sie von ihrer Trauer abzulenken. Sie war vollkommen fixiert auf das Kind.

»Darf nicht...«, wisperte Zoe. Sonst war sie nicht so schüchtern. Was war nur los mit ihr?

»Wer sagt das denn?« Irma trat einen Schritt auf ihr Kind zu.

Schulterzucken. Verstocktes Schweigen.

Nun ging es um ihre Ehre. Gerade vor Milenas Mutter, die in

ihren Augen geradezu grenzenlos versagt haben musste, wollte Irma nicht unfähig dastehen, ausgebootet und ignoriert von einer Fünfjährigen. Irma ging vor ihrer Tochter in die Hocke und sah ihr direkt in die Augen. »Wir haben doch keine Geheimnisse voreinander, Zoe. Du kannst mir alles sagen und alles zeigen. Ich möchte gern sehen, was du da hast.« Sie streckte der Kleinen die Hand entgegen, die Handfläche nach oben.

Zoe zögerte, aber nicht sehr lange. Im Zeitlupentempo führte sie ihre zur Faust zusammengepressten Finger nach vorn. Wenn sie eine Figur aus Knete mit nach draußen genommen hatte, war die jetzt nur noch ein unförmiger Klumpen. Dann würde es Tränen geben.

Irma sah, wie Judith Ingwers' Schatten über Zoe fiel, als sie sich langsam vorbeugte, um ebenfalls herauszufinden, was das Kind vor ihnen versteckte.

Die kleine Faust öffnete sich.

Zu Irmas Verwunderung lag da ein kleines Bündel, das sie noch nie zuvor gesehen hatte: ein weißes, glänzendes Gewebe, das mehrfach von einem dünnen schwarzen Faden umwickelt war. Irma nahm das Ding mit spitzen Fingern hoch, drehte es ratlos hin und her. Das Innere war fest und schwer. Irgendetwas war in den Stoff eingewickelt. »Zoe! Woher zum Teufel hast du das?«

Milenas Mutter hinter ihr gab einen gurgelnden Laut von sich. Irma drehte sich zu ihr um. Die Frau guckte entsetzt und bekreuzigte sich. Eine Geste, die man sonst nur noch in antiquierten Fernsehfilmen sieht, dachte Irma. Die Szene entbehrte nicht einer gewissen Komik.

»Was zum Teufel ist das? Wissen Sie das etwa?«

»Sie sollten Satan nicht so anrufen«, flüsterte Judith Ingwers. »Und auf gar keinen Fall hier.« Sie sah sich um.

Okay, von dieser Frau war keine Hilfe zu erwarten. »Ist das vielleicht ein Geschenk für mich?«, fragte Irma betont ruhig.

»Ich schau da mal rein, Zoe, ja?« Die Kleine schüttelte stumm den Kopf, doch Irma hatte den geknoteten Faden schon mit einem Knacken zerrissen und wickelte ihn ab. Er verhedderte sich in ihren Fingern, der Stoff fiel auseinander, graue Asche rieselte heraus, und ein herzförmiger schwarzer Stein kam ans Licht. Irma starrte ratlos darauf. Sie wusste immer noch nicht, was das war, aber es fühlte sich nicht gut an. Gar nicht gut. Und es roch seltsam: rauchig und nach Kräutern, mit einem süßlichen Unterton. »Ich will wissen, woher du das hast«, verlangte sie.

»Ich hab's gefunden. Es gehört mir.«

Immerhin: Zoe hatte ihre Sprache wiedergefunden. »Ist ja gut«, sagte Irma besänftigend. »Ich nehm es dir nicht weg.« Sie sah, dass Milenas Mutter ein paar Schritte zurückgewichen war und nun eilig durch den Garten davonging. Aber das war nicht ihre Baustelle. Sie konzentrierte sich auf ihr Kind. »Du musst mir sagen, wo du das gefunden hast, Zoe.«

»Unter meinem Kopfkissen.«

»Haben wir irgendwas gegen Klarholz in der Hand, außer, dass er ein Grundstück an der Ostsee kaufen will?«, erkundigte sich Pia.

»Nicht irgendein Grundstück, Pia. *Das* Grundstück!«

»Könntest du mich bitte aufklären, Broders, bevor ich gleich in diesem Brutofen von einem Vernehmungsraum eingesperrt sein werde und nicht weiß, warum.«

»Christian Klarholz will Mordkuhlen kaufen. Und noch ein bisschen Land drumherum. Er ist Inhaber einer Investmentfirma, die dort eine Ferienanlage bauen will. Apartments, Restaurants, Schwimmbad, Wellness ...«

»Was hat das mit unserem Mordfall zu tun? Stand Milena Ingwers ihm bei diesem Vorhaben irgendwie im Weg?«

»Nein, jedenfalls nicht auf den ersten Blick. Interessant

finde ich allerdings, dass Maren Rosinski, die Besitzerin des Grundstücks, sofort nachdem wir sie verlassen hatten, zum Telefon gegriffen und Klarholz angerufen hat.«

»Juliane hat sich deswegen bei mir über dich beklagt. Du würdest sie bei Vernehmungen ausschließen, hat sie gesagt.«

Broders schnaubte. »Entweder sie gewöhnt sich an uns, oder sie kann gleich wieder gehen.«

»Ich weiß ja nicht, ob Gabler das auch so sieht. Er hat sich mächtig ins Zeug gelegt, damit wir Verstärkung bekommen und er nicht bei jedem größeren Fall in den anderen Kommissariaten um Unterstützung betteln muss.«

»Und ich weiß nicht, ob das auch in Zukunft Gablers Problem sein wird«, meinte Broders. »Unser Neuzugang ist bestimmt nicht umsonst hier.«

»Hey, was soll das heißen?« Pia fasste Broders am Arm, um ihn daran zu hindern, in den Vernehmungsraum zu stürmen, ohne ihr eine Antwort zu geben.

Er sah vorwurfsvoll zu ihrer Hand, und sie zog sie langsam weg. »Ruhig Blut. Ist bisher alles nur Hörensagen, Engel.«

Pia vermutete insgeheim schon länger, dass Broders die Menschen durch Wände reden hören konnte. Selbst der Kaffeeautomat in der Teeküche und das Schaltbrett des Fahrstuhls schienen ihm unentwegt interne Informationen über die Lübecker Polizei zuzuflüstern. Broders saugte sie alle auf, und seine Schlussfolgerungen stimmten meistens mit der Realität überein, bevor die Entscheidungsträger selbst es wussten. Einige seiner polizeilichen Fähigkeiten waren nicht ganz so vollkommen ausgeprägt, aber er hatte noch jede Personalveränderung im Kommissariat überlebt. Pia hob eine Augenbraue. »Manfred Rist?«

»Wir werden erwartet«, sagte Broders und stieß die Tür zum Vernehmungsraum auf.

Christian Klarholz saß mit weit von sich gestreckten Beinen am Tisch und tippte etwas in sein BlackBerry. Was auch immer er da begonnen hatte, er beendete es, bevor er zu ihnen aufsah.

Pia war überrascht darüber, wie jung er aussah, jedenfalls für das Projekt, das er angeblich anvisiert hatte. Aber wer sagte, dass man für das Jonglieren mit hohen Geldbeträgen vorher irgendeine Art von Reife erwerben musste? Pia fielen seine wachsam blickenden Augen hinter der stark vergrößernden Brille auf. Sein Haar war kurz geschnitten und dünn. Es lichtete sich über der Stirn. Er trug Jeans, die er nicht selbst zerschlissen hatte, und ein Kapuzenshirt eines angesagten amerikanischen Labels. Als er ihr die Hand reichte, fiel Pia die dunkle Behaarung seiner Unterarme auf, die bis auf seine Handrücken reichte. Am rechten Handgelenk trug er eine teuer aussehende Taucheruhr.

Pia setzte sich schräg neben Broders und überließ es ihm, die ersten Fragen zu stellen. Sie war sich nicht ganz klar darüber, worauf ihr Kollege überhaupt hinauswollte.

Zunächst ging es ihm darum, die Fakten festzuhalten. Klarholz referierte nüchtern, jedoch mit unterschwellig spürbarem Enthusiasmus über die Pläne, die er mit dem Grundstück der Rosinski hatte. Vor Pias innerem Auge entstand eine exquisite kleine Ferienanlage mit eigenem Strandzugang und einer zum Charakter der Insel passenden Architektur. Apartments unter Reet, ein kleines Hallenbad und eine Wellnessoase. Worte wie »Ayurveda« und »Qigong« kamen Klarholz ebenso leicht über die Lippen wie sein eigener Name. Doch seine Stimme irritierte Pia. Gerade fragte Broders, was für ein Auto Klarholz denn fahre. Einen Porsche, außerdem einen Toyota für schlechtes Wetter ... So weit keine Überraschungen. Er musterte sie und schien dabei ein Grinsen zu unterdrücken.

»Geht hier irgendwas vor sich, von dem ich nichts weiß?«, fragte sie Klarholz direkt.

»Keine Ahnung, worauf das hier alles hinauslaufen soll«, wich er ihr aus. »Ich habe mit dem Tod des jungen Mädchens, das da unglücklicherweise auf Mordkuhlen ermordet worden ist, nichts zu tun. Ich kannte sie überhaupt nicht.«

»Sind Sie sich sicher? Ich meine, woher wollen Sie so genau wissen, dass Sie Milena Ingwers nicht kannten?« Broders beugte sich ein Stück vor.

»Nichts für ungut. Aber was soll das alles?« Klarholz sah demonstrativ auf seine Uhr.

Pia schluckte. *Nichts für ungut.* Diese Stimme. Chris – Christian ... Er konnte doch nicht ... Ein blöder Zufall? Klarholz warf ihr noch einen wissenden Blick zu.

Broders schien nichts von all dem zu bemerken. Er folgte einer anderen Spur. Vermutete er, dass Klarholz Milena Ingwers bei ihrem Nebenerwerb an der Bushaltestelle kennengelernt hatte? Und ihn dann später wiedererkannt hatte, zum Beispiel bei einer Grundstücksbesichtigung auf Mordkuhlen? Könnte sie ihn erpresst haben? Nur, womit? Oder war sie unbequem geworden. Weshalb? War es das, worauf Broders hinauswollte? Wenn Sie sich nicht täuschte, dann hatte Klarholz, zumindest was seine Fahrzeuge betraf, nicht die volle Wahrheit gesagt.

»Wir machen eine Pause«, sagte sie zu Heinz Broders. »In zehn Minuten geht es weiter«, setzte sie in Klarholz' Richtung hinzu.

»Haben Sie noch was zu erledigen?«, fragte Christian Klarholz in demselben Tonfall wie Samstagnacht und beseitigte damit Pias letzte Zweifel.

»Ich sollte nicht länger dabei sein, wenn Klarholz befragt wird«, sagte Pia, als sie in Broders' Büro standen.

»Und warum nicht, wenn ich fragen darf?«

»Weil ich ihn kenne.«

Broders grinste.

»Nur um drei Ecken, über einen Freund.« Sie klopfte unruhig mit dem Fuß gegen das Bein des Tisches, auf dem sie saß.

»Nervös?«, wollte Heinz Broders wissen.

»Nein.« Sie zwang sich, den Fuß ruhig zu halten. »Aber es ist besser, wenn dir ab jetzt jemand anders Gesellschaft bei der Vernehmung leistet.«

Broders rollte mit den Augen. »Warum hast du mir nicht gleich gesagt, dass du den Zeugen kennst?«

»Hey, ich wusste es nicht! Sein Name sagte mir nichts. Aber jetzt, da ich es weiß, habe ich keine Lust, gegen interne Dienstregeln zu verstoßen.«

»So ein Mist. Irgendwann wollte ich nämlich auch ein Mal nach Hause heute. Ich hab keine Ahnung, wer von den Kollegen überhaupt noch hier ist.«

»Rist macht bestimmt Überstunden«, sagte Pia spöttisch. Sie hatte die Neuigkeiten über Rist noch nicht ganz verdaut. »Außerdem hab ich noch eine kleine Info für dich.«

»Oh?« Broders' Miene hellte sich auf.

»Am Samstag war Herr Klarholz höchstwahrscheinlich mit einem taubenblauen Land Rover unterwegs. Wie du das aus ihm herauskitzelst, ist dein Problem. Von mir hast du es nicht.«

»Versteht sich von selbst. Und wie ich herausbekomme, mit wem du unterwegs warst, ist auch meine Sache?«

»Leck mich doch . . .«

23. Kapitel

»Ich muss heute nicht kochen!«, sagte Pia.

»Mama.« Felix strahlte.

»Richtig. Mama muss heute nicht kochen. Nur schnell noch deinen Brei. Und dann gehen wir essen.« Pia strahlte ebenfalls.

»Bei.«

Sie nahm einen kleinen Topf aus dem Schrank, bedeckte den Boden mit Wasser und setzte ihn auf den Herd. Als das Wasser kochte, gab sie die Milch und etwas später den Grieß dazu. An manchen Abenden war sie so kaputt, dass sie selbst nur noch die Reste von Felix' Abendbrei aß, den angesetzten Rest Getreidebrei aus dem Topf kratzte und womöglich mit einem Bier nachspülte. Aber heute war ein Essen im *Hieronymus* geplant. Wie lange war sie nicht mehr auswärts essen gegangen?

Halb acht war knapp kalkuliert gewesen. Sie kam erst in letzter Sekunde in der Fleischhauerstraße an – sie, die stets so fanatisch pünktlich war. Normalerweise brauchte Pia für die Strecke zu Fuß eine Viertelstunde. Die Luft war mild, es roch nach warmen Steinen, Pommes-Fett, trockenem Gras, untersetzt mit einer dezenten Note von Abgasen. Sommer in der Stadt. Viel zu schade, um mit dem Auto zu fahren. Und da Felix keine Lust gehabt hatte, still im Buggy zu sitzen, und Pia es nach kurzer Überlegung günstig gefunden hatte, wenn er sich vor dem Treffen mit Lars noch austobte, hatte sie ihn vom Dom an zu Fuß laufen lassen.

Er sammelte Steinchen, Stöckchen und Kronkorken, und als Pia sich über Letzteres nicht begeistert zeigte, versuchte er, eine Taube zu fangen. »Gack-gack!«

Wer hatte ihm denn diesen Blödsinn beigebracht? »Das ist eine Taube, Felix. Tau-be.«

»Gack-gack.« Na super. Danke, Hinnerk.

Lars musste kurz vor ihnen angekommen sein. Er schloss gerade sein Fahrrad an einem der Fahrradständer an, als sie am *Hieronymus* eintrafen. Pia ertappte sich dabei, wie sie bei seinem Anblick kurz die Luft anhielt. Er trug Jeans und ein schwarzes T-Shirt. Dass er gut aussah und vor allem sehr schöne Arme hatte, war nicht zu übersehen. Reiß dich zusammen!, befahl sie sich. Du gehst mit ihm essen. Felix hingegen hatte nur Augen für den gestiefelten Drachen und die nackte Jungfrau an der Fassade des Restaurants.

Lars richtete sich auf und entdeckte sie. »Hey, Pia.« Er lächelte. »Und da ist ja auch Felix. Hallo, Felix.«

Ihr Sohn riss sich vom Anblick des grünen Drachen los und sah von Lars zu Pia und wieder zurück. »Pa-pa«, artikulierte er ungewöhnlich klar. Pia spürte, wie sie rot wurde. Felix streckte seine kleine schmutzige Hand vor.

Lars ergriff sie und warf Pia einen belustigten Blick zu. »Er denkt, sein Vater ist ein Drache?«

»Das ist Lars, Felix«, erklärte Pia. »Kannst du ›Lars‹ sagen?«

»La-pa.«

»Bist du am Samstag noch mal zum Landy-Treffen zurückgefahren?« Pia schob den Teller mit der Vorspeise beiseite. »Oder nach Hause?«

»Ich bin in meine Wohnung gefahren. Das passte ganz gut. So war ich am Sonntagmorgen rechtzeitig auf der Baustelle.«

»Eine neue Baustelle oder immer noch Düsterbruch?«

»In der Wakenitzstraße. Nur eine kleine Wohnungsrenovierung. Das Haus in Düsterbruch ist verkauft. Gott sei Dank! Es war höchste Zeit, damit abzuschließen.«

Pia hatte Lars während einer Ermittlung in Düsterbruch kennengelernt. Er hatte dort ein altes Haus saniert, in dessen Nachbarhälfte eine Frau ermordet worden war. Eigentlich besaß er eine Werbeagentur, aber im Dreck zu wühlen und Häuser wieder herzurichten, schien seine eigentliche Bestimmung zu sein.

»Woher kommt diese Abneigung gegen den Ort Düsterbruch?«

»Du meinst, weil es so ein hübsches Dorf ist, etwas abgelegen, reizende Landschaft? Ich sollte wohl glücklich sein, dass ich in so einer Umgebung aufwachsen durfte. Aber ich habe es gehasst.« Er trank einen Schluck Bier.

»Die lieben Nachbarn?«

»Woher weißt du ...?«

Pia steckte Felix noch ein Stück Weißbrot zu und suchte nach einer Ausflucht, dankbar dafür, dass die Bedienung ihnen den Salat servierte und ihr so noch einen kleinen Aufschub verschaffte. Nach einem Blick in Lars' Gesicht beschloss sie, die Wahrheit zu sagen. »Ich hab während unserer Ermittlungen in Düsterbruch mit einem ehemaligen Polizeibeamten gesprochen. Er war bei der Suche nach der entführten Justina von Alsen dabei.«

»Ach, der hat wohl was über meinen Vater gesagt.« Lars' Stimme hörte sich gepresst an.

Pia hatte sich selbst in diese Situation hineinmanövriert. Nun musste sie auch fortfahren. »Unter anderem, dass die Nachbarn deinen Vater verdächtigt haben, am Verschwinden des kleinen Mädchens beteiligt gewesen zu sein.«

»Könnte man so sagen.« Er sah sie aus schmalen Augen an. »Hast du eine Vorstellung davon, wie es ist, wenn ein ganzes Dorf davon überzeugt ist, dass du ein Verbrechen begangen hast ... oder jemand, der dir nahesteht?«

Pia schüttelte den Kopf.

»Und die Polizei tut nichts, um die falschen Anschuldigungen zu widerlegen.«

»Dass sie nichts getan haben, kann man so nicht sagen. Der Polizist, mit dem ich geredet habe, hat sich sein Leben lang mit diesem Fall beschäftigt. Ich glaube nicht, dass es leicht für ihn war, dass sie den Fall nicht haben aufklären können.«

»Die Leute im Ort dachten jedenfalls, dass die Polizei nicht schlau genug gewesen war herauszufinden, was jeder Einzelne längst zu wissen glaubte. Hast du mal in einem Dorf gelebt, Pia?«

»Nein. Ich bin in einem Lübecker Vorort aufgewachsen.«

»Dann kannst du es dir nicht vorstellen.« Er schob ein paar Salatblätter auf seinem Teller hin und her. »Wenn mein Vater wenigstens offen beschuldigt worden wäre! Aber da waren immer nur diese Blicke. Die anderen Kinder hatten plötzlich keine Zeit oder keine Lust mehr, sich mit mir zu verabreden. Einmal hatte jemand, als wir nicht da gewesen waren, gegen all unsere Fensterscheiben gespuckt.«

»Konntet ihr nichts dagegen tun?«

»Doch.« Er lächelte böse. »Wegziehen. So ein Dorf hat seine eigenen Gesetze. Es gibt Dinge, über die weiß jeder, der zur Gemeinschaft gehört, Bescheid, doch sie dringen nicht nach außen, niemals. Eine Art stillschweigende Übereinkunft. Und obwohl wir noch mittendrin wohnten, waren wir mit einem Mal draußen. Du kannst nicht gegen etwas vorgehen, was offiziell gar nicht vorhanden ist.«

»Verstehe.« Pia steckte sich ein Stück Paprika in den Mund. Es knackte, als sie daraufbiss. »Aber irgendeine Möglichkeit muss es doch geben zu erfahren, was die Leute so denken.«

»Wenn du genügend Druck ausübst, findest du mit etwas Glück das schwächste Glied in der Kette. Oder du suchst dir jemanden, der weder richtig dazugehört noch ganz außen vor ist.« Er grinste andeutungsweise. »Von welchem Ort sprechen wir jetzt?«

»Ich kann nicht darüber reden.«

Lars sah sie neugierig an. Eine Spur mitleidig, wie ihr schien. »Gerettet«, sagte er, als die Bedienung wieder am Tisch aufkreuzte. »Da kommt unser Hauptgericht.«

Die ersten Minuten aßen sie schweigend. Erst beim Kauen und Schlucken wurde Pia bewusst, dass sie geradezu ausgehungert war. Irgendetwas lief schief in ihrem Leben. Immer nur arbeiten, nach Hause hetzen, alles auf die Reihe bekommen wollen. Und doch nie das Gefühl haben, es sei gut genug. Für Felix. Dabei sah er puppenzufrieden aus, wie er im Kinderstuhl neben ihr saß und mit seiner angelutschten Scheibe Brot spielte. Hatte Susanne recht? Maß sie sich unbewusst an einem unzeitgemäßen Mutterbild? Pia wusste, dass sich angeblich gerade deutsche Frauen schwer damit taten, Beruf und Kinder miteinander zu vereinbaren. Französinnen oder Schwedinnen hatten damit weniger Probleme. War dieses Bild der aufopferungsvollen Mutter nicht ein Relikt aus dem Nationalsozialismus? Das konnte doch nichts mit ihr, Pia, zu tun haben.

Sie betrachtete ihr Gegenüber. Lars war bestimmt auch enttäuscht gewesen, wie abrupt der Samstagabend geendet hatte. Christian Klarholz, sie war sich inzwischen sicher, dass er der »Chris« auf dem Landy-Treffen gewesen war, hatte die Situation verdorben. Nein, nüchtern betrachtet, war sie selbst es gewesen, die es vermasselt hatte. Da war die dumme Angst, sich auf einen neuen Mann einzulassen, mit den chaotischen Erfahrungen, die sie gemacht hatte. Die Chance, dass eine Beziehung dauerhafter war als die vorhergegangene, war doch ausgesprochen gering. Pia wusste noch, wie unsicher sie sich damals gefühlt hatte, als ihre Mutter aus heiterem Himmel einen Mann mit nach Hause gebracht hatte. Ein fremder Mann, der mit am Abendbrottisch saß. Eine existenzielle Bedrohung, nachdem sie in ihrem bisherigen, fünfjährigen Dasein stets die Hauptperson im Leben ihrer Mutter gewesen war.

»Ich fand es schön mit dir am Wochenende«, sagte Pia, zurück im Hier und Jetzt. Es war alles andere als der richtige Moment zum Grübeln.

Lars lächelte. »Und ich fand es schade, dass wir gestört worden sind.«

Pia nickte. Und ohne weiter nachzudenken, fragte sie:

»Der Typ mit dem blauen Land Rover, der die Scheinwerfer auf uns gerichtet hat. Kennst du den näher?«

»Nein. Wieso?«

»Ich hab ihn heute wiedergetroffen. Bei uns im Kommissariat.« Sie sah, wie er zusammenzuckte. Lars schien schon bei dem Wort »Kommissariat« innerlich Abstand von ihr zu nehmen. Aber es musste sein. »Das ist jetzt vertraulich: Es kann sein, dass er etwas mit einer unserer Ermittlungen zu tun hat.«

»Das ist deine Angelegenheit, Pia.«

»Ich wollte nur klären, ob das ein Problem ist. In Bezug auf uns, meine ich.«

»Uns?«

Ihre Augen wurden schmal. »Essen wir hier gerade zusammen, oder halluziniere ich das nur?«

»Bist du am Samstag bloß deshalb mitgekommen, weil du diesen Typen, Chris, beobachten wolltest? Observieren, oder wie nennt man das?«

»Nein! Ich hatte keine Ahnung, dass er da sein würde. Ich wusste ja nicht einmal von seiner Existenz! Ich habe nur deinetwegen im Gelände meinen Hals riskiert.«

»Tatsächlich?« Seine Gabel mit dem aufgespießten Fleischstück verharrte in der Luft.

»Ja.«

Lars seufzte und legte sein Besteck beiseite. »Guck mal, was wir angerichtet haben.«

Felix starrte mit ängstlich aufgerissen Augen auf seine Mutter. Seine Unterlippe zitterte.

Am nächsten Morgen wurde Pia schon im Polizeihochhaus erwartet.

Irma Seibel saß auf einem Besucherstuhl und studierte die Porträts gesuchter Personen an der Pinnwand gegenüber. »Gut, dass Sie kommen!«, sagte sie und reichte ihr eine kalte, weiche Hand. »Ich muss um zehn wieder in meinem Laden sein. Das wird sowieso schon knapp.«

»Wollen Sie eine Aussage machen? Soll ich noch jemanden dazubitten?«, fragte Pia auf dem Weg in ihr Büro.

»Nicht nötig. Ich will nur mal mit Ihnen reden.«

Sie bot Irma Seibel einen Platz vor dem Schreibtisch an und setzte sich ebenfalls. Es war nicht der gewohnte Start in den Tag. Ein Blick in den Computer, ein Becher Kaffee, ein kurzes Update mit den Kollegen. Dies hier war ein Kaltstart. Pia schob Unterlagen beiseite und versuchte, sich auf ihr Gegenüber zu konzentrieren.

»Ich bin besorgt«, sagte Irma Seibel.

Pia hob die Augenbrauen.

»Es geht um meine Tochter. Und um Milenas Mutter. Es fällt mir schwer, darüber zu reden. Ich bin keine Klatschtante, wissen Sie.«

»Was ist mit Ihrer Tochter?«

»Es ist nichts Konkretes. Ich dachte, Sie verstehen mich vielleicht, obwohl Sie bei der Polizei sind. Weil Sie auch Mutter sind...«

Oho. Und woher wusste sie das? »Das finden wir nur heraus, wenn Sie mir jetzt sagen, was Ihnen Sorgen bereitet.«

»Es ist der Fluch.« Sie beobachtete Pias Reaktion, und obwohl diese überzeugt war, dass sie keine Miene verzogen hatte, fuhr Irma Seibel sie sofort an: »Gucken Sie nicht so! Ich weiß selbst, dass es keine Gespenster gibt!«

»Sie meinen das Gerede über Ihr Haus? Dass seit dem gewaltsamen Tod der Vorbesitzer ein Fluch darauf liegt?«

»Die Bolts waren auch nur Mieter, genau wie wir. Und ein komischer Zufall ist es schon, dass wieder etwas passiert ist. Aber darum geht es mir nicht.«

Pia verzichtete auf eine aufmunternde Zwischenbemerkung.

»Seit Milenas Tod passieren immer wieder seltsame Dinge: Frische Milch wird vor der Zeit sauer. Gegenstände verschwinden und tauchen wieder auf. Wir haben Ratten, die wir gar nicht wieder loswerden...«

Bis auf die Ratten ist doch alles normal, dachte Pia. »Vielleicht hat sich nur Ihre Sicht auf die Dinge geändert«, sagte sie vorsichtig. »Wenn ein solches Verbrechen wie der Mord an Milena Ingwers geschieht, dann kann einen das schon nervös machen.«

»Ja, ja. Ich weiß. Selektive Wahrnehmung. Aber gestern ist Milenas Mutter zu uns in den Garten gekommen. Sie kniete mit einem Mal im Gemüsebeet. Genau dort, wo ihre Tochter gelegen hat. Ich bin zu ihr raus und hab sie angesprochen. Sie wirkte ... wie weggetreten. Es war direkt unheimlich. *Sie* war mir unheimlich.«

»Hat sie etwas Konkretes gesagt. Irgendein Anhaltspunkt, an dem wir ansetzen können?«

»Reicht es Ihnen nicht, wenn ich sage, dass sie sich seltsam aufgeführt hat?«

»Nein.«

»Also gut: Meine Tochter kam zu uns raus in den Garten. Sie versteckte etwas hinter ihrem Rücken. Ich überredete Zoe, es mir zu zeigen. Und als Frau Ingwers es sah, sagte sie etwas von ›den Satan nicht anrufen‹ und ich weiß nicht, was. Völlig verrückt.«

»Dass sie an die Existenz Satans glaubt, ist noch kein zuverlässiges Zeichen dafür, dass Judith Ingwers den Verstand verloren hat«, meinte Pia. Aber man sollte dem nachgehen, dachte sie.

»Es fehlte nicht viel, und sie hätte Schaum vor dem Mund gehabt. Wie dieser Geisterbeschwörer!«

Pia nickte. Ektoplasma, dachte sie. Sie hätte zu gern gewusst, wie dieser Aleister das mit dem Schaum gedreht hatte. Vielleicht eine chemische Reaktion wie bei einer Cola-Bombe? Laut fragte sie jedoch: »Wie bitte?«

Eher widerstrebend berichtete Irma Seibel von der Séance in ihrem Haus. Pia hörte sich ihre Schilderung aufmerksam an. »Also gut«, sagte sie schließlich. »Wir werden dem nachgehen. Doch etwas interessiert mich noch. Was hatte Ihre Tochter denn in der Hand, das diese Reaktion bei Milenas Mutter hervorgerufen hat?«

»Oh, warten Sie!« Irma Seibel nahm einen in Zeitungspapier gewickelten Gegenstand aus der Tasche und legte ihn behutsam auf den Schreibtisch.

Pia zog Handschuhe aus der untersten Schreibtischschublade und streifte sie über. Irma beobachtete sie mit unbewegter Miene. Pia faltete das Papier auseinander. Vor ihr lag ein mattschwarzer Stein in der Größe eines halben Daumens. Drumherum graue Ascheflöckchen, weißes, zerknittertes Gewebe und ein Gespinst aus schwarzem Garn. Pia hob den Blick von ihrer Schreibtischplatte und sah Irma Seibel irritiert an. »Was ist das?«

»Das frage ich Sie.«

24. Kapitel

»Das sieht mir aus wie die Bestandteile eines Amuletts«, sagte der Sektenbeauftragte der Nordelbischen Kirche.

»Nüchtern betrachtet, sind es ein schwarzer Stein und ein Fetzen Stoff.« Pia saß in seinem Büro, eine Tasse goldgelben Tees vor sich. Sie war froh, so kurzfristig einen Termin bei diesem Mann bekommen zu haben. Die Richtung, in die der neue Hinweis deutete, machte sie allerdings überhaupt nicht froh.

»Die Frau, die es gefunden hat, hat Ihnen gesagt, dass der Stein in dieses weiße Stück Stoff eingewickelt gewesen ist?«

»Genau. Der Stein soll in den Stoff eingeschlagen und mehrfach mit dem schwarzen Faden umwickelt gewesen sein. Und darin befand sich noch eine graue Substanz. Die Asche von irgendwas. Ein Teil davon wird aber schon bei uns im Labor untersucht.«

Der Mann nahm eine Lupe aus der Schreibtischschublade und betrachtete den Stein. »Wahrscheinlich ein Schwarzer Turmalin, vielleicht auch ein Hämatit, ein Blutstein oder eine Apachenträne. Diesen Mineralien, besonders dem Schwarzen Turmalin, werden Schutzeigenschaften zugesprochen. Schon die alten Ägypter glaubten an seine Wirkung als ›Blitzableiter‹ vor negativen Einflüssen wie Vergiftungen, Erdstrahlen, Neid, Hass, Missgunst und auch schwarzer Magie oder satanischer Magie.«

»Ein Amulett gegen satanische Magie?«

»Amulette sollen immer vor etwas schützen, während ein Talisman etwas Positives anziehen soll«, referierte der Sektenbeauftragte.

»Die Frau, die es mir gegeben hat, hat das Amulett von ihrer fünfjährigen Tochter, und die hat es angeblich unter ihrem Kopfkissen gefunden.«

»Oh ... interessant.«

Irma Seibel hätte ein anderes Adjektiv benutzt. »Das Amulett ist in Zusammenhang mit einer Mordermittlung aufgetaucht«, sagte Pia und sah in die wasserblauen Augen des Mannes. »Die Mutter des kleinen Mädchens ist beunruhigt. Ich muss wissen, womit wir es hier zu tun haben.«

Er seufzte und verschränkte die Hände auf der Schreibtischplatte. »›Satanismus‹ – mit dem Begriff sind die Leute schnell bei der Hand. Aber ein Amulett ist noch kein sicherer Hinweis auf die Existenz irgendwelcher Teufelsanbeter. Ist Ihnen in diesem Zusammenhang sonst noch etwas zu Ohren gekommen?«

»In dem Haus auf Fehmarn, in dem Mutter und Tochter wohnen, ist ein Mord geschehen. Und es hat ein paar Tage später eine Art Séance stattgefunden ...« Pia rutschte auf dem glatten Stuhl hin und her.

»Wer hat die Séance abgehalten?« Der Sektenbeauftragte klang nun etwas wacher.

»Ein Mann namens Frank Albrecht. Er nennt sich Aleister.«

»Aleister – nach Aleister Crowley? Oh, oh. Ich glaube, von dem Typen habe ich schon gehört. Von Frank Albrecht, von Crowley sowieso. Warten Sie.« Er zog die Tastatur zu sich heran und begann zu tippen.

Pia nippte an ihrem Tee. Die Luft war schwül, fast zähflüssig.

»Da haben wir ihn: Frank Albrecht. Wir sind schon ein paar Mal auf ihn hingewiesen worden, aber der Mann gehört keiner sektenähnlichen Gruppierung an. Nichts, was auf verbotene Aktivitäten hinweist. Man kann schließlich niemandem verbieten, diese sogenannten Séancen abzuhalten. Was er treibt, ist im Grunde Betrug. Doch er scheint keinen weiteren Vorteil daraus zu ziehen als die Aufmerksamkeit, die er mit seinem Schauspiel erregt.«

Pia nickte. »So ähnlich habe ich ihn auch eingeschätzt, aber ich wollte sichergehen. Was soll ich der Mutter sagen? Wie soll sie sich verhalten?«

»Hm. Es wäre gut zu wissen, wer dem Kind das Amulett untergeschoben hat, und denjenigen im Zweifelsfall von ihm fernzuhalten.«

»Im weiteren Umfeld des Kindes gibt es auch eine Person, die einem speziellen christlichen Gesprächskreis angehört. ›Gebets- und Bibelkreis Wagrien‹ ist der Name. Sagt Ihnen das etwas?«

Die Pupillen seiner blauen Augen schienen sich kurz zusammenzuziehen. Das war die einzige erkennbare Reaktion.

»Der Bibelkreis Wagrien ist uns bekannt. Das ist aber keine Sekte, und Satanisten sind das schon gar nicht.«

»Die Person hat recht heftig auf den Anblick des Amuletts reagiert. Angeblich hat sie gesagt, man solle Satan nicht anrufen oder so ähnlich. Können Sie mir dazu noch etwas sagen?«

»Nein. Entschuldigen Sie bitte. Ich habe gleich noch einen Termin.«

Maren Rosinski saß auf der Sonnenterrasse vor ihrem Lieblingscafé in Burg. Die Inhaberin, die sie persönlich kannte wie fast alle Geschäftsleute in Burg, hatte ihr gerade einen großen Milchkaffee und zwei frisch belegte Bagels serviert. Maren Rosinski zelebrierte diesen Cafébesuch: Feierabend! Von hier aus hatte sie den Marktplatz vor sich liegen und konnte sehen, wer kam und ging. Die »Terroristen«, wie die Touristen manchmal scherzhaft genannt wurden, genauso wie die Einheimischen. Die Besitzerin des gegenüberliegenden Geschäftes wiederum, das wussten die Einheimischen, hatte die Gäste des Cafés hervorragend im Blick. Hier ging einem niemand durch die Lappen.

Vielleicht treffe ich ja noch jemanden, den ich kenne, dachte Maren Rosinski. Zum Beispiel einen der ortsansässigen Bauern, mit denen ich als junges Mädchen mal »gegangen« bin. Die Söhne und Erben von damals bewirtschafteten heute mit Ehefrauen und Kindern ihre großen Höfe.

Einer von ihnen kam ebenso gern hierher wie sie. Maren hatte mal beobachtet, wie er vor dem Café seine dreckigen Gummistiefel ausgezogen hatte und auf Socken eingetreten war. Es waren einige nette Typen darunter gewesen. Meldete sich da etwa so was wie Wehmut? Maren erinnerte sich an die berüchtigten Rapsblütenfeste, an die Diskothek *Resi* und daran, wie oft sie nach einem Clubabend noch betrunken an einen der Strände gefahren waren. Ich hätte bestimmt auch in die Fehmaraner High Society einheiraten können, dachte sie zynisch. Warum habe ich eigentlich nie das getan, was gut für mich war?

Sie kostete durch den Milchschaum hindurch den ersten Schluck Kaffee. Der war gut. Sie musste versuchen, sich zu entspannen und an etwas Angenehmes zu denken. Der Friseurtermin war nervig gewesen und hatte sich hingezogen. Es kam ihr so vor, als brauchte die frische Farbe immer länger, bis sie die nachgewachsenen grauen Strähnen überdeckte. Dabei hatte sie schon auf die Kurpackung verzichtet. Ein spontaner Entschluss, als sie, den Kopf nach hinten gelehnt, am Waschbecken gesessen hatte und die Friseurin, eine Neue übrigens, stundenlang warmes Wasser über ihre Kopfhaut hatte laufen lassen, so lange, dass es an den Ohren kitzelte.

»Wie Sie wünschen«, war der Kommentar dazu gewesen.

Unausgesprochen klang mit: keine Kurpackung? Na schön, dann eben nicht. Sie werden schon sehen, was Sie davon haben!

»Und etwas kühleres Wasser bitte. Das wird ja immer heißer. Wollen Sie mich verbrühen?«

»Ist es so besser?« Der Wasserstrahl war nun kalt.

»Das ist ja eisig! Seien Sie doch vorsichtig! Das reicht jetzt mit dem Spülen. Ich habe noch Termine!«

Die Friseurin stellte das Wasser ab. »Soll ich Ihnen das Haar föhnen, oder wollen wir es aufdrehen?«, fragte sie mit der professionellen Geduld einer leidgeprüften Frau.

»Über die Rundbürste föhnen! Oder bin ich für Sie der klassische Lockenwickler-Typ?« Für wie alt hielt die Frau sie?

Die Friseurin hatte nur mit den schmalen Schultern gezuckt. Kommentarlos hatte sie ihr das klatschnasse, frisch gefärbte Haar in ein Handtuch gewickelt, es zu einem wenig schmeichelhaften Turban gedreht und sie an ihren Platz geleitet. Dann war der grobzinkige Kamm zum Einsatz gekommen. Autsch. Und das Ergebnis der stundenlangen Prozedur: Sie sah aus wie immer.

Marens Handy piepte. Sie wühlte in ihrer geräumigen Handtasche und zog es hervor. Eine SMS:

19 uhr am leuchtturm staberhuk. Ruf mich nicht zurück! Es ist wichtig. In liebe, rudolf.

Sie sah auf die Uhr. Wenn sie noch in Ruhe essen und trinken wollte und die Fahrtzeit zum Leuchtturm berücksichtigte, würde sie es nur mit knapper Not bis neunzehn Uhr schaffen.

Was war nur so wichtig? Warum diese SMS? Treffen am Staberhuk? Sie kannte Rudolf schon lange, aber eine romantische

Aber hatte sie bisher noch nicht an ihm entdeckt. Höchstens das, was Männer sich unter Romantik vorstellen und anwenden, wenn sie schnell mit einer Frau ins Bett wollen: Kerzenlicht, rote Rosen, *Dinner for two* oder ein Luxushotel in der Karibik. Gut, Karibik wäre akzeptabel. Aber was wollte Rudolf mit ihr am Leuchtturm? Auf jeden Fall würde es zeitlich eng werden. Die Fahrt von hier dauerte eine halbe Stunde, mindestens. Und Rudolf war immer so übertrieben pünktlich. Sie sollte ihn keinesfalls zurückrufen? Kontrollierte Judith neuerdings auch sein Handy?

Auf der Fahrt zum Staberhuk im Südosten der Insel spielte Maren Rosinski alle möglichen Szenarien in ihrem Kopf durch. Rudolf wollte Schluss machen. In letzter Zeit hatte er sich ihr gegenüber ohnehin seltsam benommen. Er hatte sie seltener besucht als sonst. Im Bett war er ihr einmal fast abwesend vorgekommen. Sie hatte sich eingeredet, dass es an den laufenden Ermittlungen lag, dass Milenas Tod und auch Judiths Benehmen in den letzten Tagen einfach einen Großteil seiner Energie absorbiert hatten.

Judith ist in dieser Beziehung wie ein schwarzes Loch, dachte Maren. Ist sie immer gewesen. Maren gefiel der Vergleich. Man schaute in Judiths Gesicht, in ihre Augen ... und schauderte angesichts der Leere darin.

Maren erinnerte sich, wie sie einmal als Schülerin bei Judith zu Hause gewesen war – um was zu tun eigentlich? Richtig. Sie hatte etwas in der Schule versäumt und wollte sich Unterlagen bei Judith abholen. Wenn man in einem Dorf wohnte, meinten die Lehrer, man müsse automatisch miteinander befreundet sein. Im Haus der Hillmers war es eisig kalt gewesen. Und still. Judith hatte geflüstert. Maren hatte damals angenommen, Judith müsse erfreut sein, sie, Klassenstar und Ringreitturnier-

Königin, bei sich zu Hause zu sehen. Aber das Gegenteil schien der Fall gewesen zu sein. Judith hatte sie so schnell wie möglich wieder loswerden wollen. Die Begründung war gewesen, dass Judiths Vater Mittagsschlaf halte und nicht gestört werden solle. So richtig mit Hosen aus, auf der Couch im Wohnzimmer, pflegte er mittags zu ruhen, hieß es im Dorf. Da wusste man ja immer alles voneinander. Maren war es eigentlich ganz recht gewesen, so schnell wieder hinauskomplimentiert zu werden. Sie hatte Angst vor dem alten Hillmer gehabt. Kein Wunder, dass Judith so verhuscht war! Dabei hätte sie richtig hübsch aussehen können – damals ...

Nein, Rudolf konnte Judith nicht ihr vorziehen! Niemals. Er hatte selbst immer wieder gesagt, dass ihn ihre Kälte abstieß und ihre Bigotterie in den Wahnsinn trieb. Und Milena konnte er nun auch nicht länger als Grund vorschützen, an seiner Ehe festzuhalten. Er würde Farbe bekennen müssen. Rudolf ... Bestimmt wollte er ihr heute sagen, dass er sich von seiner Frau trennen würde. Und sie würde Mordkuhlen endlich an Christian verscherbeln, sodass sich Rudolf von Judith freikaufen konnte.

Oder gab es Neuigkeiten über den Mord? Irgendwelche Ermittlungsergebnisse, die er ihr unbedingt unter vier Augen mitteilen musste? Brauchte er gar ihre Hilfe? Sie rief beim Fahren die SMS noch einmal ab. Er musste in großer Eile gewesen sein, als er sie geschrieben hatte. Oder sonst wie unter Stress gestanden haben. Dass er auf Großschreibung verzichtete – er, der sogar einen neu erschienenen Duden überprüfte und seine Verbesserungen an den Verlag schickte. Wollte sie wirklich mit so einem Mann zusammen sein? Mit ihm leben, nicht nur mit ihm ins Bett gehen? Sie würde sich gut überlegen müssen, was sie ihm heute sagte. Nur nichts überstürzen! Immerhin wartete sie seit zwei Jahren auf ihn, da würden ihm ein paar Tage Bedenkzeit auch mal ganz guttun.

Maren fuhr zügig die schmale Straße hinter Staberdorf hinunter, die zu beiden Seiten von Büschen und Bäumen flankiert wurde, und passierte dann die Abfahrt zum Gut Staberhof. Kurz darauf tauchte vor ihr, unterhalb eines abgeernteten Feldes, die Ostsee auf. Maren sah zwei weiße Segelschiffe mit geblähten Segeln, dahinter ein Containerschiff. Sie selbst war nie gern gesegelt, obwohl das auf Fehmarn dazugehörte. Segeln, Reiten oder wenigstens Surfen. Trotzdem war sie hier glücklich aufgewachsen. Sie hätte sich auf den zahllosen Reiter- oder den berüchtigten Hektarbällen einen Mann aus einer der Bauerndynastien suchen und ihn heiraten sollen. Dann hätte sie jetzt bestimmt einen Ferienhof oder wenigstens ein Bauerncafé. Das war ihre Bestimmung gewesen. Stattdessen fuhr sie zu einem abendlichen Treffen mit einem verheirateten Mann am Arsch der Welt – am Staberhuk.

Vor sich sah sie nun den gedrungenen Leuchtturm aus den Baumkronen ragen.

Maren fuhr bis ans Tor des Leuchtturmgeländes, setzte rückwärts und stellte den Wagen auf dem Wendeplatz ab. Sie war allein hier. Einem Schild zufolge, das vor dem Zaun auf dem Boden lag, durfte man hier nicht einmal parken, aber das war ihr egal. Sie stieg aus und atmete tief durch. Weshalb war sie so nervös? Ein Windstoß wehte ihr das penetrant nach Friseur-Chemie riechende Haar ins Gesicht. Sie trug es selten offen. Tagsüber eigentlich nur, wenn sie direkt aus dem Bett oder eben vom Friseur kam. Die Meinung der Dorfbewohner saß tief: Anständige Frauen hatten »flotte« Kurzhaarschnitte oder banden ihr Haar zusammen. Insbesondere wenn sie älter als dreißig waren.

Es war erst kurz vor sieben. Sollte sie hier oben auf Rudolf warten oder lieber vorn am Wasser? Sie wollte nicht wie bestellt und nicht abgeholt am Wagen stehen. Wahrscheinlich wartete Rudolf unten am Wasser auf sie und sah dabei immer wieder demonstrativ auf seine Armbanduhr. In diesem Fall musste er allerdings zu Fuß hergekommen sein. Oder mit dem Fahrrad.

Sie entschied sich für den Trampelpfad, der links am Leuchtturmgelände vorbeiführte. Die schmalen Absätze ihrer Sandalen waren für sandigen Untergrund denkbar schlecht geeignet. Marens Fußgelenke zitterten, um die Unebenheiten auszugleichen. Und unten, auf den großen Steinen, würde sie sich die Schuhe ruinieren. Hoffentlich hatte Rudolf einen guten Grund für diesen Treffpunkt!

Maren sah Plastikflaschen, die gegen den Zaun geweht worden waren. Da lag ein verlorener Badeschuh und weiter vorn, neben dem Wendeplatz im hohen Gras, ein Stück rostigen Drahtes. Die Touris ließen ihren Müll zurück – und Geld in den Kassen der Hoteliers, Restaurant- und Imbissbudenbetreiber. Maren dachte an Mordkuhlen und ihre Pläne ... Sie musste verkaufen! Dieses Haus hatte bisher noch keiner Menschenseele Glück gebracht.

Nicht, dass sie an den lächerlichen Fluch glaubte, der auf Mordkuhlen lasten sollte. Sie war ein durch und durch vernünftiger Mensch. Und sie brauchte das Geld. Das Gerede über einen Fluch war doch nur entstanden, weil der Tod der Familie Bolt die Leute erschreckt hatte und an ihren eigenen, höchst fragilen Lebensgebäuden rüttelte. Wenn man sich einredete, dass der böse Fluch eines Seemannes dahintersteckte, gab man dem sinnlosen Morden einen Grund und einen Platz, wo man es ruhigen Gewissens einordnen konnte. Dann betrafen die Todesfälle einen selbst viel weniger.

Obwohl ... Ihre eigene Tante sollte auch als Kind verflucht worden sein. Von einer Zigeunerin. Das sagte man heute nicht mehr. Es hieß »Roma« oder »Sinti«. Ihre Tante hatte auf dem Hof ihrer Eltern gespielt, dort, wo Maren selbst jetzt lebte, als diese fremde Frau vorbeigekommen war. Sie hatte Pilze verkaufen und bei der Gelegenheit dem Kind, ihrer Tante, aus der

Hand lesen wollen. Als die Kleine ängstlich die Hände hinter dem Rücken versteckt hatte, war die Frau wütend geworden und hatte ihr ein Unglück prophezeit und gesagt, sie solle auf ihre Augen aufpassen ... Warum eigentlich gerade auf die Augen? Aber wie dem auch sei – Marens Tante war angeblich ein halbes Jahr nach diesem Vorfall an einer Hirnhautentzündung gestorben. Ihre Mutter hatte Maren mal erzählt, dass sie ihre Schwester, als die schon sehr krank gewesen war, vor Schmerzen hatte schreien hören. »Meine Augen tun so weh!«, sollte sie immer wieder gerufen haben.

Sie blickte zum Leuchtturm hinüber. Das Gelände hinter dem Zaun lag schon im Schatten. Die Tage wurden wieder kürzer. Je weiter sie ging, desto deutlicher hörte sie das Rauschen des Wassers. Der Staberhuk war die südöstlichste Spitze Fehmarns. Hier wehte fast immer ein frischer Wind. Trotz der noch annehmbaren Temperaturen kroch Maren mit einem Mal eine Gänsehaut die Arme hinauf. Maren zögerte einen Moment, bevor sie den Pfad zwischen den Bäumen hindurch hinunter zum Ufer einschlug. Sie war ganz allein. Wo Rudolf nur blieb? Es war schon fünf Minuten nach sieben. Ich, die Möwen und das Meer, dachte Maren missmutig. Nein, ich, die Möwen, das Meer und ein einsamer Spaziergänger ... Es war nicht Rudolf, das erkannte sie an seiner Haltung. Auf weite Entfernungen waren ihre Augen noch gut. Der Mann stieg langsam über die Steine, hielt den Kopf gesenkt. Er trug eine dunkle Hose, Stiefel und einen Kapuzenpullover. Die Kapuze hatte er gegen den Wind über den Kopf gezogen, die Hände in den Taschen versenkt.

Was er wohl hier wollte? Einen Liebesbrief lesen? Seinen Frust in den Wind schreien? Den Kopf freibekommen? Sie wich ein Stück zurück in den Sichtschutz der Bäume. Noch fünf Minuten, länger würde sie Rudolf nicht geben. Was für eine bescheuerte Idee: eine SMS mit einer Uhrzeit und einem

Treffpunkt. Und wenn die Nachricht gar nicht von Rudolf gekommen war? Doch er rief immer mit unterdrückter Nummer an. So war auch die SMS angekommen. Bisher hatte Maren das nur unhöflich bis neurotisch von ihm gefunden. Jetzt dachte sie, dass es auch verwirrend sein konnte.

Nein, sie wollte nicht länger warten. Seit der Geschichte mit den Pfauen predigte Rudolf ihr, abends nicht mehr in den Garten zu gehen und nicht mehr ohne Begleitung in der Gegend herumzulaufen. Und nun stand sie hier.

Das Wasser sah rau und kalt aus, wie es gegen die großen Steine klatschte. Die tief hängende Wolkendecke täuschte eine verfrühte Dämmerung vor. Unter den dicht stehenden Bäumen am Ufer war es fast schon dunkel. Was wollte sie hier? Das war doch lächerlich. Sie drehte sich um und ging, etwas eiliger als eigentlich nötig, den ansteigenden Pfad zurück in Richtung ihres Autos. Wenn niemand sie hier sah, wäre es fast so, als wäre sie gar nicht auf die SMS hereingefallen. Sie würde nach Hause fahren, sich einen schönen Valdepenas einschenken und den Vorfall einfach vergessen.

Da hörte sie es. Trotz des Rauschens des Meeres hatte der Wind ein Geräusch zu ihr getragen, das hier nicht hingehörte. Ein Schnaufen oder Hüsteln? War der Mann, den sie eben noch am Ufer gesehen hatte, jetzt hinter ihr? Sie sah sich um, konnte zwischen den Bäumen jedoch niemanden sehen.

Was sie dann tat, war Instinkt, keine bewusste Entscheidung. Maren Rosinski hob einen Fuß nach dem anderen und streifte sich die Sandalen von den Füßen. Sie spürte den kühlen, lehmigen Boden unter ihren Fußsohlen, drehte sich um und rannte los. Am Leuchtturm vorbei, immer am Zaun entlang, in Richtung Auto. Der enge Rock rutschte ihr fast bis zur Hüfte hoch, und der Wind pfiff ihr um die Ohren. Sie wagte nicht, sich umzudrehen, um sich zu vergewissern, ob da überhaupt jemand hinter ihr war. Unkontrollierbare Angst saß ihr im

Nacken, ließ ihre Beine wie von selbst laufen und machte ihre Füße taub für die spitzen Steine und scharfen Gräser.

Hinter der Ecke stand ihr Auto. Die Rettung. Hatte sie abgeschlossen? Sie schloss immer ab. Wo war der Schlüssel? In ihrer Rocktasche. Wenn er nicht beim Laufen herausgefallen war. Maren tastete danach und warf nun doch einen hastigen Blick über die Schulter zurück. Er folgte ihr: ein dunkel gekleideter Mann. Sie konnte sein Gesicht nicht sehen. Es war konturenlos. Er hatte keines!

Ihr Körper gehorchte ihr nicht länger. Die Panik lähmte sie. Los, lauf! Er kam näher. Maren glaubte, ihn schon keuchen zu hören. Lauf endlich! Sie riss sich von seinem Anblick los und rannte weiter in Richtung Auto. Obwohl sie das Gefühl hatte, über den Erdboden zu fliegen, hämmerte ihr Verstand ihr mit jedem Schritt ein, dass es aussichtslos war. Bis sie aufgeschlossen hatte und im sicheren Innenraum saß, würde er sie eingeholt haben. Aber wenn es ihr doch gelang, würde sie nur noch starten müssen ... Ja, der Wagen war ihre einzige Chance. Lauf!

Maren meinte, die Vibration seiner Schritte unter ihren Füßen zu spüren. Ihr Nacken kribbelte, und in ihren Ohren dröhnte es. Mit den Augen scannte sie die Umgebung nach einem Ausweg. Da lag der Draht, den sie schon auf dem Hinweg gesehen hatte, im hohen Gras. Rostig, in sich verschlungen, aber ohne Zweifel stabil. Doch wenn sie darübersprang, wäre ihr Verfolger gewarnt. Sie konnte sowieso nicht mehr springen – sie konnte ja kaum noch die Füße heben. Maren nahm mit den Augen Maß und lief, so gut es ging, über den Draht hinweg. Quer über den Parkplatz. Sie hatte den Schlüsselbund schon in der Hand. In dem Moment, in dem sie mit fliegenden Fingern den Türöffner betätigte, hörte sie einen unterdrückten Aufschrei. Sie riss am Türgriff, stürzte sich ins Auto. Als sie mit einem beruhigenden »Klack« die Türen von innen verriegelte, schluchzte sie erleichtert auf und startete den Motor. Die Reifen drehten knirschend durch, weil sie etwas zu heftig aufs Gaspedal trat. Es gab einen Ruck, und sie schoss vorwärts. Erst im letzten Moment riss sie das Lenkrad herum, um nicht im Graben zu landen.

Im Rückspiegel sah sie, dass ihr Verfolger sich aufgerappelt hatte. Eine schwarze Gestalt, die zurück in Richtung Leuchtturm lief. Bis die Polizei hier wäre, wäre er verschwunden.

Gerettet von einem Stück Draht, dachte Maren, als sie wieder Asphalt unter den Reifen hatte. Sie gab Gas. Siebzig, neunzig, hundert Stundenkilometer. Viel zu schnell für die schmale Straße. Ein hysterisches Kichern stieg in ihr auf. Nur ein Stück Draht. Was war denn daran so witzig? Es war nur ihre übersteigerte Reaktion auf den Schrecken. Sie hatte einen Schock erlitten.

25. Kapitel

Die Frühbesprechung im Kommissariat am nächsten Morgen brachte ein paar aufschlussreiche neue Informationen über die laufenden Ermittlungen. Immerhin war das, was sie hörte, so spannend, dass Pia nicht auf ihrem gepolsterten Stuhl in dem viel zu warmen Besprechungsraum einnickte. Nachdem Felix am Abend zuvor gegen elf Uhr eingeschlafen war, hatte Pia sich noch die Broschüren des Sektenbeauftragten zu Gemüte geführt. Es war nicht die richtige Bettlektüre gewesen, und sie war darüber gegen halb zwei in einen unruhigen Schlaf gefallen.

Sie massierte mit kreisenden Bewegungen ihre Schläfen und konzentrierte sich auf Julianes Ausführungen. Die Besitzverhältnisse des Land Rovers, mit dem Klarholz am Wochenende unterwegs gewesen war, sowie seine Geschäftstätigkeit und sein Alibi waren am gestrigen Tag von Juliane Timmermann und Conrad Wohlert überprüft worden.

»Der Wagen vom Typ Land Rover Serie IIa ist auf Klarholz' Firma angemeldet«, sagte Juliane gerade. »Er hat ohne Zögern zugegeben, den Land Rover ab und zu selbst zu fahren. Er sagt, der sei gut für Baustellenbesichtigungen geeignet, auf denen man sonst im Schlamm versinkt. Aber er hat auch ausgesagt, dass er noch nie mit dem Fahrzeug auf Fehmarn gewesen ist. Wir lassen das gerade gegenprüfen. Vielleicht ist er doch mal auf der Insel geblitzt worden oder hat fürs Falschparken ein Knöllchen kassiert. Da der Hinweis auf das Fahrzeug anonym bei uns eingegangen ist, können wir niemandem ein Foto zur Identifikation des Wagens vorlegen.«

»Ich hab gehört, Ossie hat unsere zwei anonymen Anrufe inzwischen zurückverfolgen können«, warf Gerlach ein. Ossie, Oswald Heidmüller, war beim BKI intern für technische Fragen zuständig, die nicht sofort an das LKA weitergeleitet wurden.

Gabler winkte ab. »Dazu kommen wir gleich noch. Was habt ihr sonst noch über Klarholz?«

»Er ist Mitglied in einem Land-Rover-Club«, sagte Juliane mit einem Seitenblick auf Pia. »Das war ja der Grund, ihn noch einmal eingehender zu befragen.«

»Ich dachte, sein enger persönlicher Kontakt mit Frau Rosinski war der ausschlaggebende Punkt«, grummelte Broders. »Kaum sind wir aus der Tür, ruft sie ihn an ...«

»Christian Klarholz ist der Geschäftsführer einer Firma namens ›Immobilieninvestment CK‹«, setzte Juliane ungerührt fort. »Er gibt das Geld aus, das seine Investoren ihm überlassen. Klarholz hat schon ein paar Projekte so abgewickelt. Bisher alles unauffällig. Nun versucht er, auf Fehmarn das Grundstück zu kaufen, das allgemein ›Mordkuhlen‹ genannt wird.«

»Gibt es noch mehr Interessenten für das Grundstück?«, fragte Gabler.

»Ja, zwei. Die Chance, dort ein größeres Bauvorhaben in die Tat umsetzen zu können, stößt auf einiges Interesse. Aber Klarholz scheint die Nase vorn zu haben. Die Apartmentanlage, die da auf Fehmarn entstehen soll, ist ein paar Nummern größer als alles, was er bisher unternommen hat.«

»Gibt es zwischen Klarholz und den Ingwers irgendeine Verbindung?«

»Er hat ausgesagt, weder Milena Ingwers noch ihre Eltern zu kennen. Ingwers' Betrieb sei ihm bekannt, aber er hatte angeblich noch nicht persönlich mit Rudolf Ingwers zu tun.«

»Weiß er, dass Ingwers ein Verhältnis mit Maren Rosinski hat?«

Juliane zögerte und warf einen Blick zu Wohlert hinüber. Die beiden haben nicht danach gefragt, dachte Pia, und jetzt überlegt sie, ob sie das zugeben soll.

»Ich denke nicht. Er scheint Maren Rosinski recht gut zu kennen. Sie duzen sich. Aber der Name Rudolf Ingwers schien nicht viel in ihm auszulösen.«

»Hm.« Horst-Egon Gabler erhob sich. »War Klarholz bereit, eine DNA-Probe abzugeben?«

»Was? Warum? Wir haben doch kein Vergleichsmaterial vom Tatort«, mischte sich Conrad Wohlert nun ein.

»Das weiß er nicht.« Gabler hob die Augenbrauen. »War nur so eine Idee. Was ist mit seinem Alibi?«

Juliane warf einen Blick in ihre Notizen. »Das hatte Broders ihn schon zuvor gefragt. Klarholz' Alibi ist so wenig wasserdicht wie das der anderen: Er war an dem Tag, als Milena Ingwers ermordet wurde, angeblich zu Hause und hat gearbeitet. Inzwischen ist so viel Zeit vergangen, dass sich die Leute nur noch schwerlich an Details erinnern können.«

»Aber er hat doch sicherlich telefoniert, während er zu Hause gearbeitet hat. Und das lässt sich nachprüfen.«

»Ich kümmere mich darum.« Juliane klappte demonstrativ ihr Notizbuch zu.

Gerlach berichtete, was Ossie herausgefunden hatte: dass der anonyme Hinweis auf den Land Rover von einem Privatanschluss auf Fehmarn getätigt worden war. Der andere, bei dem das Gesundheitsamt über die Rattenplage auf Mordkuhlen unterrichtet wurde, war von einem öffentlichen Fernsprecher am Kieler Bahnhof erfolgt.

»Öffentlicher Fernsprecher an einem Bahnhof?«

»Leider nicht im Bereich einer Überwachungskamera«, ergänzte Gerlach.

»Bullshit. Und der andere?«

»Da haben wir mehr Glück. Herr oder Frau Martinek aus Weschendorf haben nur mit unterdrückter Rufnummer gewählt.«

»Warum erfahren wir das erst jetzt?«, beschwerte sich Broders.

»Ossie war zwischenzeitlich krank. Da ist es liegen geblieben«, informierte ihn Manfred Rist.

»Ich kann heute noch mit den Martineks reden«, schlug Pia vor. »Ich wollte sowieso den Kammerjäger befragen, der auf Mordkuhlen gewesen ist. Das liegt auf dem Weg. Ein Besuch bei ihm ist eh längst überfällig.« Unterwegs zu sein schien ihr, so müde wie sie war, die bessere Alternative zu sein.

»Ich komme mit«, sagte Manfred Rist schnell. Seit ihrer letzten Tour nach Fehmarn, während der Rist sich zu jener rätselhaften Andeutung über die weitere Entwicklung im Kommissariat hatte hinreißen lassen, waren sie nicht mehr zu zweit unterwegs gewesen. Pia überlegte, wie sie das Thema noch mal zur Sprache bringen könnte, doch Rist kam ihr zuvor.

»Manchmal ist es verrückt«, sagte er. »Wenn du Klarholz nicht mit seinem Wagen gesehen hättest, wüssten wir immer noch nicht, dass er so ein Ding fährt. Da muss einer nur sein Fahrzeug auf seine Firma anmelden, und schon hat er uns erst mal ausgetrickst.«

»Das war von uns nur nicht zu Ende gedacht«, sagte Pia. »Ich meine, dass Autos auch auf Firmen und nicht nur auf Privatpersonen zugelassen werden, ist allgemein bekannt.«

»Was hattest du eigentlich auf dem Treffen zu suchen?«

»Ein privater Ausflug.«

»Fährst du etwa auch so eine Kiste?«

Pia sah kurz zu ihm hinüber. »Ich bin zufällig mit einem Freund dort gewesen, der mich in die hohe Kunst des Geländefahrens einweihen wollte.«

»Aha. Ein Freund ...«

»Und?«

»Er hat nichts mit dem Fall Ingwers zu tun, oder?«

»Nein. Und wenn es so wäre, würde ich kein Geheimnis daraus machen.«

»Ich wollte nur mal nachgefragt haben«, sagte er beschwichtigend.

Das wäre doch eher Gablers Baustelle, dachte sie. Was sie auf ihre ursprüngliche Frage brachte. »Wie sehen eigentlich deine weiteren beruflichen Pläne bei uns aus?«

»Ich arbeite mich gerade erst ein.«

»Meine Frage ging in Richtung Zukunft, Manfred.«

»Man wird sehen. Warum biegst du denn hier schon ab?«

»Ich hab den Termin mit Hauke Andersen als Erstes eingeplant. Hatte ich das nicht erwähnt?«

»Und die Martineks?«

»Haben mir versichert, dass sie den ganzen Tag zu Hause sind. Sie warten brav auf uns. Es hörte sich nach einem ziemlich schlechten Gewissen an.«

Pia bog in die Straße ein, in der Andersens Büro lag. Rist hatte erfolgreich vom Thema abgelenkt. Fürs Erste, dachte sie und parkte den Wagen auf dem Kundenparkplatz vor dem Haus. Diagonal über die zwei großen Fensterscheiben im Erdgeschoss führte eine überdimensionale Ameisenstraße aus Kunststofffolie.

Der Kammerjäger öffnete ihnen selbst. »Kommen Sie rein, immer herein!« Hauke Andersen führte sie in sein Büro, das fast vollständig von zwei sich gegenüberstehenden Schreibtischen ausgefüllt wurde. »Entschuldigen Sie die Unordnung. Meine Mitarbeiterin ist krank. Wollen Sie nicht Platz nehmen?«

Pia sah sich nach einer Sitzmöglichkeit um. Andersen folgte ihrem Blick und räumte Zeitschriftenstapel und Pappkartons zur Seite. Er war schmal, sehnig, seine Bewegungen schnell und geschmeidig. Der geborene Jäger...

»Bitte sehr. Um was geht es überhaupt? Ihr Anruf hat mich natürlich neugierig gemacht.«

Rist erläuterte, weshalb sie zu ihm gekommen waren. Pia beobachtete Andersens Reaktion. Er lehnte sich in seinem Bürostuhl zurück und verschränkte die Hände hinter dem Kopf. Sein Fuß unter dem Tisch wippte. Seine gelbgrünen Augen waren unverwandt auf Rists Gesicht gerichtet. Hauke Andersen erinnerte Pia an die Katze ihres Nachbarn Andrej. Die sah genauso aus, wenn sie im Hof vor einem Mauseloch saß und lauerte. Nur die letzten drei Zentimeter ihrer Schwanzspitze zuckten und verrieten ihre Anspannung. Pia hatte sich einmal den Spaß erlaubt und hinter der lauernden Katze fest mit dem Fuß aufgetreten. Das Tier war aus der Hockstellung fast zwei Meter senkrecht hochgeschnellt. Ob Andersen wohl zu einer ähnlichen Reaktion fähig wäre?, überlegte Pia. Die Assoziation zum Tierreich kam nicht von ungefähr. Plakate an den Wänden bildeten alle möglichen, als Schädlinge klassifizierten Tiere und Insekten ab.

»Ja, ich kenne das Haus, wo der Mordfall passiert ist«, sagte Andersen. »›Mordkuhlen‹ wird es genannt, oder? Komischer Name. Ich kann Ihnen raussuchen, wann ich dort meine Termine hatte. Das erste Mal bin ich wegen eines Wespennests im Schornstein hingefahren. Neulich hat mich Frau Seibel noch mal angerufen, weil sie Probleme mit Nagern hat.«

»Wen haben Sie bei Ihren Terminen alles im Haus angetroffen?«

»Das erste Mal hatte ich mit einem Mann namens Klaasen zu tun. Da ging es um die Wespen. Er hatte es wohl schon selbst versucht und war einige Male gestochen worden. Als ich dort ankam, hat er mir gezeigt, wo das Wespennest ist, und ich habe es fachgerecht entfernt.«

»War da sonst noch jemand im Haus?«, fragte Pia.

Andersen sah sie kurz an. »Ja. Ich habe Milena Ingwers dort angetroffen. So hieß sie doch, oder? Das Mädchen, das umgebracht worden ist. Kaum zu glauben...«

»Wie war Ihr Eindruck von ihr?«, wollte Rist wissen.

»Mein Eindruck... Nun ja. Nicht besonders hübsch. Etwas naiv.« Er fixierte Pia jetzt regelrecht. »Ziemlich aufdringlich.«

»Inwiefern aufdringlich?«

»Oh, Gott. Wie soll man das beschreiben?« Andersen rollte mit den Augen. »Aufdringlich halt. Sie kam zu mir, als ich gerade fertig war und meine Sachen zusammenräumte. Sie starrte mich eine Weile aus sicherer Entfernung an. Als ich sie ansprach, tat sie erst etwas pikiert. Aber das war nur Theater. Sie hat mich mit in die Küche genommen und mir was zu trinken angeboten.«

»Und? Sind Sie mit ihr gegangen?«

»Natürlich. Es war heiß an dem Tag.«

»Heiß?« Rist ist kurz davor, sich von Andersen eine einzufangen, dachte Pia. Der Mann ihr gegenüber kniff die Augen zusammen. Er sah sprungbereit aus.

»Was geschah weiter?«, fragte Pia.

Andersen riss sich sichtlich zusammen. »Wir tranken zusammen Mineralwasser. Ich saß auf dem Stuhl, den sie mir angeboten hatte. Sie setzte sich breitbeinig mir gegenüber auf den Küchentisch und schlenkerte mit den Beinen.«

»Wie haben Sie darauf reagiert?«

»Gar nicht. Ich hab nur geschaut und mich gefragt, was sie wohl als Nächstes tut...«

»Und weiter?«, hakte Rist nach.

»Ich dachte mir, dass sie hübsche Beine hat. Nicht ganz schlank, das mag ich. Aber etwas zu blass... sie war keine echte Schwarzhaarige, das hab ich sofort gesehen.«

»Solche Gedanken haben Sie sich über Milena Ingwers gemacht?«, sagte Pia. »Was tat sie dann?«

»Nichts.« Er reagierte nicht auf die Provokation, sondern wartete einfach ab. Sein Jagdinstinkt schloss wohl auch Fähigkeiten mit ein, die zur Rolle des Beutetiers passten. Wer sich zuerst bewegte, hatte verloren.

»Sie fanden Milena Ingwers also attraktiv. Würden Sie so weit gehen zu sagen, dass sie Sie angemacht hat?«, fragte Rist in dem »Jetzt-mal-unter-uns-Männern–Tonfall«, den Pia hasste.

Andersens Mundwinkel bogen sich ein paar Millimeter nach oben. »Ja. Ganz bestimmt hat sie das. Aber ich hatte kein Interesse an ihr.«

»Warum nicht?«

»Erstens«, er hielt einen schlanken Zeigefinger in die Luft, »war sie nicht mein Typ. Zu jung, zu naiv ... keine Ahnung. Zweitens«, der Mittelfinger kam hinzu, »platzte kurz darauf ein Typ in die Küche und hat ihrem netten kleinen Annäherungsversuch ein Ende bereitet.«

»Wer war das?«

»Ich weiß es nicht. Mitte, Ende zwanzig, schlank, mittelgroß, dunkle Haare. So, wie er sich aufgeführt hat, war er wohl ihr Freund. Ich hatte ihn vorher noch nie gesehen. Keine Ahnung, wo er die ganze Zeit gesteckt hat. Das Haus ist ein Riesenkasten. War bestimmt mal sehr schön. Ein Jammer, wenn man sieht, wie heruntergekommen das jetzt alles ist. Der Zustand des Eichenparketts, der kaputte alte Kachelofen ... Eine Schande.«

Geschicktes Ablenkungsmanöver, dachte Pia. »Was passierte dann?«

»Ich bin gegangen. Die Rechnung hab ich denen zugeschickt. Dieser Klaasen wollte sie an die Vermieterin weiterreichen.«

»Hatten Sie danach noch mal Kontakt zu jemandem aus dem Haus?«

»Klar. Ich war noch mal wegen der Ratten da. Bei Frau Seibel. Sagte ich ja schon.«

»Haben Sie Milena Ingwers noch einmal wiedergesehen?«

Er zögerte eine Millisekunde. »Nein.«

»Sind Sie ganz sicher?«, fragte Rist.

»Ja. Und wenn Sie als Nächstes wissen wollen, ob ich sie umgebracht habe, lautet die Antwort ebenfalls nein.«

»Waren Sie außer den zwei Malen, die Sie gerufen worden sind, sonst jemals in dem Haus oder in der Nähe des Hauses?«

Wieder traf sie Andersens taxierender Blick. »Nein.«

»Aber Sie haben sich das Haus anscheinend gründlich angesehen. Nur wegen ein paar Wespen«, meldete Rist sich wieder zu Wort.

»Das war wegen der Ratten«, stieß Hauke Andersen hervor. »Wenn die erst mal in einem Gebäude drin sind, dann hat man ein Problem ... Ein richtiges.« Seine Ohren, die unter dem sandfarbenen Haar hindurchschimmerten, glühten.

»Ich denke, Sie verschweigen uns etwas«, sagte Pia leise. »Das ist in einer Mordermittlung nicht unbedingt ratsam.«

»Und was sollte das sein?« Er war nun wütend – oder verunsichert.

»Haben Sie in den letzten Wochen mal einen Geländewagen gefahren, Herr Andersen?«, fragte Rist. Dass weder auf Hauke Andersen selbst noch auf seine Firma ein Land Rover zugelassen war, hatten sie schon überprüfen lassen.

»Ich hab nur den Ford, der da draußen steht, und eine Enduro«, antwortete Andersen wieder etwas gelassener.

»Wir gehen fürs Erste«, sagte Pia und stand auf. »Falls Ihnen noch etwas zu dem Fall einfällt ...« Sie legte, wie schon so oft, ihre Karte auf den Schreibtisch.

Als sie den Raum verließen, spürte Pia Andersens Blick im Nacken. Wenn er Märchen erzählte wie sein berühmter Namensvetter, dann waren es jedenfalls keine besonders unterhaltsamen.

»Du glaubst also auch, dass er uns was verheimlicht«, sagte Rist, während sie weiter in Richtung Fehmarn fuhren.

»Irgendeinen Nerv haben wir bei ihm getroffen. Aber ob das mit den Ermittlungen zusammenhängt ... Ich weiß es nicht.« Und nach ein paar Minuten: »Woher wusste er eigentlich, dass das Haus Mordkuhlen heißt? Ich dachte, das wäre ein Name, den nur Einheimische verwenden.«

»Vielleicht hat ihn einer der Bewohner ihm gegenüber mal erwähnt.«

»Möglich.« Pia war nicht zufrieden. »Oder er hat den Namen in der Zeitung gelesen.«

26. Kapitel

Die Martineks wohnten in Weschendorf in einem kleinen Siedlungshaus mit Satteldach und großem Garten. Vom Küchenfenster aus hatten sie einen direkten Blick auf die Einmündung in den Hainbuchenweg, der nach Mordkuhlen führte.

»Dort hat dieser Wagen gestanden«, sagte Hans Martinek und deutete aus dem Fenster. »Aber nur ganz kurz. Ich dachte noch: Wer ist denn das? Da war der Wagen auch schon weg.«

»Warum ist er Ihnen aufgefallen? Fahren da so selten Autos lang?«

»Es war ein ungewöhnlicher Wagen. Ein altmodischer Geländewagen mit großen Rädern – schmutzig. Und es war keiner von denen, die da sonst langfahren. Manchmal verirren sich auch Urlauber hierher. Aber seit der Strand vorn besser ausgeschildert ist, eher selten.«

»Konnten Sie den Fahrer erkennen?«

»Nein. Gar nicht.«

»Hans hatte seine Brille gar nicht auf«, ergänzte Elsa Martinek.

»Warum haben Sie uns den Hinweis anonym gegeben?«

Hans Martinek sah unbehaglich zu seiner Frau hinüber. »Sie meinte, ich solle mich lieber raushalten. Meine Augen sind nicht mehr die besten.«

»Er ist farbenblind«, ergänzte sie und presste die Lippen aufeinander.

»Rot und Grün sehe ich wirklich nicht so gut...«

»Du erkennst überhaupt keine Farben.«

»Aber aus der Ferne... da geht es noch. Wenn es der Polizei helfen kann, den Mörder zu fangen, dann muss ich einfach anrufen, dachte ich, sonst lässt es mir sowieso keine Ruhe!«

»Es war richtig, dass Sie uns informiert haben«, sagte Pia mit einem Seitenblick auf Frau Martinek. »Aber kurz nach dem Mord, da ist doch schon ein Polizeibeamter hier vorbeigekommen und hat gefragt, ob Ihnen etwas aufgefallen ist. Warum haben Sie da nichts gesagt?«

»Ich wusste ja nichts«, antwortete Elsa Martinek bestimmt. »Und mit denen da draußen haben wir eh nichts zu schaffen. Mein Mann hat gerade Mittagsschlaf gehalten, als Ihr Kollege bei uns war. Ich hätte nie gedacht, dass Hans was weiß...«

»Wie genau ist die Zeitangabe, die Sie gemacht haben, Herr Martinek?«, wollte Rist wissen.

»Ich hab kurz danach auf die Uhr gesehen, da bin ich mir sicher. Ich war nervös, weil ich um Viertel vor zwölf bei unserem Hausarzt anrufen sollte. Ich wollte nach einem Testergebnis fragen.«

»Danke, Herr Martinek. Das nächste Mal hinterlassen Sie doch bitte Ihren Namen und Ihre Adresse. Spart uns Zeit und Arbeit«, sagte Pia.

»Das nächste Mal? Hoffentlich nicht...«

»Also, was haben wir?«, fragte Rist, als sie wieder auf der Straße standen: »Einen farbenblinden Zeugen ohne Brille, der einen altmodischen Geländewagen aus dieser Straße hat kommen sehen, *round about* zu der Zeit, als Milena Ingwers ermordet worden ist. Es könnte ohne Weiteres dieser Christian Klarholz gewesen sein. Oder Maren Rosinski, die sich seinen Wagen mal eben geborgt hat.«

»Oder aber Judith Ingwers«, sagte Pia. »Oder ein uns noch nicht bekanntes Fahrzeug.«

Rist verzog das Gesicht. »Die Mutter des Mädchens?«

»Sie hat kein Alibi. Maren Rosinski und Rudolf Ingwers geben sich zumindest gegenseitig eins. Und es war mit hoher Wahrscheinlichkeit eine Beziehungstat. Warum nicht die Mutter?«

»Was sollte das Motiv sein?«

»Gegensätzliche Weltanschauungen. Ein heftiger Streit, der eskaliert ist ... Milena Ingwers' Lebensweise muss bei ihrer Mutter starke Emotionen hervorgerufen haben. Bei ihrem Vater wahrscheinlich auch.«

»Geht das nicht vielen Eltern so? Trotzdem schlagen die meisten von ihnen nicht mit dem Spaten oder der Hacke zu, nur weil Sohnemann oder Töchterlein gerade ihr eigenes Ding machen.«

»Du sagst es: die meisten ...«

»Vielleicht hat der Wagen auch gar nichts mit unserem Fall zu tun. Man kann Mordkuhlen genauso gut zu Fuß oder mit dem Fahrrad erreichen.«

Sie stiegen ins Auto. »Rückflug nach Lübeck?«, fragte Rist.

»Ja. Ich muss heute pünktlich sein«, meinte Pia und beobachtete aus dem Augenwinkel seine Reaktion darauf. Doch er ließ sich nichts anmerken. »Man kann Mordkuhlen auch zu Fuß und mit dem Fahrrad erreichen, oder man ist sowieso schon da«, fuhr sie mit ihrer Argumentation fort. »Wer sagt uns, dass Arne Klaasen und Patrick Grieger wirklich unterwegs waren? Sogar Irma Seibels Alibi ist nicht bombensicher. Einer von denen könnte genauso gut zu Hause bei Milena geblieben sein.«

»Oder er oder sie ist wieder zurückgekommen.«

»Ich glaube, dass die Mitbewohner ebenso überzeugende Motive gehabt haben könnten, Milena zu töten, wie ihre Eltern. Wenn nicht überzeugendere.«

»Welche denn?«

»Arne Klaasen könnte was von Milena gewollt haben, und sie hat ihn abgewiesen. Ein Klassiker. Oder Irma hat etwas von Klaasens möglichem Interesse an der jungen Mitbewohnerin mitbekommen und war eifersüchtig. Klassiker Nummer zwei. Wir müssen sowohl die Bewohner als auch die Eltern noch mal gründlich in die Zange nehmen.«

»Langsam den psychologischen Druck erhöhen«, sagte Rist nachdenklich. »Findest du eigentlich, dass Gabler das immer so ganz richtig handhabt?«

Oh, oh. Nach allem, was sie über Manfred Rist wusste, sollte sie jetzt besser auf der Hut sein. »Gabler arbeitet ausgesprochen ergebnisorientiert«, meinte sie schließlich. »Er schert sich nicht um die Meinung anderer. Damit eckt er manchmal an, doch seine Erfolgsbilanz gibt ihm recht.«

»Ja, aber seine Mitarbeiter beurteilt er genauso.«

»Ergebnisorientiert?«

»Er schert sich nicht darum, *wie* sie arbeiten.«

»Meinst du, es interessiert ihn nicht, ob wir genügend Sport treiben, lange Berichte schreiben oder mal ein privates Telefongespräch zwischendurch führen?«

Er schnaubte verächtlich. Pias Mobiltelefon klingelte und ersparte ihr so, das Thema weiter zu vertiefen. Sie sah auf das Display. »Wenn man vom Teufel spricht«, sagte sie und drückte grimmig lächelnd auf das Hörer-Symbol. Wenn der Chef persönlich anrief, war das meistens ein schlechtes Zeichen.

»Pia? Wo seid ihr? Noch auf der Insel?«

»Wir fahren gerade zurück.«

»Dann dreht wieder um. Maren Rosinski hat eben die Polizei verständigt. Sie behauptet, dass ihr gestern am Staberhuk jemand aufgelauert hat.«

»Schon wieder? Und warum meldet sie sich erst jetzt?«

»Das werdet ihr schon herausfinden. Sie ist zu Hause und erwartet euch. Ich verlass mich auf dich.«

Mist! Sie hatte Fiona gesagt, dass sie heute pünktlich sein würde. Pia sah auf die Uhr und rechnete: Ziemlich genau eine Stunde brauchten sie für die Rückfahrt, die Verkehrsverhältnisse um diese Uhrzeit in der Stadt eingerechnet. Blieben für die Rosinski vierzig Minuten. Wunderbar! »Wir sind auf dem Weg und melden uns dann.« Nachdem das Gespräch beendet war, klärte sie Rist über den neuen Vorfall auf.

»Ich dachte, du willst heute pünktlich sein«, sagte er.

»Das werde ich auch.« Wenn alles klappt, setzte sie in Gedanken hinzu.

Irma Seibel beobachtete den Mann, der auf der gegenüberliegenden Straßenseite stand und zu ihrem Schaufenster hinübersah. Es war der Typ, der sich Aleister nannte und die Séance in ihrem Haus geleitet hatte, kein Zweifel. Draußen schien die Sonne, und im Schaufenster hingen jede Menge Kleidungsstücke. Er konnte sie also im Inneren des Ladens nicht sehen. Trotzdem hatte sie das Gefühl, er blicke ihr direkt in die Augen. Sein Gesicht zeigte grimmige Entschlossenheit. Eine Frau ging dicht an ihm vorbei, ihr Hund schnupperte an seinen Beinen, doch Aleister schien durch sie hindurchzublicken. Was wollte er hier?

Wieder einmal dachte Irma, dass man in so einem kleinen Laden allem und jedem ausgeliefert war. Jeder Spinner konnte hereinschneien, sie volllabern, berauben, die Bude in Brand stecken oder sonst was anstellen. Und sie hatte nur ihr kleines Obstschälmesser zu ihrer Verteidigung im Hinterzimmer liegen. Arne hatte ihr mal einen Alarmknopf installieren wollen, aber das war ihr zu teuer gewesen. Der Laden warf meistens gerade genug ab, um die Miete zu bezahlen. Vielleicht sollte sie wieder auf Flohmärkte gehen, so wie früher. Da war sie wenigstens unter Menschen gewesen ... und hatte sich manches Mal nach einem eigenen kleinen Geschäft gesehnt, wo sie im Warmen saß und sich auch mal einen Tee kochen und die Füße hochlegen konnte, wenn nichts los war.

Irma seufzte. Aleister kam langsam, ohne auf den Verkehr zu achten, auf die Ladentür zu. Ein Transporter, der vor ihm abbremsen musste, hupte. Irma beobachtete, wie er routiniert eine ruppige Geste mit der Hand zum Besten gab, und schon stand er vor der Tür. Er trat ein, die Glocke über dem Eingang schepperte.

»Guten Tag«, sagte Irma so abweisend wie möglich. »Womit kann ich dienen?«

»Ist das Ihr Laden?«

»Sieht so aus.«

Er schnupperte. »Es riecht ungut.«

»Das ist so mit alten Sachen.«

»Ich könnte Ihnen eine Räucherung anbieten. All diese Dinge ...« Er berührte ein schwarzes Cocktail-Kleid. »Stellen Sie sich vor, wie die Vorbesitzerin etwas darin zurückgelassen hat: Eitelkeit, Wut, Selbsthass ... Salbei oder Asafoetida, das ist arabisches Gummiblatt, würden helfen.«

»Stecken Sie sich Ihren arabischen Gummibaum sonst wohin«, sagte Irma bissig. Gleichzeitig merkte sie, wie sie das Kleid mit anderen Augen sah. Sie spürte Widerwillen.

»Schauen Sie: Wir stehen hier unter schlechtem Einfluss.«

»Sie sind freiwillig hier reingekommen. Ich habe Sie nicht um Ihre Hilfe gebeten.«

»Das denken Sie jetzt«, meinte er und genoss, wie ihr schien, die Verwirrung in ihrem Gesicht. »Aber ich fühle mich verantwortlich. Es geht um Ihre Tochter.«

»Lassen Sie Zoe in Ruhe! Halten Sie sich von ihr fern«, sagte sie drohend. »Wenn Sie ihr dieses Amulett untergeschoben haben, Aleister, dann ...« Ja, was dann?

»Nein. Das war Moniques Idee. Sie hat das Dunkle im Haus gespürt und sich Sorgen um das Kind gemacht. Ich fürchte aber, dass das Amulett zu schwach ist. Sie konnte es nicht bei zunehmendem Mond anfertigen, nur zur Stunde des Sonnenaufgangs. Geschadet hat es Ihrer Tochter jedenfalls nicht.«

»Wie können Sie und Ihre verrückten Freundinnen es wagen, sich in unser Leben einzumischen? Ich werde die Polizei informieren!«

»Die Polizei kann da, so leid es mir tut, nicht helfen. Nur Sie können Ihr Kind schützen. Und ich kann lediglich meine bescheidene Hilfe dazu anbieten.«

»Auf Ihre bescheidene Hilfe verzichte ich!«

Er wischte sich über die Wange, als hätte sie ihn bespuckt. »Sie müssen dieses Haus verlassen«, sagte er in verändertem Tonfall. »Das ist kein Ort für ein Kind. Nach unserer Séance hatte ich Visionen und schlimme körperliche Beschwerden.«

Nein, Irma wollte nicht an seine sogenannte Ektoplasma-Eruption denken. Sie schüttelte abwehrend den Kopf.

Er kam einen Schritt auf sie zu. »Solange Sie alle noch in dem Haus sind, muss zumindest eine spirituelle Reinigung der Räume durchgeführt werden. Das hält sie vielleicht noch eine Weile in Schach.«

»Wen?«, fragte Irma und hätte sich sofort dafür ohrfeigen können. Auf diesen Mist auch noch mit Fragen einzugehen. Er musste ja denken, er habe ein leichtes Spiel mit ihr.

»Der Geist, der sich noch in der Zwischenwelt befindet, ist ziemlich ungehalten. Er sucht aktiv Kontakt zu den Lebenden. Das ist ein schlechtes Zeichen. Und Ihre Tochter ist der schwächste Punkt in der Konstellation.«

Irma schauderte. Sie durfte diesem Aleister nicht zeigen, dass sie Angst hatte. Er würde sich daran weiden wie eine Ziege an frischem Gras. »Ich glaube kein einziges Wort von dem

Mist«, sagte sie mit erhobener Stimme. »Verlassen Sie sofort mein Geschäft!«

»Das werdet ihr bereuen.« Sein Gesicht verzog sich zu einer hässlichen Fratze. »Nachdem Sie so offen waren, an der Séance teilzunehmen, hätte ich Ihnen etwas mehr Vernunft zugetraut.« Es klingelte zweimal blechern, und die Ladentür fiel hinter ihm ins Schloss.

Maren Rosinski sah wesentlich mitgenommener aus als nach dem ersten Angriff auf sie, obwohl sie dieses Mal unverletzt geblieben war. Das dunkle Haar fiel ihr strähnig auf die Schultern. Unter ihren Augen lagen dunkle Schatten. Sie saß, in eine übergroße Strickjacke gewickelt, am Küchentisch und trank Tee, der, dem Geruch nach zu urteilen, mit einem guten Schuss Rum aromatisiert worden war. In stockendem Tonfall berichtete sie, was ihr am Vorabend am Staberhuk passiert war. Dass sie wieder nicht erkannt hatte, wer ihr da so auf die Pelle gerückt war, erfüllte Pia mit einer Mischung aus Unglauben und Wut. Ja, Wut. Auf denjenigen, der die Polizei so dermaßen an der Nase herumführte.

»Warum zum Teufel informieren Sie uns erst jetzt über diesen Überfall?«, brauste Pia spontan auf, was ihr einen missbilligenden Blick von Manfred Rist eintrug.

»Ich wollte mich ja gestern Abend noch melden. Aber dann hab ich an das ganze Theater gedacht ... die Fragen, die vielen Menschen ... und da konnte ich nicht ...«

»Was haben Sie denn gemacht, nachdem Sie vom Staberhuk weggefahren sind?« Rist gab den Einfühlsamen. Ein Spielchen, das im Kontrast zu seiner ruppig-männlichen Ausstrahlung bei Maren Rosinski bestimmt gut ankommt, dachte Pia.

Sie sah ihn von unten herauf an. Eine Haarsträhne war ihr ins Gesicht gefallen. »Ich bin auf direktem Weg nach Hause gefahren. Fast ... Ich bin noch bei Rudolf vorbeigekommen, aber ich hab nicht angehalten. Drinnen brannte Licht, es sah so friedlich aus, trautes Heim ... Und beide Autos standen in der Einfahrt. Ich wollte nicht stören.«

»Oder wollten Sie sich davon überzeugen, dass kein Fahrzeug fehlte?«

»Nein!« Sie sah Pia entrüstet an. »Rudolf würde nie ... Er war nicht der Angreifer. Hundertprozentig.«

»Wieso sind Sie sich da so sicher?«, hakte Pia nach. »Er ist die Verbindung zwischen Milena, Mordkuhlen und Ihnen. Das fehlende Glied in der Kette.«

»Sie kennen ihn nicht«, fuhr die Rosinski sie an. »Er hat seine Tochter geliebt. Er hätte ihr nie was zuleide getan, egal, wie sie sich aufgeführt hat.«

»Und Sie? Hatten Sie eine Auseinandersetzung mit ihm?«

»Wie kommen Sie denn darauf?« Ihre Augen wurden schmal. Ihre Hand umkrampfte den Becher, den sie gerade zum Mund hatte führen wollen.

»Immerhin geben Sie sich gegenseitig ein Alibi.« Pia gefiel sich in der Rolle als Advocatus Diaboli. Die Frau wusste doch etwas. Es wurde Zeit, dass Maren Rosinski den Mund aufmachte.

»Das Alibi entspricht der Wahrheit. Was wird hier überhaupt gespielt? Ich bin angegriffen worden. Jemand hat versucht, mir etwas anzutun.« Ihr Blick ging Hilfe suchend zu Rist, doch der schwieg. »Dieser Kerl hat mich zu Tode erschreckt und verfolgt«, fuhr sie fort. »Den sollen Sie finden. Und, ganz nebenbei bemerkt, Milenas Mörder haben Sie auch noch nicht gefasst, oder?«

Damit hatte sie recht. »Sie wissen aber, dass die Ingwers nicht zwei, sondern drei Autos besitzen?«

»Die alte Kiste in der Garage ist doch ständig kaputt.« Sie sah ein wenig verunsichert aus.

»Und Sie haben kein Auto am Staberhuk gesehen? Nirgendwo?«, fragte Rist.

»Nein. Doch ich hab später auch nicht so genau darauf geachtet. Ich bin um mein Leben gerannt.«

»Wir werden versuchen herauszufinden, wer Ihnen die SMS geschrieben hat«, sagte Pia. »Überlegen Sie mal: Könnte es auch eine Frau gewesen sein, die Ihnen am Leuchtturm aufgelauert hat?«

Maren Rosinski zuckte mit den Schultern. »Wenn, dann war sie groß und kräftig. Aber eigentlich ... Nein, ich glaube, es war ein Mann.«

»Judith Ingwers ist recht groß und kräftig.«

»Und wenn schon! Sie ist das geborene Opfer. Sie schlägt nicht zu. Niemals. Immer schön der Bibel gemäß: auch noch die andere Wange hinhalten.«

»Oder alttestamentarisch: ›Auge um Auge, Zahn um Zahn.‹«

»Judith ist jedermanns Fußabtreter. So war sie schon als Kind, und das wird sich auch nie ändern. Und ihr komischer Betkreis scheint sie auch noch darin zu bestärken, dass ewiges Leiden der Weg ins Himmelreich ist.«

»Wollen wir eine Wette abschließen?«, fragte Manfred Rist, als sie auf dem Rückweg nach Lübeck waren. »Keine verwertbaren Spuren am Leuchtturm, und keiner der Beteiligten hat für gestern Abend zwischen achtzehn und zwanzig Uhr ein brauchbares Alibi.«

»Wer kommt denn überhaupt als Angreifer infrage?«, überlegte Pia laut. »Unsere üblichen Verdächtigen: Rudolf und Judith Ingwers. Das war ja anscheinend auch Maren Rosinskis erster Einfall. Sonst wäre sie wohl kaum nach dem Überfall direkt zu ihrem Haus gefahren. Schade, dass sie nicht geklingelt hat, um sicherzugehen!«

»Wenn alles so war, wie sie es uns geschildert hat, stand sie noch unter Schock«, meinte Rist.

»Was ist mit den Bewohnern von Mordkuhlen? Wir brauchen auch von Klaasen, Grieger und Seibel ein Alibi für gestern Abend.«

»Darum werden sich andere kümmern. Ich denke, es gibt heute Abend zu dem Thema noch eine Einsatzbesprechung.«

An der ich nicht teilnehmen kann, dachte Pia. »Wir sollten auch Christian Klarholz nicht aus den Augen verlieren«, sagte sie. »Er ist ebenfalls sowohl mit Maren Rosinski als auch mit den Bewohnern von Mordkuhlen verbunden.«

»Weil er das Haus kaufen will?«, fragte Rist.

»Er hat ein starkes finanzielles Interesse daran, das Grundstück ohne lästige Mieter in die Finger zu bekommen. Ich habe schon gedacht, dass er Milena und die anderen vielleicht nur davon überzeugen wollte, endlich auszuziehen, und ein wenig Druck ausgeübt hat. Es kam zum Streit – und da ist es passiert.«

»Da hat er der lästigen Mieterin einfach mal eins über den Schädel gezogen?« Rist klang ätzend.

»Nicht sonderlich überzeugend, ich weiß. Aber es würde auch die Angriffe auf die Rosinski erklären. Angenommen, sie hat herausgefunden, was Klarholz getan hat, und hat ihm gedroht, ihn zu verraten?«

»Wie herausgefunden?« Nun klang Rist doch interessiert.

»Hans Martinek muss nicht der Einzige gewesen sein, der einen Geländewagen zur richtigen Zeit am richtigen Ort gesehen hat«, sagte Pia. Sie überquerten wieder einmal die Fehmarnsundbrücke. Nicht daran denken. Nach vorn schauen. »Wer erbt eigentlich Mordkuhlen, wenn Maren Rosinski stirbt?«, fragte sie, als sie die Brücke hinter sich gelassen hatten.

»Noch eine ungeklärte Frage!« Rist starrte seitlich aus dem

Fenster. »Was hältst du eigentlich von unserem Kammerjäger?«

»Ich fand ihn recht spannend. Ungewöhnlicher Beruf.«

»Ich habe nicht nach einer Berufsbewertung auf einer Skala von eins bis zehn gefragt, Pia.«

»Nicht? Hauke Andersen hat kein Motiv. Jedenfalls kein erkennbares. Er behauptet, Milena hätte ihn bei seinem ersten Besuch im Haus angemacht. *So what?* Kam er dann heimlich noch mal wieder? Und als sie nicht gehalten hat, was sie mit ihrem Verhalten seiner Meinung nach versprochen hatte, hat er sie im Gemüsebeet erschlagen?«

»Ich habe schon Unwahrscheinlicheres gehört.« Manfred Rist schien der Gedanke zu gefallen.

Sie hatten nun freie Fahrt. »Das ist wahr«, räumte Pia ein und trat das Gaspedal durch. »Und nervös war er auch.«

27. Kapitel

Maren Rosinski drückte nachdrücklich auf die Klingel am Haus der Ingwers. Ein durchdringendes Schrillen wäre angemessen gewesen. Stattdessen hörte sie durch die geschlossene Tür hindurch einen melodischen Gong. Viel zu sanft – beinahe bittend. Ihr wurde bewusst, dass sie noch nie an dieser Tür geklingelt hatte. Das Geräusch entsprach nicht der mörderischen Stimmung, in der sie sich befand. Oder besser, in die sie sich mehr und mehr hineinsteigerte.

Gestern, als die Polizei sie in einem Zustand ängstlicher Verwirrung zurückgelassen hatte, hatte sie noch ein paar Becher Tee mit Rum getrunken. Später dann den Rum ohne Tee, und irgendwann war die Flasche leer gewesen. Sie hatte es nicht mehr in ihr Bett geschafft, sondern war auf dem Sofa eingeschlafen. Alles hatte geschwankt, sie hatte sich mehrmals mit der Hand auf dem Fußboden abstützen müssen. Heute Morgen war ihr so schlecht gewesen, dass sie versucht hatte, sich zu übergeben. Zu spät. Der Alkohol war längst assimiliert. Ihr Kopf dröhnte. Und immer noch keine Nachricht von Rudolf. Sie erinnerte sich, dass sie ihm gestern mehrmals auf die Mailbox gesprochen und drei SMS geschickt hatte. Keine Reaktion.

Maren hörte Schritte, die Tür öffnete sich.

»Rudolf, du ...« Judith brach mitten im Satz ab. Ihre Miene versteinerte. Dann malte sich darauf gespielte Gleichgültigkeit mit einer Prise Verachtung ab.

»Ist Rudolf da? Es ist dringend.«

»Er ist zur Arbeit gefahren. Wie jeden Morgen. Was willst du von ihm?«

»Ich muss mit ihm reden.« Maren schob Judith zur Seite und betrat die dunkle Diele. Er musste doch da sein. »Rudolf!« Sie stieß die nächstbeste Tür auf und gelangte in den Wohnbereich. »Rudolf, ich bin's: Maren.« Ein leerer, unbewohnter Raum erstreckte sich vor ihr. Peinlich sauber und aufgeräumt. Steril. Maren ging zurück in die Diele und nahm die ersten Stufen der Treppe ins Obergeschoss. »Rudolf, verdammt!«, rief sie nach oben. »Du kannst dich nicht vor mir verstecken.« Sie stolperte und fiel auf die Knie. Ihr wurde schwarz vor Augen. »Rudolf, wo bist du?« Da fühlte sie eine kühle Hand an ihrem Hals.

»Er ist nicht hier. Du musst dich beruhigen, Maren. Soll ich einen Arzt für dich rufen?«

Verkehrte Welt. Maren stieß Judiths Hand weg. Sie, Maren, war doch die Gesunde! Sie atmete tief durch. Verdammt, tat ihr Knie weh! »Kein Arzt«, ächzte sie. »Es geht schon.«

Judith hielt den Kopf leicht gebeugt und sah sie reglos an. Ihre großen grüngrauen Augen erinnerten Maren an Glasmurmeln.

Sie zog sich am Geländer hoch, bis sie wieder auf den Füßen stand. »Es ist gerade alles zu viel, oder?«

»Komm mit in die Küche!« Judith ging ihr voraus. Sie schien über die Fliesen zu schweben, so ruhig waren ihre Bewegungen.

Judith – die Heilige. Maren kniff die Augen zusammen. Nie wieder Alkohol, schwor sie sich.

»Tee?«, fragte Judith.

»Bloß nicht.« Maren ließ sich auf einen Stuhl fallen und befühlte ihr Knie. »Kaffee – stark und schwarz. Und eine Kühlkompresse, wenn du hast.«

»Er hat deine Nachrichten abgehört«, sagte Judith. Sie hielt den Wasserkocher unter den Hahn und füllte ihn auf. »Aber er wollte sich nicht zurückmelden. Was willst du von meinem Mann?«

Oh, Gott. Sie wusste es nicht, oder? Judith Ingwers wusste

nicht, dass ihr Mann sie mit ihr betrog. Und was nun? Er hätte es ihr doch längst sagen müssen. Maren war fest davon ausgegangen, dass die beiden eine Art Arrangement getroffen hatten: Judith hatte ihre Bet- und Rudolf seine Bettgeschichte ... oder so ähnlich.

»Ich bin Mittwochabend überfallen worden«, platzte Maren heraus. »Draußen am Staberhuk. Ich hatte Angst. Einfach nur Angst.«

»Aber das ist doch Sache der Polizei.«

»Die waren ja da. Später.«

»Warum ausgerechnet Rudolf?«

Einer muss es ihr doch sagen, dachte Maren. Rudolf war ein Feigling. Und er hatte sie im Stich gelassen, als sie ihn wirklich gebraucht hätte. »Rudolf und ich haben ein Verhältnis, Judith. Schon seit Jahren.«

»Du lügst«, sagte die Frau und nahm die Kaffeekanne in die Hand. Ihr Gesicht war unbewegt.

Maren beschlichen Zweifel, ob Judith Ingwers wirklich nichts von dem Verhältnis ihres Mannes wusste. Schweigend stellte Judith nun einen Porzellanfilter auf die Kanne und legte eine Filtertüte hinein. Wie altmodisch sie war! In allem. Was sie anhatte, fiel in die Kategorie »Zeitreise in die Fünfziger«. Da waren sie doch noch gar nicht geboren gewesen. Und ihre Frisur, der stramm geflochtene Zopf, den sie am Kopf festgesteckt hatte. Milena hatte als kleines Kind auch immer diese Zöpfe tragen müssen. So stramm, dass man allein beim Hinsehen Kopfschmerzen bekommen hatte. Beinahe hätte sie Milena vergessen. »Es tut mir alles sehr leid, Judith.«

Rudolfs Frau holte zwei Becher aus dem Schrank. »Kein Zucker, keine Milch?«

»Ganz schwarz.« Wie meine Seele.

»Der Herr hat beschlossen, mein Kind zu sich zu holen. Ich

muss lernen, damit zu leben. Ich habe es einfacher, weißt du. Rudolf hingegen leidet Höllenqualen.«

»Du hast es einfacher, Judith?«

Sie fixierte die Kaffeekanne, die Dose mit dem Kaffeepulver in der Hand. Judith hob langsam die Schultern und ließ sie dann wieder fallen. »So sollte es wenigstens sein. Die Bibel schenkt mir Trost.«

»Das ist mir zu abgehoben«, sagte Maren grob. Judith schien ihr Eingeständnis schon wieder vergessen zu haben. Auch gut. Der Duft des Kaffeepulvers erfüllte den Raum.

»Es ist noch nicht vorbei, Maren«, sagte Judith, während sie das Wasser in den Filter goss. Sie verschüttete die Hälfte und bemerkte es offenbar nicht einmal.

Die offensichtlich verstörte Frau mit der kochenden Flüssigkeit hantieren zu sehen, während sie selbst direkt danebensaß, verursachte Maren ein unangenehm prickelndes Gefühl. »Wie meinst du das?«, fragte sie. »Noch nicht vorbei?«

»Es ist noch da. Ich kann es spüren. In deinem Haus ist es besonders stark. Etwas Böses ...«

»In meinem Haus! Jetzt spinnst du aber«, sagte Maren ärgerlich. Das ging nun doch zu weit.

»Nicht in dem Haus, in dem du wohnst. Auf Mordkuhlen. Ich hab es gespürt, als ich dort war. Es ist immer noch da.«

»Wann warst du auf Mordkuhlen?«, wollte Maren wissen.

Judith schenkte ihr von dem frisch aufgebrühten Kaffee ein. Ihr Gesicht war regungslos. »Es gibt da was, das einem wirklich Sorgen machen sollte«, sagte sie. »Einen Keks dazu?«

Nein, keinen Keks. Und auch keinen Kaffee. Sie musste weg von hier. Rudolfs Haus verlassen, Abstand zwischen sich und seine Frau bringen. Maren stand langsam auf, darauf bedacht, ihr Knie nicht zu sehr zu belasten.

»Wart ihr eigentlich beide Mittwochabend die ganze Zeit hier?«, fragte sie auf dem Weg zur Küchentür.

»Ja. Das waren wir. Wo willst du hin?«

»Nach Hause. Ich fühle mich nicht besonders gut. Entschuldige bitte, dass ich dir die Umstände mit dem Kaffee gemacht habe.«

»Oh ... Kein Problem. Ich richte Rudolf aus, dass du hier warst.«

Als sie den Raum verließ, sah Maren noch, wie Judith den Inhalt der Kaffeekanne in die Spüle goss.

Im Kommissariat 1 herrschte angespannte Stimmung. Es war so gekommen, wie Rist es prophezeit hatte: keine verwertbaren Spuren am Leuchtturm und keine brauchbaren Alibis, die einen der Bewohner von Mordkuhlen als Angreifer auf Maren Rosinski sicher ausschlossen. Seit dem Mord an Milena Ingwers war jetzt schon so viel Zeit vergangen, dass ein schneller Ermittlungserfolg immer unwahrscheinlicher wurde.

Die Zeitungen füllten das Sommerloch, indem sie den Fall immer wieder von einer neuen Seite ausleuchteten. Ein Journalist hatte nun sogar Frank Albrecht aufgespürt und ihn interviewt, was dem Mordfall durch die Nacherzählung des Fluchs noch mal eine schaurig-fantastische Note gab. Unterstes Niveau. Aber der Journalist schien ein paar ausführliche Hintergrundrecherchen betrieben zu haben.

Eine Viertelstunde später war Pia auf dem Weg in die Zeitungsredaktion. Sie glaubte nicht recht, dass ein Gespräch unter vier Augen mit dem Verfasser des Artikels etwas bringen würde. Doch sie mussten auch noch dem allergeringsten Hinweis nachgehen. Es bestand zumindest die vage Möglichkeit, dass die Recherchen des Reporters – sein Name war Helge Bittner – ein winziges Detail zu dem Fall zutage gefördert hatten, das ihnen weiterhelfen konnte. Selbstmotivation war alles an einem Tag, an dem das Thermometer locker die Fünfunddreißig-Grad-Marke übersteigen würde. Der Himmel war leicht bewölkt und am Horizont gelblich gefärbt. Vielleicht würden sie heute ja endlich das ersehnte Gewitter bekommen.

Der Reporter, der sicher achtzig Prozent seines beachtlichen Körpergewichts in seinem Kugelbauch von sich herschob, trug Baggy-Jeans, ein T-Shirt mit dem Aufdruck *Ich glaube an ein Leben vor dem Tod* und ein Basecap.

Weil die Luft in der Redaktion zum Schneiden dick war und Helge Bittner stark schwitzte, kamen sie überein, das Gespräch im nahe gelegenen Eiscafé zu führen. Es war inzwischen fast Mittag. Pia beschloss, das Mittagessen ausfallen zu lassen, und bestellte sich einen großen Früchte-Eisbecher. Ihr Gegenüber orderte einen Eiskaffee. Die Akustik in dem Lokal war so schlecht, dass sie vorerst darauf verzichtete, das Gespräch aufzuzeichnen. Ihre handschriftlichen Notizen mussten ausreichen.

»Ein bisschen Spuk kommt immer gut«, sagte Bittner, während sie auf ihre Bestellung warteten. »Ansonsten hätten wir den Mordfall nicht noch mal auf Seite eins bringen können. Von euch erfährt man ja nichts Neues.«

Pia überging den dezenten Hinweis auf die mangelnden polizeilichen Ermittlungserfolge. Stattdessen fragte sie: »Wie sind Sie auf diesen Geisterbeschwörer, auf Frank Albrecht, gekommen, Herr Bittner?«

»Aleister? Er hat sich an uns gewandt. Völlig durchgeknallt, der Typ. Aber das Interview war ein Geschenk. Eine Séance, Botschaften aus dem Jenseits und ein Geist, der keine Ruhe findet ... und das alles in Zusammenhang mit einem ungelösten Mordfall.«

»Sie schreiben in Ihrem Artikel recht ausführlich über den Mordfall, der sich vor ungefähr fünfundzwanzig, sechsundzwanzig Jahren in dem Haus ereignet hat. Sind Sie bei Ihren Recherchen auf einen Hinweis gestoßen, dass die beiden Verbrechen mehr verbindet als derselbe Tatort?«

»Wenn man Aleister glaubt, ist der Fluch das verbindende Element.« Bittner grinste andeutungsweise.

»Aber wir beide sind uns einig, dass es keinen Fluch gibt?« Pia sah Helge Bittner prüfend an. Der Aufdruck auf seinem T-Shirt ließ immerhin hoffen.

»'türlich. Doch die Leute lieben diese Geschichten. Im Haus wurden wohl auch immer wieder Geräusche gehört, von den unterschiedlichsten Mietern – und die Story mit den feuchten Flecken im Keller ist auch nicht zu verachten.« Der Reporter tat so, als schauderte es ihn. »Ein ehemaliger Kollege von mir will sogar ein Buch darüber schreiben.«

»Sprechen Sie von Jesko Ebel?«

»Sie kennen ihn? War mal 'n ganz guter Kumpel von mir. Wir haben 'ne Menge zusammen erlebt. Bis er freigestellt wurde.«

»Gab es dafür einen besonderen Grund?«, hakte Pia nach.

»Harte Zeiten. Zu viel Konkurrenz. Jesko wurde nicht damit fertig. Fing an, blöd rumzulabern. Wenn erst sein großer Roman raus ist, bla, bla, bla. Aber er hat nichts mehr auf die Reihe bekommen. Ich sag Ihnen: Der schafft es im Leben nicht mehr, einen zusammenhängenden Text zu schreiben, der länger als zwanzig Zeilen ist.«

»Weshalb glauben Sie das?«, erkundigte sich Pia.

Bittner schüttelte abwehrend den Kopf. »Das ist halt mein Eindruck. Er redet ja kaum noch mit mir, und wenn, dann nur noch über seine Zukunft als Bestseller-Autor.«

Pia besann sich wieder auf ihr eigentliches Anliegen. »Haben Sie noch mehr über den alten Mordfall Bolt herausgefunden?«

»Der Mörder stand ja damals von Anfang an fest. Aber ein Rätsel bleibt: Das Geheimnis um das verschwundene Kind.« Der Journalist untermalte seine Ausführungen mit einer ausholenden Armbewegung. Die Kellnerin, die sich ihnen näherte, konnte gerade noch das Tablett festhalten. Sie schüttelte den Kopf und stellte Eisbecher und Eiskaffee wortlos vor ihnen ab.

»Es soll doch ein drittes Kind gegeben haben, das den Mord an der Mutter und den zwei Schwestern überlebt hat. Der Junge ist aus dem Licht der Öffentlichkeit verschwunden. Aber ihr bei der Polizei müsstet doch herausfinden können, wo er ist.«

»So einfach ist das nicht. Und es kostet Zeit.« War Juliane in dieser Sache immer noch nicht weitergekommen? Aber es war ja ohnehin fraglich, ob die Kenntnis der Identität und des Aufenthaltsortes des dritten Kindes die Ermittlungen auch nur einen Millimeter weiterbringen würde. Helge Bittner sog nachdrücklich an seinem Strohhalm. Offenbar steckte ein Sahneklumpen vor der Öffnung fest. Pia widmete sich einen Moment ihrem Eis. Man war damals davon ausgegangen, dass der Vater, Karl-Heinz Bolt, seine Familie in einem Anfall von Eifersucht ermordet hatte. Mal angenommen, das war ein Irrtum gewesen, und der wahre Mörder lebte noch ... Womöglich in der Umgebung von Mordkuhlen ...

Konnte Milena Ingwers' Tod etwas mit dem alten Fall zu tun haben? Ihre Mutter, Judith Ingwers, hatte im selben Dorf gewohnt wie die Bolts. Sie musste die Familie als Kind gekannt haben. Vielleicht hatte sie mit den Schwestern Bolt sogar gespielt? Maren Rosinski ebenso. Und auch die Martineks mussten sich an die Bolts erinnern können, genauso wie noch viele andere.

»Vielleicht ist mein früherer Kumpel ja das verschwundene Kind«, sagte Helge Bittner unvermittelt.

Pias Löffel verharrte in der Luft. »Jesko Ebel? Wie kommen Sie darauf?«

»Er hat mir nie was über seine Familie erzählt. Normalerweise sagt man doch mal dies oder das über seine Alten und so, zumindest, wenn man gut miteinander befreundet ist. Irgendwann hat ihn dann eine Frau in die Finger gekriegt. Das war es dann. Das typische Ende einer Männerfreundschaft.«

Pia kaute auf einem holzigen Stück Ananas und schluckte. »Haben Sie noch einen anderen Grund für Ihre Vermutung, dass Ebel das Kind der Bolts sein könnte?«

Ihr Gegenüber starrte auf das leere Glas. »Nur sein Interesse an dem dämlichen alten Fall.«

»Seit wann interessiert er sich dafür?«

»Erst seitdem er wieder allein ist. Seitdem *sie* weg ist. Arbeit als Therapie-Ersatz.«

»Warum auch nicht?«, sagte Pia.

»Vielleicht sollte ich mich mal wieder bei ihm melden«, meinte Bittner nachdenklich. »War es das für heute?«

Pia nickte. Keinen Millimeter weiter, aber vielleicht eine Freundschaft gerettet, dachte sie.

Als sie in Preetz aus dem Café trat, sah Pia auf dem Display ihres Mobiltelefons, dass sie vier Anrufe von Broders verpasst hatte. Die ersten drei Male hatte er keine Nachricht hinterlassen, und beim vierten Mal bat er mit gepresster Stimme um sofortigen Rückruf. Das passte so gar nicht zu ihm. Pia spürte einen unangenehmen Druck in der Magengegend und rief zurück.

»Verdammt, Pia! Hier brennt die Luft. Wo steckst du denn?«

»In Preetz. Was ist los?«

»Das Kind ist verschwunden.«

Der Magendruck verstärkte sich. »Welches Kind?«

»Zoe. Zoe Seibel. Ihre Mutter hat vor einer halben Stunde die Kollegen auf Fehmarn alarmiert.«

»Wie lange wird die Kleine schon vermisst?«, fragte Pia.

»Seit circa vier Stunden. Es sieht ernst aus. Kannst du herkommen?«

»Wohin? Nach Lübeck oder Fehmarn?«

»Nach Mordkuhlen. Wir könnten hier jemanden mit deinem Einfühlungsvermögen und deinen natürlichen Mutterinstinkten gebrauchen.«

»Spinnst du jetzt?« Sie rollte mit den Augen. »Ich bin auf dem Weg.«

Heinz Broders fing Pia in der Einfahrt zu Mordkuhlen ab und berichtete, was sie von den Bewohnern bisher erfahren hatten: Zoe war am Morgen vor dem Frühstück zum Tor gelaufen, um die Zeitung hereinzuholen. Vorn am Zaun stand ein amerikanischer Briefkasten in Form einer Kuh, in die der Bote morgens zwischen fünf und sechs Uhr die Tageszeitung steckte. Arne Klaasen hatte sich zu der Zeit in der Küche aufgehalten, Irma Seibel im Bad und Patrick schlief noch oben in seinem Zimmer. Da sowohl das Fenster des Badezimmers als auch das der Küche nach hinten hinausgingen, hatte niemand gesehen, was danach mit Zoe passiert war. Fest stand offenbar, dass die Kleine nicht ins Haus zurückgekehrt war. Die Bewohner – und inzwischen auch die Polizei – hatten das Gebäude und den Garten schon von oben bis unten abgesucht.

»Es hat etwas gedauert, bis sie überhaupt gemerkt haben, dass Zoe nicht wiederkam«, erklärte Broders. »Arne Klaasen meint, dass sie so zwischen Viertel nach sieben und halb acht das Haus verlassen hat. Er kochte gerade Tee. Es hat ihn zunächst nicht weiter gewundert, dass sie nicht wiederkam. Er dachte, Zoe habe die Zeitung nur in der Diele abgelegt und sei danach zu Irma oder wieder in ihr Zimmer gegangen.«

»Wann haben sie ihr Verschwinden bemerkt?«

»Um halb neun, als Irma mit ihr in den Kindergarten fahren wollte.«

»So spät?«

»Typischer Fall von ›Ich dachte, du kümmerst dich darum‹.

Klaasen ist davon ausgegangen, das Kind sei in seinem Zimmer oder bei der Mutter. Sie nahm an, dass Zoe mit Arne Klaasen frühstückte. Als sie dann in die Küche kam, ging sie erst mal davon aus, dass Zoe wieder im Obergeschoss ist und spielt. Das Mädchen ist anscheinend ein Frühaufsteher, und alles freut sich, wenn sie sich morgens noch eine Weile selbst beschäftigt.«

Pia blies die Luft aus. »Mist, verdammter Mist! Zu dem Zeitpunkt, als ihr Verschwinden bemerkt wurde, war sie also schon über eine Stunde verschwunden?«

»Ja. Und dann ging alles sehr schnell. Sie haben Patrick aus dem Bett geschmissen und sind alle drei losgelaufen, um Zoe zu suchen. Im Haus, im Garten, in Richtung Strand und im Dorf. Klaasen hat bei allen Nachbarn geklingelt, die zu Hause waren. Niemand hat Zoe gesehen.«

»Gibt es Teiche, Wasser führende Gräben oder Flüsse in der Nähe?«

»Oh, ja. Eine gründliche Suche hier in der Gegend ist nicht ohne. Alle, die schnell genug hier sein konnten, sind schon eingeteilt und unterwegs.«

Pia rieb sich die Stirn. »Fällt dir irgendeine harmlose Erklärung für ihr Verschwinden ein?«, fragte sie.

»Zoe ist vielleicht einfach losgelaufen. Dann kann sie schon sonst wo sein. In Puttgarden an der Fähre oder auf der Brücke in Richtung Festland. Ich wollte als sechsjähriger Knirps mal zu Fuß meinen Opa im Fichtelgebirge besuchen.«

»Und? Bist du angekommen?«

»Noch in unserer Straße, auf Höhe der Mülltonnen, haben sie mich eingefangen.«

28. Kapitel

Der Labrador-Retriever schnüffelte am Hauseingang von Mordkuhlen und lief aufgeregt hin und her. Für die Suche nach Zoe sollte ein Mantrailer, ein speziell ausgebildeter Suchhund, eingesetzt werden. Sie standen unter Zeitdruck. Mit jeder Minute, die Zoe verschwunden war, verschlechterten sich die Chancen, sie wohlbehalten wiederzufinden.

Pia wusste, dass Mantrailer für eine besondere Art der Personensuche ausgebildet waren. Sie folgten der Spur des Individualgeruchs der vermissten Person. Der wurde hauptsächlich von Hautschuppen gebildet beziehungsweise von den geruchsbildenden Bakterien auf den Hautschuppen. Gegebenenfalls auch von Blut. Damit war die Spur witterungsabhängig. Es durfte nicht zu heiß und nicht zu kalt sein, und es bedurfte einer gewissen Menge Feuchtigkeit. Gut, die hatten sie, so schwül, wie es war. Ein Mantrailer konnte, im Gegensatz zum Fährtenspürhund, auch auf Straßen oder auf anderen versiegelten Böden einer Spur folgen. Sogar wenn der oder die Vermisste Fahrrad gefahren oder auf einem Pferd geritten war. Wenn Zoe allerdings in einem Auto verschleppt worden war, endete damit ihre Spur.

Pia sah Horst-Egon Gabler nach, wie er neben dem Hundeführer herging. Sie hatten dem Hund als Geruchsartikel ein getragenes Kleidungsstück von Zoe gezeigt, sodass er wusste, nach wem er suchen sollte. Er würde Zoe anhand ihres Eigengeruchs auch in einer Menschenmenge identifizieren können.

Der Hund führte seine Begleiter mit gesenktem Kopf in Richtung Tor.

»Spannende Sache. Meinst du, seine Kondition reicht dafür aus?«, fragte Manfred Rist, der neben Pia stand.

»Von wem sprichst du? Vom Hund oder von Gabler?«

Er hob leicht die Schultern. »Von unserem altgedienten Chef. Ich bin auch mal bei einem Mantrailing mitgelaufen. Acht oder neun Stunden lang. So ein Hund legt ein flottes Tempo vor.«

»Sollte er auch«, sagte Pia mit einem Blick zum Himmel. Am Horizont hatten sich Quellwolken gebildet. »Wenn es ein Gewitter gibt und regnet, können wir die Spur vergessen.«

Rist nickte. »Das wird heute ein langer Tag. Ich hab das im Urin.«

»Ja, und?«

»Kriegst du das hin?« Er sah sie von der Seite an.

Was sollte das? »Kriegst *du* das hin?«, entgegnete sie.

»Ich hab kein Problem.« Er kniff die Augen zusammen. »Es dauert so lange, wie es dauert. Auf mich wartet ja keiner.«

»Bis nachher, Manfred.« Er hatte recht, es würde ein langer Tag werden. Seine Frage, ob sie das hinbekam, hatte sich nicht nach wohlwollendem Interesse angehört. Pia sah keinen Grund, ihn in ihre Planungen einzuweihen. Er war ein ihr gleichgestellter Kollege. Nicht ihr Chef. Es ging ihn nichts an, dass sie sofort nachdem sie von Zoes Verschwinden erfahren hatte, ihre Mutter angerufen hatte. Die würde Felix bei Fiona abholen und sich um ihn kümmern, bis Pia nach Hause kam. Heute Abend, heute Nacht, morgen früh ... Ihr Sohn war in guten Händen. Gott sei Dank.

Zoes Verschwinden ging Pia mehr an die Nieren, als sie sich eingestehen wollte. Sie wussten nicht, wo das Mädchen steckte. Aber jetzt, wenige Stunden nach Zoes Verschwinden, bestand noch die Chance, sie wohlbehalten wieder aufzufinden. Noch.

Die nächsten Nachbarn, die Martineks, waren am Morgen zu einem Großeinkauf aufs Festland gefahren. Als Pia mit Broders bei ihnen eintraf, luden sie gerade ihre Einkäufe aus dem Kofferraum. Sie waren gegen acht Uhr aufgebrochen und sagten, dass ihnen nichts Ungewöhnliches aufgefallen sei. Keine Autos, keine Menschen, auch nicht Zoe.

Als Nächstes fuhren Broders und Pia zu den Ingwers. Den Angaben seiner Frau zufolge war Rudolf Ingwers um sieben Uhr zu Hause aufgebrochen, um ins Geschäft zu fahren. Er würde dort ebenfalls befragt werden müssen, vermerkte Pia.

Judith Ingwers bat sie ins Haus. Ihre sonst eher sparsamen Bewegungen wirkten heute seltsam ruckartig. Immer wieder strich sie sich eine Haarsträhne, die sich aus ihrer strengen Frisur gelöst hatte, hinters Ohr.

»Ich begreife nicht, was hier vor sich geht«, klagte sie. »Erst das mit Milena und nun ein Kind von Mordkuhlen.«

»Das Mädchen ist fünf Jahre alt. In dem Alter kommt es allein nicht sehr weit. Entweder hat Zoe sich verlaufen, versteckt sich irgendwo, oder sie hatte in der näheren Umgebung einen Unfall. Andernfalls ist sie entführt worden.«

»Sie hat sich bestimmt nur verlaufen.« Judith Ingwers sah nicht so aus, als glaubte sie selbst an diese Möglichkeit.

»Wo waren Sie heute Morgen, Frau Ingwers?«

»Erst zu Hause, die Wäsche raushängen, bevor das angekündigte Gewitter kommt und das Wetter umschlägt. Danach war ich mit den Hunden unterwegs. Um halb elf bin ich aber wieder hier gewesen.«

»Um wie viel Uhr sind Sie mit den Hunden losgegangen?«

»Ich weiß nicht, gegen halb acht, vielleicht auch später. Ich hab aber den Wagen genommen, weil ich zu einem bestimmten Strand wollte.«

»Hat Sie jemand gesehen?«

»Nein, ich hab niemanden Bestimmtes getroffen.«

Pia dachte einen Moment nach. »Wie gut kennen Sie Zoe Seibel, Frau Ingwers?«

»Die Kleine? Ich bin ihr erst ein oder zwei Mal begegnet. Ich finde ja, sie schaut ein bisschen verwahrlost aus. Immer schmuddelig und ungekämmt. Nichts für ungut, aber Sie verstehen, was ich meine.«

»Bei welcher Gelegenheit haben Sie sie denn gesehen?«

»Ach, das war nur im Garten. Die Kleine lief barfuß. Ihre Mutter hatte sie im Haus allein gelassen, aber Zoe kam hinter ihr her.«

»Meinen Sie, Irma Seibel hat ihre Tochter vernachlässigt?«, fragte Broders. Pia hörte an seinem Tonfall, dass Judiths Redeweise ihn auf die Palme brachte.

»Oh, nein!« Judith Ingwers hob abwehrend die großen Hände. »Ich weiß gar nichts. Das kleine Mädchen schien mir nur ... etwas verunsichert ... verstört – das ist der richtige Ausdruck – sie schien mir etwas verstört zu sein.«

»Das ist eine ernste Anschuldigung, Frau Ingwers. Sie legt auch den Schluss nahe, dass Zoe von zu Hause weggelaufen ist oder dass ihre Mutter in gewisser Weise Schuld an ihrem Verschwinden haben könnte.«

Judith Ingwers starrte Pia an.

»Kannte Ihr Mann die kleine Zoe auch?«, fragte Broders. Immerhin hatte Rudolf Ingwers ungefähr zu der Zeit das Haus verlassen, als Zoe verschwunden war.

Judith Ingwers zuckte unbeholfen mit den Schultern.

»Das müssen Sie doch wissen.«

Ihr Gesicht lief langsam rot an. »Rudolf hat nichts mit dem Verschwinden des Kindes zu tun. Das weiß ich zu hundert Prozent.«

»Wieso sind Sie sich da so sicher?«

»Die auf Mordkuhlen haben sich auf Dinge eingelassen, von

denen sie besser die Finger gelassen hätten«, war Judith Ingwers' rätselhafte Antwort.

»Und zwar?« Pia spürte ein Kribbeln in der Magengegend.

»Das müssen Sie sie selbst fragen«, kam es zurück.

»Für solche Spielchen haben wir keine Zeit!«, fuhr Pia sie an. Sie merkte, dass sie laut geworden war, und schraubte ihre Stimme ein paar Dezibel herunter. »Jede Minute, die wir verlieren, kann über Zoes Leben entscheiden, Frau Ingwers. Worauf hat sich Irma Seibel Ihrer Meinung nach eingelassen?«

»Das Böse«, antwortete sie. Die Frau sah so aus, als wäre sie mit der Reaktion, die sie hervorgerufen hatte, sehr zufrieden.

»Wie bitte?«

Sie hakten noch mehrmals nach, doch es war nichts Brauchbares mehr aus Judith Ingwers herauszubekommen.

»Müssen wir nicht irgendwas veranlassen?«, meinte Pia, als sie mit Broders zum Auto zurückging. »Die Frau ist mir unheimlich.«

»Weil sie an das Böse glaubt? Hier geht gerade etwas sehr Böses vor sich. Nur dass sich niemand traut, das laut auszusprechen.«

»Du jetzt auch noch!«, stöhnte Pia. »Jemand sollte sich übrigens umgehend mit Rudolf Ingwers befassen. Er hat zur fraglichen Zeit das Haus verlassen. Etwas zu früh vielleicht, um Zoe zu begegnen, aber er könnte ja irgendwo auf sie gewartet haben.«

»Du fandest Judith Ingwers' Reaktion auch seltsam, nicht wahr?« Broders griff zum Telefon und wählte. »Ich bilde mir da doch nichts ein?«, fragte er, während er darauf wartete, dass sich jemand meldete.

Pia schüttelte stumm den Kopf. Sie hörte zu, wie Broders ihrem Chef berichtete, was sie herausgefunden hatten.

»Wir fahren noch einmal zur Rosinski«, sagte er, nachdem er aufgelegt hatte.

Pia startete den Wagen. »Da können wir uns bald einmieten. Sie hat doch mal in Ferienapartments gemacht, oder?« Sie steuerte den Wagen in Richtung der Hofanlage. »Gibt es sonst noch was Neues?«

»Schlechte Neuigkeiten von unserem Mantrailer. Er ist nicht weit gekommen. Nur ein kurzes Stück die Straße hinunter und dann wieder zurück in den Garten. Er weigert sich, das Grundstück zu verlassen.«

»Der Garten ist natürlich mit Spuren übersät, wenn die Kleine dort immer gespielt hat«, sagte Pia. *Hat*... Das Wort hallte unheilvoll in ihrem Kopf wider.

Maren Rosinski zeigte sich angemessen betroffen, hatte aber nichts Hilfreiches zum Verschwinden Zoes beizutragen. »Es handelt sich bei den Leuten im Haus um meine Mieter«, stellte sie fest. Sie schien sich ein »nur« verkniffen zu haben. »Sie zahlen ihre Miete, ich lasse sie in Frieden.«

»Aber Sie wissen, dass ein fünfjähriges Mädchen dort wohnt?«, fragte Pia.

»Natürlich.« Sie zupfte sich ein Haar vom Ärmel ihrer Bluse. »Ein Kind ist okay. Bei mehr als einem werde ich immer vorsichtig.«

»Auch bei einem Haus wie Mordkuhlen?«, fragte Broders.

»Die können einem doch das Dach über dem Kopf anzünden, wenn sich keiner richtig kümmert.« Sie sah Broders mit hochgezogenen Augenbrauen an. »Aber wem erzähl ich das? Sie müssten sich doch mit so was auskennen.«

»Sehen wir aus wie die Feuerwehr?«, fragte Pia mehr verblüfft als verärgert. Maren Rosinski hob die Schultern. Sie schien mit ihren Gedanken schon wieder woanders zu sein. Überhaupt legte sie heute, da es nicht um sie selbst ging, ein bemerkenswertes Desinteresse an den Tag.

»Wo waren Sie heute Morgen zwischen sieben und neun Uhr?« Pia hatte ihre Stimme erhoben, um zu der vage lächelnden Frau durchzudringen.

»So früh? Im Bett. Ich hatte Schlaf nachzuholen. Heute Nacht bin ich wohl tausend Mal aufgewacht, wegen dieses ... Erlebnisses am Staberhuk.«

»Ist Ihnen noch irgendwas dazu eingefallen? Wer Sie verfolgt haben könnte und warum?«

»Nein, nichts.« Maren Rosinski starrte düster ins Leere.

Bei Pias und Broders' Ankunft herrschte vor dem Haus auf Mordkuhlen ein regelrechter Tumult. Zwei Streifenwagen, mehrere Zivilfahrzeuge und das Auto mit dem Anhänger, in dem der Hund transportiert worden war, parkten immer noch kreuz und quer in der Zufahrt und dem ungepflegten Vorgarten. Mittendrin standen fünf Personen, die äußerst erregt diskutierten. Hin und wieder kam es sogar zu kleineren Handgreiflichkeiten.

»Sie waren es doch! Sie haben Ihre Finger im Spiel, Aleister, oder wie auch immer Sie heißen!«, rief Irma gerade in schrillem Tonfall.

Juliane stand neben Frank Albrecht. Ihr Gesicht war rot angelaufen, ob vor Hitze, Ärger oder Anstrengung, war schwer auszumachen. Ihr Kollege Conrad Wohlert hielt Irma Seibel am Arm, wohl um sie daran zu hindern, auf den selbst ernannten Geisterbeschwörer loszugehen. Sie ruckte immer wieder ungeduldig, aber Wohlert hielt sie mit stoischer Miene fest. Was, ihrem Gesichtsausdruck nach zu urteilen, wohl auch besser war. Arne Klaasen stand mit in die Hüfte gestemmten Händen daneben, die Augen zornig zusammengekniffen.

»Was ist denn hier los?« Pia eilte sofort zu den Streitenden.

»Wir waren bei Herrn Albrecht, um ihn zu befragen«, erklärte Juliane mit erhobener Stimme. Irma Seibel schnaubte verächtlich. »Er wollte unbedingt mit uns herkommen. Er behauptet, rausfinden zu können, wo das Kind steckt. Als Frau Seibel ihn gesehen hat, hat sie sich auf ihn gestürzt.« Juliane sah von Aleister zu Irma Seibel und zurück. »Sollten wir ihn etwa dalassen, auf die Gefahr hin, dass er wirklich was weiß?«

»Natürlich nicht«, sagte Broders, der auch dazugekommen war. »Ist Gabler schon informiert?«

»Der telefoniert.« Wohlert sprach in gedämpftem Tonfall zu Pia und Broders. »Er hat Taucher angefordert, aber die sind noch nicht hier.«

»Gar nichts passiert hier, gar nichts!«, ereiferte sich Irma Seibel. Pia konnte ihre kaum noch kontrollierbare Wut und die Angst, die sich dahinter verbarg, nachvollziehen. Das Warten auf eine Nachricht über den Verbleib ihrer Tochter musste eine Qual für sie sein. Und dann noch mit diesem Aleister und seinen halb garen Sprüchen konfrontiert zu werden ... Die beiden hätten sich besser nicht begegnen sollen. Nicht zu diesem Zeitpunkt.

»Wir vernehmen Herrn Albrecht im Polizeibus. Da sind wir ungestört«, bestimmte Pia. Die Zeit drängte.

»Und währenddessen gehen Sie mit mir zurück ins Haus, Frau Seibel«, hörte sie Conrad Wohlert sagen. Sein Ton war verständnisvoll, aber entschlossen. »Sie kommen auch mit, Herr Klaasen.«

Irma Seibel ließ sich mitziehen, sah jedoch Pia noch einmal direkt in die Augen. »Er steckt hinter allem, Frau Korittki. Er hat Zoe das Amulett untergejubelt. Er hat sie irgendwie beeinflusst. Zur Hölle damit, wie er das angestellt hat, aber er ist schuldig!«

»Ich kümmere mich darum«, sagte Pia.

Die Luft im VW-Bus war heiß und stickig. Wer immer den Wagen in der Sonne abgestellt hatte, hatte nicht an die Möglichkeit einer Befragung im Innenraum gedacht.

»Ich bin freiwillig hier, ich will nur helfen!«, betonte Aleister, als sie alle mehr schlecht als recht einen Platz am Tisch gefunden hatten. Er schien sich trotz der klebrigen Luft und der allgemeinen Anspannung erstaunlich wohl zu fühlen.

»Dann tun Sie's!«, sagte Pia. »Was wissen Sie über Zoes Verbleib?«

»So einfach ist das natürlich nicht, Frau Kommissarin.« Er leckte sich über die Lippen, seine Augen wanderten unruhig von ihr zum Fenster und dann zu Juliane. »Dazu muss ich mich erst in die richtige Stimmung versetzen. Wo genau ist das Kind zuletzt gesehen worden?«

»Das können wir Ihnen nicht sagen.«

»Bin ich verdächtig?«

»Wir befragen Sie als Zeugen«, antwortete Juliane. »Noch.«

»Was braucht es denn für die ›richtige Stimmung‹, ich meine, damit Sie uns tatsächlich etwas über Zoe sagen können?«, fragte Pia. Sie spürte, wie Juliane ihr in Gedanken einen Vogel zeigte.

Aleister fixierte sie nun mit seinen wässrigen Augen. Juliane beachtete er nicht weiter. »Irgendwas in der Art musste ja passieren. Ich hab's gewusst! Es liegt an diesem Ort. An dem Fluch. Wir haben versucht, das Kind zu schützen. Aber der Schutzzauber war zu schwach.«

Er hob zu einer wirren Erklärung an, die den Schluss nahelegte, dass er und seine Begleiterinnen das Amulett hergestellt und unter Zoes Kopfkissen deponiert hatten. Wann das passiert war, ob vor oder nach der Séance, darüber wollte er sich nicht auslassen.

»Worin genau besteht die Bedrohung, vor der Sie Zoe schützen wollten?«, hakte Pia nach.

»Es ist ein Geist, der sich noch in der Zwischenwelt befindet«, dozierte Aleister. »Vielleicht will er was Unerledigtes zu Ende bringen, vielleicht Kontakt aufnehmen, oder er foppt uns nur.«

»Ein Geist, der uns foppt, hat ein Kind entführt?« Pia schwoll allmählich der Hals.

»Der Entführer ist schon menschlich. Entgegen anders lautenden Vermutungen ist der Einfluss der Geisterwelt auf uns immer nur indirekt. Nicht direkt. Sie brauchen einen Menschen, den sie für ihre Zwecke einsetzen.«

»Und wer ist das Ihrer Meinung nach?«

Aleister zuckte bedauernd mit den Schultern.

»Wie finden wir das Kind?« Pia beugte sich ein Stück vor. Sie ignorierte den Geruch nach Schweiß und Knoblauch, der von Aleister ausging.

»Indem Sie sie suchen.«

»Wo ist Zoe Seibel?« Pia wurde wieder lauter. Juliane sah sie überrascht von der Seite an.

»Ich muss ins Haus, wenn ich euch mehr sagen soll.«

»Wozu? Ist das Kind irgendwo im Haus?«, mischte sich Juliane ein.

»Nein. Aber ich könnte versuchen, den Fluch mit einem Schutzzauber zu bannen.«

»Nein«, sagte Pia energisch.

»Lassen Sie mich im Haus nachschauen! Das Haus kennt die Lösung.«

Juliane stöhnte leise auf.

»Dort laufen alle Fäden zusammen«, beharrte Aleister, ohne sie zu beachten. Er fixierte wieder Pia.

»Ich höre mir das nicht länger an«, sagte diese und erhob sich. Bei der ruckartigen Bewegung stieß sie sich den Oberschenkel an der Ecke der Tischplatte. Allein die Vorstellung, Felix wäre verschwunden und jemand würde so einen Blödsinn erzählen ... Sie sah Juliane an. »Meinetwegen kann er im Haus rumlaufen und mit den Geistern sprechen. Aber er soll Irma Seibel und Klaasen nicht unter die Augen kommen. Und vor allem soll er uns nicht unsere kostbare Zeit stehlen.«

»Wie soll denn das gehen?«, protestierte Juliane. Irmas Reaktion vorhin schien ihr Respekt eingeflößt zu haben.

»Warten Sie einen Moment hier drinnen«, sagte Pia zu Aleister und zog Juliane mit sich nach draußen. »Kann er überhaupt etwas mit Zoes Verschwinden zu tun haben?«, fragte sie ihre Kollegin, als sie neben dem Bus standen. Ein Schwarm Gewitterfliegen umschwirrte die beiden Frauen. Pia wedelte ungeduldig mit der Hand, um sie daran zu hindern, sich auf ihrem schweißnassen Gesicht niederzulassen. »Oder hat er ein Alibi?«

»Bedauerlicherweise hat er eines, ja«, antwortete Juliane. »Ein glaubwürdiges sogar. Frank Albrecht war heute Morgen beim Zahnarzt. Er kann das Mädchen unmöglich selbst entführt haben.«

»Ich sag jetzt nicht ›verflucht noch mal‹!«, stieß Pia hervor. Sie sah zum Haus hinüber, das unter der dicken grauen Wolke, die sich am Himmel aufgetürmt hatte, noch weniger einladend aussah als gewöhnlich.

Juliane blickte auf eine Stelle über Pias Schulter. »Ich glaube, da kommen unsere Taucher«, sagte sie. »Wird aber auch Zeit.«

Zwei weitere Fahrzeuge bogen auf die Zufahrt von Mordkuhlen ein. Pia dachte an die stillen, dunklen Gewässer, die die Männer würden absuchen müssen, und schauderte. »Ich meine, Aleister sollte ruhig ins Haus gelassen werden, Juliane. Aber nur unter Aufsicht.«

»Tolle Hilfe«, murmelte die Kollegin und kletterte wieder in den Bus.

29. Kapitel

Pia wartete ab, bis Gabler sein Telefonat beendet hatte. Als er sich zu ihr umdrehte, bemerkte sie, wie grau er im Gesicht war, und erschrak.

»Das drohende Gewitter macht uns einen Strich durch die Rechnung«, sagte er. »Die Taucher können nicht arbeiten. Und für die Suchmannschaft wird es auch nicht einfacher.« Er sah Pia in die Augen. »Das Kind wird jetzt seit neun Stunden vermisst.«

»Es ist noch nicht mal Abend.« Pia blickte nach draußen, wo die Gewitterwolken den Himmel verdunkelt hatten. Über dem Tisch, an dem Gabler stand, brannte eine Lampe. Der Lichtkegel der Vierzig-Watt-Birne ließ den Rest des Raumes noch düsterer wirken. »Noch besteht eine gute Chance, dass wir das Kind lebend finden.«

Gabler fuhr sich mit der Hand durch das kurze Haar. »Bei diesem Fall scheint sich alles von Anfang an gegen uns verschworen zu haben. Wir wissen noch immer so gut wie nichts!«

»Das Haus ist halt verflucht«, rutschte es ihr heraus.

»Sorry.« Sie schüttelte den Kopf. »Ich bin wegen Frank Albrecht hier – dem Geisterbeschwörer.« Pia setzte ihren Chef über das ins Bild, was Aleister gesagt hatte.

Gabler überlegte kurz. »Es kann nicht schaden, wenn er hereinkommt. Vielleicht bewegt sich dann ja was. Du hast mit ihm gesprochen, was meinst du?«

»Unter Umständen weiß er wirklich etwas. Er war hier im Haus und kennt die Bewohner. Es besteht zumindest die Möglichkeit, dass er was aufgeschnappt hat, das uns weiterhilft, selbst wenn er es uns dann als ›Geisterwissen‹ verkauft. Ich halte ihn für so einen Typen, der das Gras wachsen hört.«

»Ich verlass mich da auf dein Urteil.«

Pia spürte die Müdigkeit und Frustration, die hinter Gablers Worten standen. Das war ungewohnt und nicht gut. Gar nicht gut zu diesem Zeitpunkt.

Manfred Rist platzte herein. Seine Miene drückte Entschlossenheit aus ... und noch etwas anderes. Trotz ihres bisherigen Misserfolgs, was die Suche nach Zoe anging, schien er in dieser Situation ganz in seinem Element zu sein. Pia nickte Gabler zu und verließ den Raum. Doch sie kam nicht dazu, Frank Albrecht bei seinen Erkundungen im Haus zu begleiten, weil im Obergeschoss laute Stimmen ertönten.

»Ich hätte dich längst rausschmeißen sollen! Sieh zu, dass du mir aus den Augen kommst!«

Immer zwei Stufen auf einmal nehmend, lief Pia nach oben in den ersten Stock und sah Patrick Grieger und Arne Klaasen, die sich wie zwei rivalisierende Kater gegenüberstanden. Sie schienen kurz davor zu sein zuzuschlagen.

»Du hast hier gar nichts zu sagen, Arne. Halt dein blödes Maul und lass mich in Ruhe!« Patrick hatte eine Hand am Türgriff, bereit, sich in seinem Zimmer zu verschanzen, wenn sein Mitbewohner handgreiflich werden sollte. Klaasen hingegen stand breitbeinig vor ihm und bewegte die Arme, als wollte er jeden Moment zum Schlag ausholen.

»Auseinander!«, rief Pia. »Was soll das? Glauben Sie etwa, dass eine Prügelei uns weiterhilft?«

»Der Idiot schert sich doch einen Dreck um das Kind!« Klaasen spie die Worte geradezu aus. »Hockt nur in seinem Zimmer und hört diese Scheißmusik.«

»Ich wäre lieber draußen, um Zoe zu suchen. Aber die lassen mich nicht.« Er warf Pia einen provozierenden Blick zu.

»Vielleicht weißt du ja, wo sie ist«, sagte Klaasen. Sein Ton war nun, da Pia und inzwischen auch Conrad Wohlert im Gang standen, etwas gemäßigter, doch innerlich schien er immer noch vor Wut zu kochen. »Vielleicht willst du nur deine Spuren verwischen. Ich trau dir nicht mehr, Patrick, schon seit du Milena hier angeschleppt hast ...«

Patricks Gesicht verzerrte sich. Wohlert wollte eingreifen, doch Pia bedeutete ihm mit einer Handbewegung abzuwarten. Der Wortwechsel begann gerade interessant zu werden. Die aufwallenden Emotionen ließen die Kontrahenten unvorsichtig werden. »Ach ja? Du bist doch hinter Milena hergeschlichen wie ein geiler Bock«, fuhr Patrick den älteren Mann an. »Allein, wie du sie immer angesehen hast! Widerlich. Wo warst du, als sie ermordet wurde, hm?« Obwohl er kleiner und nur halb so breit war, trat er einen Schritt auf Klaasen zu.

»Ich hab sie nicht angefasst. Aber du ... du hast Milena für deine Zwecke benutzt. Glaubst du, ich hab das nicht gewusst? Spätestens als rauskam, wer ihre Eltern sind, hab ich eins und eins zusammengezählt.«

»Spinnst du jetzt, oder was?«, zischte Patrick mit einem Seitenblick auf Pia.

»Ich glaube allmählich, dass du was mit ihrem Tod zu tun hast. Wenn nicht durch deine eigene Hand, dann indirekt, weil du sie in deine miesen Machenschaften mit hineingezogen hast.«

Patrick stieß einen Laut aus, der jetzt wirklich an einen kämpfenden Kater erinnerte, und sprang auf Arne Klaasen zu.

Conrad Wohlert packte Klaasen, der im Begriff war zurückzuschlagen, von hinten an den Oberarmen, während Pia sich Patrick Grieger griff. Er war so außer sich, dass sie ihm die Arme auf den Rücken drehen und fixieren musste, ehe er die Attacke aufgab.

»ACAB!«, schrie er sie an. »Schlägst du nun zu, oder was?«

Pia zählte von fünf an rückwärts, ehe sie den Griff lockerte. »Kein Interesse.«

Patrick Grieger atmete tief durch und entspannte sich ein wenig. Sie ließ ihn los. Er richtete sich auf und funkelte sie wütend an.

»Was hat der Idiot da gerade gesagt?«, fragte Klaasen mit einem hinterhältigen Lächeln.

»Das sollte er besser nicht wiederholen«, drohte Wohlert. ACAB, *All cops are bastards*, wurde auch von Polizisten verstanden. Sie zuckten zusammen, als es blitzte und kurz darauf ein lauter Donnerknall durch das Haus hallte.

Heinz Broders hatte in Burg eine Wagenladung voll Pizza für alle besorgt. Er war seit dem frühen Vormittag auf Mordkuhlen, und niemand wusste, wie lange sie noch dort würden ausharren müssen. Die drei Bewohner des Hauses befanden sich gut bewacht im Obergeschoss, während Pia, Broders und Rist in der Küche saßen und aßen. Gabler hatte vorgegeben, keinen Hunger zu haben, und Juliane und Wohlert wollten später essen. Außerdem musste jemand Frank Albrecht beobachten, während er mit wichtiger Miene durch das Haus schritt und Zwiesprache mit den Geistern hielt.

»Hat der Scheißkerl dir eben wehgetan?«, fragte Conrad Wohlert, während Pia ihre Pizza in Achtel schnitt.

»Nein. Aber ich könnte ihn trotzdem erwürgen«, sagte sie.

Broders sah von einem zum anderen. »Ich hab was verpasst, oder?«

»War nur ein unbedeutender Zwischenfall«, sagte sie. »Einfache körperliche Gewalt.«

»Du könntest ihn wegen Beamtenbeleidigung drankriegen«, schlug Wohlert vor.

»Vielleicht drohe ich ihm damit, wenn er nicht bald seinen Mund aufmacht.« Pia biss in ihre Pizza. Die ersten Regentropfen prallten gegen die staubige Fensterscheibe.

Nachdem sie so viel in sich hineingestopft hatte, dass sie den Abend, vielleicht auch die ganze Nacht ohne Magenknurren würde überstehen können, ging Pia in die Diele und zog ihr Mobiltelefon hervor. Mit jeder Minute, die verstrich, wurde es unwahrscheinlicher, dass Zoe unversehrt irgendwo gefunden wurde oder dass sie in absehbarer Zeit nach Hause kam. Die Anspannung und Angst, die im Haus spürbar waren, wurden von dem Gewitter, das draußen tobte, noch verstärkt. Der Regen prasselte nun hart gegen das einfach verglaste Fenster. Es hörte sich so an, als würde jemand Kies dagegenwerfen. Vor wenigen Stunden hätte Pia sich über den Wetterwechsel gefreut: die lang ersehnte Abkühlung. Nun setzte ihr das Wissen zu, dass jede Spur unter freiem Himmel durch den starken Regen zunichtegemacht werden würde. Und irgendwo da draußen war das Kind – ängstlich und vielleicht auch in großer Gefahr. Und das war noch die bessere der denkbaren Möglichkeiten.

Pia wählte die Nummer ihrer Mutter und erkundigte sich nach Felix. Er wollte mit ihr telefonieren. Als er den Hörer hingehalten bekam, atmete er laut ins Telefon, lauschte anscheinend der Stimme seiner Mama, sagte aber nichts. Pia überlief eine Gänsehaut, und das lag nicht nur an dem dünnen kurzärmeligen T-Shirt, das sie trug, während die Temperaturen gerade innerhalb von Minuten um mindestens zehn Grad gefallen waren.

Sie hatte das Gespräch eben beendet, als ein Auto mit aufgeblendeten Scheinwerfern in die Einfahrt fuhr. Durch das Dielenfenster am Treppenaufgang sah Pia, wie ein alter weißer Golf mit Ostholsteiner Kennzeichen mitten auf dem Vorplatz hielt. Die Fahrertür öffnete sich, und Jesko Ebel lief in geduckter Haltung auf den Eingang zu.

Pia fing ihn vor der Tür ab. »Kein Zutritt für die Presse.«

»Ich muss mit Ihnen reden. Soll ich erst bis auf die Haut nass werden, bevor Sie mich reinlassen?«

»Ich hoffe, Sie haben wichtige Neuigkeiten für uns.« Widerstrebend trat Pia einen Schritt zur Seite.

Er schüttelte sich wie ein nasser Hund. »Ein richtiges Unwetter ist das, oder? Als ob die Welt untergeht.«

»Geht es um Zoe Seibel?«, fragte Pia.

Er nickte.

»Kommen Sie mit.« Sie führte ihn in Richtung Wohnraum zu Gabler. Es war keine Zeit für »Stille Post«.

Unglücklicherweise begegnete ihnen im Flur Patrick Grieger, der wohl auf dem Weg zur Toilette war. Als er Ebel sah, kniff er die Augen zusammen. »Dich kenne ich doch!«

Pia stellte sich zwischen die Männer. »Nicht schon wieder«, sagte sie. »Wenn Sie handgreiflich werden, Herr Grieger, lasse ich Sie festnehmen.«

»Schon gut. Hab verstanden. Aber was will *der* hier?«

»Mit der Polizei reden. Er glaubt, dass er helfen kann.« Hoffentlich versuchte Ebel nicht, sie reinzulegen! Es war eine Suchmeldung übers Radio herausgegeben worden, bei der die Bevölkerung um Mithilfe bei der Suche nach Zoe gebeten worden war. Die Presseleute waren mit einer Pressekonferenz am nächsten Tag vertröstet worden – gesetzt den Fall, Zoe war bis dahin nicht wieder aufgetaucht.

»Der war doch schon mal hier. Ich wäre bei dem Typen vorsichtig«, sagte Patrick Grieger. »Solchen Leuten kann man nicht trauen.«

Jesko Ebel sah Pia an. »Wie kommt der dazu, so was zu behaupten?«

»Kennen Sie sich?«

Der Journalist hob leicht die Schultern. Er mied den Augenkontakt mit ihr. Das hieß wohl so viel wie »ja«.

»Diese Schreiberlinge sind alle Aasgeier«, sagte Patrick Grieger verächtlich. »Dass er ein Buch über das Haus hier schreibt, glaub ich erst, wenn ich es sehe.«

»Aber ihr in Kiel, ihr wart ja so effektiv!«, höhnte Ebel.

»Wir tun wenigstens was!«, fuhr Patrick Grieger ihn an. »Was ist denn nun mit deiner Freundin? Hab lange nichts mehr gehört...«

»Halt jetzt lieber die Schnauze«, gab Ebel mit Blick auf Pia zurück, die das Ganze interessiert verfolgte.

Broders trat aus der Küchentür. »Dieses Mal verpass ich nix«, sagte er entschlossen. »Hast du dein Pfefferspray zur Hand, Pia?«

Die Streithähne sahen verblüfft zu Heinz Broders, der mit locker hängenden Armen dastand.

»Was ist mit dem?«, fragte Broders und deutete mit dem Kopf auf Jesko Ebel.

»Er behauptet, dass er uns helfen kann«, sagte Pia. Sie sah kurz zu Patrick Grieger hin, dessen Augen immer noch schmal vor Wut waren.

»Na, dann wollen wir mal.« Broders verstand sofort. Er führte Ebel zu Gablers provisorischer Einsatzzentrale. »Du kannst ja nachkommen, wenn du so weit bist, Pia«, sagte er über die Schulter zurück. So hatte sie Zeit, Patrick Grieger noch mal auf den Zahn zu fühlen.

»Kommen Sie.« Pia geleitete den Studenten in die Küche, wo Wohlert gerade die leeren Pizza-Kartons neben der Spüle stapelte. »Setzen Sie sich.«

»Esst ihr immer so 'n Zeug?«, fragte Patrick Grieger, nahm jedoch gehorsam auf einem Stuhl Platz. Pia blieb an die Arbeitsplatte gelehnt stehen.

»Also: Woher kennen Sie Jesko Ebel?«

»Sagte ich doch schon. Er war mal hier, weil er angeblich für ein Buch recherchieren wollte. Etwas über den Fluch von Mordkuhlen.«

»Eben klang es aber so, als würden Sie sich besser kennen.«

»Tatsächlich?«

Pia beugte sich ein Stück vor. »Wir finden es sowieso heraus. Ein Kind verschwindet nicht, ohne dass noch das letzte Steinchen umgedreht wird, Herr Grieger.«

»An Milena denkt hier wohl keiner mehr!«

»Wenn Sie an sie denken würden, hätten Sie uns längst alles gesagt, was Sie wissen.«

Einen Moment wippte er auf dem Stuhl hin und her, die Stirn in Falten gelegt. »Dieser Ebel war mal bei *Pomona*, weil er unsere Hilfe wollte. Er hat sich nicht sehr konkret geäußert, aber es ging um ein Pestizid, das in Deutschland verboten ist. Er war an irgendeinem Fall dran.«

»Welchem ›Fall‹?«

»Keine Ahnung.«

»Konnten Sie ihm helfen?«

»Nein.« Er sah Pia in die Augen. »Das wäre illegal gewesen.«

»Inwiefern?«

»Das kann ich nicht sagen.«

»Ach, ja?« Pia ging ein paar Schritte auf und ab. Vor Patrick Griegers Stuhl blieb sie stehen. »Sie wissen, dass ich Sie wegen des Vorfalls eben drankriegen kann?«

»Das ist mir egal.«

»Erzählen Sie mir, in welcher Angelegenheit Jesko Ebel Sie um Hilfe gebeten hat!«

»Er wollte Informationen über ein verbotenes Pestizid. Das sagte ich doch schon.«

So kam sie nicht weiter. Pia versuchte es anders. »Was ist eigentlich mit Ebels Freundin? Worauf haben Sie da eben angespielt?«

Patrick Grieger zuckte mit den Schultern. »Ich hatte das Gefühl, dass es mit ihr zusammenhing. Sein Interesse an dem

Pestizid, meine ich. Sie waren einmal zusammen bei uns in Kiel.«

»Und weiter?«

Patrick Grieger hielt den Blick gesenkt. Pia stand jetzt so dicht vor ihm, dass sie jede einzelne seiner langen, geschwungenen Wimpern sehen konnte. Bei diesem Anblick konnte so manche Frau vor Neid erblassen.

»Keine Ahnung. Martha hat mit den beiden gesprochen. Sie reißt immer alles an sich. Freuen Sie sich, dass ich das überhaupt weiß. Als ich Ebel hier wiedergetroffen habe, wegen des angeblichen Romanprojektes, da sagte ich so nebenbei, er solle seine Freundin grüßen.« Er machte eine bedeutungsvolle Pause.

»Und?«

»Er hat so getan, als hätte er es nicht gehört. Doch er wirkte plötzlich wie erstarrt.«

Im Flur waren Stimmen zu hören.

»Ich geh nachsehen«, sagte Wohlert.

»Glauben Sie, dass Sie Zoe finden?«, fragte Patrick Grieger Pia leise.

»Ich hoffe es ... sehr.«

Er sah sie an. Sein Kiefer bewegte sich langsam vor und zurück. Machte er sich um Zoe Sorgen ... oder war er besorgt, dass sie sie fanden?

Die Tür wurde aufgerissen. »Pia! Du musst auch mit. Wir fahren sofort los.«

»Was ist passiert, Wohlert?«

»Gleich.« Er sah Patrick Grieger an. »Und Sie rühren sich nicht vom Fleck.«

Im Flur stand auch Jesko Ebel. Er sah so aus, als wäre er im Begriff zu gehen. Ob er Gabler und Broders etwas Wichtiges mitzuteilen gehabt hatte? Oder war er nur für eine gute Story hergekommen? Durch die offen stehende Küchentür warf er einen Blick auf Pia und Patrick Grieger und verzog mit einer Mischung aus Neugier und Verachtung – oder war es Besorgnis? – das Gesicht.

»Es gibt Neuigkeiten von Gerlach«, sagte Conrad Wohlert, als er den Wagen startete. »Er hat doch vorhin Rudolf Ingwers zu Zoe Seibels Verschwinden befragt. Dabei soll Ingwers ziemlich seltsam reagiert haben. Jedenfalls hat Gerlach daraufhin nach Absprache mit Gabler den Gartenbaubetrieb von Robert Ingwers gemeinsam mit einem Streifenkollegen im Auge behalten. Sie haben auch Ingwers' Mitarbeiterin, Frau Kuhnert, am Tor abgefangen und befragt. Sie hat ausgesagt, dass ihr Chef nervös sei und sich am Telefon heftig mit jemandem gestritten habe. Es sei durch seine Bürotür bis zur Kasse zu hören gewesen.«

»Und was passiert nun?«

»Bis eben war Ingwers die ganze Zeit in seinem Büro.« Wohlert rangierte den Wagen um die geparkten Fahrzeuge herum. Auf der Straße gab er Gas. »Vor zehn Minuten aber hat er sein Geschäft durch einen Hinterausgang verlassen. Dabei soll er sich auffällig benommen haben. Er hat sich immer wieder umgesehen, ob er beschattet wird.«

»Ja, und weiter?«, fragte Pia.

»Er hat seinen Wagen stehen gelassen und ist mit einem Pick-up weggefahren, der zu seinem Betrieb gehört. Nach ein paar unnötigen Schlenkern über kleinere Landstraßen bewegt er sich jetzt in Richtung Fehmarn.«

Das war doch mal ein Ansatz. »Gerlach und der Kollege folgen ihm?«, vergewisserte sich Pia.

»Genau. Sie vermuten, dass Ingwers nach diesen Manövern nicht einfach nur nach Hause fährt, um seinen Feierabend zu genießen.«

Deshalb also der eilige Aufbruch. Eine unauffällige Verfolgung mit nur einem Fahrzeug war schwierig bis unmöglich. Gerlach musste höllisch aufpassen, wenn er von Ingwers unbemerkt bleiben wollte. Verlieren durften sie ihn aber auch nicht. Immerhin bestand die vage Möglichkeit, dass Rudolf Ingwers sie zu Zoe führte. Sein ungewöhnliches Verhalten jedenfalls gab Anlass zur Hoffnung. Die jedoch würde sich zerschlagen, sobald er merkte, dass die Polizei ihm folgte. Wenn sie ein paar Fahrzeuge mehr einsetzten, die sich bei der Verfolgung abwechselten, standen ihre Chancen besser. Das Wetter ist ja nun auf unserer Seite, dachte Pia. Die Sichtverhältnisse waren miserabel, und von der See her trieben weitere dunkle Wolken auf das Festland zu.

30. Kapitel

»Er ist von der L 207 auf die L 217, die Hohenfelder Straße, abgebogen«, sagte Wohlert. »Er fährt also definitiv nicht nach Hause.«

»Wenn er auf die L 209 in Richtung Westen will, erwischen wir ihn vielleicht noch«, sagte Pia. Sie waren selbst auf der L 209 in westlicher Richtung unterwegs, doch der Verkehr in Burg ließ sie nur langsam vorankommen.«

»Noch ist Gerlach ja hinter ihm.«

»Er könnte bei Mummendorf auch links in Richtung Teschendorf fahren«, sagte Pia mit Blick auf das Navigationsgerät.

»Aber von da aus geht es nicht mehr sehr viel weiter«, meinte Conrad Wohlert »Landsend.« Er fuhr schwungvoll durch den Kreisel am Stadtpark, hupte den Opel Omega eines offenbar desorientierten Touristen an und fuhr weiter durch das Gewerbegebiet. Hier kamen sie zügig voran. »Gerlach muss sich langsam zurückfallen lassen, sonst wird es zu auffällig.«

»Haben wir jemanden in Landkirchen?«, fragte Pia. Das war der nächste Ort vor ihnen, dort gab es auch wieder verschiedene Abzweigungen, die Ingwers nehmen konnte.

»Zwei Fahrzeuge, Kollegen aus Fehmarn. Sie werden sich erst mal an ihn dranhängen.«

Wohlert hatte Burg hinter sich gelassen und beschleunigte. Pia strich sich das vom Regen feuchte Haar zurück. »Hoffentlich verlieren wir ihn nicht!« Sie atmete tief durch. Nach den Stunden des Wartens und der Anspannung auf Mordkuhlen ging es ihr jetzt, da sie auf der Straße waren und aktiv werden konnten, besser.

»Aber ich fabriziere keinen Crash und keinen Überschlag für dich«, sagte er mit einem Seitenblick auf sie.

Pia erwiderte nichts darauf. Sie dachte an Zoe. Führte Ingwers sie zu ihr? Oder nur zu ihrer Leiche?

Sie fuhren über die Brücke, die die L 207 überquerte, und näherten sich Landkirchen. Pia übernahm das Telefon. »Achtung, er ist gleich da«, informierte sie Wohlert. »Wir müssen zusehen, dass wir vor ihm eintreffen. In Lemkendorf sollen wir auf Ingwers warten, um die anderen abzulösen.«

Ihr Kollege gab bereitwillig noch mehr Gas und fuhr die schmale, gewundene Straße entlang, so schnell es eben ging. Die Alleebäume huschten an ihnen vorbei. In Lemkendorf bogen sie vor dem Dorfteich in eine Seitenstraße und warteten mit ausgeschalteten Scheinwerfern im Schatten einiger dicht gewachsener Büsche.

»Wo will er denn nur hin?« Pia sah wieder auf den Bildschirm des Navigationsgerätes. Sie scrollte hin und her. »Wenn er weiter in Richtung Westen fährt, landet er in Petersdorf und danach in der Ostsee. Davor befinden sich allerdings noch ein paar Teiche und das Wasservogelreservat Wallnau.«

Das Vogelreservat. Ein unbewohntes Gebiet ... Vielleicht gab es dort ein Versteck, wo Zoe von ihm festgehalten wurde. Nur, wozu?

»Da kommt ein Auto«, unterbrach Wohlert ihre Überlegungen.

Pia sah die Straße hinunter. »Das ist er nicht«, sagte sie. »Das ist ein Wagen mit Xenon-Scheinwerfern. Kein alter Pick-up.«

Conrad Wohlert trommelte mit den Fingern auf dem Lenkrad herum. »Wenn wir ihn verloren haben, beiße ich mir ins Bein.«

»Brauchst du nicht. Dahinten kommt er, glaube ich.«

Ingwers fuhr in hohem Tempo durch Lemkendorf und rauschte, ohne sie eines Blickes zu würdigen, an ihnen vorbei.

Wohlert ließ einen Moment verstreichen und bog dann hinter ihm auf die Hauptstraße. Das andere Fahrzeug, das dem Pick-up in gebührendem Abstand gefolgt war, fuhr rechts ran.

Die Gewitterwolken hingen tief über der flachen Landschaft. Am Horizont zuckten vereinzelt Blitze, und der heftige Regen erschwerte ihnen die Sicht. Als sie die Ortschaft hinter sich gelassen hatten, verschwanden die Rücklichter des Pickups immer mal wieder hinter einer Kurve. Pia versicherte sich, dass Ingwers ihnen hier nicht entkommen konnte – nicht mit dem Auto, das er fuhr –, auch wenn sie gerade das einzige Fahrzeug hinter ihm waren.

Als sie nach Petersdorf einfuhren, sahen sie gerade noch, wie der Pick-up mitten im Ort, ohne zu blinken, scharf nach rechts abbog. Sie folgten ihm über ein paar Nebenstraßen und fuhren dann über freies Feld.

»Das ist nicht gut«, meinte Wohlert und wurde langsamer. »Wir können kaum weiterfahren. Hier würde ja sogar ein Blinder sehen, dass er verfolgt wird.«

Pia telefonierte wieder. »Falls er durch Dänschendorf kommt, wird er erwartet«, erwiderte sie. Aber das war nicht gesagt. Ingwers konnte auch woanders hinwollen. Oder er versuchte, sie einfach nur abzuhängen. Doch Conrad Wohlert hatte recht. Sie mussten sich etwas zurückfallen lassen. Pia hatte Mühe, ihre Frustration im Zaum zu halten. Vielleicht war Ingwers kurz vor seinem Ziel? »Warum haben wir keinen Hubschrauber?«, murmelte sie.

»Wie unauffällig!«

»Ja, ja, schon gut. Fahr etwas schneller!«, drängte sie. »Er kann uns nicht mehr sehen. Der Abstand ist groß genug. Vielleicht entdecken wir ihn noch irgendwo.«

Wohlert zögerte kurz, dann schaltete er hoch und fuhr weiter in die Richtung, in die der Pick-up entschwunden war. Außerhalb von Petersdorf schien die Welt völlig verlassen zu sein. Kein Fahrzeug, kein Mensch – hier gab es nur Felder, vereinzelte Häuser und Baumgruppen unter einem dicken, schwarzen Wolkengebirge.

»Mist! Wir haben ihn verloren«, stellte Wohlert nach einiger Zeit fest. »Wo sind die anderen?«

»In Petersdorf, Lemkendorf und Dänschendorf«, stieß Pia zähneknirschend hervor. »-dorf, -dorf, -dorf. Er ist aber nicht in einem Dorf! Ingwers ist hier draußen – irgendwo.«

Conrad Wohlert stieß langsam die Luft aus.

»Wir könnten seine Frau fragen, ob hier irgendwas ist, das für ihn interessant sein könnte«, überlegte Pia.

»Nein. Sie könnte ihn vorwarnen.«

»Ist denn keiner der Kollegen bei ihr?«

»Unsere Kapazitäten sind endlich, Pia.«

»Ich vergaß.« Der Regen prasselte so heftig auf die Windschutzscheibe, dass die Scheibenwischer kaum noch dagegen ankamen. Pia beugte sich vor, um besser sehen zu können. »Fahr da entlang!« Sie näherten sich einer größeren Baumgruppe. Als Wohlert darauf zuhielt, blitzte etwas im Scheinwerferlicht auf. Glasscheiben? »Was ist denn das da? Ein Gewächshaus? Verdammt, ja: ein Gewächshaus!«, rief Pia aufgeregt.

Er fuhr langsam darauf zu. Tatsächlich befand sich hinter Büschen und Bäumen eine Halle aus Glas. Soweit man es erkennen konnte, wurde das Gebäude jedoch nicht mehr genutzt.

Die Scheiben waren blind und grün verspakt. Wohlert stellte den Wagen in einer Feldeinfahrt ab und lockerte seine Hände, die das Lenkrad umklammert gehalten hatten.

»Es ist zumindest eine Möglichkeit. Wir sehen nach«, sagte Pia. »Die Kollegen suchen weiter. Und jemand zieht ein paar Erkundigungen über dieses Grundstück ein.« Sie steckte das Mobiltelefon in die Hosentasche. Wohlert und sie stiegen aus und überquerten die Straße.

»Wenn Ingwers hier ist, dann muss auch das Auto irgendwo zu finden sein. So 'n Pick-up kann sich ja nicht mal so eben in Luft auflösen.«

»Nein, aber in so einer Halle verschwinden«, entgegnete Pia.

»Das hier kann genauso gut ein Zufall sein ...«

Conrad Wohlert ist wirklich nicht die Idealbesetzung für das erste Einsatzteam vor Ort, dachte Pia. Immerhin, er folgte ihr im Schutz der Büsche, bis sie direkt an der Glaswand standen.

Im Innern des Gewächshauses war es dunkel. Es schien wirklich verlassen zu sein. Der Boden zu ihren Füßen war von Unkraut überwuchert. Pia schirmte ihr Gesicht mit den Händen ab und versuchte, im Halleninnern etwas zu erkennen.

»Alles dunkel, was?«

»Mit etwas Fantasie sehe ich durch den Grünbelag hindurch Blumentische und Wärmelampen. So ähnlich wie bei Ingwers im Betrieb. Nur ist diese Halle hier nicht ganz so groß. Dafür heruntergekommener.«

»Da vorn ist der Eingang.« Wohlert schickte sich an weiterzugehen.

»Warte noch!« Pia war sich nicht sicher. Hatte sie eben einen schwachen Lichtreflex gesehen? Jetzt wieder. Jemand ging durch den hinteren Teil des Gewächshauses und leuchtete mit einer Lampe auf den Boden. Ingwers? »Da drinnen ist jemand. Ich hab einen Lichtschein gesehen, wie von einer Taschenlampe«, flüsterte sie.

»Bist du dir sicher?«, fragte Wohlert.

»Es bleibt uns nichts anderes übrig, als nachzusehen. Los, komm!« Pia lief in Richtung des Einganges. Wenn Ingwers sich im hinteren Teil des Gewächshauses aufhielt, dort, wo sie das Licht gesehen hatte, bestand nicht die Gefahr, dass sie ihm vorn in die Arme liefen. Sie hörte Wohlert hinter sich schnaufen. Mit einem Mal verstummte das Geräusch. Pia stoppte. »Was hast du?«, flüsterte sie.

Er deutete stumm auf den Pick-up, der hinter zwei Müllcontainern geparkt stand.

Pia gab die Info telefonisch weiter. »Die anderen sind in Kürze da«, sagte sie dann zu Conrad Wohlert.

»Gibt es schon was Neues über diesen Ort hier?«

»Es ist ein stillgelegter Gartenbaubetrieb.«

»Gehört er Ingwers?«

Sie schüttelte den Kopf. »Aber als Fehmaraner kennt er seine Konkurrenz, oder? Das reicht vielleicht schon. Wir müssen nachsehen, was er da drinnen macht.«

»Pia, das kannst du vergessen. Mit mir gibt es keine waghalsigen Aktionen«, sagte Wohlert abweisend. »Wir warten auf Verstärkung.«

Er hatte recht. Irgendwie. Sie hatte sich vorgenommen, nichts Unüberlegtes mehr zu tun. Es gab jetzt Felix, und der brauchte sie. Ihr Konto war ohnehin überzogen: Sie war im Job schon fast ertrunken, beinahe erhängt worden und um ein Haar verbrannt. Das Schlimmste: Ein Kollege hatte bei einer Aktion mit ihr sein Bein verloren ... Und vor einiger Zeit war sie mit einer Spritze Stresnil außer Gefecht gesetzt worden, von der sie angenommen hatte, es sei Kaliumchlorid. Das Maß war voll.

Sie ging zurück zum Gewächshaus und versuchte noch einmal hineinzusehen. Hier, nahe am Eingang, standen Kisten und Kübel herum. Es war noch dunkler, von dem Lichtschein war nichts mehr zu sehen. War es wirklich Rudolf Ingwers gewesen? Und wenn ja, was trieb er hier ... verdammt? Sie waren als Erste vor Ort ... und da drinnen war vielleicht ein Kind in Lebensgefahr. Pia presste ihre Fäuste gegen die Schläfen.

»Ist was?«

»Ich versuche, nicht loszustürmen, aber es fällt mir schwer. Wohlert, er ist da drinnen!«

Conrad Wohlert trat von einem Fuß auf den anderen und

sah in Richtung Straße. »Sie kommen«, sagte er und klang erleichtert. »Die Verstärkung ist da.«

Sie teilten sich in zwei Teams. Wohlert blieb mit ein paar Leuten vorn am Eingang, während Pia mit zwei Kollegen am Gebäude entlanglief. Das Gelände und das Gewächshaus waren so groß, dass sie gut und gern die doppelte Menge an Einsatzkräften gebraucht hätten. Aber auf mehr Leute zu warten oder gar auf ein Spezialeinsatzkommando, dafür war in Hinblick auf das vermisste Kind keine Zeit. Sie suchten nach einem Hinterausgang, obwohl es natürlich durchaus denkbar war, dass Ingwers einfach eine Glasscheibe einschlagen würde, wenn er ihnen entkommen wollte. Falls er zurück zu seinem Pick-up lief, würde er allerdings der Polizei geradewegs in die Arme laufen.

An der Rückseite der Halle fanden sie eine Tür. Sie war verschlossen. Pia meinte erneut, einen schwachen Lichtschein im Innern der Halle zu sehen. Sie hob die Hand, um die anderen zu warnen. Es waren Gerlach und der uniformierte Kollege, die gemeinsam Ingwers überwacht hatten.

Im Gewächshaus nahe der Tür erklang ein scharrendes Geräusch. Vorsichtig tasteten sie sich rückwärts, um außer Sichtweite zu kommen. Pia duckte sich hinter einen dornigen Busch – keine Minute zu früh. Die Tür öffnete sich, und eine nur schemenhaft zu erkennende Gestalt trat vor die Glaswand. Es war ein Mann. Der Strahl einer Taschenlampe glitt über die Büsche und blendete Pia kurz. Der Mann stieß einen überraschten Laut aus und lief in die entgegengesetzte Richtung davon. Er kam nicht weit.

Pia sprang vor, nahm aus den Augenwinkeln wahr, dass Gerlach ihr folgte, und packte den Mann, noch ehe er reagieren konnte, am Arm. Aufgrund des Überraschungsmoments und seiner offensichtlich fehlenden Erfahrung mit solchen Situationen war er schnell überwältigt.

»Was soll das?«, schimpfte er. »Hilfe! Lassen Sie mich sofort los!« Es war Rudolf Ingwers.

Pia informierte ihn über seine vorläufige Festnahme und seine Rechte, was ihn umgehend zum Schweigen brachte. Da wurde die Tür erneut aufgestoßen, und Wohlert und die anderen Kollegen, die durch das Innere der Halle gegangen waren, kamen dazu.

»Ihr habt ihn. Gute Arbeit.«

»War nicht sooo schwierig«, sagte Pia. »Habt ihr das Kind gefunden?«

»Nein. Nichts.«

»Was wollten Sie hier, Herr Ingwers?«, fragte Gerlach.

»Ich sag nichts mehr ohne meinen Anwalt.«

Pia kniff die Augen zusammen. »Wo ist Zoe Seibel?«

»Dahinten.« Zu ihrer Überraschung deutete Rudolf Ingwers mit dem Kopf ins Innere des Glashauses. »Sie sollten sich besser um sie kümmern.«

»Was?!« Seine so plötzliche und emotionslose Aufgabe erschien Pia irgendwie befremdlich. Während sie mit den anderen durch die alte Halle eilte, konzentrierte sie sich darauf, keinen Winkel zu übersehen. Wo war das Kind? Was hatte Ingwers ihm angetan? Bitte lass Zoe am Leben sein!, dachte sie unentwegt. Lass ihr nichts passiert sein ...

Sie durchkreuzten das leer stehende Gewächshaus, riefen nach dem Mädchen und leuchteten mit Lampen unter Blumentische, hinter verwaiste Verkaufsstände und in große Kübel. Und da sah Pia es: In der hintersten Ecke stand eine große Voliere, ähnlich der in Ingwers' Betrieb. Sie war achteckig und hatte ein Pagodendach. Unten auf dem Boden lag ein dunkles Bündel.

»Hierher!«, schrie Pia und spürte ihr Herz hart gegen die

Rippen hämmern. Sie lief auf die Voliere zu und riss mit vor Ungeduld zitternden Fingern am Vorhängeschloss. Es war mehr ein Spielzeug, aber ohne Schlüssel half nur grobe Gewalt. Kurzerhand schob Pia den Stiel einer Harke, die ein Stück entfernt an einem Tisch lehnte, zwischen Kette und Holz und riss an der Vorrichtung, bis sie samt Schrauben aus dem Holz brach. Die Tür schwang auf. Pia beugte sich herunter. Zoe lag zusammengekauert auf der Seite. Ihr Haar war zu zwei strammen, glänzenden Zöpfen geflochten, die von kleinen Marienkäferspangen gehalten wurden. Das Kind war in eine graue Packdecke gewickelt, und als Pia es ein Stück zur Seite drehte, sah sie die Stoffpuppe, die Zoe an ihre Brust gedrückt hielt: Eine Patchwork-Puppe mit Haaren aus gelber Wolle, die ebenfalls geflochten waren.

»Zoe«, flüsterte sie und strich ihr sanft übers Gesicht. Es fühlte sich warm und feucht an. Sie sah Tränenspuren auf den Wangen. Am Hals des Mädchens konnte sie einen schnellen, aber regelmäßigen Puls fühlen. Die Kehle wurde ihr eng, und sie musste mehrmals schlucken. Konnte es wahr sein? Das Kind schien unversehrt zu sein. »Ich glaube, sie ist betäubt worden«, sagte Pia zu den Kollegen, die mittlerweile ebenfalls eingetroffen waren. »Sie schläft ganz fest. Er hat ihr weiß Gott was eingeflößt. Wir brauchen einen Rettungswagen.«

»Schon unterwegs«, antwortete Wohlert. »Soll ich dir helfen, sie rauszuheben?«

»Es geht schon. Du passt hier doch gar nicht mit rein.« Beim Hochkommen stieß Pia mit dem Kopf gegen eine Schaukel mit runder Holzstange, die wohl für einen Papagei oder Kakadu gedacht gewesen war. »Dieser Mistkerl! In einer Voliere!«, schnaubte sie. »Wie kann man so etwas tun?«

»Er behauptet, er war es nicht«, sagte Gerlach.

»Aber er erwartet nicht, dass wir ihm das glauben?« Pia hielt das Kind an sich gepresst. Zoe war schwer, viel schwerer als Felix. Trotzdem wollte sie sie nicht loslassen.

31. Kapitel

Jesko Ebel wählte eine Telefonnummer, die er länger nicht mehr benötigt hatte. Sein ehemaliger Kumpel und Kollege, Helge Bittner, meldete sich schon nach dem ersten Klingeln. Klar, er konnte es sich nicht leisten, etwas zu verpassen. Aktuelle Katastrophen waren für ihn so existenziell wie für Vampire Blut ... Jesko gratulierte sich insgeheim dazu, dass er diesen Zirkus nicht mehr nötig hatte. Er war raus. Was ihm anfangs wie ein Makel vorgekommen war und einen bodenlosen Sturz ins Nichts nach sich gezogen hatte, wurmte ihn längst nicht mehr. Und das Bücherschreiben, eigentlich nur ein Vorwand für etwas anderes, gefiel ihm zunehmend besser, auch wenn er damit bisher keinen Cent verdient hatte.

»Ich hab dein Interview mit dem Geisterjäger gelesen«, sagte Jesko ohne einleitende Phrasen. Er hörte Helge am anderen Ende atmen.

»Ja, und?«

»Hat mir gut gefallen. Besonders die Stelle, an der du ihn zitierst: ›Das große Tier 666 ist mein Vorbild.‹«

»Weswegen rufst du an, Jesko?«, fragte Bittner. »Doch nicht, um mir Blumen zu überreichen.«

»Nein. Aber wir haben nun mal ähnliche Interessen. Ich wollte dir eine Zusammenarbeit vorschlagen.«

»Ich bin gerührt.«

Wenn Helge sich ärgerte oder unsicher war, wurde er gern sarkastisch. »Hör zu. Die aktuellen Ereignisse auf Mordkuhlen interessieren mich nicht. Doch ich war heute zufällig vor Ort und habe Infos zu der Kindesentführung abgegriffen.«

»Zufällig? Wer's glaubt! Aber eben kam sowieso die Nachricht, dass das Kind wieder aufgetaucht ist«, sagte Bittner kühl.

»Hast du schon mit jemandem darüber gesprochen?«

»Sehr witzig. Die Polizei blockt. Sie haben für morgen um zehn eine Pressekonferenz angesetzt.«

»Das hört sich so gar nicht nach dir an, Helge, dass du untätig rumsitzt und wartest«, provozierte Ebel ihn.

»Untätig? Ich hab heute Vormittag schon mit der zuständigen Kripobeamtin über den Fall Mordkuhlen geplaudert.«

Am anderen Ende der Leitung erlosch Jeskos Grinsen. »Ach, ja?«

»Ich sag dir: blondes Gift.«

»Wie ... hieß sie?«

»Was Polnisches: Kowalski, Koritzki ... Ich hab es mir irgendwo notiert.«

»Ist ja auch egal.« Jesko bemühte sich, beiläufig zu klingen. »Worüber habt ihr denn geplaudert?«

»Wir arbeiten nicht mehr zusammen, Jesko. Schon vergessen?«

»Ich will keine Story klauen. Ich will wissen, ob ihr über mich geredet habt.« Das Schweigen, das ihm antwortete, war mehr als aussagekräftig. »Was hast du über mich gesagt?«

»Nichts Besonderes. Du bindest dein seltsames Romanprojekt doch selbst jedem unter die Nase, der nichts davon hören will.«

Jesko presste den Zeigefinger auf die Nasenwurzel. Eis-Kopfschmerz, wie nach dem Verschlingen von einem Eimer »Choc Choc Chip«-Eiscreme direkt aus dem Gefrierfach. Das Druckgefühl im Kopf trat in letzter Zeit häufiger auf. Beunruhigenderweise immer dann, wenn er an *sie* dachte. »Hast du ihr etwa von Nina erzählt?«, fragte er drohend.

»Kann schon sein, dass ich sie erwähnt habe.«

»Weiß die Polizei, was mit Nina los ist?«

»Die Polizei, die Polizei! Mach mal halblang, Jesko. Die Frau war allein. Sie hat unser Gespräch nicht mal aufgezeichnet«, wich Helge seiner Frage aus.

»Weiß diese Polizistin es? Hast du es ihr gesagt?«

»Was? Wieso ... wieso sollte ich?«, entgegnete Helge.

Er hatte. Sein harmloser Tonfall konnte Jesko nicht täuschen. Er unterbrach die Verbindung.

»So richtig verstehe ich es nicht.« Pia saß auf dem Beifahrersitz neben Broders. Zoe war mit einem Rettungswagen ins Krankenhaus gebracht worden. Ihre Mutter und Arne Klaasen befanden sich auf dem Weg zu ihr. Der Notarzt hatte gemeint, dass das Mädchen wahrscheinlich mit einem Schlafmittel ruhiggestellt worden war. Ansonsten schien Zoe körperlich unversehrt zu sein. Nie würde Pia Irma Seibels erleichterten Ausruf am Telefon vergessen, als sie erfahren hatte, dass es ihrer Tochter gut ging.

»Was verstehst du nicht?«

»Warum Rudolf Ingwers das getan hat. Was war denn sein Motiv? Es ist doch der reinste Wahnsinn gewesen.«

»Vielleicht ist das das Motiv: Wahnsinn. Es sieht doch so aus, als wäre er nicht bloß Zoes Entführer, sondern auch der Mörder seiner Tochter.«

»Das wissen wir noch nicht.« Pia fröstelte. Jetzt, da die Anspannung nachließ, merkte sie erst, dass sie bei dem Einsatz am Gewächshaus ziemlich nass geworden war.

»Es passt alles. Der Typ hält sich für oberschlau, er meint, er hat alles unter Kontrolle, und dann ...«, Broders drückte das Gaspedal durch, »rastet er aus und bringt seine Tochter um.«

»Aber warum hat er seine Tochter ermordet? Wegen ihrer offen zur Schau gestellten Rebellion? Der gegensätzlichen

Lebensauffassung? Selbst einem Mann wie Ingwers muss doch klar sein, dass das alles ziemlich normal ist.«

»Es wird im Affekt passiert sein. Ich tippe auf einen bösen Streit. In der Vormittagshitze im Gemüsegarten. Er hat irgendwann rotgesehen und zugeschlagen, mit dem, was gerade da herumlag.«

»Und dann hat er versucht, den Mord zu vertuschen? Hm, meinetwegen. Aber seine Frau ist ebenfalls bedroht worden, und das war Ingwers definitiv nicht. Sie hätte ihn erkannt. Und dann die zwei Anschläge auf seine Geliebte.«

»Hältst du seine Frau für glaubwürdig?«, fragte Broders. »Seine Geliebte schon eher, nicht wahr? Wir hätten stutzig werden müssen, als wir erfuhren, dass Ingwers derjenige war, der die Rosinski nach dem ersten Anschlag im Garten gefunden hat. Damit hat er sich doch ebenfalls verdächtig gemacht.«

»Aber warum sollte er alle Frauen, die in seinem Leben eine Rolle spielen, umbringen wollen?«

»Mit dieser Frage sollen sich andere befassen. Wir liefern nur die Beweise, Pia.«

»Er hat gesagt, er war es nicht«, beharrte sie.

»Behaupten sie das nicht alle, wenn wir sie erwischen?«

»Und was hatte er deiner Meinung nach mit Zoe vor? Wo soll da der Sinn sein?«

»Wie wäre es mit ein bisschen Küchenpsychologie? Ingwers bereut den Mord an seiner Tochter. Zutiefst. Er will es ungeschehen machen. Vielleicht sieht er Zoe zufällig am Morgen auf der Straße, und sie erinnert ihn ganz stark an Milena, als sie in dem Alter war ...«

»Beide hatten rotes Haar«, warf Pia ein. Bei dem Wort »Haar« beschlich sie mit einem Mal ein ungutes Gefühl. Ein Erinnerungsfetzen, eine Kleinigkeit nur, die aber so gar nicht zu der Theorie passte, die sie gerade erörterten. Sie kam nicht darauf, sosehr sie sich auch bemühte. Was war es gewesen?

»Ich dachte, das Opfer wäre schwarzhaarig gewesen«, sagte Broders verwundert. »Auch egal. Er schnappt sich also Zoe in der irren Hoffnung, mit ihr noch mal von vorn anfangen zu können. Vielleicht möchte er eine Art Wiedergutmachung leisten. Als sein Verstand wieder einsetzt, fragt er sich, was er mit dem Kind anfangen soll. Außerdem muss er sich langsam in seinem Geschäft blicken lassen. Er überlegt, wo er Zoe solange verstecken kann, und ihm fällt die stillgelegte Gärtnerei ein. Die Voliere ... Er betäubt Zoe, vielleicht weil sie es mit der Angst zu tun bekommen und zu weinen angefangen hat...«

»Allein für die Idee mit dem Vogelkäfig könnte ich ihn würgen«, stieß Pia hervor. Sie wusste immer noch nicht, was sie so sehr an der Theorie störte.

»Du setzt seltsame Prioritäten, Pia.«

»Meine erste Priorität ist jetzt, Felix abzuholen«, sagte sie. »Den Rest müssen heute andere erledigen.«

Broders nickte. Einer der seltenen Momente vollkommenen Einverständnisses. »Bevor Ingwers' Anwalt aufkreuzt, passiert sowieso nichts«, sagte er. »Rudolf Ingwers übernachtet heute auf Staatskosten. Ich nehme mal an, dass es erst morgen richtig weitergeht.«

Pia sah auf die Uhr. Es war noch gar nicht so spät, wie sie gedacht hatte. Kurz nach halb acht.

Hauke Andersen stutzte, als er den braunen, gefütterten Umschlag sah, der aus seinem Briefkasten ragte. Komisch, die Post für heute war schon am Vormittag gekommen. Jemand musste den Umschlag nachträglich eingesteckt haben. Er war so dick, dass er nicht durch den Briefschlitz gepasst hatte. Andersen zog ihn heraus. Nur sein Name stand darauf, keine Adresse, kein Absender. Und dann noch: *persönlich* und *Ach-*

tung, eilt! Was sollte das? Er hatte nichts verliehen und nichts bestellt.

Hauke Andersen ertastete unter dem gepolsterten Papier einen harten, flachen, rechteckigen Gegenstand. Nachdem er sich eine Flasche Bier aus dem Kühlschrank genommen und den Rest des Auflaufs vom Mittagessen in die Mikrowelle geschoben hatte, öffnete er den Umschlag. Eine DVD fiel ihm entgegen. Andersen betrachtete sie von allen Seiten und schaute noch mal in den Umschlag: keine Beschriftung, kein Begleitschreiben, nichts. Er ging in den Wohnbereich seiner kleinen Wohnung und schob die silberne Scheibe in den DVD-Player. Wahrscheinlich Werbung, dachte er. Oder kam das Ding von einem potenziellen Kunden, der den Schädlingsbefall gleich dokumentiert hatte? Das wäre mal was Neues.

Es flimmerte und zuckte auf dem Fernseh-Bildschirm. Dann ein Schwenk über eine Menschenmenge. Die Qualität des Filmmaterials war miserabel. Es dauerte einen Moment, bis Andersen klar wurde, warum die Bilder so seltsame Farben hatten und die Bewegungen so abgehackt erschienen. Es handelte sich um eine alte Filmaufnahme. Normal 8 oder Super 8? Den Autos nach zu urteilen, die am Rande eines Festplatzes abgestellt waren, stammte die Aufnahme aus den frühen Achtzigerjahren. Golf 1, Opel Kadett, Ford Escort ... Und was die Leute da anhatten! Die Kamera streifte ein Banner, das über dem Festplatz hing:

Kinderfest 1985 – Weschendorf

Andersens Herzfrequenz erhöhte sich. Ein dummer Streich? Ein gemeiner Schabernack? Sollte er das Gerät gleich wieder abstellen? Oder enthielt die DVD eine wichtige Information? Selbst wenn er es gewollt hätte, die alten Bilder zogen ihn in ihren Bann, als die Kamera auf eine Kindergruppe zoomte, die vor einer Zielscheibe stand. Ein Junge von etwa zwölf Jahren hob einen am Seil befestigten Holzvogel mit einem Dorn statt eines Schnabels. Er zielte, ließ los und der Vogel verschwand aus dem Blickfeld. Die Kameraaufnahme glitt in langsamer Fahrt über die Kindergesichter. Alles Jungs.

Hauke Andersen hatte die Luft angehalten, doch nun atmete er zischend aus. Seine Schwestern waren in diesem Jahr neun und sieben Jahre alt gewesen. Er fragte sich, ob er sie erkennen würde, denn er besaß nur wenige Fotos von seiner Familie, und auch die hatte er sich lange nicht mehr angeschaut. Warum sollte er auch? Vorbei war vorbei. Wäre seine Pflegefamilie nicht so ein Desaster gewesen, hätte er sich wahrscheinlich nie für seine wahre Herkunft interessiert. So hatte er sich als Junge das verlorene Paradies zusammenfantasiert. Und neulich, als er den ersten Auftrag aus Mordkuhlen bekommen hatte, da war er wirklich neugierig gewesen ...

Wer hatte ihm diese DVD zugesteckt? Und vor allem: warum? Die Kamera hatte nun eine Gruppe Erwachsener anvisiert. Eine Frau – sie war trotz der seltsamen Frisur und des altmodischen Kleides wunderschön – stand am Rand der mit Flatterband abgesperrten Spielfläche. Kurz zoomte der Kameramann – es war ganz bestimmt ein Mann – ihr Gesicht näher heran. War das ... seine Mutter? Andersen verwahrte ein Porträtfoto von ihr in der Schublade seines Nachtschrankes. Der schlanke Hals, das schmale Gesicht, die dominante Nase. Verdammt. Die Frau in dem Film war seine Mutter! Die sich bewegte, die in die Kamera lächelte. Die in die Kamera lächelte! Bis zu diesem Moment hatte er sich nicht einmal mehr an ihr Lächeln erinnert. Sie schenkte es dem Mann hinter der Filmkamera.

Der Moment war vorbei. Der Film zeigte weitere Menschen auf dem Festplatz. Eltern, die den Kindern bei verschiedenen

Wettbewerben zusahen, Männer in voller Schützentracht am Bierwagen, alte Frauen auf der Bank im Schatten. Und dann ... wieder eine Totale auf die Zuschauer. Dort stand sie, leicht zu erkennen in dem gelben Kleid. Sie leuchtete geradezu. Ein Mann trat zu ihr. Hauke Andersen wusste, dass das nicht sein Vater war. Er hatte sich die wenigen Fotos, die er besaß, oft genug angeschaut. Der Mann war groß und breitschultrig, hatte dunkles Haar. Er schien sie anzusprechen. Sie drehte sich weg. Die Kamera verharrte noch einen Augenblick auf der Szene und schwenkte dann weiter, auf ein Kind, das Zuckerwatte aß. Kurz darauf kamen der Mann und die Frau im gelben Kleid wieder ins Bild. Sie redeten miteinander. Obwohl der Ton fehlte, konnte er deutlich sehen, dass sie sich stritten. Die Frau sah sich immer wieder besorgt um. Da fasste der Mann sie mit einer besitzergreifenden Geste am Oberarm. Sie wollte sich abwenden, doch er hielt sie fest. Er schien sie schütteln zu wollen ... Nicht sein Vater! Ein mit Blumen geschmückter Wagen, der von zwei Haflingerponys gezogen wurde, rollte ins Bild. Der Film endete abrupt.

Verdammt.

Was sollte das?

Hauke Andersen trank einen Schluck Bier. Setzte sich langsam auf die Couch. Trank noch einen Schluck. Drückte auf *Replay*.

Wieder das Kinderfest. Das Jahr 1985. Das Todesjahr seiner Eltern und Schwestern.

Das Jahr, in dem er zum Waisenkind geworden war. Weggegeben in eine fremde Familie, in eine neue Identität.

Er zuckte zusammen, als das Telefon klingelte. »Andersen.«

»Da sind Sie ja endlich, Andersen! Haben Sie sich den Film schon angesehen?« Eine Männerstimme.

»Was soll das?«, gab er aufgebracht zurück. »Wer sind Sie?«

»Ich habe Informationen, die Sie interessieren dürften.«

»Solange Sie mir nicht sagen, wer Sie sind, bin ich nicht bereit, Ihnen zuzuhören.«

Im Hintergrund waren Geräusche zu hören, als telefoniere der andere aus einer vollen Kneipe. »Wollen Sie Ihr Leben lang das Kind eines Mörders sein?«

»Woher haben Sie den Film?«

»Ein paar Nachforschungen ... Es gibt noch viel mehr Hinweise. Hinweise darauf, dass Ihr Vater nicht Ihre Familie umgebracht hat.«

»Ich glaube Ihnen kein Wort.«

»Wirklich?«

»Und überhaupt. Das ist Sache der Polizei.«

Der andere schnaubte. »Was glauben Sie denn, wer damals die Aufklärung verpfuscht hat? Meinen Sie, dass Sie denen trauen können? Selbst wenn da jetzt andere am Hebel sitzen, eine Krähe pickt der anderen kein Auge aus.«

»Was wollen Sie?«

»Ihnen helfen zu beweisen, dass Ihr Vater unschuldig war.«

»Woher wissen Sie das?«

»Ich interessiere mich für den Fall. Ich habe Nachforschungen angestellt, das sagte ich doch schon.«

»Was haben Sie herausgefunden?«

»Wir treffen uns um halb zehn Uhr bei mir zu Hause. Rohwedders Gang in Lübeck.«

»Was? Nein! Wieso?«

»Es ist Ihre einzige Chance.« Er wiederholte die Adresse und nannte auch die Hausnummer. Und dann: »Ich wohne ganz oben. Die Haustür unten wird nicht abgeschlossen sein. Kommen Sie einfach hoch. Fühlen Sie sich ganz wie zu Hause.«

Andersen wollte protestieren, aber das Gespräch wurde unterbrochen.

Pia betrachtete ihren schlafenden Sohn. Er sah so zufrieden aus. Die letzten Nächte in der schwülen Hitze hatte er unruhig geschlafen und sie mehrmals geweckt. Vielleicht lief es heute besser. Sie träumte seit Wochen davon, endlich einmal wieder sechs Stunden am Stück zu schlafen ... Günther, ihr Stiefvater, hatte den ganzen Nachmittag mit Felix herumgetobt, und ihre Mutter hatte ihn abends in der großen Badewanne gebadet. Pia selbst besaß nur eine Dusche mit niedriger Duschwanne, und der Kinderwanne war Felix schon entwachsen.

Sie beugte sich über das Gitterbett und küsste ihren Sohn auf das weiche, schon ziemlich lange Haar. Er duftete gut, ein bisschen nach Aprikose und Vanille. Im Gegensatz zu ihr selbst ...

Sie zog sich aus und ließ die verschwitzten Kleidungsstücke nach und nach auf den Fußboden fallen. Dann ging sie hinüber in die Küche. Sie hatte ihrem Bruder immer noch nicht wegen der Wohnung Bescheid gesagt. Toms und Marlenes Dreizimmerwohnung verfügte über ein richtiges Badezimmer mit einem Fenster! Sie würde hier ohnehin über kurz oder lang ausziehen müssen, auch wenn es ihr schwerfiel.

Die Tür zum Küchenbalkon stand offen. Nach dem Gewitter roch die Luft nach Sommer, mit der grünen, leicht erdigen Note, die Regen mit sich brachte. Es hatte sich abgekühlt, aber es waren bestimmt noch zwanzig Grad draußen. Pia ging unter die Dusche, ohne Licht anzuschalten. Obwohl ... Sie hätte ruhig Festbeleuchtung haben können, schließlich konnten allenfalls Tauben und eventuell die Crew eines Hubschraubers in ihre Dachwohnung im zweiten Stock hereinschauen.

Sie drehte den Wasserstrahl voll auf und schloss einen Moment die Augen. Das heiße Wasser spülte nicht nur den Schmutz von ihr ab, sondern schien auch die Sorgen und Aufregungen des Tages abzuwaschen. Als sie aus der Duschkabine trat, fühlte Pia sich sauber, erfrischt ... und seltsam leer.

Irgendwas fehlte. Sie probierte es mit einem Schluck Wodka mit Orangensaft. Das war es nicht. Im Kühlschrank fand sich noch ein Quark mit Früchten. Pia aß ein paar Löffel und stellte den Becher unzufrieden wieder zurück. Lohnte es sich noch, sich wieder etwas Frisches anzuziehen, oder war der Tag sowieso gelaufen? Es war erst kurz nach neun. An Schlaf war jedenfalls noch nicht zu denken. Joggen würde helfen, Adrenalin abzubauen. Aber sie wollte Felix auf keinen Fall allein lassen. Nicht einmal, wenn Susanne im Erdgeschoss das Babyfon hätte.

Pias Blick fiel auf das Telefon. Sie wusste, was ihr fehlte. Weib, dein Name ist Schwachheit. Wieso eigentlich nicht? Was wollte sie sich denn beweisen? Dass sie niemanden brauchte? Sie würde jetzt gern Lars anrufen. Vielleicht hatte er ja Zeit und Lust vorbeizukommen. Er war noch nie in ihrer Wohnung gewesen. Möglicherweise würde er ja einen Schock bekommen. Sie sah sich prüfend um: Es war nicht aufgeräumt. Und Lars war der Typ, den man sich in einer super gestylten Wohnung vorstellte. Pia dachte an seine schöne Agentur mit Blick auf die Trave – und an ihr eigenes Büro: Behördenchic in Beige-Grün-Braun. Egal.

Lars meldete sich nach dem dritten Klingeln. Sie erzählte ihm in groben Zügen, was tagsüber auf Fehmarn passiert war. Ihr Herz klopfte dabei fast wieder so sehr wie in dem Moment, als sie die Nachricht von Zoes Verschwinden erhalten hatte.

»Ihr habt das Kind tatsächlich gefunden? Und was ist jetzt?«, fragte Lars, als sie geendet hatte.

»Ich glaube, es ist noch mal gut gegangen. Der Kleinen ist nichts passiert.«

»Ich meinte, wie geht es dir?«

Sie schluckte. »Ganz gut. Es ist nur... Hast du Lust vorbeizukommen?« Es entstand eine Pause, und Pia verfluchte sich schon dafür, ihn gefragt zu haben.

»Bist du dir sicher?«

»Ja. Nein. Keine Ahnung.«

»Das ist unwiderstehlich, Pia. Gib mir eine halbe Stunde, okay?«

Als sie das Gespräch beendet hatte, atmete sie tief durch. Also wieder anziehen: etwas Luftiges. Haare föhnen. Nicht lange über Unterwäsche nachdenken. Das brachte Unglück.

Sie hatte sich gerade ein Sommerkleid über den Kopf gezogen und überlegte, ob sie nicht doch lieber Jeans anziehen sollte, als es an der Tür klopfte. Sie sah auf die Uhr. Es waren noch keine zwanzig Minuten vergangen. Lars war früh dran.

Pia lief barfuß durch den Flur. Sie fuhr sich noch einmal mit der Hand durchs Haar und öffnete dann die Wohnungstür.

32. Kapitel

»Was wollen Sie denn hier?« Vor ihr stand der Kammerjäger Hauke Andersen. Er war offenbar genauso irritiert wie sie.

»Sie? Haben Sie mich anrufen lassen? Sie sind doch von der Polizei. Ich versteh das nicht«, sagte er nervös.

»Richtig. Ich war gestern mit einem Kollegen bei Ihnen. Aber ich habe Sie bestimmt nicht anrufen lassen. Woher haben Sie überhaupt meine Privatadresse?«

»Die hat mir der Typ am Telefon genannt. Es geht um den Mord an meiner Familie. Es soll neue Beweise geben.« Er klang nun, nachdem sich seine erste Überraschung gelegt hatte, verärgert.

Pia musterte ihn. »Der Mord an Ihrer Familie? Können Sie da etwas konkreter werden?« Sie ärgerte sich sofort über sich selbst. Was fragte sie überhaupt nach? Der Mann hatte nichts vor ihrer Tür verloren, egal, um welche Angelegenheit es sich handelte.

»Natürlich wissen Sie das!«, fuhr er sie an. »Der Mordkuhlen-Fall. Es war meine Familie. Ich bin das Kind, das überlebt hat.«

Pia sah ihn erstaunt an. Damit hatte sie nicht gerechnet. »Kommen Sie morgen früh zu mir ins Kommissariat. Dann können wir reden.«

»So geht das nicht«, sagte er wütend. »Das lasse ich mir nicht bieten. Nicht in dieser Sache! Ich bin extra heute Abend noch hergekommen, weil mir Informationen versprochen worden sind. Beweise.« Er trat einen Schritt vor.

Pia stellte sich ihm in den Weg. Maß gedanklich schon mal den Abstand zwischen ihnen und versuchte einzuschätzen, wie Hauke Andersen auf einen Rausschmiss reagieren würde. Er wirkte aufgebracht. Nichtsdestotrotz schien er nicht sonderlich aggressiv zu sein. Aber da konnte man sich leicht täuschen. Und Täuschungen in dieser Hinsicht waren meistens verhängnisvoll. »Hören Sie, Herr Andersen. Wir werden das aufklären. Aber nicht in meiner Wohnung. Kommen Sie morgen um neun zu mir ins Kommissariat 1 in der Possehlstraße.«

»Was soll ich da? Die Polizei hat doch damals mitgeholfen, alles zu vertuschen«, stieß er hervor. Er trat noch einen Schritt näher.

Pia schob ihn mit sanfter Gewalt zurück. »Beruhigen Sie sich bitte, Herr Andersen. Sie alarmieren sonst das ganze Haus. Der Mann, der unter mir wohnt, hat Ohren wie ein Luchs, und er mag überhaupt keine Ruhestörungen.« Bei dem Gedanken an Andrej, den friedlichsten Nachbarn, den man sich vorstellen konnte, musste sie ein Grinsen unterdrücken. Besser, die Situation im Vorfeld deeskalieren, bevor Andersen sich noch in etwas hineinsteigerte ...

»Wer zum Teufel hat mich denn angerufen?«, beharrte er. In seinem Gesicht hatten sich hektische rote Flecken gebildet.

»Das werden wir herausfinden. Morgen.« Sie schob ihn noch ein Stück zurück, bis über die Schwelle, und schloss dann die Tür. Hauke Andersen ließ es geschehen. Gott sei Dank. Sie hörte, wie er die Treppe hinunterstürmte. Pia stand hinter der geschlossenen Tür und ertappte sich dabei, wie sie mit den Fingernägeln gegen ihre Schneidezähne klopfte. Kopfschüttelnd ließ sie die Hand wieder sinken. Sollte sie die Kollegen über Andersens unverhofften Besuch informieren? Wer auch immer jetzt noch im Dienst war. Dass Zeugen vor ihrer Wohnungstür auftauchten, war eine entschieden unangenehme Erfahrung.

Ihr Telefon lag auf dem Küchentisch. Pia ging in die Küche und griff nach dem Apparat. Sie überlegte, wessen Durchwahl sie nehmen könnte. Doch was sollte dieser Anruf überhaupt bewirken? Nun, da Andersen weg war, schien der Vorfall schon nicht mehr so gravierend zu sein. Es war ungewöhnlich still im Raum, in ihrer Wohnung, im Haus und im angrenzenden Hof. Dabei herrschte hier nur selten totale Stille. Immer hörte oder machte jemand Musik, duschte, betätigte eine Klospülung, stritt sich mit seinem Partner oder vergnügte sich mit ihm. Es ist nur deshalb so still, weil die Balkontür geschlossen ist, überlegte Pia. Hatte der Wind sie zugeweht? Pia wollte sie gerade wieder öffnen, als sie hinter sich ein Rascheln hörte. Sie fuhr herum, noch in der Annahme, dass sie sich das Geräusch nur eingebildet hatte.

Da stand ein Mann neben der Küchentür und sah sie an.

Pia unterdrückte einen Aufschrei. Sie kannte ihn. Diese Erkenntnis beruhigte sie im ersten Moment. Das blonde, wellige Haar, die desillusioniert blickenden Augen. Es war Jesko Ebel, der Journalist. »Was wollen Sie denn hier?«, stieß sie hervor.

Er lächelte, das hieß, seine Mundwinkel zuckten und er zeigte die Zähne. Seine Haltung erinnerte Pia an die Katze ihres Nachbarn Andrej, wie sie manchmal vor der Hecke im Hinterhof vor einem Spatzennest lauerte. Das Offensichtliche schien nur ganz langsam in ihr Bewusstsein zu dringen. War es wichtig, dass er ein Sweatshirt mit über den Kopf gezogener Kapuze trug, eine Sporthose, Kletterschuhe, Handschuhe? In der rechten Hand hatte er etwas, das wie ein Zimmermannshammer aussah. Das ... war ... gar nicht gut.

Pia wich zurück, versuchte, den Küchentisch zwischen sich und den Eindringling zu bringen. Seit Felix' Unfall waren ihre Küchenmesser stets gewissenhaft verstaut. Mist!

Du musst mit ihm reden, dachte sie. Aber ein Blick in seine

Augen ließ sie daran zweifeln, dass Worte ihn erreichen würden.

Er trat einen Schritt auf sie zu.

»Stopp!«, schrie sie ihn an. »Verschwinden Sie, auf der Stelle!«

Er hätte sofort zuschlagen können, dachte sie. Von hinten. Es wäre einfach gewesen. Vielleicht war er so eitel zu wollen, dass sie ihren Mörder sah. Nun hatte er zu lange gezögert. Das war ihre Chance. Ihre einzige. Und Felix lag nebenan! Im Bruchteil einer Sekunde jagten die Gedanken durch Pias Kopf. Würde sie jemand hören, wenn sie schrie? Wohl kaum. Ebel hatte ja wohlweislich die Balkontür geschlossen. Er musste über den Balkon gekommen sein – irgendwie. Deshalb auch die Kletterschuhe.

»Das hättest du nicht gedacht, oder?«, fragte er leise. »Wie blöd ihr wart! Es war ein Kinderspiel. Milena hat mich genauso angesehen wie du jetzt, bevor ich ihr den Schädel zertrümmert habe. Es hört sich komisch an: knack-knirsch. Ein bisschen wie die Schale eines Frühstückseis.«

»Aber es war eine andere Waffe«, sagte Pia. Sie blickte auf den Hammer. Rede mit ihm! Versuche, Zeit zu gewinnen! »Warum hast du das getan?«

»Ihr wisst es immer noch nicht?« Er ging zwei Schritte auf sie zu. Noch war der Tisch zwischen ihnen. Ein kleiner Tisch, achtzig mal achtzig Zentimeter, kein Möbelstück, dem Pia ihr Leben anvertrauen wollte.

»Dabei dachte ich, mein geschwätziger alter Kumpel Helge hätte alles verraten. Oder Patrick ... Der weiß auch Bescheid. Allerdings hasst der die Cops.« Ebel starrte sie misstrauisch an. »Vielleicht hat er bei dir ja eine Ausnahme gemacht? Ihr habt immer noch keine Ahnung, was Rudolf Ingwers getan hat? Ich wollte ihm nur das nehmen, was er mir genommen hat: die Frau, die ich liebe, und mein Kind!«

»Welche Frau, welches Kind?«

Er blies zischend die Luft aus. »Nina. Sie ist meine Freundin. Wir wollten heiraten. Sie hat in Ingwers' Gärtnerei gearbeitet. Und sie hat ein Kind von mir erwartet. Unser Kind. Aber er hat sie weiterhin diesem Giftzeug ausgesetzt. Das Kind ... unsere winzige Tochter, ist im Mutterleib gestorben. Nina musste sie tot zur Welt bringen. In der vierundzwanzigsten Woche! Sie haben es eine ›stille Geburt‹ genannt! Seitdem ist Nina in der Klinik. Sie hat schon zweimal versucht, sich umzubringen. Mittlerweile ist sie in der Geschlossenen. Die Ärzte sagen ... ihr Arzt sagt, dass sie wohl nie wieder ein normales Leben führen kann.«

Nina Schrader!, durchfuhr es Pia. Laut sagte sie: »Das tut mir leid. Aber ein Mord ist keine Lösung. Man kann die Dinge nicht ungeschehen machen.«

»Ungeschehen! Es geht um Gerechtigkeit, nur darum.«

»Und was habe ich damit zu tun?«

»Du weißt zu viel. Du hättest eben nicht mit Helge reden dürfen.«

»Das Gespräch mit Helge Bittner war in etwa so aufschlussreich wie das Tageshoroskop.«

»Abgesehen von Patrick Grieger ist er der Einzige, der das von Nina weiß: was mit ihr passiert ist und wer Schuld daran hat.«

Es war nicht gut, dass er ihr das nun so freimütig erzählte ...

»Mich umzubringen nützt gar nichts«, entgegnete Pia. »Ich hab das Gespräch mit diesem Bittner aufgezeichnet. Das Band ist im Büro hinterlegt.« Die Notizen, die sie sich gemacht hatte, befanden sich noch in ihrer Handtasche, die im Flur am Haken hing.

»Das glaube ich nicht.« Doch Ebel wirkte verunsichert.

»Es ist wahr. Und die Spuren, die du hier hinterlässt, werden dich, sollte mir etwas zustoßen, lebenslang in den Knast befördern.«

Der letzte Hinweis zauberte ein zufriedenes Grinsen auf Ebels Gesicht. »Ach, ja? Wenn du dich da mal nicht täuschst! Ich hab an alles gedacht«, sagte er, offensichtlich angetan von seiner vermeintlichen Voraussicht. »Ich habe etwas Dreck aus Andersens Staubsaugerbeutel mitgebracht. Mülltonnen können recht ergiebig sein. Und auf dem Hammer hier sind Andersens Fingerabdrücke, er stammt nämlich aus seiner Garage.«

Wie unglaublich eitel und von sich überzeugt er ist!, dachte Pia noch. Da holte Ebel aus und schwang den Hammer durch die Luft. Wenn sie versuchte, ihn mit den Armen abzuwehren, wären ihre Handgelenke im Nu zertrümmert. Sie riss den Küchenstuhl hoch. Der Hammer traf krachend auf die Sitzfläche und blieb darin stecken. Ebel riss am Griff. Pia drückte den Stuhl mit Wucht nach vorn, sodass ihr Angreifer nach hinten taumelte. Er stieß so hart gegen das Wandregal, dass die Becher darauf auf ihn herunterkrachten. Doch der Schmerz schien ihn nur weiter anzustacheln.

Pia warf den Stuhl in Ebels Richtung, umrundete den Küchentisch und versuchte, zur Tür hinauszukommen. Er fluchte, sie hörte den Stuhl splittern. Im Flur musste sie sich entscheiden: Sollte sie wirklich aus der Wohnung laufen? Felix in Stich lassen? Kam nicht infrage. Das Wohnzimmer? Eine Sackgasse, keine Waffen, um sich zu verteidigen. Das Schlafzimmer? Nein, sie würde ihn nicht auf Felix aufmerksam machen! Und auch die Klotür aus Pressspan würde einem Zimmermannshammer keinen nennenswerten Widerstand leisten können. Im Flur war nichts greifbar, mit dem sie sich verteidigen konnte ... *Shit, shit, shit!*

Jesko Ebel kam langsam aus der Küche und fixierte Pia; den Hammer schwang er locker hin und her. Konzentriert. Sogar Mordlust wäre besser als diese kalte Entschlossenheit.

»Mach jetzt besser keinen Fehler«, sagte sie. »Noch ist nichts passiert.«

Er stürzte sich auf sie, den Hammer erneut zum Schlag erhoben. Pia wich im letzten Moment zur Seite aus, packte Ebels rechten Arm, drehte sich und riss ihn mit sich. Sie fielen beide mit lautem Poltern zu Boden. Doch wenn sie gehofft hatte, sich damit einen Vorteil zu verschaffen, hatte sie sich getäuscht. Jesko Ebel fing sich ebenso geschickt ab wie sie. Und er war schnell, viel zu schnell. Pia spürte seine Hände an ihrem Hals. Sie trat, versuchte, seine Arme wegzuheben und sich unter ihm wegzudrehen. Ganz im Hintergrund ihres Bewusstseins nahm sie ein Geräusch im Treppenhaus wahr. Sie schrie und stieß Ebel ihr Knie zwischen die Beine. Offenbar hatte sie die richtige Stelle getroffen, denn er stöhnte auf, und sein Griff lockerte sich. Wo war der Hammer? Jemand rüttelte an der Türklinke.

Ein splitterndes Krachen. Pia drehte sich schutzsuchend zur Seite. Licht flammte auf, und sie spürte einen kühlen Luftzug.

Lars konnte kaum glauben, dass er die Tür eingetreten hatte.

»Das war filmreif«, bestätigte Pias Vermieterin Susanne, die von dem Krach im Hausflur aus ihrer Wohnung ins Dachgeschoss hinaufgelockt worden war. Ihrer Schilderung nach war sie just in dem Moment oben auf dem Treppenabsatz erschienen, als Lars zugetreten hatte. »In diesem Haus wird es einfach nie langweilig«, meinte sie. »Und die Tür musste sowieso mal ersetzt werden.«

»Das war doch nur eine Papptür«, sagte Lars und grinste.

Susanne warf ihm einen kritischen Blick zu. Pia lächelte in sich hinein. Lars rieb sich den Knöchel. Eine Tür von besserer Qualität hätte er nicht eintreten können, dachte sie. Sie hatte da so ihre Erfahrungen, hütete sich aber, das zu sagen.

Als die Tür aufgeflogen war, war Jesko Ebel über den Balkon geflüchtet. Anscheinend hatte Pia ihn zumindest so hart erwischt, dass er bei seiner Kletterpartie nach unten den Halt verloren hatte und auf Susannes Terrasse auf einen Blumenkübel aus Terrakotta gefallen war. Wie es aussah, hatte er sich dabei die Hüfte gebrochen. Pias Mitleid hielt sich in Grenzen. Die eintreffenden Einsatzkräfte hatten Ebel nur noch einsammeln müssen.

»Dann hatten wir mit Ingwers also doch den falschen Mann«, sagte Broders, der mit einiger Verspätung auch noch in Pias Wohnung erschienen war. Inzwischen war es kurz vor elf. Die anderen Beamten waren schon wieder abgezogen, während er, wohl um nichts zu verpassen, noch in der Küche saß und Kaffee trank.

»Er hat Zoe entführt«, entgegnete Pia. »Ich bin sehr froh, dass er die Nacht in einer Zelle verbringt.«

Heinz Broders schüttelte den Kopf. »Inzwischen sieht es so aus, als wäre seine Frau das gewesen. Komplizierte Geschichte.« Er leerte den Becher in einem Zug. Dann sah er von Lars zu Pia. »Aber morgen ist auch noch ein Tag«, setzte er hinzu und erhob sich von Pias letztem heilen Stuhl. Die Sitzmöglichkeiten waren knapp geworden.

Pia und Lars saßen auf der Küchenbank. Er hatte seinen angeschlagenen Fuß auf den Sitz von Felix' Kinderstühlchen gelegt und kühlte den Knöchel mit einer Gel-Kompresse. Die hatte Pia stets gebrauchsfähig parat, seit sie Mutter geworden war. Immerhin. Dass ihr Sohn den Tumult verschlafen hatte, grenzte an ein Wunder.

»Ich weiß ja nicht...«, sagte Lars, nachdem Pia ihren Kollegen Broders hinausbegleitet hatte. »Das ist nicht meine Welt.«

»Was? Die Polizei?« Der alte leidige Konflikt.

Er schüttelte den Kopf. »Rohe Gewalt. Hammermörder und so.«

»Eine Hacke ... Er hat es vermutlich mit einer Gartenhacke getan. Und überhaupt: Du bist derjenige, der mit roher Gewalt meine Wohnung demoliert hat.«

»Keine Spur von Dankbarkeit?«

»Vielleicht eine winzige.«

»Das glaube ich dir nicht.«

Sie beugte sich zu ihm hinunter und küsste ihn sanft auf die Lippen.

»Hmmm. Na gut. Da war ein kleines bisschen Dankbarkeit zu spüren.« Er nahm ihr Gesicht in seine Hände. »War da vielleicht noch etwas anderes, außer Dankbarkeit?«

»Als ich dich angerufen habe, hatte ich jedenfalls schon vor, mir von dir das Leben retten zu lassen.« Sie küsste ihn wieder und ließ ihre Hand unter sein T-Shirt gleiten. »Es ging aber um Lebensrettung auf einer ganz anderen Ebene.«

Er zuckte. »Hey, was tust du da? Ich bin vollkommen wehrlos. Mein Knöchel ist demoliert. Ich kann nicht weglaufen.«

»Selbst schuld, wenn du es nicht abwarten kannst, bis ich dir die Tür öffne.«

Er sah ihr in die Augen. »Ein Schlüssel könnte nützlich sein.«

»Wir... Sind wir schon so weit?«

»Das müssen wir ausprobieren.«

Ihr Bauch sagte: ja-ja-ja. Das genügte für den Moment. Ihre Hand glitt tiefer. »Auch wenn es vielleicht nicht so aussieht: Es gibt in dieser Wohnung einen bequemeren Platz als die Küchenbank und den Kinderstuhl«, flüsterte sie.

»Aber wenn ich aufstehe, nimmst du deine Hand weg, oder?«

»Nicht zwangsläufig.«

33. Kapitel

Auch wenn sie nach dem neuesten Erkenntnisstand mit Jesko Ebel den Täter im Mordfall Milena Ingwers gefunden hatten – ein Großteil der Ermittlungsarbeit begann erst jetzt. Die Akte musste vervollständigt, die Beweise mussten gesichtet, gesichert und geordnet und für die Verhandlung aufbereitet werden.

Die Vernehmungen von Rudolf Ingwers werden sicher mühsam werden, dachte Pia. Nachdem sie ihn wieder auf freien Fuß hatten setzen müssen, hatte er reichlich Oberwasser bekommen. Aber der weitere Verlauf der Ermittlungen würde auch für ihn kein Spaziergang werden. So ungewöhnlich und grausam Jesko Ebels Rache auch gewesen war, er hatte ein Motiv für seine Taten. Und das war, so kristallisierte es sich mehr und mehr heraus, mit Ingwers' illegalen Machenschaften in seinem Betrieb verknüpft. Die Ereignisse dort hatten diese Lawine der Gewalt ausgelöst.

Gabler war aufgrund ihrer Ermittlungsergebnisse mit der Hamburger Staatsanwaltschaft in Kontakt getreten. Die Umweltpolizei und das Hamburger Pflanzenschutzamt hatten vor ein paar Monaten bei der Durchsuchung eines Handelsbetriebes Geschäftsunterlagen, Computer sowie vierhundert Kilogramm nicht verkehrsfähiger Pflanzenschutzmittel sichergestellt. Die weiteren Nachforschungen hatten die Ermittler damals zu einem Gefahrstofflager im Hamburger Hafen geführt, wo illegale Pflanzenschutzmittel in noch viel größerem Umfang eingelagert und von dort an nationale und internationale Geschäftspartner verkauft worden waren. In einer gemeinsamen Aktion mehrerer Bundesländer waren daraufhin Betriebe in Hamburg, Schleswig-Holstein und Niedersachsen durchsucht worden. Dabei hatten die Beamten mehr als dreißig Tonnen illegaler Pflanzenschutzmittel, zum Teil hochgiftige Substanzen, sichergestellt. Es handelte sich sowohl um Mittel, die noch in anderen EU-Staaten zugelassen sind, als auch um solche, die EU-weit schon lange keine Zulassung mehr haben. Der Handelsbetrieb hatte Containerladungen mit illegalen Pflanzenschutzmitteln aus anderen EU-Staaten, China und Indien geliefert bekommen und damit die schwarze Nachfrage nach etwa fünfzig verschiedenen Chemikalien bedient. Unter anderem auch die nach einem verbotenen Wuchsstoff, der für die Weihnachtsbaum- und Weihnachtssternproduktion verwendet wird. Laut Bundesministerium für Ernährung, Landwirtschaft und Verbraucherschutz wurden die nicht zugelassenen Pflanzenschutzmittel in Produktionsbetriebe und Handelsunternehmen verkauft, wo sie dann schwerpunktmäßig in der Produktion von Zierpflanzen eingesetzt wurden.

Ingwers' Betrieb war im Zuge der Ermittlungen der Hamburger Staatsanwaltschaft mit in Verdacht geraten, illegale Pflanzenschutzmittel abgenommen zu haben und einzusetzen, und daraufhin durchsucht worden. Doch Rudolf Ingwers' Firma gehörte zu jenen, in denen die Fahnder nicht fündig geworden waren. Im anderen Fall hätte ihm wegen des Handels und der Anwendung von nicht zugelassenen Pflanzenschutzmitteln die Zahlung eines Ordnungsgeldes von bis zu fünfzigtausend Euro gedroht. Aber das wäre wohl noch Ingwers' geringeres Problem gewesen. Hätte man die bewussten Chemikalien bei ihm gefunden, hätte sich der Verdacht, die Schuld am Tod von Nina Schraders ungeborenem Kind zu tragen, erhärtet.

Es war Rudolf Ingwers' Pech, dass seine Frau die entführte Zoe ausgerechnet in den stillgelegten Gewächshäusern auf

Fehmarn vor ihm und der Welt versteckt hatte. Ansonsten wären die illegalen Substanzen wohl nie wieder aufgetaucht. Dort hatte er nämlich in einer Nacht- und Nebelaktion noch rechtzeitig vor der Razzia achtzig Kilogramm illegaler Pestizide in Sicherheit gebracht. Man fand sie unweit der Voliere, in der Zoe eingesperrt gewesen war. Ingwers hatte die Pestizide in einem Nebenraum eingelagert, in Behältnissen, die normalerweise legale Düngemittel enthielten.

»Ich versteh immer noch nicht, wieso Judith Ingwers das kleine Mädchen entführt hat«, sagte Broders, als sie sich nach einer langen Besprechung zu dritt in Pias neuem Büro eingefunden hatten. Rist lehnte an der Fensterbank, Heinz Broders streckte sich im Besucherstuhl aus, und Pia saß mit baumelnden Beinen auf ihrem Schreibtisch.

Sie drückte ihr Kreuz durch, das nach dem langen Sitzen im Besprechungsraum schmerzte. »Milenas Tod hat Judith Ingwers vollkommen aus dem Gleichgewicht gebracht. Trauer, Angst, Schuldgefühle ... Vielleicht war die Entführung Zoes der unbewusste Versuch, noch mal von vorn anzufangen.« Es war das gleiche Motiv, das sie auch bei Rudolf Ingwers vermutet hatte.

»Schuldgefühle? Aber sie hatte Milena doch gar nichts angetan«, meinte Broders. »Jesko Ebel war es.«

»Judith Ingwers war die Letzte, die ihre Tochter lebend gesehen hat, den Täter ausgenommen«, sagte Pia nachdenklich. »Man muss sich das einmal vorstellen: Sie war auf Mordkuhlen und hat sich mit Milena gestritten. So heftig, dass das Mädchen hinaus in den Garten gelaufen ist, um seine Wut im Gemüsebeet abzureagieren. Judith Ingwers hat Milena dort zurückgelassen und ist mit dem Land Rover, den sie vor dem Haus geparkt hatte, weggefahren, um mit den Hunden zu trainieren. Kurz darauf kam dann Ebel. Er hat ausgesagt, dass er beobachtet hat, wie Judith Ingwers weggefahren ist. Hätte sich

Judith nicht mit ihrer Tochter gestritten, wäre Milena wohl nicht in den Garten gelaufen. Auch wenn Judith noch länger dort geblieben wäre, wäre das alles vielleicht nicht passiert.«

»Bei Ebels Entschlossenheit ist das eher unwahrscheinlich. Er wäre einfach ein anderes Mal wiedergekommen«, sagte Rist.

»Das erklärt immer noch nicht, warum Judith Ingwers die kleine Zoe entführt hat«, beharrte Broders.

»Ich glaube nicht, dass sie eine Entführung geplant hatte. Und Gott sei Dank muss ich das auch nicht entscheiden«, setzte Pia hinzu. »Ich stelle mir das so vor: Judith Ingwers hat das kleine Mädchen morgens am Tor von Mordkuhlen gesehen. Allein. Nicht weit von der Stelle entfernt, an dem ihre eigene Tochter erschlagen worden ist. Zoe sieht Milena, wie sie als Kind ausschaute, ziemlich ähnlich. Judith hat sie angesprochen. Ich war bei Judith Ingwers' Vernehmung dabei. Sie beteuerte, dass sie das Mädchen *retten* wollte. Deshalb habe sie Zoe zu sich ins Auto einsteigen lassen. Sie ist mit ihr zu sich nach Hause gefahren, hat ihr Süßigkeiten gegeben und alte Spielsachen von Milena – darunter die Stoffpuppe, mit der wir sie dann gefunden haben. Judith Ingwers hat der Kleinen Zöpfe geflochten wie früher ihrer Tochter...«

»Was guckst du so komisch, Pia?«, fragte Broders, der das Mienenspiel seiner Kollegin beobachtet hatte.

»Mir ist eingefallen, was mich irritiert hat, als wir Zoe gefunden haben. Ihre Frisur, die strammen Zöpfe und diese altmodischen Marienkäfer-Haarspangen. Das sah weder nach Irma Seibels noch nach Rudolf Ingwers' Werk aus. Das konnte eigentlich nur Judith Ingwers getan haben. Weißt du noch, Broders, dass sie uns gegenüber Zoe sogar einmal als ›schmuddelig und ungekämmt‹ bezeichnet hat? Und als sie die Kleine dann bei sich hatte, hat sie sie so umsorgt wie ihre eigene Tochter damals.«

»Und dann hat sie das Mädchen mal eben mit ihrem eigenen Schlafmittel betäubt«, ergänzte Rist zynisch.

»Der Hausarzt hat Judith Ingwers nach dem Mord an ihrer Tochter bestimmt mit Beruhigungs- und Schlafmitteln aller Art versorgt.«

»Aber wie kam Rudolf Ingwers ins Spiel?«, wollte Broders wissen.

»Er war im Betrieb, als seine Frau Zoe bei sich zu Hause hatte. Ingwers sagte, er habe an dem Tag mehrmals mit seiner Frau telefoniert und irgendwann gemerkt, dass etwas mit ihr nicht stimmt. Seine Frau war angeblich abwechselnd euphorisch und zutiefst besorgt. Sie hat ihm gegenüber zwar bestritten, etwas mit Zoes Verschwinden zu tun zu haben, aber sie hat nach mehrmaligem Nachfragen erzählt, dass sie nachmittags in der leer stehenden Gärtnerei gewesen ist. Er fand das so seltsam, dass er nach der Arbeit dort nachsehen wollte.«

»So ein Idiot. Wenn er seine Frau verdächtigt hat, etwas mit der Kindesentführung zu tun zu haben, hätte er es sofort der Polizei melden müssen. Aber Vertuschung scheint eine der Lieblingsbeschäftigungen der Ingwers zu sein«, sagte Rist verächtlich.

»Ist die Tatwaffe eigentlich schon aufgetaucht?«, erkundigte sich Pia.

»Die Taucher haben sie bei ihrer Suche nach Zoe Seibel gefunden. Eine gewöhnliche Gartenhacke, die Milena wohl zur Bodenbearbeitung benutzen wollte. Jesko Ebel hat sie nach der Tat in einen kleinen Teich in der Nähe von Mordkuhlen geworfen.«

»Warum haben wir die nicht schon eher entdeckt?«

»Sie lag knapp außerhalb des Radius, in dem wir nach ihr gesucht haben.« Rists Antwort klang sachlich, doch Pia glaubte, Schadenfreude in seinen Augen aufblitzen zu sehen. Den Suchradius hatte Gabler festgelegt. Broders räusperte sich, kommentierte diesen Aspekt der Ermittlungsarbeit aber nicht.

Pia sah kurz aus dem Fenster, zögerte erst, aber sie musste es einfach ansprechen. Gut möglich, dass sie an ihrem freien Tag etwas verpasst hatte. »Das dritte Kind der Bolts, das, das den Mordanschlag überlebt hat, war also wirklich der Kammerjäger Hauke Andersen, oder?«

»Ja. Sein Name wurde geändert, damit er nicht sein Leben lang mit dem Mordfall in Verbindung gebracht wird. Aber Jesko Ebel hatte herausgefunden, wer er ist.«

»Warum haben wir es dann erst so spät erfahren?«

»Das Jugendamt hat die alten Unterlagen über den Fall Bolt nicht sofort gefunden«, meinte Manfred Rist, ohne Pia anzusehen.

»Sagt jedenfalls Juliane«, ergänzte Broders.

»Na ja, es hätte wahrscheinlich auch nichts geändert, wenn wir früher informiert gewesen wären.« Pia dachte an Hauke Andersens Auftauchen vor ihrer Tür. Und an das, was danach passiert war. Es würde Zeit brauchen, bis sie sich in ihrer Wohnung wieder vollkommen sicher fühlte. Vielleicht würde sie Ebels Überfall auch nie ganz vergessen. Wenn sie in Toms und Marlenes Wohnung zog, musste sie das gar nicht erst herausfinden. Aber war das wirklich das Richtige für sie? Und würde sie das Leben im Gängeviertel nicht vermissen?

Die beiden Kollegen schienen von ihren abschweifenden Gedanken nichts zu bemerken. Heinz Broders schaufelte sich die Reste aus der angebrochenen Kekspackung in den Mund.

»Du saust mir den ganzen Schreibtisch ein, Broders.« Pia versuchte, sich abzulenken. Die Gedankenspirale führte zu nichts.

»Ich werde dich auch immer lieben, Engel«, entgegnete er.

»Bis zum bittern Ende.« Die Krümel rieselten.

»Das war ja beinahe schon ganz nah«, sagte Rist.

Pia warf ihm einen prüfenden Blick zu. Sollte das etwa ein Vorwurf sein? Sie war immer noch unentschieden, ob sie mit ihm wirklich gut würde zusammenarbeiten können. Und die

Gerüchte, er käme als Gablers Nachfolger in Betracht, hielten sich hartnäckig.

»Eines verstehe ich noch nicht«, sagte er und sah ihr in die Augen. »Was hat Ebel wirklich dazu getrieben, dir diesen Besuch abzustatten?«

»Er ist in Panik geraten. Ebel wusste, dass ich sowohl mit seinem Exkollegen Bittner als auch mit Patrick Grieger gesprochen hatte. Wenn mir Bittner von Nina Schraders Schicksal und ihrem gemeinsamen toten Kind erzählt hätte und Patrick Grieger von dem Verdacht, dass illegale Pestizide schuld daran sind ... dann hätte ich sein Motiv gekannt.«

»War er wirklich so naiv zu glauben, dass du allein im Besitz dieser Informationen bist?«

»Zu dem Zeitpunkt war ich es«, räumte Pia etwas widerstrebend ein. »Ich hatte noch keinen Bericht über mein Gespräch mit Bittner geschrieben, und aufgezeichnet hatte ich es auch nicht. Ebel hielt sich für sehr schlau. Er wollte, was mich betraf, kein Risiko eingehen ...«

»Und warum hat er Hauke Andersen mit hineingezogen?«

»Um ihn der Polizei als möglichen Täter zu präsentieren. Er hat ihn zu mir gelockt, die Waffe mit seinen Fingerabdrücken aus Andersens Garage entwendet und auch noch vorsorglich ein Tütchen vermeintlicher DNA-Spuren mitgebracht.«

»*CSI Miami* sei Dank.«

»Vermutlich, ja. Und er dachte wohl, dass es auf einen Mord mehr oder weniger nicht ankommt. Da hat er alles auf eine Karte gesetzt. Einen Menschen hatte er ja bereits umgebracht.«

»Und dann ist er die Balkons hoch, in deine Wohnung eingestiegen und hat dich mit dem Hammer angegriffen.« Rist schüttelte verständnislos den Kopf.

»Hey, ich hab ihn nicht eingeladen!«

»So ist es nun mal mit ihr.« Broders schüttete sich die restlichen Keksstücke in den Mund. »Jetzt weißt du, was ich jeden Tag durchmache.«

»Du?«, fragte Pia.

»Es war nicht schön, dich da in diesem Chaos in deiner Wohnung anzutreffen, wirklich nicht, Pia!« Er wischte sich die Krümel vom Mund. »Noch dazu mit irgend so einem Kerl«, setzte er hinzu.

Sie verzichtete auf eine Entgegnung.

Rist sah sie mit einem spöttischen Glitzern in den Augen an. »Nach unserem ersten Zusammentreffen vor vier Jahren hatte ich ja einiges erwartet«, sagte er. »Aber du hast es noch übertroffen.«

Epilog

Liebste Nina,

ich schreibe dir in der Hoffnung, dass dir jemand meinen Brief vorliest. Und ich glaube fest daran, dass du ihn eines Tages zur Hand nehmen und ihn wieder selbst lesen können wirst. Spätestens dann wirst du verstehen, warum das, was passiert ist, einfach geschehen musste. Und dass ich es für dich, für uns und für unsere Tochter getan habe. Jetzt muss es dir noch wie Verrat vorkommen: Ich kann dich nicht mehr in der Klinik besuchen kommen, und das wahrscheinlich für sehr lange Zeit. Das ist das Einzige, was mir wirklich leidtut.

Ein Mensch wie Rudolf Ingwers, der aus Habgier und Gleichgültigkeit dein und das Leben unseres Kindes aufs Spiel gesetzt und vernichtet hat, musste bestraft werden. Ich habe ihn genau beobachtet, seine Arroganz und Menschenverachtung, wie er dich angesehen hat, ohne Mitleid, wie ein lästiges Subjekt. Der Tod wäre zu gut für ihn gewesen. Er musste leiden, er sollte bereuen. Diese Zeit wollte ich ihm geben. Seine Tochter Milena war sein Fleisch und Blut, und auch wenn sie sich nicht mit ihm verstanden hat, habe ich ihren herablassenden Äußerungen, ihrem gesamten Habitus entnommen, dass sie kein Stück besser war als er. Sie war sein einziges Kind, wie unsere Kleine unsere einzige war, mit dem Unterschied, dass wir unsere Tochter niemals lebend in den Armen halten durften. Er hat sie uns genommen, bevor sie auch nur die Chance auf einen Atemzug hatte. Eine »stille Geburt« haben die Ärzte es genannt – und dich hat er mir dadurch ebenfalls genommen. Deshalb wollte ich ihm auch noch seine Geliebte nehmen, aber es hat nicht sollen sein ...

Ich hätte nie gedacht, dass ich zu so etwas fähig bin. Einen Men-

schen zu töten. Aber das denkt wohl jeder von sich, bis es so weit ist. Als ich zu dem Haus kam, wo Milena sich aufhielt, als ich zum ersten Mal einen Fuß hineingesetzt habe, war mir schlagartig klar, dass ich es tun würde: Rache üben.

Ich habe viel über die Veränderung, die da in mir vorgegangen ist, nachgedacht. Man hat im Gefängnis Zeit zum Nachdenken, und die Gedankenwelt ist das Einzige, was hier nicht beschränkt ist, was einem keiner nehmen kann. Außerdem ist mir mit dir und unserer Tochter ja schon alles genommen worden.

Glaubst du, dass es magische Orte gibt? Orte, an denen Dinge geschehen, die woanders vielleicht nicht passieren würden? Wenn es das gibt, dann ist Mordkuhlen so ein Ort. Du warst zum Glück nie dort. Es sieht in dich hinein, ergründet deine geheimen Wünsche und zerrt sie in dein Bewusstsein. Ich glaube, die Entscheidung, es tatsächlich zu tun und es nicht nur bei einem Gedankenexperiment zu belassen, ist gefallen, als das Haus von mir Besitz ergriffen hat. Mordkuhlen. Ein ganz und gar abweisendes, ja fast würde ich sagen BÖSES Haus. Ich weiß, du kannst nicht mehr lachen, aber so, wie ich es formuliere, hätte es dich früher zum Lachen gebracht. Und mich vielleicht auch. Doch wir wissen beide: Es gibt Ereignisse, nach denen ist nichts mehr, wie es war.

Meine Reaktion auf das Haus hat mich neugierig gemacht. Der Roman über Mordkuhlen und den Fluch waren nicht länger ein Vorwand. Ich wollte wissen, was wirklich dort passiert ist.

Inzwischen denke ich nicht mehr, dass der Vater, Karl-Heinz Bolt, seine Frau und seine beiden Töchter umgebracht hat. Ich weiß, dass es sogenannte Familiendramen gibt, aber der Mann kam gerade erst von einer langen Seereise nach Hause. Es gab offenbar keine Ereignisse, die das auf die Schnelle ausgelöst haben können. Und ich habe genau recherchiert. Ich meine, da muss sich doch erst etwas aufstauen. Und die ermordeten Mädchen waren sein eigen Fleisch und Blut. Ich hab mich also gefragt, wer das sonst getan haben konnte. Und dabei musste ich an Löwen denken, die ja auch den Nachwuchs einer Löwin totbei-

ßen, wenn es nicht ihr eigener ist. Ob es vielleicht einen anderen Mann gegeben hat?, fragte ich mich.

Und dann bin ich bei meinen Recherchen im Archiv durch einen Zufall auf einen alten Film vom Kinderfest '85 in Weschendorf gestoßen. Das Fest fand kurz vor dem Mord statt. Auf dem Film war eine Frau zu sehen, die der Anita Bolt auf den mir bekannten Fotos sehr ähnlich sah. Sie war eine Schönheit damals. Stell dir vor, es zeigt sie mit einem anderen Mann, mit dem sie zu diesem Zeitpunkt offensichtlich in einen Streit verwickelt war.

Diesen Mann zu finden war nicht ganz einfach. Ich musste allerlei Archivfotos durchgehen. Aber die Welt auf einer Insel ist klein und war damals noch viel kleiner. Anita Bolt hat auf dem Film Streit mit einem ihrer Nachbarn. Der Mann hieß Josef Hillmer, wie ich herausgefunden habe. Er lebt nicht mehr, doch er war der Vater von Judith Ingwers! Wenn man sich auf der Insel ein wenig umhört, erfährt man nichts Gutes über den alten Hillmer und sein aufbrausendes Temperament. Ich wusste sofort, dass das kein Zufall ist: Milena Ingwers war nicht nur die Tochter eines Mörders, sondern auch die Enkeltochter eines Mörders. Doppelte Schuld – in einem einzigen Wesen vereint. Es war ihr Schicksal, dass sie ausgerechnet an dem verfluchten Ort, dem Schauplatz des ersten Verbrechens, gestrandet ist.

Gestern war hier übrigens Besuchstag. Ich konnte wählen zwischen einmal eine Stunde im Monat oder zweimal eine halbe. Ich habe mich für Letzteres entschieden. Wir sitzen dann alle in dem Raum, in dem auch die Andachten stattfinden. Vor fünfzehn Tagen war Helge Bittner bei mir. Erinnerst du dich an meinen alten Freund und Kollegen Helge? Wir wussten überhaupt nicht, worüber wir miteinander reden sollten. Es war mir sofort klar, dass er mich nicht verstehen würde. Aber gestern hat mich ein Typ namens Aleister besucht, und stell dir vor, er sieht das alles ähnlich wie ich! Und ich dachte schon, ich werde hier langsam verrückt. Er nennt es nicht »Schicksal« oder »das Böse«, doch er gibt zu, dass an bestimmten Orten Kräfte am Werk sind, gegen die wir Menschen machtlos sind. Inzwischen weiß ich, dass ich nicht der

Täter war, sondern nur das Werkzeug. Was zu tun war, wurde getan. Und ich möchte, dass du das auch weißt.

Dein dich immer liebender Jesko

Nachbemerkung

Die Personen in diesem Roman sind frei erfunden. Ähnlichkeiten mit lebenden oder verstorbenen Personen sind reiner Zufall und nicht von mir beabsichtigt. Das Gleiche gilt für den Ort Weschendorf und Mordkuhlen. Nicht von mir erfunden ist die schöne Insel Fehmarn, die mich mit zu diesem Krimi inspiriert hat.

Ich danke Sonja Hagedorn, die mir ihr Wissen über die Eigenarten der Insel auf so nette und großzügige Weise zur Verfügung gestellt hat. Herr Wesolowski, Ornithologe bei der NABU Hamburg, beantwortete mir meine Fragen zum Verhalten von Möwen. Peter Vagt vom Bauamt in Eutin danke ich für seine Auskünfte über Änderungen des Flächennutzungsplans, das »TÖB-Verfahren« etc. Fragen zur Vorgehensweise der Kriminalpolizei, die sich speziell bei der Arbeit an diesem Roman ergeben hatten, beantwortete mir Jan-Hendrik Wulff von der Pressestelle der Polizeidirektion Lübeck. Ein Termin bei der Polizeiinspektion Oldenburg mit Besuch des Labors für die kriminaltechnischen Untersuchungen und der Arrestzellen hat mir ebenfalls weitergeholfen, und ohne den Land Rover Defender, »einem Hobby, das sich auch bewegt«, würden dem Roman ein paar Szenen fehlen. Alle Fehler, die sich möglicherweise trotzdem eingeschlichen haben, gehen wie immer zu meinen Lasten.

Für erstes Lesen des Manuskripts und hilfreiche kritische Anmerkungen danke ich Anja Höhnl, Britta Langsdorff, Melanie Almstädt und Günther Thömmes. Meine Tochter Luisa hat bei einigen Recherchen für mich fotografiert und mir bei der

Anfertigung der Buch-Trailer geholfen. Ich danke meinem Mann Hans-Christian und meiner ganzen Familie für ihre Unterstützung und ihr Verständnis für meinen Beruf. Es ist bestimmt nicht immer ganz einfach. Und ein großes Dankeschön geht an meine Lektorin Karin Schmidt, an Dorothee Cabras und an meine Agentin Franka Zastrow für die vertrauensvolle und erfolgreiche Zusammenarbeit.

Eva Almstädt, 26. August 2011

*Kommissarin Pia Korittki ermittelt in einem
Mordfall – und ein Dorf schweigt*

Eva Almstädt
DÜSTERBRUCH
Kriminalroman
320 Seiten
ISBN 978-3-404-16555-1

Der Selbstmord einer Bäuerin führt Kommissarin Pia Korittki in
den kleinen Ort Düsterbruch. Hier sind Familien und Nachbarn
noch füreinander da. Doch dann bringt ein Mord im Dorf eine alte,
nie geklärte Familientragödie zutage, und Pia muss erkennen, dass
die Menschen in Düsterbruch eine verschworene Gemeinschaft
bilden – auch und erst recht im Falle eines Verbrechens ...

*»Eva Almstädt hat ein feines Gespür für das Minenfeld menschlicher
Beziehungen.«* RHEINISCHE POST

Bastei Lübbe Taschenbuch

Werden Sie Teil der Bastei Lübbe Familie

- Lernen Sie Autoren, Verlagsmitarbeiter und andere Leser/innen kennen
- Lesen, hören und rezensieren Sie Bücher und Hörbücher noch vor Erscheinen
- Nehmen Sie an exklusiven Verlosungen teil und gewinnen Sie Buchpakete, signierte Exemplare oder ein Meet & Greet mit unseren Autoren

Willkommen in unserer Welt:

 www.luebbe.de

 www.facebook.com/BasteiLuebbe

 www.twitter.com/bastei_luebbe

 www.youtube.com/BasteiLuebbe